AF304327

Ella Quinn ist eine USA Today-Bestsellerautorin von intelligenten, sinnlichen Regency Romances, darunter „The Worthingtons" und „The Marriage Game Series". Bevor sie Liebesromane schrieb, war Ella Quinn Assistenzprofessorin, Anwältin und die erste Frau, die einer Green Beret-Einheit zugeteilt wurde. Sie ist Mitglied der Romance Writers of America und hat die Regency-Ära ausgiebig recherchiert, um ihre Geschichten mit dem Flair und dem Gefühl dieser Zeit auszustatten, so dass die Leser:innen sich in diese Zeit hineinversetzen können. Sie und ihr Mann leben derzeit in Deutschland, wenn sie nicht gerade mit ihrem Segelboot um die Welt segeln.

ELLA QUINN

THE WORTHINGTONS

Wie widersteht man einem EARL?

Deutsche Erstausgabe November 2021

© 2021 dp Verlag, ein Imprint der dp DIGITAL PUBLISHERS
GmbH

Made in Stuttgart with ♥
Alle Rechte vorbehalten

WIE WIDERSTEHT MAN EINEM EARL?
ISBN 978-3-96087-263-7
E-Book-ISBN 978-3-96087-665-9
Hörbuch-ISBN: 978-3-96087-124-1

Published by Arrangement with KENSINGTON PUBLISHING CORP.,
NEW YORK, NY 10018 USA
Dieses Werk wurde vermittelt durch die Literarische Agentur
Thomas Schlück GmbH, 30161 Hannover.

Übersetzt von: Natascha Dean
Covergestaltung: ARTC.ore Design
Umschlaggestaltung: ARTC.ore Design
Unter Verwendung von Abbildungen von
shutterstock.com: © Maya Kruchankova
periodimages.com: © Maria Chronis, VJ Dunraven Productions
Korrektorat: Dorothee Scheuch

Satz: dp DIGITAL PUBLISHERS GmbH
Druck und Bindung: Books on Demand GmbH, Norderstedt

Das Werk darf – auch teilweise – nur mit
Genehmigung des Verlages wiedergegeben werden.

*Für meinen Ehemann,
meinen Helden seit mehr als dreißig Jahren,
der am Ruder sitzt,
während ich schreibe.*

KAPITEL I

Ende Februar 1815 in Leicestershire, England

Der Himmel hatte sich zugezogen und der Wind peitschte so stark gegen die Kutsche, dass mindestens eines der Räder von der Straße abgekommen war. Hagel und eiskalter Regen schlugen gegen die Fenster. Lady Grace Carpenter klopfte gegen das Dach ihrer Kutsche, um über den tosenden Sturm auf sich Aufmerksam zu machen. »Wie weit ist es noch bis zum *Crow and Hound*?«

»Nicht weit, Milady«, rief ihr Kutscher über den Wind zu ihr zurück. »Ich denke, wir sollten dort Halt machen.«

»Einverstanden. Fahren Sie uns hin.« Sie kuschelte sich tiefer in ihren warmen Pelzmantel. Als sie sich am Morgen auf den Weg gemacht hatten, war es sonnig und trocken gewesen, es hatte keinerlei Anzeichen gegeben, dass ein solcher Sturm aufziehen würde.

Es war keine Stunde bis nach Stanwood Hall, ihrem Zuhause, doch sie würden es wohl nicht schaffen. Statt ihre Bediensteten und Pferde diesem Wetter auszuliefern, würde sie lieber auf die Diskretion des Gastwirts hoffen.

Wenige Minuten später fuhren sie von der Straße ab und ihr Kutscher rief nach einem Stallburschen. Die Tür zu ihrer Kutsche öffnete sich und die Stufen wurden herabgelassen. Ihr Stallbursche, Neep, führte sie zügig aus der Kutsche und in den Eingang des Inns.

Der Gastwirt begrüßte sie dort und schloss die schwere Holztür vor dem Sturm. Mr. Brown hatte blondes Haar, blaue Augen, war von durchschnittlicher Statur und mittleren Alters. »Milady«, sagte er überrascht, »wir hatten Sie heute Abend hier nicht erwartet.«

»Aus gutem Grunde.« Grace zog ihren nassen Mantel aus und schüttelte ihn. »Ich hatte nicht damit gerechnet, herzukommen. Ich habe eine ältere Cousine besucht und auf der Rückkehr zog der Sturm auf.«

»Wie man so schön zu sagen pflegt, Milady«, sagte er nickend, »keine gute Tat bleibt ungestraft.«

»Nun«, sie schnaubte verärgert, »es erscheint mir bisweilen fast so. Gott sei Dank waren wir nahe des Inns. Mein Kutscher, Stallbursche und zwei Vorreiter reisen mit mir«, Grace verzog das Gesicht, »allerdings reise ich ohne meine Zofe.« Sie hoffte sehnlichst, es würde niemand davon erfahren, dass sie ohne Bolton hier war. Sobald sie es endlich nach Hause geschafft hatte, würde Graces Zofe ihr sicherlich einen ihrer Blicke zuwerfen, der ihr deutlich *Ich habe es dir doch gesagt* zu verstehen gab. »Ich werde eines Ihrer Mädchen benötigen. Es versteht sich natürlich von selbst, dass Sie mich hier nicht gesehen haben.«

»Selbstverständlich, Milady.« Er nickte und tippte sich mit dem Zeigefinger an die Nase. »Sie waren nie hier. Bei diesem Wetter werden Sie sicher niemandem mehr begegnen. Sie und ihre Bediensteten werden heut' Nacht schön warm und trocken schlafen.« Er zeigte auf die Tür neben der Treppe, nahe dem Aufenthaltsraum. »Sie können ihr Abendessen in diesem Salon zu sich nehmen.«

Sie schenkte ihm ein dankbares Lächeln. »Ich danke Ihnen. Das wäre perfekt.«

Susan, eine von Browns Töchtern, führte Grace zum großen Zimmer im ersten Stock, am hinteren Ende des Inns. Sie reichte dem Mädchen ihren Mantel zum Trocknen und schüttelte ihre Röcke aus. »Ich werde nach Ihnen rufen, wenn ich bereit bin, mich zurückzuziehen.«

»Ja, Milady. Klingeln Sie einfach, wenn Sie etwas brauchen.« Susan knickste und verließ den Raum.

Grace sah sich um. Obwohl sie schon häufig mit ihrer Familie hier gewesen war, hatte sie noch nie die Nacht hier verbracht. Das Inn war bereits seit Generationen im Besitz der Brown-Familie. Das Gebäude war alt, aber durchaus reinlich und gut in Stand gehalten.

Sie nahm sich ein Buch und ein Schultertuch aus ihrem großen Handmuff, bevor sie die Treppen zum Salon hinabstieg. Obwohl der Tag noch jung war – es war erst kurz nach zwei Uhr nachmittags – hatte Mr. Brown die Fensterläden geschlossen und ein Feuer entfacht. Zahlreiche Kerzen erleuchteten den Raum.

Eine Stunde später war sie wieder warm und trocken, vertieft in *Madeline*, die neueste Romanze der Minerva-Druckerei. Über dem Sturm konnte die Ankunft einer weiteren Kutsche vernommen werden. Grace senkte das Buch und wunderte sich, wer der Neuankömmling wohl sein mochte.

Die Tür zum Inn flog auf. Augenblicke später hörte sie die erregte Stimme Mr. Browns und die eines zweiten Mannes. Der Sprache nach zu urteilen, handelte sich es um einen Gentleman.

Ihr Herz setzte einen Schlag lang aus. Worthington? Konnte es sein? Sie hatte seine Stimme seit vier Jahren nicht mehr gehört, doch würde sie sie niemals vergessen.

Sie öffnete die Tür einen Spalt weit und warf einen Blick hinaus. Er war es tatsächlich. Während ihrer gesamten ersten Ballsaison hatte sie diesen Mann heiraten wollen und ihn dann nie wiedergesehen. Die Enden seines dunkelbraunen, fast schon schwarzen Haares waren feucht, dort wo sein hoher Kastorhut den Regen nicht hatte fernhalten können. Wenn er sich umdrehte, würde sie seine strahlend blauen Augen sehen, umrahmt von langen Wimpern.

»Können Sie den Reisenden im Salon nicht fragen, ob er ihn mit mir teilen würde?«, fragte Worthington den Gastwirt in angespanntem, aber dennoch höflichem Tonfall. Er war nass und sicherlich ausgekühlt, und den Aufenthaltsraum konnte man bestenfalls als frostig bezeichnen.

Langsam formte sich ein Gedanke. Grace überkam ihre Beklommenheit und trat in den Saal. »Mr. Brown, seine Lordschaft kann gern mit mir speisen.«

»Sind Sie sich sicher, Mi ...«

Sie warf ihm einen bedeutungsschweren Blick zu. Wenn er sie *Milady* nannte, würde Worthington zu viele Fragen stellen. Er durfte unter keinen Umständen erfahren, wer sie war.

»Ma'am?«

Sie versuchte, ihre Erleichterung zu verbergen. »Selbstverständlich. Sie können uns das Essen servieren, sobald seine Lordschaft Gelegenheit hatte, sich umzuziehen.« Grace knickste kurz und kehrte in den Salon zurück.

Sie schloss die Tür und lehnte sich dagegen. Dies war ihre Gelegenheit, womöglich ihre einzige, und sie würde sie am Schopfe packen.

Was hast du vor, Mädchen? Hast du den Verstand verloren?, warnte sie ihr eigenes Gewissen.

Es wird nie jemand erfahren. Brown wird es leugnen, dass ich je hier war.

Wie kannst du verlangen, dass die Kinder anständig sind, wenn du–

»Ach, sei still«, murmelte Grace. »Wann werde ich je wieder diese Gelegenheit haben? Verrate mir das mal. Ich möchte ja nur etwas Zeit mit ihm verbringen. Ist das denn so schlimm?«

Wasser tropfte von seinem Paletot, wie zuvor schon von seinem Hut. Es musste sich bereits eine Pfütze zu seinen Füßen gebildet haben. Mattheus, Earl of Worthington, war nicht gerade sehr angetan von dem kleinen Inn. Obwohl er es stets auf dem Weg nach London passierte, hatte er hier nie angehalten. Hätte es auch jetzt nicht getan, wäre das Wetter nicht so grauenhaft gewesen.

»Ich kann im Aufenthaltsraum gern noch etwas Holz aufs Feuer legen, Milord«, sagte der Gastwirt. »Aber in meinem Salon ist schon 'n Gast.«

Er blickte zu dem recht großen Bereich. Der Wind rüttelte trotz der geschlossenen Läden an den Fenstern. Es war kalt und zugig. »Könnten Sie ihren Gast nicht fragen, ob er den Salon für kurze Zeit mir teilen würde?«

»Kann ich nicht, Milord.« Der ältere Herr schüttelte den Kopf. »Ich könnte Ihnen ein Mahl aufs Zimmer kommen lassen, aber 'nen extra Tisch hab' ich nicht. Wenn er erstmal aufgewärmt ist, ist der Aufenthaltsraum gemütlich, ganz bestimmt.«

Daran zweifelte Matt sehr.

»Mr. Brown ...«

Matt drehte sich bei dem Klang der tiefen, gebildeten und stoischen Frauenstimme um. Er rechnete mit einer älteren Dame, vielleicht einer Gouvernante, aber nicht mit dem anmutigen Wesen, das ihm nun gegenüberstand. Bevor er ihr seinen Dank aussprechen konnte, nickte sie kurz und schloss die Tür.

»Ich führe Sie auf Ihr Zimmer, Milord.« Der Gastwirt grummelte, als er Matts Tasche aufhob.

»Ich danke Ihnen. Wie schön es sein wird, wieder trockene Kleidung zu tragen.« Auf der Treppe hielt er plötzlich inne, als ihn der Geist einer Erinnerung umwehte. Er kannte sie, doch woher? Aus London. Die Ballsaison. Er schüttelte den Kopf in der Hoffnung die

Erinnerung wachzurufen, doch es wollte ihm nicht gelingen.

»Hier entlang, Milord.«

»Ich komme.« Es war ihr Haar, das ihm in Erinnerung geblieben war. Es glänzte wie ein kupferner Taler.

Der Gastwirt hielt eine Tür am Ende des Gangs geöffnet.

»Ich danke Ihnen.«

»Ich werde einen meiner Jungs mit warmem Wasser hochschicken.«

»Da wäre ich Ihnen sehr dankbar.«

Brown machte sich daran, das Feuer zu entfachen.

Matt kannte nicht viele Damen, die es anbieten würden, ihren Salon mit einem Fremden zu teilen. Das Gefühl, sie bereits zu kennen, ließ ihn nicht los. Wer zum Teufel war sie?

»So, das wär's, Milord.«

Als die Tür hinter dem Gastwirt ins Schloss fiel, machte sich Matt daran, sich seiner feuchten Kleidung zu entledigen. Je schneller er in den Salon kam, desto schneller würde er erfahren wer seine mysteriöse Lady war.

Keine halbe Stunde später stieg Matt die Treppen hinab und klopfte an die Tür des Salons, ehe er eintrat. Er verbeugte sich. »Ich danke Ihnen, dass Sie Ihren Salon und Ihr Mahl mit mir teilen. Erlauben Sie mir, mich vorzustellen. Worthington, zu Ihren Diensten.«

Es geht doch nichts über ein bisschen Pomp.

Er war fast überrascht, als sie lächelte und sich erhob, statt ihre hübsche Nase zu rümpfen. »Wir Reisenden müssen einander doch unterstützen, gerade in solch entsetzlichem Wetter.«

Anmutig.

Das war das erste Wort, das ihm in den Sinn kam, als sie zur Klingel schritt. Als er den Salon betreten hatte, war der Tisch bereits zum Tee gedeckt gewesen. Sie setzte sich und wies auf den Stuhl ihr gegenüber. »Bitte setzen Sie sich doch. Sie müssen nicht aus Höflichkeit stehen bleiben.«

Sie reichte ihm einen Teller und kurz darauf brachte ihnen ein junges Mädchen einen Teepott, der in ein farbenfrohes Tuch gehüllt war. Sie stellte ihn ab, und verließ den Raum.

»Nehmen Sie Zucker?«, fragte die Dame, während sie unter ihren langen, goldenen Wimpern zu ihm empor blickte.

Die Lady, denn sie war eindeutig aus gutem Hause, wollte Matt offenbar ihren Namen nicht verraten. »Das tue ich, Miss–«

»Milch oder Sahne?«, fragte sie hastig.

»Zwei Würfel Zucker und einen Schuss Milch, bitte.«

Die Winkel ihrer üppigen Lippen zogen sich leicht nach oben.

Betont sah er sich im Raum um, als würde er nach etwas suchen. »Reisen Sie allein?«

Ihr stieg die Röte ins Gesicht. Unter den gegebenen Umständen war das allerdings kein Wunder.

»Gelegentlich gehorcht das Wetter den eigenen Wünschen leider nicht.« Ihre Stimme klang angespannt, als gefiele ihr entweder seine Frage oder das Wetter nicht.

Ihre langen, schlanken Finger zeigten keinerlei Anzeichen eines Eherings. Erneut stieg die flüchtige Erinnerung, sie schon einmal gesehen zu haben, in ihm empor. Wie konnte ein heißblütiger Mann nur dieses atemberaubende Haar vergessen, das im Kerzenlicht golden glänzte und von leuchtendem Kupfer durchzogen war. Nun, an das Haar erinnerte er sich ja. Es war ihr Name, der ihm entfallen war. Ihre Brauen waren etwas dunkler als ihre goldenen Locken und schmeichelten ihren Augen, die sich an den Seiten leicht nach oben zogen. Noch nie hatte er eine schönere Frau gesehen.

Er wünschte sich, er könne die genaue Farbe ihrer ausdrucksstarken Augen erkennen, doch das Licht war zu dämmerig.

Blau. Das war doch vielversprechend. Wenn er sich doch nur an den Rest erinnern konnte. Zum Teufel nochmal. Er hatte sie schon einmal gesehen. Doch wo und wann? Und warum konnte er sich nicht daran erinnern? Ihr Mund zog seinen Blick auf sich, rosafarben und etwas breiter als derzeit als modern galt. Wie es sich wohl anfühlen würde, sie zu schmecken, ihre weichen Lippen auf den seinen zu spüren? Und woher nur stammte dieses Verlangen?

Das Herz schlug Grace bereits bis zum Halse, als Worthington sich zu ihr gesellte. In der kurzen Zeit, in der er sich umgezogen hatte, hatte sie ihre Entscheidung, ihn zu sich in den Salon einzuladen, mindestens ein Dutzend Mal in Frage gestellt.

Mattheus, Earl of Worthington.

Grace ließ ihren Blick über seine perfekte Gestalt schweifen und ergänzte ihre noch immer klaren Erinnerungen von ihm. Er war groß, hatte breite Schultern und seine Jacke passte ihm wie angegossen. Sein Halstuch saß einwandfrei. Er war schon immer sehr gut gekleidet gewesen. Sie hätte nie damit gerechnet, ihn noch einmal zu Gesicht zu bekommen oder wenn doch, dass er verheiratet wäre, mit mehreren Kindern. Obwohl ... Sie sah zwar keinen Ring, aber wenn sie so darüber nachdachte, konnte er ja trotzdem verheiratet sein ... Oh, er sprach mit ihr.

»Miss ...?«

Als sie ihren Namen nicht preisgab, sah er sie neugierig an. Grace schritt zur Klingel hinüber und atmete erleichtert auf, als eine der Brown–Töchter kurze Zeit später den Salon betrat.

Sie würde sich besser anstellen müssen, wenn sie wollte, dass er ... nun ja ... die Röte stieg ihr ins Gesicht. »Setzen Sie sich doch bitte. Ich würde mich über die Gesellschaft freuen.«

Na also, geht doch. Denk einfach daran, dass du fünfundzwanzig und keine achtzehn mehr bist.

Dies würde schwieriger werden als gedacht.

Worthington nahm einen Schluck aus seiner Tasse und seine fast schwarzen Brauen zogen sich zusammen. »Dies ist erstaunlich guter Tee für ein Inn.«

»Es ist meine eigene Mischung. Ich hatte den Tee auf der Reise dabei.« Sie hatte ihn dieses Mal mitgenommen, um ihrer älteren Cousine eine Freude zu bereiten. Anne beteuerte immer, ihren Tee zu lieben, gestatte Grace aber nie, ihr eine Büchse dazulassen.

Worüber sollte sie denn nun mit ihm sprechen? Mit der Ausnahme ihres Pfarrers hatte sie schon seit einer halben Ewigkeit keine Unterhaltung mehr mit einem Herrn außerhalb ihrer Familie geführt und auch das waren keine angenehmen Gespräche gewesen. »Haben Sie Familie, die sich um Sie sorgen wird?«

»Nur meine Schwestern und meine Stiefmutter. Sie wissen allerdings nicht, wann ich geplant hatte, nach Hause zurückzukehren.« Er nahm einen weiteren Schluck Tee. »Ich nehme an, Ihre Familie macht sich bereits große Sorgen?«

Sie würden zu sich Tode sorgen. Sie hätte schon längst zurück sein sollen, doch ihre Cousine war einsam und hatte die Gesellschaft nötig. »Ein wenig.«

»Haben Sie es weit?«

Grace studierte ihn über ihre Tasse hinweg. Sie hatte sich eingebildet, einen kleinen Funken Erinnerung in seinen Augen wahrgenommen zu haben, doch sie musste sich irren, denn es war nun eindeutig, dass er sie nicht erkannte. Dies überraschte sie nicht. Es war bereits einige Jahre her, dass sie sich zuletzt gesehen hatten. Seit ihrem einen gemeinsamen Tanz hatte er sich sicherlich mit Tausenden von anderen Damen auf dem Parkett gedreht. Wie dem auch sei, sie wollte sowieso nicht, dass er erfuhr, wer sie war. Es würde ihr ohnehin kompliziertes Leben nur noch mehr verkomplizieren.

»Innerhalb einer Tagesreise«, antwortete sie schließlich. Wahr, wenn auch irreführend. Sie musste diese Unterhaltung auf sicherere Bahnen lenken. »Wie stehen Sie zu den Entwicklungen des Friedensabkommens?«

Ein Lächeln spielte auf seinen wohlgeformten Lippen. »Es dauert bereits viel zu lange und die neue französische Regierung ist nicht so stark, wie sie sein sollte.«

Mr. Brown klopfte an die Tür und trat dann mit einer seiner zahlreichen Töchter ein. »Wir sind hier, um den Tee wegzuräumen, wenn Sie so weit wären.«

Grace riss den Blick von Worthingtons Mund los. Oh je. Wenn sie zuvor geglaubt hatte, er sei faszinierend, dann war das keinerlei Vergleich zu dem, was er nun mit ihrem Inneren anstellte. Sie musste sich zusammenreißen. »Ja, bitte. Wir werden das Abendessen um sechs Uhr zu uns nehmen.«

Mr. Brown verbeugte sich. »Wie sie wünschen, Mi–«

Sie warf ihm einen scharfen Blick zu.

»Ma'am.«

Genug war genug. Worthingtons Gesellschaft machte Pudding aus ihrem Verstand. Der Gastwirt und seine Tochter verließen den Salon und ließen die Tür einen Spalt weit geöffnet. Ihr Blick traf auf den von Worthington. Sie würde ihn wahrscheinlich nie wieder sehen, also konnte sie auch über das sprechen, was ihr wichtig war. »Ich unterhalte mich gerne über Politik, doch sie sollten wissen, dass ich eine Whig bin.«

KAPITEL 2

Na, wenn das mal keine Herausforderung war. Dies schien auf eine interessante Unterhaltung hinauszulaufen. Wenn er sich doch nur an sie erinnern oder herausfinden konnte, wer sie war. Es wäre zu schön. »Das ist auch meine Partei. Nach links tendierend.«

Die Augen der Lady funkelten vor Freude. »Dann haben wir sicher viel zu besprechen ...«

Während des Mahls und auch danach unterhielten sie sich über Politik, Philosophie und die Verwaltung von Grundeigentum. Sie diskutierten wonach ihnen der Sinn stand, nur nicht über das Wetter. Die Stunden flogen dahin und der Gesprächsstoff ging ihnen nie aus. Eine so lebhafte Unterhaltung hatte er seit Monaten, vielleicht sogar seit Jahren, nicht mehr genossen, und noch nie mit einer Frau. Sie war ebenso gut informiert, wie jeder ihm bekannte Mann, wenn nicht sogar noch besser. Er war noch nie so angetan von einer Lady gewesen. Plötzlich wollte Matt alles über sie erfahren.

»Sind Sie ein Anhänger von Wollstonecraft?«, fragte sie.

Er lehnte sich nach vorn und stütze die Ellenbogen auf den Tisch. »Absolut. Ich finde ihre Ansichten über Frauenrechte überaus interessant und es freut mich, dass die Zahlen der Wollstonecraft– und Bentham–Anhänger in politischen Kreisen gewachsen sind.«

Der Blick der Lady richtete sich in die Ferne. »Ich war in letzter Zeit nicht allzu oft in London, doch stehe ich in lebhaftem Briefkontakt mit meinen Freunden.«

Vielleicht war dies seine Gelegenheit. »Teilen Ihre Freunde Ihre Ansichten?«

»Zum Großteil.« Ihre Stimme nahm einen zögerlichen Klang an.

»Vielleicht teilen wir uns einige Bekanntschaften.«

»Sind Sie der Gruppe zur Hilfe von Kriegsveteranen beigetreten?«

Verdammt. Das hatte wohl nicht geklappt. »Das bin ich.«

Sie besprachen einige der Vorhaben, die derzeit von der Gruppe in Erwägung gezogen wurden. Sie kannte sich aus. Er spähte zum großen Sessel am Kamin hinüber. Es lag ein Buch darauf, mit einem Einband aus gemustertem Stoff. »Ist das etwa eine Minerva–Romanze?«

»Ja, das ist es.« Sie hob ihr Kinn. »Ich finde sie überaus unterhaltsam.«

Ihrer Unterhaltung nach zu urteilen, konnte man ihr wirklich nicht unterstellen, sie würde ihren Verstand mit Liebesromanen vernebeln. Sie war gebildet wie eine der Blaustrumpf–Frauen, doch fehlte ihr der typisch bittere Tonfall. »Meine Stiefmutter liest die Bücher ebenfalls. Jedoch versucht sie, sie vor meinen Schwestern zu verstecken.« Matt grinste. »Ich bezweifele, dass ihr dies immer gelingt.«

Ein Lächeln umspielte ihre Lippen und sie neigte den Kopf zur Seite. Wie ein neugieriges Vögelchen. »Und Sie, Milord?«

Nicht zum ersten Mal an diesem Abend wunderte er sich, wie es wohl wäre, sie zu küssen. Mit seinen Zähnen leicht über ihre volle Unterlippe zu streifen. Sie war wunderschön, intelligent und ... er musste ihre Frage noch beantworten. Verdammt, nun wünschte er, er hätte die Bücher tatsächlich gelesen. »Noch nicht.«

»Vielleicht gefallen sie Ihnen. Einige Herren finden Spaß daran.«

»Wenn Sie es empfehlen, werde ich definitiv mindestens eines lesen.«

Ihre Haut errötete hübsch, als würde ihr der Gedanke gefallen, jemanden womöglich konvertiert zu haben.

Bevor er sich versah, schlug die Uhr halb Sieben.

Er stand auf, als sie sich erhob. »Ich müsste mich vor dem Abendessen noch einmal frisch machen.«

»Natürlich. Wir sehen uns in Kürze hier wieder.«

Sie verließ den Salon und er schenkte sich ein Glas Brandy aus der Karaffe auf der Anrichte ein. Er hatte sich noch nie zuvor zu einer Frau so hingezogen gefühlt wie zu seiner mysteriösen Lady. Sie waren fast immer einer Ansicht und wenn nicht, dann verkündete sie Ihre Meinung auf klare und intelligente Art und Weise.

Doch wie zum Teufel sollte er ihren Namen herausfinden oder woher sie stammte? Die einzige Idee, die ihm kam, war es, ihr anzubieten, sie am morgigen Tage auf ihrer Rückkehr zu begleiten. Wenn denn der Sturm vorbeizog. Aber was, wenn sie ablehnte? Er könnte ihr folgen. Er stürzte seinen Brandy hinunter. Er würde schon einen Weg finden, sie zu umwerben.

Grace zog die Tür ihres Zimmers hinter sich zu und lehnte sich dagegen. Jahrelang war Matt Worthington nicht mehr als eine Schwärmerei gewesen, doch nun entwickelte er sich schnell zu etwas mehr. Es war bereits eine ganze Weile her, dass sie es sich erlaubt hatte, Ärger über ihr Schicksal zu verspüren. Doch nun konnte sie etwas für sich selbst tun. Sie würde dieses Inn und ihn nicht verlassen, ehe sie erfuhr, wie es war, mit einem Mann Freude zu empfinden.

Was ist, wenn jemand davon erfährt? Es würde all das zerstören, was du dir so hart erarbeitet hast, schaltete sich ihr Gewissen ein. Gerade, als sie geglaubt hatte, es würde Ruhe geben.

Selbst umgeben von ihrer Familie war sie oft so einsam, dass sie glaubte daran sterben zu müssen. Nicht heiraten zu können, war das Einzige, worüber sie nie hinweggekommen war. »Darf ich nicht auch glücklich sein? Wenn auch nur für eine Nacht. Eine Nacht soll für den Rest meines Lebens reichen. Mehr verlange ich nicht.«

Du solltest dich schämen!

»Dann ist es eben so.« Ihre Hände zitterten und ihr wurde flau im Magen. Wenn Sie doch nur mehr Erfahrung hätte.

So viel zu deinen großen Plänen, spottete ihr Gewissen. *Du hast doch gar keine Ahnung, wie so etwas abläuft.*

»Ich bin mir sicher, dass er hilfsbereit sein wird. Wie schwer kann es schon sein?«

Er wird dich erkennen. Und dann?

»Das wird er nicht. Außer bei dem einen Tanz – zu dem Lady Bellamny ihn aufgefordert hat, mich zu bitten – hat er mich sicher nie eines zweiten Blickes gewürdigt. Ich war lediglich eines von zahlreichen Mädchen, die in dem Jahr in die High Society eingeführt wurden.« Jetzt erinnerte er sich jedenfalls nicht mehr an sie.

Das sagst du jetzt! Und wenn du schwanger wirst?

»Hörst du wohl auf! Es muss Schicksal sein. Wie wahrscheinlich ist es schon, dass wir uns zur selben Zeit am selben Ort befinden und dazu noch allein im Inn sind?«

Grace gab es auf, mit sich selbst zu diskutieren, wusch sich die Hände und wünschte sich, sie hätte etwas Schöneres zum Anziehen dabei. Als sie den Salon wieder betrat, klingelte sie nach Wein. Als Worthington zu ihr traf, hatte sie ihre wirren Gedanken bereits wieder unter Kontrolle. Ihr Gewissen hatte es ihr überlassen, sich allein in den Ruin zu stürzen.

Er hatte sein Hemd gewechselt, trug jedoch noch denselben Anzug. »Es tut mir aufrichtig leid, dass ich in Stiefeln diniere.«

»Das macht mir nichts aus.« Sie reichte ihm ein Glas Rotwein. »Wie Sie sehen, habe ich kein zweites Kleid dabei. Es sollte lediglich eine Tagesreise werden.«

»Ich hatte ebenfalls damit gerechnet, bereits wieder Daheim zu sein und habe meinen Diener mit dem Rest meiner Sachen vorgeschickt.« Er warf ihr ein reumütiges Grinsen zu. »Das wird mich lehren, immer eine Tasche bei mir zu tragen.« Er nahm einen Schluck aus seinem Glas. »Dieser Wein ist köstlich.«

»In der Tat. Mr. Brown hat einen gut bestückten Weinkeller.«

Sie wollte sich Worthington anvertrauen. Ihm erzählen, dass ihr Vater und ihre Familie das Inn oft für den hochwertigen Wein besucht hatten. Ihm von den derzeitigen Schwierigkeiten erzählen. Glücklicherweise öffnete sich die Tür, bevor sie zu viel verraten konnte, und Mr. Brown trat ein, dicht gefolgt von einem seiner Söhne. Sie beide trugen verdeckte Tabletts.

Der herzhafte Geruch ließ Matt das Wasser im Munde zusammenlaufen.

»Meine Frau dachte sich, Sie hätten vielleicht gern 'ne schön cremige Pilzsuppe als Vorspeise. Dann gibt's Wildbraten mit grünen Bohnen ...« Als der Gastwirt fertig war, waren Tisch und Anrichte mit Speisen bedeckt. »Und hier ist 'n echter englischer Trifle zum Nachtisch.«

Matt bot die Köstlichkeiten erst der Lady an, ehe er sich seinen eigenen Teller füllte. Während sie aßen, herrschte einen Moment lang Stille. Er schwieg, weil er am Verhungern war. Sie schien lediglich etwas schüchtern zu sein. Das war auch kein Wunder, denn vermutlich hatte sie noch nie allein mit einem Mann zu Abend gegessen.

»Ich muss gestehen, dass ich anfangs nicht sehr angetan war von diesem Inn. Doch das Essen und der Wein machen das etwas heruntergekommene Aussehen wieder wett.«

»Ich habe es hier immer als gemütlich empfunden.«

Er blickte zu ihr herüber, fasziniert von der eleganten Art, wie sie die Sahne vom Löffel schleckte. »Ich glaube, da muss ich Ihnen zustimmen.«

Er fragte Sie zu ihren Ansichten über die landwirtschaftlichen Experimente in Norfolk und war überrascht zu hören, dass sie ebenso gut informiert war wie er selbst. Wie auch bei ihrem ersten Gespräch, verging die Zeit wie im Fluge. Bald schon schlug die Uhr zehn und sie erhob sich.

Matt stand auf und erwartete, dass sie einen schnellen Rückzug antreten würde. Doch statt zu knicksen und zur Tür zu schreiten, blieb sie vor ihm stehen und musterte ihn. Und wartete. Eine deutlichere Einladung brauchte er nicht.

Zögerlich hob er die Hand und strich ihr langsam mit dem Handrücken über die Wange. Er hatte sich noch nie so nach einer Frau gesehnt wie nach ihr. *Was würde sie tun, wenn er sie küsste?* Wer sie war oder woher sie stammte, war plötzlich nicht mehr von Belang. Sie gehörte ihm. Da war er sich sicher. Das Schicksal hatte einen Sturm heraufbeschworen und sie hier stranden lassen, nur damit er sie fand und an sich binden konnte.

Sie machte einen kleinen Schritt auf ihn zu, als er seinen Finger über ihr Kinn gleiten ließ. Sie kam noch näher.

Es war fast wie einen Fisch mit den Fingern zu locken, nur mit einer noch viel größeren Belohnung.

Worthington war genauso, wie sie ihn sich vorgestellt hatte, und nun ... nun würde sie ihm nicht widerstehen können, selbst wenn sie es wollte. Sie schluckte ihre zunehmende Nervosität hinunter. Ihr Plan fing an, sich zu verwirklichen und sie wollte keinen Rückzieher machen. Ihre Jungfräulichkeit würde ihr in der Ehelosigkeit nicht viel nützen.

Seine Augen zogen sie in ihren Bann und sie wollte ihn. Sie wollte seinen Mund auf ihrem spüren, seine Arme um ihren Körper. Was danach noch alles geschehen konnte, darüber wusste sie nicht viel, doch wollte sie, dass er es ihr zeigte. Er schlang den Arm um ihre Taille und zog sie zu sich. Seine Hand fand zurück zu ihrer Wange und sein rauer Daumen streifte über ihre Lippen. Es verlief alles genau so, wie sie es sich vorgestellt hatte. Es würde die beste Nacht ihres Lebens werden.

»Sie sind absolut einmalig.« Seine Stimme war sinnlich und tief.

Ihr lief ein genüsslicher Schauer über den Rücken. Sie hätte nie geglaubt, einen Mann je so etwas sagen zu hören. Sie oder das Schicksal hatte eine gute Wahl getroffen.

Er neigte den Kopf und legte seine Lippen sanft auf ihre.

Sie ließ eine Hand auf seine Schultern sinken. Die andere nahm er in seine, ehe er ihre Arme um seinen Nacken führte. Da sie nicht recht wusste, wie sie verfahren sollte, als er seine Zunge über den Saum ihrer Lippen gleiten ließ, spitzte sie den Mund. Sie spürte sein Lächeln auf ihren Lippen. Hatte sie sich töricht angestellt? Er durfte jetzt nicht aufhören.

Die Lady war zuvor so wagemutig gewesen, als sie ihn zu sich in den Salon eingeladen hatte und auch während der darauffolgenden Unterhaltung, dass er davon ausgegangen war, dass sie Erfahrung hatte. Dem war jedoch nicht so, und aus einem ihm unerklärlichen Grund verspürte er den plötzlichen Drang zu jubeln. Es war, als hätte sie nur auf ihn gewartet.

Matt hob den Kopf und blickte sie an. »Sie wurden noch nie zuvor geküsst?«

Ihr stieg eine zarte Röte in die Wangen. »Ist es denn so– so offensichtlich?«

»Nein.« Doch, aber das würde er ihr nicht verraten.

Sie senkte ihre langen, dichten Wimpern und ihre unerwartete Schüchternheit verzauberte ihn. »Sie sind perfekt.«

Sie hob den Kopf wieder an und blickte ihm in die Augen. Er lehnte sich vor und atmete ihren leicht würzigen Duft ein. Ganz anders als die blumigen Parfüms, die Damen für gewöhnlich bevorzugten. Er legte beide Hände an ihre Wangen und küsste sie erneut, knabberte an ihrer vollen Unterlippe. Er wies ihr den Weg und ermutigte sie, sich ihm zu öffnen.

Ihre Unsicherheit wich, sie hielt ihn fest und erwiderte seine Küsse nun fieberhaft. Als er ihr über den Rücken streichelte und den Drang verspürte die Schnüre zu lösen, über die seine Finger wanderten, hielt er kurz inne. Es durfte nicht zu schnell gehen. Er hatte hier die bemerkenswerteste Frau vor sich, die er je kennenlernen durfte, und er wollte sie nicht verjagen.

Sie seufzte und schmiegte sich an ihn.

Zwei seiner engsten Freunde hatten vor Kurzem geheiratet und es war an der Zeit, dass auch er einen Ehebund einging. Er hatte seinem Freund Marcus vor all den Jahren nicht geglaubt, als er beteuert hatte, sich auf den ersten Blick in Phoebe verliebt zu haben. Jetzt schon.

Er hatte keine Brüder und es war höchste Zeit, dass er sich vermählte. Der Gedanke, ernsthaft nach einer Gattin zu suchen, hatte ihn über die letzten Monate hinweg immer mehr beschäftigt. Matt wollte lachen. Er wäre nicht im Traum darauf gekommen, dass er seine zukünftige Braut finden würde, während sie gemeinsam in einem kleinen Inn gestrandet waren. Er zog sie fester an sich. Wer auch immer sie sein mochte, sie gehörte ihm. Wenn sie ihm doch nur ihren Namen verraten würde! Er war kurz davor, all seine Manieren zu ignorieren und sie einfach danach zu fragen. Doch er fürchtete, sie würde fliehen. Was machte es schon, wenn er den Rest seines Lebens damit verbringen würde, sie kennenzulernen.

Der Heiratsantrag oder die Frage, bei wem er um ihre Hand anhalten konnte, musste wohl bis morgen warten. Doch ihre Haltung, ihre Ansichten und die weiblichen Kurven ihres Körpers zeugten davon, dass sie keine junge Dame mehr war. Umso besser, wenn sie für sich selbst sprechen konnte.

Ein Klopfen ertönte an der Tür. Er unterbrach den Kuss und brachte etwas Distanz zwischen sie. »Herein.«

Brown öffnete die Tür und steckte den Kopf ins Zimmer. »Milord, Mi– ähm, ich meine, Ma'am. Ihre Zimmer sind bereit. Eines meiner Mädchen hat ihre Laken mit einer Bettpfanne erwärmt und hat warme Ziegel hineingelegt.«

Nachdem Matt sie losgelassen hatte, hatte seine Lady sich von der Tür zum Kamin gewandt und überließ das Gespräch mit dem Gastwirt ganz ihm. »Wir danken Ihnen, Brown.«

»Klingeln Sie, wenn Ihnen etwas fehlt. Es wird sofort jemand kommen.«

»Nochmals vielen Dank.« Matt schloss die Tür.

Er hatte sie in zwei Schritten erreicht. Er legte einen Finger unter ihr Kinn und hob ihren Kopf. »Ich werde Sie zu Ihrem Zimmer geleiten.«

Sie nickte. Selbst das dämmrige Kerzenlicht vermochte das Verlangen in ihren Augen nicht zu verbergen. Er wünschte, er könnte sie mit auf sein Zimmer nehmen, doch dafür gab es nach der Verlobung noch Zeit genug.

Also ließ er sie an ihrer Zimmertür zurück und ging zu seinem Gemach am gegenüberliegenden Ende des Ganges.

Matt war dankbar über die Karaffe Brandy, die auf dem Nachtschrank stand. Er entledigte sich seiner Kleidung und legte einen Morgenmantel in dunkelgrüner Wolle um, der ihm vom Gastwirt zur Verfügung gestellt worden war. Er starrte ins Feuer und schwenkte den Brandy im Glas, während er darüber nachdachte, wie er um ihre Hand anhalten würde. Vielleicht sollte er vorher ihren Namen in Erfahrung bringen.

Grace konnte nicht fassen, dass er sie so geküsst und dann einfach an ihrer Zimmertür zurückgelassen hatte. Oh Gott, sie hatte sich ihm ja praktisch an den Hals geworfen!

Siehst du, er wollte dich nicht, spottete ihr Gewissen.

»Doch. Das hat– hat sein Kuss– doch gezeigt.«

Warum musste Worthington nur so ein *Gentleman* sein? Das war momentan nun wirklich nicht sehr hilfreich. Er hätte es ihr leichter machen können. Wie konnte er sie hier nur so stehen lassen, nachdem er solche Dinge gesagt und sie so geküsst hatte? Wenn sie ihre Nacht haben wollte, dann musste sie sich wohl oder übel etwas einfallen lassen. Es half alles nichts. Sie würde die Sache selbst in die Hand nehmen müssen.

Sie rief nach dem Dienstmädchen und zog sich aus. Ein weiteres Glas Wein und etliche Minuten später hatte sie ihren Mut zusammengenommen. Sie legte die Decke um ihre Schultern und trat in den Korridor, um sich auf die Suche nach ihm zu begeben.

Glücklicherweise brannte Licht unter der Tür am anderen Ende des Ganges. Dort musste er sein. Außer ihren Bediensteten, die im Stock über ihr und in den Ställen schliefen, waren sie und Worthington die einzigen beiden Gäste im Inn.

Die alten, abgenutzten Bodendielen waren kalt unter ihren Füßen, als sie die kurze Distanz zu seinem Zimmer zurücklegte. Sie atmete tief ein und schluckte die

Angst hinunter, die sie zu übermannen drohte. Er würde sie schon nicht zurückweisen. Sie klopfte an die Tür und trat ein.

Sein erfreuter Gesichtsausdruck bewies ihr, dass sie sich nicht geirrt hatte. Er wollte sie. Genau so sehr, wie sie es sich erhofft hatte.

KAPITEL 3

Ein kühler Windstoß kündigte ihre Ankunft an. Er drehte sich um und sein Herz sprang förmlich vor Freude, während er ein Dankgebet gen Himmel sandte.

Das makellose, weiße Unterkleid seiner Lady lugte unter der Wolldecke hervor, die sie sich um den Körper geschlungen hatte. Ihr langes Haar fiel ihr lockig um die Schultern bis zur Hüfte. Ein kleines, ängstliches Lächeln umspielte ihre Lippen. Obwohl sie sichtlich nervös war, war sie zu ihm gekommen.

Er dachte kurz daran, was seine Freunde alles durchgemacht hatten, um zu heiraten, und lächelte. Dies musste die müheloseste Umwerbung aller Zeiten sein. Er hatte lediglich Zuflucht vor einem Sturm suchen müssen.

Sie errötete. »Dürfte ich– dürfte ich eintreten?«

Er hatte sie in drei langen Schritten erreicht. »Ja.« *In mein Leben, mein Heim, mein Herz.* Ein Teil von ihm konnte es noch immer nicht ganz fassen, dass sie tatsächlich hier war. »Ja, Sie dürfen eintreten.«

Die Decke fiel zu Boden, als er seine Lady hochhob. Matt küsste sie und sah ihr in die Augen, ehe er sie zum großen Bett trug und ihre Füße dort sanft wieder auf den Boden setzte. Seine Finger glitten über die Schnüre ihres Unterkleids, kribbelten vor Vorfreude. »Darf ich?«

Seine Lady blickte zu ihm empor. »Ja.«

Er löste die Schleifen und der fein gewebte Musselinstoff glitt zu ihren Hüften hinab. Matt stockte der Atem. Ihre Haare verdeckten ihren Körper und es waren nur die rosa Spitzen ihrer üppigen, alabasterfarbenen Brüste zu sehen. Sie riefen nach ihm, wollten gekostet und verehrt werden. Hat es je eine vollkommenere Frau gegeben? Er eroberte ihre Lippen mit seinen, als er das Gewand über ihre Hüften schob. Er machte einen Schritt zurück. Betrachtete ihre sanften Kurven und das goldene Dreieck, das ihren Schambereich bedeckte.

Sie gehört mir, für heut' Nacht und für immer.

Er schob die Betttücher zur Seite, hob sie erneut auf und setzte sie in die Mitte des Bettes. Dann entledigte er sich seines Morgenmantels und folgte ihr. Er würde dafür sorgen, dass diese Nacht, das erste Mal, dass sie sich liebten, für seine Lady perfekt werden würde.

Matt zögerte. Vielleicht sollte er jetzt um ihre Hand anhalten, bevor sie sich liebten. Nein, er würde es morgen lieber anständig angehen. Sie musste schließlich wissen, was er vorhatte, denn sonst wäre sie jetzt nicht bei ihm.

Seine Lady lag still und beobachtete ihn mit weit geöffneten, dunklen Augen, während er ihren Körper mit seinen Händen erkundete. Er musste sie überall berühren, um sich zu vergewissern, dass sie tatsächlich hier war. *Mit meinem Körper werde ich Euch verehren.*

»Sie sind die schönste Frau, die ich je gesehen habe.«

Sie lächelte zaghaft und ihr Körper zitterte.

»Haben Sie keine Angst. Ich werde ganz sanft sein.« Er streckte sich neben ihr aus, ermutigte sie, ihn ebenfalls zu berühren, bevor er seine Küsse von ihrem Hals zu ihren makellosen Brüsten wandern ließ. Er berührte ihre Brustwarzen und als sie sich für ihn zu kleinen Knospen zusammenzogen, nahm er eine in den Mund, fuhr mit seiner Zunge darüber und sog an ihr. Sie erbebte und drängte sich an ihn. Seufzte, als seine Küsse den Weg zu den hellen Locken zwischen ihren Beinen fanden. Triumphierend stellte er fest, dass sie bereits erregt und feucht für ihn war.

Sie stöhnte leise, doch spannte sich nicht an.

Als seine Zunge langsam über ihre Mitte strich, schrie sie auf und bäumte sich vom Bett. Sein Körper bebte vor Verlangen, als er ihr zartes Aroma schmeckte. Er hatte noch nie so viel Genuss dabei empfunden, eine Frau zu befriedigen. Womöglich lag es daran, dass dies die einzige Frau war, die er für den Rest seines Lebens lieben würde.

Grace betrachtete seinen muskulösen Oberkörper und seine Haare auf der Brust. Ohne Kleidung war er noch beeindruckender. Sie kämpfte gegen ihre Verlegenheit an, als er ihr das Unterkleid auszog, denn jungfräuliche Bescheidenheit war hier wohl unangebracht. Wenn ihr nur eine leidenschaftliche Nacht zustehen würde, dann wollte sie alles erleben, auch wenn sie nicht so ganz wusste, was das tatsächlich bedeutete.

Grace würde ihm vertrauen müssen und ihm die Führung überlassen.

Doch dann nannte er sie *einmalig* und ihr Herz schmolz dahin.

Schmunzelnd blickte er zu ihr hinab. »Berühren Sie mich ruhig, wenn Sie möchten.«

Sie streckte eine Hand nach ihm aus und legte sie auf seine Brust, konnte nicht widerstehen, mit den gekräuselten, dunklen Haaren zu spielen. Und obwohl sein Haar dort weich war, war seine Brust fest, viel härter als die ihre. Sie hatte gelegentlich Männer ohne Hemden in den Feldern gesehen, doch keiner von ihnen sah aus wie Worthington.

Er küsste sie sanft, als seine Hände über ihren Körper streichelten. Seine Hände waren rauer, nicht so weich wie ihre, und seine Liebkosungen hinterließen eine heiße Spur auf ihrer Haut. Sie hatte nie gewusst, wie schön es sein konnte, von jemandem berührt zu werden. Die Berührungen eines Mannes zu spüren. Ihr stockte der Atem, als Worthington Küsse auf ihre Haut hauchte, wo seine Finger gerade noch gewesen waren.

»Milady«, flüsterte er. »Mein Liebling.«

Mein Liebling? Sie war den Tränen nahe, doch blinzelte sie sie fort, ließ sie nicht gewähren. Wenn es doch nur wahr wäre. Doch selbst wenn sie es auch nur in Erwägung ziehen würde, bei ihm zu bleiben, würde er ihre Verantwortungen nicht übernehmen wollen. Heute Nacht wollte sie jedoch nicht darüber nachdenken. Es war gewiss nur etwas, das Männer sagten, wenn sie mit einer Frau zusammen waren. Und was machte es schon, sie hatte es sich so gewünscht.

Sie erlaubte ihren Sinnen, sich wieder von ihm einnehmen zu lassen und stöhnte, als die Anspannung an– und abschwoll, er sie eroberte. In ihrem Inneren blühte wildes Verlangen auf und drohte sie zu überrollen, überwältigte ihre Sinne. Ihre Brüste wurden schwer und ihre Brustwarzen so hart, dass sie schmerzten. Worthington berührte sie, umkreiste sie langsam mit seinen Daumen. Als er seinen Kopf hob, versuchte Grace ihn davon abzuhalten, den Kuss zu unterbrechen. Dann nahm er eine Brustwarze in den Mund und sog daran. Noch nie hatte sie so etwas gespürt. Sie war im Paradies. Er widmete sich der anderen Brust und hauchte federleichte Küsse ihren Körper hinab, bis zum empfindlichen Bereich zwischen ihren Beinen. Als er seine Zunge dort sanft über sie gleiten ließ, schrie sie auf, flehte nach mehr.

Worthington hielt sie fest, als ihr Becken sich gegen ihn drängte. Ihr Körper schien die Situation besser zu beherrschen als sie selbst.

»Noch nicht, mein Liebling. Sie bekommen Ihre Chance schon noch.« Seine Stimme war tief, berauschend.

Grace warf den Kopf hin und her. Ihr Körper spannte sich an, bis sie glaubte, es nicht mehr aushalten zu können. Plötzlich krachten Wellen der Genugtuung über sie herein. Ihr Herz pochte so wild, dass sie es hören konnte.

Er gab einen stöhnenden Laut von sich und streckte sich anmutig wieder neben ihr aus, nahm ihren Mund in den seinen. Er schmeckte dieses Mal anders. Sein erregender Atem wurde von einem moschusähnlichen Geschmack begleitet.

Worthington griff nach einem Glas und nahm einen Schluck, ehe er es ihr anbot. »Es ist Brandy.«

»Danke sehr.«

Er stützte sie mit seinen Armen, während sie einen Schluck nahm. Es brannte. *Zum Mut antrinken.*

Worthington blickte zu ihr herab. Der Bereich zwischen ihren Beinen pulsierte. »Sind Sie sicher, dass Sie fortfahren möchten, mein Liebling?«

Wie könnte sie es nicht wollen? Ein Teil von ihr fühlte sich noch immer leer, und sie würde den Rest ihres Lebens von dieser Nacht zehren müssen. »Ja. Ich bin mir sicher.«

Seine tiefe Stimme liebkoste sie. »Sagen Sie mir, wenn Sie wollen, dass ich aufhöre.«

Aufhören? *Niemals.* Nicht jetzt, wo sie doch schon so weit gekommen war. Sie nickte. »Das werde ich.«

Harte Lippen neckten ihre und seine Zunge streifte über ihre Zähne. Stöhnend erwiderte sie seine Liebkosungen. Seine Hand streifte zwischen ihre Beine und er ließ einen Finger in sie gleiten. Das Feuer in ihr brannte lichterloh und er hielt ihren Mund gefangen, als sie laut stöhnte. Nie hatte sich etwas so gut und so richtig angefühlt.

Worthington schmunzelte, als würde er dies genauso sehr genießen wie sie. Grace war feucht, dort wo er sie berührte, und sie wunderte sich, weshalb. Er positionierte sich über ihr und drang langsam in sie ein, füllte sie. Dann begann er, sich in ihr zu bewegen. Ein stechender Schmerz durchfuhr sie und er hielt inne. Worthington küsste sie wild und versetzte sie in wirbelnde Ekstase, die ihr die Sinne raubte.

Ihre Leidenschaft war so groß, dass Grace nur versuchen konnte, seine Bewegungen zu erwidern, Worthingtons Verlangen wie das ihre zu stillen. Er massierte ihre Brüste und sie stöhnte in ihren Kuss, wollte mehr.

Als seine Lippen ihre verließen, hatte sie ihn ganz in sich aufgenommen und er bewegte sich sanft.

»Wie fühlen Sie sich? Geht es Ihnen gut?«, murmelte er.

»Ja, ich fühle mich ...« Grace fehlten die Worte. Der Schmerz hatte nachgelassen und sie, wie ihr Körper, gehörte vollkommen ihm. Nie zuvor hatte sie solch eine Freude empfunden.

»Gut geliebt, hoffe ich doch. Das Gefühl wird sich noch verstärken. Das verspreche ich Ihnen. Schlingen Sie die Beine um mich.«

Sie kam seiner Bitte nach und er drang noch tiefer in sie ein. Flammen loderten in ihr und sie brannte förmlich. Es war, als würde Grace sich draußen im Sturm befinden, doch war ihr heiß und sie wartete auf eine Explosion. Plötzlich schossen Funken durch ihren Körper.

Mein Leben lang will ich dich befriedigen, glaubte sie ihn sagen zu hören.

Matt erstickte ihren Schrei mit seinem Kuss. Ihre Beine hielten ihn gefangen und ihre Weiblichkeit zog sich um ihn herum zusammen. Er hielt sie fest, denn es gab nun kein Zurück mehr. Er stieß tiefer und tiefer und ergoss schließlich seinen Samen in ihr. Seine Lady hatte sich an ihn geklammert und entspannte sich nun langsam. Sanft küsste er ihr Haar. Diese bezaubernde Frau gehörte ihm.

Bevor sie die Treppe emporgestiegen waren, hatte er sich entschlossen, sie zu heiraten, weil er eine Frau brauchte und sie alles verkörperte, wonach er suchte. Doch nun musste er feststellen, dass er sie für sein zukünftiges Glück brauchte. Er musste einfach den Rest seines Lebens mit ihr verbringen. Sie würden heiraten, sobald es sich arrangieren ließ, und nichts würde sie trennen.

Matt zog sie an seine Seite, an den Ort, der ihr bis ans Ende ihrer Tage gehören würde. »Schlaf, mein Liebling.«

Sie unterdrückte die Tränen. Grace wollte etwas sagen, doch sie brachte kein Wort über die Lippen. Er war perfekt gewesen. Besser, als sie es sich je hätte erträumen können. Sie war solch ein Narr gewesen, zu glauben, sie könne sich ihm einfach ganz ohne Konsequenzen hingeben. Doch sie hätte nicht ahnen können, dass sie sich verlieben würde. Noch schlimmer war, dass er sie Liebling nannte, als würde er es so meinen. Der Schmerz in ihrer Brust wurde stärker und ihr Herz zersplitterte. Selbst wenn er sie lieben würde, hätten sie keine Zukunft; sie hatte ihren Eid geleistet und konnte nicht heiraten.

Einige Stunden später wurde Grace von einem weißen Lichtstrahl geweckt, der durch das Fenster fiel. Draußen war es still. Es war kurz vor Tagesanbruch und die Sterne funkelten noch am Himmel. Der Sturm war vorbeigezogen und sie war an Worthingtons Seite gekuschelt, fühlte sich warm und geborgen. Sie wollte den Rest ihres Lebens hier verbringen. Und doch musste sie gehen. Aus dem Bett aufzustehen, fiel ihr schwerer als gedacht. Er war so viel größer als sie und sie musste aus der Kuhle in der Matratze krabbeln. Als er eine Hand nach ihr ausstreckte, glaubte sie schon, er wäre erwacht. Sie hielt inne und wartete bis er wieder leise schnarchte.

Schnell legte sie ihr Unterkleid an, griff nach der Decke und schlang sie um ihren Körper. Sie blickte zum

Bett hinüber, brannte sich seine markanten Gesichtszüge ins Gedächtnis und wünschte sich, sie könnte einen letzten Kuss, eine letzte Berührung riskieren.

Grace schlich so leise wie möglich zurück auf ihr Zimmer. Es musste etwa vier Uhr morgens sein. Sie wusch und kleidete sich so gut es ging, bevor sie nach dem Dienstmädchen rief.

Es ertönte ein leises Klopfen an der Tür und Susan trat ein, während sie sich den Schlaf aus den Augen rieb. »Ja, Milady?«

Grace warf ihr einen entschuldigenden Blick zu und wünschte sich, sie hätte ein Kleid mit Knöpfen vorne getragen. »Können Sie mir bitte nur kurz die Schnüre binden? Dann können Sie wieder zurück ins Bett. Es tut mir leid, Sie so früh zu stören, aber ich muss mich auf den Weg machen. Sagen Sie ihrem Vater doch bitte, dass wir abreisen.«

Einige Minuten später erreichte Grace das Erdgeschoss. Mr. Brown reichte ihr eine Tasse Tee. »Milady, wir servieren Ihnen gern noch das Frühstück.«

Grace nahm die Tasse an und schüttelte lächelnd den Kopf. »Ich danke Ihnen, aber ich muss aufbrechen. Meine Familie macht sich sicher bereits Sorgen.«

»Warten Sie kurz, ich hole Ihnen etwas Brot und Käse. Sie können es unterwegs zu sich nehmen.«

Wenn man bedachte, wieviel Sie beim Dinner am Abend zuvor verspeist hatte, hatte sie erstaunlich großen Appetit. »Danke sehr.«

Kurze Zeit später ging Grace durch die Tür, hinaus in die gefrorene Landschaft, und zu ihrer Kutsche. Der Boden war von Frost bedeckt und die Fenstersimse des Inns waren mit Schnee verziert.

Glücklicherweise war der Mond hell genug, um ihnen den Weg zu leuchten.

Ihr Stallbursche half ihr in die Kutsche und kurz darauf fuhren sie ab. »Wir werden das Haus noch vor Sonnenaufgang erreichen, Milady.«

Sie zog ihren Mantel fester um sich und wandte sich an Neep. »Ich danke Ihnen. Haben Sie gegessen?«

»Etwas Brot und Schinken. Bis zu unserer Ankunft reicht es wohl.«

Grace nickte und kuschelte sich tiefer in die weichen, wenn auch kalten, Kissen, dankbar für ihren Mantel und die warmen Ziegel unter ihren Füßen.

Als die Kutsche den Weg entlang schaukelte, blickte sie aus dem Fenster zum Zimmer im ersten Stock des Inns, in dem Worthington noch schlief. Der einzige Mann, von dem sie sich je gewünscht hatte, dass er sie liebte, tat es, und es war zu spät. Sie sehnte sich zurück in seine starken Arme und versuchte, die Tränen zu unterdrücken, doch sie liefen ihr still über die Wangen. Sie trauerte um alles, was hätte sein können und doch nie sein konnte.

Etwas über eine Stunde später erreichten sie die Auffahrt von Stanwood Hall. Sie wischte sich den Kummer vom Gesicht und setzte ein strahlendes Lächeln auf, das ihr Leid verbergen würde. Ihr Butler, Royston, kam ihr mit besorgter Miene entgegen, als sie das große, georgianische Haus betrat, und nahm ihr den Mantel ab. Die lärmende Explosion ließ nicht lange auf sich warten, als sechs Kinder im Alter von fünf bis achtzehn auf sie zugestürzt kamen. Es herrschte wildes Chaos, als sie ihr von ihren Sorgen und Ängsten berichteten.

Sie hätte wissen müssen, dass ihre Verspätung Panik auslösen würde. »Warum seid ihr so früh schon auf? Ihr Lieben, ich habe noch nicht gefrühstückt. Wenn ihr euch beruhigt und mich essen lasst, erzähle ich euch wie es zu meinem Verzug kam.«

Sie begleiteten sie zum Frühstückszimmer.

Die achtzehnjährige Charlotte reichte ihr eine Tasse Tee, während Walter, der vierzehn Jahre alt war, Essen auf einen Teller häufte und ihn zu ihr brachte. Alice und Eleanor waren zwölfjährige Zwillinge und saßen gemeinsam mit Philip, mit seinen acht Jahren, am Tisch und starrten sie erwartungsvoll an. Mary war mit fünf Jahren die Jüngste und kletterte auf Graces Schoß. Der Einzige, der fehlte, war Charlie, nun der Earl of Stanwood, der in Eton studierte.

»Ich dachte, du wärest fortgegangen, wie Mutter«, sagte Mary mit zitternder Unterlippe.

Grace drückte ihre Schwester fest an sich. »Fürchte dich nicht. Ich bin doch jetzt hier.«

Nach einem Bissen Toast und einem Schluck Tee zwang sich Grace zur Ruhe, während sie all ihre Fragen beantwortete. Es durfte niemand von Worthington erfahren oder auch nur ahnen, dass etwas nicht stimmte. »Ich war auf dem Weg zurück von Cousine Anne als der Sturm hereinbrach. Ich war zum Glück in der Nähe eines Inns und konnte dort Zuflucht finden. Das war's auch schon mit der Aufregung. Alles in allem war es ein ziemlich träger Ausflug.« Wenn man davon absah, dass sie Worthington getroffen und die schönste Nacht ihres Lebens in seinen Armen verbracht hatte. »Also, es sind drei Wochen, bis wir nach London aufbrechen. Ich erwarte, dass ihr euch alle benehmt, damit wir rechtzeitig abreisen können. Royston«, sie wandte sich an ihren Butler, »habe ich Post erhalten?«

»Ja, Milady. Ich habe sie in das Arbeitszimmer gelegt.«

Grace ließ den Blick um den Tisch schweifen. »Charlotte, ich werde dich in einer Stunde dort treffen. Wenn du fertig gegessen hast, übe bitte entweder deinen Gesang oder dein Klavierspiel, bis ich nach dir rufen lasse. Der Rest von euch hat Unterricht.«

Gemeinsam standen sie auf und es wurde plötzlich still im Raum. Lediglich Jane, Graces Cousine, die sie

während der letzten vier Jahre als ihre Gefährtin begleitet hatte, blieb zurück.

Jane musterte Grace besorgt. »Grace, du siehst müde
aus. Hast du nicht gut geschlafen?«

»Gut genug, wenn man den Sturm bedenkt. Wenn ich
erst einmal gebadet und mich umgezogen habe, sehe
ich sicher präsentabler aus.«

Ihre Cousine lächelte sanft. »Natürlich, das wird's
sein. Hast du darüber nachgedacht, dich selbst wieder
in die High Society einführen zu lassen? Es wäre doch
schade, wenn du den ganzen Spaß verpassen würdest.«

Grace presste ihre Lippen aufeinander. Sie war seit
dem Tod ihrer Mutter, die gemeinsam mit dem Baby
bei der Geburt ums Leben gekommen war, nicht mehr
zur Ballsaison in London gewesen. »Und was würde das
bringen? Mir steht es nicht zu, zu heiraten, bis Charlie
einundzwanzig wird und die Vormundschaft für die
Kinder übernehmen kann. Das ist erst in fünf Jahren.
Und selbst dann würde ich sie für ihn großziehen müssen.« Sie schüttelte den Kopf. »Wenn Mary so weit ist,
ihr Debüt zu machen, und ein Gentleman dann noch
nach einer alten Jungfer sucht, werde ich es mir überlegen. Bis dahin werde ich Teeparties und ähnlichen
Empfängen beiwohnen, aber keine Bälle besuchen. Du
und Tante Herndon könnt aber gern auf Vergnügungs-
jagd gehen. Sie sponsert Charlotte und muss daher sowieso anwesend sein.«

Jane wirkte entsetzt. »Du wirst doch aber sicher die
Empfänge der Lady Thornhill besuchen.«

Lady Thornhill arrangierte die interessantesten Ver-
sammlungen des gesamten englischen Adels, dem so-
genannten *ton*. Ihre Gästeliste umfasste Künstler,
Schriftsteller und Philosophen. Grace hob den Teepott
an und schenkte sich ein. »Ja, womöglich. Und vielleicht werde ich zu einigen der politischen Treffen gehen.«

Ihre Cousine erhob sich. »Ich werde mich zurückziehen. Du hast sicher viel zu tun.«

Jane war gütig und genügsam wie kein anderer. Sie war Ende dreißig und es hatten sich ein paar silberne Strähnen in ihr blondes Haar geschlichen. Sie hatte ihren Liebsten an die See verloren und es sich seitdem nicht mehr gewünscht zu heiraten. Vielleicht würde sie diese Ballsaison jemanden kennenlernen, doch müsste sich Grace dann eine neue Gefährtin suchen.

Ein lautes Bellen ertönte aus dem Korridor und eine einjährige Dänische Dogge kam mit einem Diener im Schlepptau in den Saal gerannt. Sobald die Hündin ihr Frauchen erkannte, ging sie auf Grace zu und legte ihr den großen Kopf auf den Arm.

»Guten Morgen, Daisy, hast du mich vermisst?« Sie blickte zum Diener empor. »Sollte ich lieber nicht fragen, wie das Gehtraining läuft?«

Er verzog das Gesicht. »Es lief besser, Milady, bis sie Sie gehört hat.«

Grace streichelte die Hündin, kraulte sie hinter den weichen Ohren. »Du wirst zurückbleiben müssen, wenn du nicht lernst, an der Leine zu gehen.«

Daisy schielte sie seitlich an und richtete ihre Aufmerksamkeit auf das Rindfleisch auf Graces Teller.

Grace grinste. Sie war wohl zu nachsichtig mit dem Hund. »Nein. Vom Tisch wird nicht gegessen.«

Daisy blickte mit großen, hoffnungsvollen Augen zu ihr empor.

»Du bist wirklich unverbesserlich.« Grace aß den letzten Bissen Ei und gab Daisy das kleine Stückchen Fleisch. »Und jetzt ab mit dir und versuch nicht in Schwierigkeiten zu geraten. Ich muss mich umziehen.«

Daisy wedelte mit dem Schwanz und folgte ihrem Frauchen auf ihr Zimmer, den Diener noch immer im Schlepptau. Grace seufzte resigniert. »George, Sie können sie für eine Weile bei mir lassen.«

Er verbeugte sich. »Ich danke Ihnen, Milady. Wir versuchen's später nochmal mit dem Training.«

Sie starrte auf Daisy hinab und zog die Brauen zusammen. »Nun gut, du darfst mit mir kommen, aber nur wenn du dich benimmst.«

Nachdem sie die Geschichte über ihre Verspätung für ihre Zofe, Bolton, wiederholt hatte, war die Wanne auch schon bereit für ihr Bad.

Als sie in das warme Wasser hinabglitt, spürte sie ein Ziehen in Muskeln, die ihr vor ihrer Nacht mit Worthington nicht einmal bekannt gewesen waren. Ihre Kehle schnürte sich zu, doch sie hielt sich davon ab, erneut in Tränen auszubrechen. Sie hatte bekommen, was sie wollte, und noch mehr, so viel mehr, als sie erwartet hatte. Sie würde sich einfach mit Freude und Zuneigung im Herzen an ihn erinnern. Anders konnte sie nicht mehr über ihn denken.

Worthington war absolut makellos in jeder Hinsicht. Wenn sie heiraten könnte, wäre er der Richtige für sie. Doch ihre Hochzeit würde bedeuten, dass sie die Vormundschaft für die Kinder verlieren würde, für die sie so hart gekämpft hatte, und man würde sie alle voneinander trennen. Sie knirschte mit den Zähnen, als sie an den Hohn zurückdachte, den ihr ihre Tanten und Onkel entgegengebracht hatten, weil Grace daran glaubte, die Kinder allein großziehen zu können. An den Rechtsstreit, der sie so viel gekostet hatte, an Geld und Emotionen. Doch sie hatte ihrer Mutter geschworen, sie würde die Kinder zusammenhalten. Selbst ohne das Versprechen hätte sie darum gekämpft, die Familie beisammenzuhalten. Sie hatten bereits so viel verloren. Sie hätten es nicht überlebt, wenn sie voneinander getrennt worden wären. Sie hätte nicht mit sich leben können, wenn sie sie zurückgelassen hätte. Gott sei Dank hatte ihr Großvater sich schließlich auf ihre Seite gestellt und das unglückliche Hin und Her zu ihren Gunsten entschieden.

Als Grace das Arbeitszimmer betrat, faulenzte Daisy vor dem Kamin und Charlotte saß am anderen Ende des Schreibtisches an den Wirtschaftsbüchern. »Ich dachte, du solltest deine Musik üben?«

Charlotte presste die Lippen aufeinander. »Ich wollte sehen, wieviel ich ohne deine Hilfe schaffen würde. Wenn ich heirate, muss ich es schließlich auch alleine hinbekommen.«

»Hmm, da hast du wohl Recht. Hast du ein paar Stücke ausgewählt, die du ohne deine Noten singen und spielen kannst?«

Sie begann mit den Augen zu rollen, doch hielt inne als Grace sie erbost ansah. »Entschuldige. Ja, ich habe ein paar herausgesucht. Dotty und ich haben an einem Duett geübt, das wir zusammen vortragen können.«

Grace nahm Platz und öffnete den ersten Brief. Einige Minuten lang war nur Charlottes Stift, der über das Papier kratzte, zu hören. Als Grace die Geschäftskorrespondenz erledigt hatte, machte sie sich an ihre persönlichen Briefe. »Charlotte, hör dir das an. Meine Freundin Phoebe, Lady Evesham, ist schwanger. Sie wird zwar in London sein aber nicht vielen Empfängen beiwohnen. Sie hat uns eine Empfehlung für Madame Lisette geschrieben. Hast du eine Ahnung wer das ist? Sie ist die exklusivste Modistin der ganzen Stadt. Phoebe hat es so arrangiert, dass Madame deine komplette Garderobe schneidert, wenn wir ein paar Wochen vor der Ballsaison anreisen.« Grace legte den Brief auf den Schreibtisch und blickte zu ihrer Schwester. »Sind das nicht tolle Neuigkeiten?«

Ein breites Lächeln lag auf Charlottes Gesicht. »Ja, in der Tat. Dotty hat mir erzählt, dass Miss Smithton letztes Jahr zu ihr wollte, aber keinen Termin bekommen hat.«

Grace verkniff sich ein Grinsen. Dotty, Charlottes beste Freundin, würde dieses Jahr ebenfalls ihr Debüt feiern. Miss Smithton war ein Jahr älter als Charlotte und Dotty, und hatte sich für die Schönheit der Nachbarschaft gehalten, bis die beiden Freundinnen angefangen hatten, örtliche und private Empfänge zu besuchen. Miss Smithton war tatsächlich sehr schön und wusste es auch, was viele der jungen Männer abschreckte. Charlottes helles Haar war der perfekte Kontrast zu Dottys schwarzen Locken und gemeinsam machten sie wirklich etwas her, was wiederum viele der jungen Männer anlockte. Grace war froh darüber, dass sie zusammen in die High Society eingeführt werden würden.

Ihre Schwester nahm einen gläsernen Briefbeschwerer in die Hand, bewegte ihn einige Zeit auf und wieder ab. »Grace, meinst du Dotty kann uns vielleicht zu Madame Lisette begleiten?«

»Ich bin mir sicher, dass Lady Sterne Dottys Garderobe bereits arrangiert hat, Liebes.« Sie sah keinen Grund, Charlotte daran zu erinnern, dass es den Sternes finanziell nicht ganz so gut ging wie den Carpenters. »Du kannst mit ihr zu *Pantheons Bazaar* gehen.« Grace zog ihren Kalender hervor. »Wir müssen unsere Abreise um eine Woche vorziehen.«

Nachdenklich blickte Charlotte sie an. »Grace, wäre es nicht schön, wenn du und ich früher abreisen und die Kinder wie geplant nachkommen würden?«

Grace lehnte sich zurück und spielte mit dem weichen Ende ihrer Schreibfeder, führte sie über ihre Wange und Lippen, bis es sie an Worthingtons Küsse erinnerte. Sie legte sie zur Seite. »Ich würde dir dies so gerne gönnen. Lass mich mit Jane und den anderen sprechen. Wenn sie glauben, ohne mich mit den Kindern zurechtzukommen, dann machen wir es so.«

Charlotte sprang überaus undamenhaft aus ihrem Stuhl und eilte zu Grace, umarmte und bedeckte sie mit Küssen. »Oh, danke, danke, danke! Ich habe sie alle so lieb, aber manchmal ...«

Grace erwiderte die Umarmung ihrer Schwester und schob eine verirrte Locke hinter Charlottes Ohr. »Das verstehe ich, Liebes. Es ist absolut verständlich, dass du dir etwas Zeit ohne den ganzen Trubel wünschst und ohne, dass sie dir an den Türen lauschen.«

Charlotte trat einen Schritt zurück und runzelte leicht die Stirn. »Wünschst du es dir gelegentlich auch?«

Lächelnd nahm Grace ihre Hand. »Aber natürlich. Doch ich würde nie auch nur einen von euch aufgeben. Für nichts auf dieser Welt.« *Nicht einmal für Lord Worthington.* »Und uns geht es wirklich sehr gut. Im Gegensatz zu vielen anderen haben wir die Mittel so zu leben wie wir es möchten. Ihr Mädchen verfügt alle über eine großzügige Mitgift und die Jungs genießen ein gutes Einkommen. Mehr könnte ich mir wahrhaftig nicht wünschen.«

»Wir können uns glücklich schätzen, dich zu haben.« Charlotte grinste und drückte Graces Hand. »Ich habe die Buchhaltung abgeschlossen und die Konten gleichen alle ab. Darf ich zu Dotty reiten?«

In London würde es für ihre Schwester kein Galoppieren mehr geben. Grace blickte zu ihr hinüber und nickte. »Wenn du dich warm anziehst und dein Stallbursche mitreitet, dann ja.«

Charlotte küsste Grace erneut und hüpfte, verließ den Raum dann aber in einem gemäßigteren Tempo, als sie sich ertappte.

Als Jane sie fand, hatte sie den Kopf in die Hände gelegt. »Grace, meine Liebe, erzählst du mir, was dir auf dem Herzen liegt? Du bist schon den ganzen Tag in Gedanken versunken.«

Sie blickte auf. »Ach, es ist nichts. Es gibt einfach so viel zu tun und jetzt muss ich Charlotte eine Woche früher nach London begleiten, um ihre Garderobe zu arrangieren. Meinst du, du würdest gemeinsam mit dem Kindermädchen, Miss Tallerton und Mr. Winters für die Woche allein mit den Kindern zurechtkommen?«

»Bestimmt.« Jane kräuselte die Stirn. »Die Jungs kommen gut mit Mr. Winters zurecht und die Mädchen verehren Miss Tallerton. Wo werdet ihr verweilen? Du wirst sicherlich nicht allein mit Charlotte in Stanwood Haus sein wollen.«

Grace schüttelte den Kopf. »Nein, das würde sich nicht gehören. Ich werde Tante Herndon schreiben und fragen, ob wir die Woche bei ihr verbringen können. So können Charlotte und sie sich auch ein wenig besser kennenlernen. Meine Schwester ist ein gutes Mädchen, aber als gehorsam kann man sie nicht gerade bezeichnen.«

Janes Augen leuchteten vor Erheiterung. »Keines der Mädchen würde man als gehorsam bezeichnen, meine Liebe, dich mit eingeschlossen.«

»Das ist wohl wahr, es muss in der Familie liegen.« Grace grinste und nahm sich einen weiteren Brief. »Oh sieh nur, er ist von Charlie.« Sie las seine hastig geschriebene Nachricht. »Es geht ihm gut und er glaubt, ich werde mit seinen Noten dieses Semester zufrieden sein. Er fragt, ob er uns in den Ferien in London besuchen kann. Was für eine törichte Frage. Wo sollte er denn sonst hin?«

Ihre Cousine lachte, schüttelte den Kopf und überließ Grace ihren Briefen. Doch außer einige der Briefe ihrer Freunde zu lesen, mit denen sie einen sehr regelmäßigen Briefverkehr pflegte, brachte sie nichts zustande. Sie wandte sich in ihrem Stuhl um und sah aus dem Fenster zu den Rosensträuchern. Viele von ihnen waren noch von Frost überzogen und glitzerten in der Mittagssonne.

Sie hätte es nicht tun dürfen. Sie hatte geglaubt, dass wenn sie es doch nur einmal erleben könnte, sie damit zufrieden wäre, den Rest ihres Lebens als alte Jungfer zu verbringen. Doch nun war sie alles andere als zufrieden. Jedes Mal, wenn sie an ihn dachte, fing ihr Körper an zu kribbeln und sie stellte sich vor, wie seine Hände sie streichelten und neckten. Und es ging nicht nur um den Liebesakt. Oder darum, wie ihr Körper auf ihn reagierte, denn sie hatte so viel Freude an ihren Unterhaltungen am Nachmittag und Abend gehabt. Sie waren fast immer einer Ansicht. Wenn sie sich unterschieden, hatte er sich ihre Sichtweise respektvoll angehört und sogar nachvollzogen, dass sie guten Grund hatte, so zu denken. Das würde ihr noch mehr fehlen als seine Berührungen.

Sie musste aufhören, an ihn zu denken. Früher nach London zu reisen, würde ihr guttun. Sie konnte sich um Charlottes Garderobe kümmern und Worthington vergessen.

Grace griff nach einem eleganten Blatt Papier und tupfte ihre Schreibfeder in die Tinte.

Liebste Tante Almeria,
Charlotte und ich freuen uns schon sehr auf unseren Besuch bei dir. Uns wurde die Möglichkeit geboten, Charlottes gesamte Garderobe für die Ballsaison von Madame Lisette schneidern zu lassen. Daher hoffe ich sehnlichst, dass es dir nichts ausmachen würde, wenn wir etwas früher anreisen ...

Doch selbst als sie ihrer Tante von den Plänen für ihren Besuch schrieb, wollte die Einsamkeit in ihr nicht weichen.

KAPITEL 4

Es hatte noch nicht zu dämmern begonnen, als Matt erwachte. Er grinste. Schon bald würde er verlobt sein. Endlich verstand er die liebenden und besitzergreifenden Blicke seiner Freunde, wenn sie ihre Ehefrauen ansahen. Genau dies wollte er mit seiner Lady erleben. Später, wenn die Sonne aufgegangen war, würde er ihren Namen in Erfahrung bringen und wie bald sie sich vermählen konnten. Er streckte eine Hand nach ihr aus, doch fand nichts als kalte, leere Laken vor. Er lauschte nach einem Anzeichen, dass sie sich im Zimmer befand, doch es blieb still. Hmm, sie musste auf ihr Zimmer gegangen sein, doch weshalb? Im Inn war niemand außer ihnen. Vielleicht sorgte sie sich aufgrund der Bediensteten. Jedoch schienen sie nur zu erscheinen, wenn man nach ihnen rief.

Er erhob sich, legte sich den Morgenmantel an, ging den Korridor entlang zu ihrem Zimmer und öffnete die Tür. Es war leer. Nichts deutete darauf hin, dass sie je hier gewesen war.

Die Uhr auf dem Kaminsims zeigte fünf Uhr morgens. Er ging zurück auf sein Zimmer und zog an der Klingel. Kurze Zeit später wurde ihm von einem Bediensteten heißes Wasser zum Rasieren gebracht.

Matt wartete, bis das Wasser in die Schüssel gegossen wurde. »Die Lady, die gestern Abend hier war, ist sie unten?«

»Weiß nicht, Milord. Hab' keine Lady gesehen«, nuschelte der Junge und verließ den Raum.

Matt zog sich an und stieg die Treppen hinab. Sein Stallbursche, Mac, saß im Gesellschaftsraum beim Essen. »Wo sind die anderen?«

Mac kaute zu Ende und schluckte. »Abgereist, Milord. Ihre Kutsche steht nicht im Hof.«

Etwas stimmte nicht. Warum wäre sie abgereist, ohne es ihm zu sagen? »Wir reisen in einer halben Stunde ab. Machen Sie sich bereit.«

Er blickte sich nach dem Gastwirt um und betrat den Salon, als er ihn nicht finden konnte. Bedeckte Teller standen auf dem Tisch bereit, der allerdings nur ein Gedeck aufwies. Er wünschte, er könnte das Mahl mit ihr teilen und sich wie gestern Abend mit ihr unterhalten. *Verflucht.* Er wollte in einem warmen Bett mit ihr an seiner Seite sein.

Mr. Brown klopfte an die Tür, bevor er eintrat. »Milord, Sie wollten mich sehen?«

Jetzt würde er seine Antworten erhalten. »Ja, ich würde gerne den Namen der Lady erfahren.«

Der Gastwirt riss die Augen auf. »Welche Lady, Milord?«

Matt biss sich auf die Wange und versuchte, Ruhe zu bewahren. »Die Lady, die gestern Abend hier war. Mit der ich diniert habe.«

Der Gastwirt begann sich kopfschüttelnd aus dem Salon zurückzuziehen. »Hier war keine Lady, Milord.«

Matt verkniff sich eine verärgerte Antwort. Es würde ihm nichts bringen, seine Beherrschung zu verlieren. Er musste dem Gastwirt gut zureden. »Ich verstehe, dass sie nicht möchte, dass jemand davon erfährt, dass sie allein hier war und dann auch noch ohne ihre Zofe. Aber Sie können mir ruhig verraten, wer sie ist. Ich möchte sie heiraten und muss wissen, wo ich sie finden kann.«

»Ich würde Ihnen gerne helfen, Milord, aber ich kann nicht.« Der Mann zog die Tür zu.

Matt erhob sich so schnell, dass sein Stuhl zu Boden krachte, doch als er den Korridor erreichte, war von dem Gastwirt wohlweislich keine Spur mehr zu sehen.

»Sie da.«

Die junge Frau blickte Matt mit großen Augen an. »Ja, Sir?«

»Wo ist Brown?«

»Vater wurde auf der Farm gebraucht.«

»Wann wird er zurück sein?«

Sie runzelte die Stirn. »Das lässt sich nicht sagen.«

»Kennen Sie die Lady, die hier war?«

»Ich bin erst vor Kurzem eingetroffen. Ich arbeite nur tagsüber und war gestern nicht hier.«

Matt wandte sich ab. »Dieser verfluchte Kerl.«

Er stiefelte nach draußen, fand seine Kutsche bereit zur Abfahrt und Mac daneben. »Hat einer der Bediensteten der Lady erwähnt, wo sie leben?«

»Nein, Milord. Einer der jüngeren Männer sagte etwas über eine *Hall*, aber die anderen brachten ihn schnell zum Schweigen.«

Matt ballte die Hände zu Fäusten. »*Hall*! Das bringt mir so gar nichts. Die Hälfte der verfluchten Häuser ganz Englands nennen sich Hall. Wie zum Teufel soll ich sie nur finden?«

Mac schloss eines seiner Augen und musterte Matt eindringlich. »Sind Sie sich sicher, dass sie nicht verheiratet war?«

Er blitzte seinen Stallburschen zornig an. »Ja, ich bin mir sicher.«

»Frag ja nur.« Mac zuckte mit den Schultern. »Wir können ja auf dem Weg anhalten und fragen.«

Matt rieb sich die Wange. Wieso hatte er daran nicht gedacht? »Gute Idee, Mac, so finden wir sie vielleicht.«

Sie verbrachten die nächsten Stunden damit, in jedem Inn und jeder Herberge auf der Heimreise nach ihr zu fragen. Doch als sie zur Mittagszeit Rast machten, wusste er noch immer nicht mehr als an jenem Morgen. Niemand erinnerte sich daran, eine Kutsche gesehen zu haben, in der eine Dame mit goldenem Haar reiste.

Wohin war sie verschwunden und warum hatte sie ihn verlassen? Die Idee, sie einfach zu vergessen, kam ihm gar nicht erst in den Sinn. Nein, er war der erste Mann gewesen, der sie berührt hatte und sie gehörte ihm. Was, wenn sie ein Kind erwartete? *Sein Kind.*

Er knirschte mit den Zähnen. Er würde sie finden, koste es, was es wolle.

Mitte des Nachmittags fuhr er auf sein Haus zu und war so mies gelaunt, wie noch nie zuvor in seinem Leben. Matt sprang von dem Gefährt.

»Warum siehst du so muksch aus?«

Er verengte die Augen als er Theodora, seine achtjährige Schwester, ansah. »Was habe ich dir über das Sprechen im Dialekt gesagt? Wenn du nicht aufhörst, Wörter von den Stallburschen aufzuschnappen, muss ich in Erfahrung bringen, wer sie dir beibringt, und denjenigen entlassen.«

Ihre blauen Augen, die seinen so ähnlich sahen, weiteten sich. »Du würdest Curry doch nicht fortschicken?«

Er starrte auf seine jüngste Schwester hinab. *Wahrscheinlich nicht.* »Das würde ich und es wäre deine Schuld. Ist es das, was du willst?«

Theodoras langer, dunkelbrauner Zopf flog hin und her, als sie den Kopf schüttelte. »Nein.«

Curry war ihr persönlicher Stallbursche und Theo mochte ihn sehr. »Dann hüte deine Zunge gefälligst.«

Sie nickte emsig. »Ja, Matt. Aber du hast meine Frage noch nicht beantwortet.«

Er hob sie auf die Arme. »Das habe ich auch nicht vor. Wo ist deine Mutter?«

Theos Nase kräuselte sich als sie nachdachte. »Das letzte Mal habe ich sie im Salon gesehen, aber das ist schon eine ganze Weile her.«

Er hielt inne und runzelte die Stirn. »Hast du keinen Unterricht?«

Sie blickte zum Himmel empor und hielt entschlossen den Mund.

»Dachte ich es mir doch.«

Er schwang sie auf seine Schultern, trug sie ins Haus und setzte sie auf der Treppe ab. »Ab mit dir.«

»Thorton«, sagte er an den Butler gewandt. »Wo ist ihre Ladyschaft?«

Der Butler verbeugte sich. »Wir freuen uns, sie zu Hause in Empfang nehmen zu können, Milord. Ihre Ladyschaft ist im Salon.«

»Ich danke Ihnen.« Er nahm zwei Stufen auf einmal und schloss schon bald zu Theodoras kleineren Schritten auf. Matt warf sie über seine Schulter und stieg die letzten Stufen mit ihrem Gekicher im Ohr empor. Er setzte sie auf der Treppe zum Unterrichtsraum ab. »Da wären wir, meine Kleine, ab zum Unterrichtsraum mit dir.«

Er sah ihr nach, bis sie oben angekommen war und wandte sich dann in Richtung der Gemächer seiner Stiefmutter. Er klopfte an die Tür und trat ein.

Seine Mutter war bei der Geburt gestorben, und kaum ein Jahr später hatte sein Vater Patience geheiratet. Matt hatte durch einen Schulfreund von der Vermählung erfahren. Anfangs hatte er dazu tendiert, verärgert zu reagieren, doch als er in den Sommerferien nach Hause gereist war, hatte er festgestellt, dass es sich bei der neuen Frau seines Vaters um eine schüchterne, verängstigte Siebzehnjährige handelte. Kaum fünf Jahre älter als er selbst und schon schwanger.

Sein Vater war gerade lang genug geblieben, um sie einander vorzustellen und war dann nach Bath abgereist, wo er den Rest des Sommers verbracht hatte, ehe er sich zur Vorsaison in die Stadt aufgemacht hatte. Die neue Lady Worthington war erst ein Jahr nach dem Tod ihres Ehegatten wieder in London gewesen.

Obwohl er sie dazu ermutigt hatte, erneut zu heiraten, wollte sie es nicht. Patience liebte ihre Töchter abgöttisch und, da Matt die alleinige Vormundschaft für seine Schwestern hatte, würde eine Hochzeit bedeuten, dass sie sie in Worthington Hall zurücklassen müsste.

Sie blickte zu ihm auf, legte ihre Stickerei zur Seite und lächelte. »Worthington, ich bin so froh, dass du zu Hause bist. Die Mädchen haben dich schrecklich vermisst.«

Er gab ihr einen Kuss auf die Wange. »Wie ist es dir ergangen?«

»Mir geht es gut. Wir freuen uns alle sehr auf Louisas Debüt. Kann ich etwas für dich tun?«

Er hatte gewusst, dass sie fragen würde. »Ja, ich habe mich verliebt. Nur habe ich das Problem, dass ich sie nicht finden kann.«

Patience lachte sanft. »Mattheus Worthington, man weiß nie, was als Nächstes aus deinem Munde kommt. Ist dies nicht sehr plötzlich? Hast du sie in der Stadt kennengelernt?«

»Das mag sein, aber es entspricht der Wahrheit. Und ich wäre nicht der erste Mann, der sich auf den ersten Blick verliebt. Ich habe sie während eines Sturmes in einem Inn kennengelernt. Sie ist abgereist, bevor ich ihren Namen in Erfahrung bringen konnte. Ich benötige deine Hilfe, um sie zu finden.« Er bemühte sich, die wichtigsten Merkmale seiner Liebsten vorsichtig zu beschreiben.

Sie presste die Lippen aufeinander, als würde sie Einwände machen wollen, doch ihre Züge wurden weicher und sie nickte. »Also gut, mein Lieber, warum zeichnest du sie nicht für mich?«

»Gute Idee.« Warum hatte er noch nicht daran gedacht? Seit sie ihn verlassen hatte, hatte sein Hirn aufgehört zu funktionieren. Matt verließ den Salon und suchte sofort sein Arbeitszimmer auf.

Er machte sich daran, Gesicht und Haare seiner Lady mit Bleistift zu skizzieren, achtete darauf ihre Hochsteckfrisur wiederzugeben und kolorierte sie dann. Als er mit dem Abbild zufrieden war, brachte er es zu Patience. »Was meinst du? Erkennst du sie?«

Patience beäugte die Zeichnung und tippte sich mit dem Finger an die Wange. »Ich habe sie schon mal gesehen. Ich weiß nur nicht wann. Es muss bereits ein paar Jahre her sein, denn ihre Wangen waren rundlicher. Wie die einer jungen Dame, aber«, sie hielt das Papier ins Licht, »ich bin mir sicher, sie ist es.«

Er war so nah dran. Er hielt sich davon ab, einen Freudentanz aufzuführen. Sein Atem stockte. »Wer? Wer ist sie?«

Sie zog die Brauen zusammen. »Das ist ja das Problem. Ich kann mich nicht an ihren Namen erinnern. Darf ich dies behalten? Wenn wir in der Stadt ankommen, werde ich ein paar diskrete Freunde nach ihr fragen.«

»Ja, natürlich. Ich möchte allerdings nicht, dass ihr Name an die große Glocke gehängt wird.«

Ihre Augen funkelten amüsiert. »Ich werde durchaus vorsichtig sein. Ich breche in zwei Wochen mit den Mädchen nach London auf, um Louisas Kleider zu erwerben. Wann wirst du dazukommen?«

»Ich gehe in Leicestershire auf die Jagd, sollte aber zur gleichen Zeit in London eintreffen wie ihr.« Er hielt einen Augenblick lang inne. »Wenn du ein weiteres Dienstmädchen einstellen musst, um Theodora unter Kontrolle zu halten, hast du meine Erlaubnis.«

Patience verzog das Gesicht. »Schon wieder der Dialekt?«

»Ja.« Er runzelte die Stirn. »Ich hoffe, ihr klar gemacht zu haben, dass ich ihren Stallburschen entlassen muss, sollte sie ihre Zunge nicht hüten können. Ich werde Mac darum bitten, nochmals mit dem Jungen zu sprechen. Ich habe nichts dagegen einzuwenden, wenn sie die Wörter lernt. Nur fehlt ihr eben das Taktgefühlt, sie nicht in den falschen Augenblicken hinauszuposaunen.«

»Wie äußerst tolerant von dir«, antwortete Patience sarkastisch. »Dir ist es vielleicht recht, dass sie solch vulgäre Sprache lernt, mir aber nicht. Was wird dann wohl aus ihrem Debüt, verrate mir das mal.«

Sein Mund verzog sich. »Erst müssen wir das Debüt der anderen drei überleben, bevor wir uns um Theo Gedanken machen. Wir sehen uns beim Abendessen.«

Matt ging zurück in sein Arbeitszimmer und setzte sich an seinen Schreibtisch. Er griff erneut nach dem Bleistift und zeichnete das perfekte Gesicht seiner Liebsten sowie ihr langes, gelocktes Haar, ihren schlanken, eleganten Hals und ihre zierlichen Schultern. Sobald er seinen Erinnerungen an das Gefühl ihrer vollen Brüste freien Lauf ließ, brachte sein Bleistift auch diese ehrfürchtig zu Papier. Als er seine Zeichnung vollendet hatte, ihr Gesicht dabei sorgsam ungezeichnet gelassen, hatte er ein nacktes Abbild seiner Lady vor sich. So wie er sie in Erinnerung hatte, als sie darauf wartete, sich ihm hinzugeben.

Zu gern hätte er das Verlangen in ihren wunderschönen, blauen Augen gezeichnet und die Freude auf ihren Lippen, als er sie küsste. Doch wenn das Bild je gefunden werden würde, wäre sie ruiniert und es war nun an ihm, sie zu beschützen.

Die Aufregung über Louisas Debüt machte das Abendessen zu einer recht lauten Angelegenheit, sodass er drohte, die jüngeren Mädchen mit einer Horde Bediensteter zu Hause zurückzulassen, die auf sie aufpassen würden. »Ich werde nicht dabei zusehen, wie meine Schwestern sich wie unerzogene Bälger benehmen. In zwei Tagen reise ich zur Jagd ab.« Er bedachte die drei jüngeren Mädchen mit einem strengen Blick. »Wenn sich euer Benehmen bis dahin nicht gebessert hat, wird nur Louisa in die Stadt fahren.«

Aus dem Augenwinkel sah er, wie Patiences Lippen zuckten und auch er musste seine fest aufeinanderpressen. »Louisa, du kannst aufstehen und nimm deine Schwestern mit.«

Louisa öffnete den Mund, schloss ihn wieder und blickte zu den anderen Mädchen. »Dann kommt. Wir können Mikado spielen, bis es Zeit ist, ins Bett zu gehen«,

Als sie den Raum verlassen hatten, blickte Matt zu Patience hinüber. »Bei wem gedenkst du, Louisas Garderobe schneidern zu lassen?«

»O, ich dachte an Miss Lilly.«

»Nein, sie ist nicht modisch genug. Ich werde einer meiner Freundinnen schreiben und eine Empfehlung für Madame Lisette arrangieren.«

Patience fiel die Kinnlade herunter. »Worthington, ich– warum hast du nie erwähnt, dass du– Madame Lisette. Es ist nahezu unmöglich einen Termin bei ihr zu bekommen. Das könntest du wirklich arrangieren?« Prüfend sah sie ihn an. »Ist deine Bekanntschaft auch anständig?«

Beleidigt setzte er sich auf. »Selbstverständlich ist sie anständig. Es ist Lady Rutherford. Sie lässt all ihre Kleider von Madame schneidern. Lady Evesham ebenfalls.«

»Aber das sind doch zwei der– «

»Genau, zwei der modischsten jungen Matronen ganz Londons. Ich bin nicht so ein Banause wie du denkst, Ma'am.«

»Das habe ich auch nie geglaubt«, Patience hob das Kinn. »Ich wusste nur nicht, dass du dich so für Damenmode interessierst.«

Er verstand nicht, worauf sie hinaus wollte, und zog die Brauen zusammen. Welcher Mann wäre nicht von der Kleidung fasziniert, die es den Damen gestattete, so verlockend zu sein? »Viele Männer interessieren sich dafür. Warum sollte ich da anders sein?«

Patience zuckte mit den Schultern. »Ich kann mir eben nur nicht vorstellen, wie du für Petticoats Schlange stehst, aber ich danke dir vielmals. Wer würde sich nicht wünschen, die eigene Tochter in der neuesten Mode gekleidet zu sehen.«

Er grinste. »Es geht hier um Familienstolz. Sie ist schließlich meine Schwester.« Sein Grinsen wurde breiter. »Ihr zukünftiger Ehegatte wird mir wohl allerdings eher weniger danken.«

Die Augen seiner Stiefmutter tanzten. »Madame Lisette ist überaus teuer. Du bist ihnen ein guter Bruder.«

Matt wies den Bediensteten an, den Port auf dem Tisch abzustellen. »Nun, da das geklärt ist, kannst du mir dabei helfen, meine Braut zu finden.«

Er erhob sich, als Patience den Raum verließ, setzte sich dann wieder und schenkte sich ein Glas Port ein. Wen konnte er noch um Hilfe bei seiner Suche nach ihr bitten? Es musste jemand Verschwiegenes sein. Anna würde ihm helfen, doch wenn seine Lady bereits längere Zeit nicht mehr in der Stadt gewesen war, war sie womöglich zu jung, um sie zu kennen. Phoebe würde seiner Lady aber sicherlich begegnet sein. Er würde mit ihr sprechen, sobald er London erreichte.

Matt schwenkte sein Glas. Wenn er London auf seiner Suche nach ihr wieder verlassen musste, würde er einige seiner Freunde darum bitten müssen, ein Auge auf seine Schwester Louisa zu werfen. Harry Marsh würde zur Legislaturperiode in London sein, er und seine Frau

Emma würden mit Sicherheit helfen. Und Rutherford. Es wäre nicht sehr hilfreich, wenn Mitgiftjäger auf die Idee kämen, Matt würde seine Rolle als Vormund nicht ernst nehmen.

Er lenkte seine Gedanken wieder auf seine Lady und seine Miene verfinsterte sich. Wer auch immer dafür verantwortlich war, sie zu beschützten, tat es nicht sehr gewissenhaft. Sie war nicht verheiratet: Sie trug keinen Ring an der linken Hand, wie es in England üblich war, und er hatte auch keinerlei Hinweise gesehen, dass sie jemals einen getragen hatte. Und, bis zu ihrer gemeinsamen Nacht war sie eine Jungfrau gewesen. Was würde eine Dame aus gutem Hause dazu verleiten, sich einem Fremden hinzugeben? Doch er war für sie kein Fremder gewesen. Sie hatte ihn mit *Milord* angesprochen. Woher kannte er sie nur? Glaubte sie etwa, er wäre die Art Mann, die ihre Unschuld rauben und sie dann zurücklassen würde? Und damit wäre er wieder bei der Frage angelangt, weshalb sie sich ihm überhaupt hingegeben hatte. Er warf seinen Kopf gegen die Sessellehne. Warum zum Teufel war sie verschwunden?

Verdammt. Es gab einfach zu viele Ungewissheiten und nicht genügend Antworten.

KAPITEL 5

Zwei Wochen später umarmte und küsste Grace die jüngeren Kinder der Reihe nach. »Benehmt euch, wir sehen uns in einer Woche wieder. Wehe mir kommt dann zu Ohren, dass ihr versucht habt, Unfug anzustellen.«

»Sehr wohl, Grace«, sangen sie im engelshaften Chor. Sie warf ihnen einen strengen Blick zu.

Charlotte, die bereits in der Kutsche saß, rief ihr zu. »Komm schon, Grace. Lass uns aufbrechen!«

»Schon gut, Liebes.« Jane umarmte Grace. »Es wird schon gut gehen. Viel Spaß beim Stöbern.«

Die Kinder wurden zurück ins Haus geführt. Das letzte Mal, dass sie für eine so lange Zeit fort gegangen war, war noch vor dem Tod ihrer Mutter gewesen. Für Selbstzweifel war es nun jedoch zu spät. Sie setzte einen Fuß auf die Treppe der Kutsche und blickte zurück. »Schreib mir.«

Jane grinste. »Jeden Tag. Ob du von ihnen hören willst oder nicht.«

»Danke.«

Bevor Grace sich umentscheiden konnte, setzte sie sich und wies den Kutscher an loszufahren.

»Stell dir vor, Grace.« Charlotte hüpfte beinahe aus dem Sitz ihr gegenüber. »Eine ganze Woche zum Einkaufen, und nur wir zwei.«

Sie lehnte sich gegen die weichen Samtkissen und nahm ein Buch aus ihrer Pompadour-Tasche. Visionen von kranken Kindern und gebrochenen Knochen geisterten vor ihrem inneren Auge umher. »Ja, stell dir nur vor.«

Statt in nur einem Tag nach London zu eilen, hatte Grace beschlossen, unterwegs für eine Nacht Rast zu machen. So hatten sie zwei gemütliche Reisetage vor sich, statt einem einzigen voller Stress. Sie hatte sich einen Ratgeber zukommen lassen, der die interessantesten historischen Sehenswürdigkeiten aufzählte, an denen sie auf ihrer Reise vorbeikommen würden. Die größte Stadt, die Charlotte je besucht hatte, war Bedford und somit stimmte sie allem zu, was Grace vorschlug. Sie verbrachten einen angenehmen Tag mit Besichtigungen und aßen in einem schönen Inn zu Mittag.

Einige Stunden später fuhren sie auf den Hof des Gasthauses *King's Head Inn* in Hunton Bridge. Ihr Stallbursche, Neep, half ihr zuerst aus der Kutsche. Sie schüttelte ihre Röcke aus, als Charlotte neben sie trat. »Grace, dies ist so aufregend. Ein echtes Inn!«

Grace widerstand der Versuchung, ihr zu erklären, dass sie wohl schlecht in einem imaginären Inn nächtigen konnten. »Ja. Mir wurde gesagt, dass die Zimmer komfortabel sind und sie gutes Essen haben.«

»Es muss stimmen, sieh nur wie schön das Gebäude ist.«

Sie verbarg ihr Lächeln und fragte sich, ob sie von einem Inn jemals so beeindruckt gewesen war. »Ähm, in der Tat. Nun gut, sollen wir eintreten?«

Der Gastwirt kam ihnen entgegen, um sie zu begrüßen. »Milady, Ihre Dienstmädchen sind bereits vor einiger Zeit eingetroffen. Ich werde eine meiner Töchter bitten, sie auf Ihre Zimmer zu führen.« Sie verneigte den Kopf. »Danke, dass Sie mir Bescheid geben.«

Als sie das Ende der Treppe erreicht hatte, legte sie eine Hand auf die Schulter ihrer Schwester und drückte sie leicht. »Charlotte, wir treffen uns im Salon, sobald du dich umgezogen hast.«

Die Tür zu Charlottes Zimmer öffnete sich und ihre Zofe, May, hielt sie ihr auf. »O Lady Charlotte, sehen Sie nur. Es ist so schön.«

Charlotte wandte sich zurück an Grace und grinste. »Wir sehen uns unten.«

Auf der gegenüberliegenden Seite des Korridors öffnete Bolton, Graces Zofe, ihr die Tür und schüttelte den Kopf. »Diese May hat nichts als Flausen im Kopf.«

Grace lachte. »Ja, das stimmt wohl. Keine von beiden hat die Nacht je in einem Inn verbracht. In ein paar Tagen haben sie sich sicher wieder beruhigt.«

Bolton schürzte die Lippen. »Das hoffe ich, Milady, oder ich muss ein ernstes Wörtchen mit ihr wechseln. Sie kann sich in London nicht wie ein Wirrkopf benehmen.«

Die Diskussion würde May eindeutig verlieren, daran hatte Grace keine Zweifel. »Kommen Sie, ich muss mich waschen und umziehen.«

»Ich werde nach Ihrem Wasser zum Waschen rufen lassen.«

Allein im Zimmer dachte Grace an das letzte Mal zurück, dass sie in einem Inn genächtigt hatte und blickte sehnsüchtig zum großen Himmelbett hinüber. Ein viel zu lebhaftes Bild huschte durch ihren Kopf, wie Worthington neben ihr lag, sie berührte und küsste. Ihr Körper reagierte auf die Erinnerung und das Verlangen zwischen ihren Beinen verstärkte ihre Sehnsucht nach ihm. Wenn er sie doch nur ein letztes Mal halten könnte. Sie ihm beim Schlafen zusehen konnte, ohne gehen zu müssen.

Sie seufzte.

»Wenn Sie sich hinlegen möchten, werde ich sie darum bitten, das Abendessen zu verschieben.«

Du liebe Güte, Grace hatte nicht einmal gehört, wie ihre Zofe das Zimmer wieder betreten hatte. Sie musste dieses Schmachten schleunigst aufgeben. Es würde ihr absolut nichts bringen. »Nein, schon gut. Ich bin nur etwas müde von der Reise. Den restlichen Tag nicht in der Kutsche verbringen zu müssen, ist genau, was ich brauche.«

Das und aufhören, an Worthington zu denken.

»Was zum Teufel ist los mit Ihnen?«

Matt, der sich auf dem Weg zu den Ställen befand, blickte zur Seite. Ein großer, rotbrauner Wallach tänzelte kunstvoll neben ihm her. Reiter des Pferds war der Marquis of Kenilworth. »Guten Morgen, Kenilworth.«

»Nehmen Sie heute nicht an der Jagd teil?«

Aus irgendeinem Grund stellte die Jagd nach einem kleinen Fuchs nicht den gewohnten Reiz dar. »Nein. Ich breche nach London auf.«

»Warum zum Teufel würden Sie das tun?« Der Mann blickte zu der Gruppe, die sich langsam um den Jagdherrn formte. »Das Einzige, was dort zu dieser Jahreszeit zu finden ist, sind die ganzen Mütter, die ihre Mädchen für ihr Debüt zurechtmachen. Hier wird's Ihnen besser ergehen.« Gedehnt und mit hochgezogener Braue sprach Kenilworth weiter. »Es sei denn, Sie sind auf dem Heiratsmarkt.«

Mac führte das Gefährt aus der Scheune und Matt hatte es eilig. Ihm war erst nach seiner Ankunft aufgefallen, dass er sich in rein männlicher Gesellschaft befand. Wenn die Damen der Gastgeber in London verweilten, dann wäre seine Lady womöglich ebenfalls dort. Doch er würde es auf keinen Fall zulassen, dass Kenilworth etwas über sie erfuhr. Er warf dem Marquis einen verärgerten Blick zu. »Meine Schwester hat ihr Debüt.«

»Dafür beneide ich Sie ganz und gar nicht.« Kenilworth durchfuhr ein Schauder. »Ich erinnere mich noch an all die Erzählungen über das, was meine Mutter mit meinen Schwestern durchmachen musste. War

60

noch nie so froh, der Jüngste zu sein. Ich habe dafür gesorgt, dass man mich für ihre gesamten Ballsaisons nicht aus Oxford hat rufen lassen.«

Matt grinste. »Ich freue mich darauf, Sie in ein paar Wochen zu sehen.«

»O nein, das werden Sie nicht.« Kenilworth betrachtete Matt, als wäre er verrückt geworden. »Ich werde für die Parlamentssitzungen und andere Veranstaltungen anwesend sein. Auf solchen Empfängen, die Sie besuchen werden, werde ich mich gewiss nicht blicken lassen.« Der Mann fasste sich an den Hut, als er davonritt. »Vielleicht sieht man sich aber im *Brooks*.«

Matt stieg in seine Kutsche und grüßte die Jäger auf dem Weg zur Hauptstraße. Er wusste nicht, ob seine Lady an der Ballsaison teilnehmen würde, aber es würde dort sicherlich jemanden geben, der sie kannte. Sobald er sich vergewissert hatte, dass es seinen Schwestern gut ging, würde er Marcus und Phoebe einen Besuch abstatten.

***

Charlotte und Grace waren endlich in Mayfair eingetroffen. Sie klopfte gegen das Dach der Kutsche. »Fahren Sie doch bitte an Stanwood House vorbei.«

»Geh'n wir rein, Milady?«

»Nein, ich möchte Lady Charlotte nur zeigen, wo es ist.«

Seit sie den Stadtrand Londons erreicht hatten, war Charlotte eifrig dabei, auf all die Menschen, Gefährte und Gebäude hinzuweisen.

»Dies unterscheidet sich wirklich sehr von anderen Gegenden, die wir durchquert haben.«

»Das tut es«, stimmte ihr Grace zu und wünschte sich, sie könnte den Bedürftigen auf irgendeine Art und Weise helfen. »Alle, die meinen, der feinen Gesellschaft anzugehören, leben in Mayfair. Hier kommt Berkeley Square. Uns gehört das vierte Haus von hinten.«

Entzückt klatschte Charlotte in die Hände. »Ich kann es kaum erwarten, hier zu leben. Das eine Geschoss sieht aus, als würde es gänzlich aus Fenstern bestehen. Ist das der Unterrichtsraum?«

»Das ist er.« Grace reckte den Hals, um es sehen zu können. »Ich bin überaus stolz darauf, wie schön es geworden ist.«

Einige Minuten später erreichten sie Herndon House im Grosvenor Square.

Als die Kutsche zum Stehen kam, öffnete der Butler ihres Onkels die Tür und schon wurden sie den Korridor entlang ins hintere Ende des Hauses geführt, wo ihre Ankunft verkündet wurde.

»Meine Lieben.« Tante Herndon stand von ihrem Schreibtisch auf und eilte mit gehetztem Gesichtsausdruck zu ihnen herüber. »Ich habe euch erst kurz vor dem Abendessen erwartet. Nicht, dass es eine Rolle spielt, denn meine Haushälterin hat eure Zimmer bereits seit Tagen bereit.«

Sie umarmte Grace. »Meine liebe Charlotte, wie groß du geworden bist! Lass mich dich ansehen.« Mit zwei Fingern hob sie Charlottes Kinn an und wandte ihr Gesicht hin und her. »Makellos.« Tante Herndon ließ die Hand wieder sinken und lächelte Grace zu. »Mehr hätte ich mir nicht wünschen können.«

Charlotte biss die Zähne zusammen und Grace unterdrückte ein Seufzen. Für die Verärgerung ihrer Schwester war jetzt keine Zeit. Sie konnte von Glück reden, dass sie nur eine Woche mit ihrer Tante verbringen würden. »Charlotte?«

Charlotte knickste anmutig. »Wie schön, Sie wiederzusehen, Tante Herndon.«

Ihre Tante lächelte erneut und blickte zu Grace. »Allen zum Trotz, die behauptet haben, es würde schief gehen. Du hast wundervolle Arbeit geleistet, meine Liebe. Du solltest stolz auf dich sein.«

Graces Hals schnürte sich zu. »Danke für deine Worte und für deine Unterstützung.«

Erst jetzt, da ihre Tante ihre Anerkennung kundgetan hatte, wurde ihr deutlich, wie besorgt sie doch über Charlottes Debüt gewesen war. Außer ihrem leiblichen Großvater, Lord Timothy, hielt keiner ihrer Verwandten sie für fähig genug, ihre Brüder und Schwestern großzuziehen. Ihr Herz zog sich zusammen, als sie an die Panik und die Albträume zurückdachte, die ihre jüngeren Brüder und Schwestern durchlebt hatten, als es für kurze Zeit so ausgesehen hatte, als würden sie einzeln oder zu zweit zu Verwandten geschickt werden. Ohne seiner und damals Onkel Herndons Unterstützung wäre ihr nie die Vormundschaft zugesprochen worden.

Tante Herndon wandte sich zurück an Charlotte. »Nenn mich doch Tante Almeria, mein Kind. Ich bin mir sicher, du wirst eine wundervolle Ballsaison mit zahlreichen Anträgen haben.«

Einige Augenblicke später wurden Charlotte und Grace auf ihre Zimmer geführt mit dem Befehl, sich auszuruhen, ehe der Tee um vier Uhr im hinteren Salon serviert wurde. Grace legte ihren Hut und ihre Handschuhe ab und übergab sie an Bolton. Es war ihr schwer gefallen, ihre Niedergeschlagenheit abzulegen, die sie seit dem Rendezvous mit Worthington verfolgte, doch die Worte ihrer Tante stärkten ihren Entschluss. Es gab wichtigere Dinge im Leben, als glücklich und geliebt in seinen Armen zu liegen. So schwer es ihr auch fallen würde, ihre Aufmerksamkeit musste Charlotte und den anderen Kindern gelten. Nicht Worthington und wie er sie zum Lachen brachte und ihre politischen Ansichten teilte, die ihr am Herzen lagen. Himmelherrgott, und nicht wie er sie hielt und küsste und sie Liebling nannte.

Doch jedes Mal, wenn sie an ihn dachte, brannte ihr Körper förmlich vor lustvollen Erinnerungen. Das durfte nicht länger geschehen. Diese ganze Angelegenheit war viel komplizierter geworden, als sie es erwartet hatte. Zur Hölle mit dem Mann. Warum konnte er sie nicht in Ruhe lassen?

Bolton half ihr, sich umzuziehen und wenige Minuten später kam Charlotte in Graces Zimmer stolziert. »Ich kann es nicht fassen.« Charlotte kochte vor Wut. »Als wäre ich irgendein Zuchtpferd. Vielleicht hätte ich ihr die Zähne zeigen sollen.«

Grace wischte sich mit der Hand über die Stirn und fixierte ihre Schwester mit einem Blick. »Du solltest dich beruhigen. Es wird nicht das letzte Mal sein, dass so etwas in der Art passiert.«

Charlotte runzelte die Stirn und schob ihre Unterlippe hervor. »Ist es dir so auch ergangen?«

Grace zog Charlotte zum kleinen Sofa vor dem Marmor-Kamin und legte einen Arm um ihre Schwester, während sie an ihre erste Ballsaison zurückdachte. »Natürlich. Es ist schnell vorüber und wer sich dagegen wehrt, gilt als rüpelhaft. Aus genau diesem Grund arbeiten wir an unseren Manieren. Sodass man immer in der Lage ist, mit anständiger Zurückhaltung zu reagieren, ganz unabhängig von der Provokation.«

Daran hätte sie womöglich bereits im Inn mit Worthington denken sollen.

Charlotte nahm Graces Hand und führte sie sich über die Wange. »O Grace, es tut mir so leid. Du hältst mich sicherlich für die verwöhnteste Kreatur auf Erden. Ich wollte dich nicht kränken. Ich werde mich genau so verhalten, wie du es mir beigebracht hast. Versprochen.«

Sie umarmte ihre Schwester. »Danke. Denk immer daran, es ist schnell vorbei.« Sie versuchte zu lächeln. »Ich werde Lady Evesham eine Nachricht zukommen lassen. Wenn sie derzeit Besuch empfängt, werden wir ihr einen abstatten.«

Charlottes Miene hellte sich auf. »Ich würde ihr gern für die Empfehlung an Madame Lisette danken.«

»Na schön, geh zurück auf dein Zimmer und mach dich bereit für den Tee.«

Charlotte umarmte sie, gab ihr einen Kuss und huschte aus dem Zimmer. Es war schwer zu glauben, dass Grace je so sorglos gewesen war. Sie neigte den Kopf von einer Seite auf die andere und versuchte die Knoten in ihrem Nacken zu lösen.

Bolton rieb ihr die Schultern und übte fachmännischen Druck auf die Knoten aus. »Es sieht ganz danach aus, als würden Sie mit Lady Charlotte alle Hände voll zu tun haben, Milady.«

Grace schloss kurz die Augen. »Ich verbiete Ihnen, solch gruselige Gedanken zu haben.« Sie schenkte Bolton ein erschöpftes Lächeln. »Ich werde ein Wort mit meiner Tante wechseln müssen. Wenn sie eine schüchterne, sich ziemende, junge Dame erwartet hat, wird sie bitter enttäuscht werden.«

Sie begann sich zu erheben, doch Bolton zwang sie, sich wieder zu setzen, während sie an ihren Schultern arbeitete. »Was Sie müssen, Milady, ist aufhören Trübsal zu blasen. Seit Wochen schon laufen Sie melancholisch umher. Wenn Sie die Kleider für Lady Charlotte abholen, sollten Sie auch für sich welche erwerben. Es geht doch nichts über ein neues Kleid und eine hübsche Haube, um sich aufzumuntern.«

Ein Teil von Graces Anspannung wich unter Boltons Händen. »Ja, da könnten Sie recht haben. Ich werde mit Madame Lisette sprechen.«

Einige Minuten später ging Bolton ins Umkleidezimmer.

Grace schritt zum hübschen Schreibtisch aus gemasertem Holz und suchte nach Papier, einer Schreibfeder, Tinte und Wachs. Als sie alles beisammenhatte, schrieb sie Phoebe eine Nachricht. Sie versiegelte sie und rief nach einem Bediensteten. »Bringen Sie dies bitte nach Dunwood House und warten Sie auf eine Antwort.«

»Sehr wohl, Milady.«

Nach etwa zwanzig Minuten kehrte er wieder zurück. »Milady, Lady Evesham würde sich geehrt fühlen, Sie nach dem Tee zu empfangen, oder den Tee mit Ihnen gemeinsam einzunehmen. Wie Sie es wünschen.«

»Teilen Sie ihr bitte mit, dass ich den Tee mit meiner Tante einnehmen muss, da wir erst heute angereist sind. Ich werde mir aber die Ehre geben, sie gleich danach aufzusuchen.«

»Sehr wohl, Milady.«

Grace schnappte sich ihren Mantel, stieg die Treppen hinab und schlüpfte aus einer der Glastüren, um einen Spaziergang im Garten zu unternehmen, der hinter dem Stadthaus lag. Ein Plattenweg führte zu den Rosen auf der anderen Seite und schlängelte sich um einen Springbrunnen herum, der eine sehr viel kleinere Version von dem in Versailles darstellte. Eine hohe Steinmauer umgab den Garten zu drei Seiten. Rosenstöcke kletterten die Spaliere und beide Gartenlauben empor, in denen sich gemütliche Sitzgelegenheiten befanden. Grace musterte das Grün etwas genauer, das aus den braungrauen Stängeln hervorspross. Wie zauberhaft doch alles zum späten Frühjahr aussehen würde. Vielleicht sollte sie im Garten von Stanwood House mehr Rosen anpflanzen. Sie blickte auf die Uhr, die an ihr Kleid gesteckt war. Es war fast vier Uhr. Grace kehrte um und erreichte den Salon, als der Tee serviert wurde.

Als der Tee zu Ende ging und sie gefangen war zwischen der erdrückenden Besorgnis ihrer Tante und der leidenschaftlichen Abwehrhaltung ihrer Schwester, spürte Grace die ersten Anzeichen von Kopfschmerzen und wünschte sich nichts sehnlicher als allein zu sein.

»Grace, mein liebes Kind, ich bin sehr stolz auf dich. Aber ich bin mir sicher, dass niemand dir Vorwürfe machen würde, wenn du die älteren Kinder in ein Internat schicken würdest. Viele Eltern machen das so, weißt du. Dann müsstest du dich nur noch um die Jüngste kümmern, wie heißt sie noch gleich? Ach, ist ja auch nicht wichtig ...«

»Sie heißt Mary«, sagte Charlotte in bittersüßem Tonfall.

Ihre Tante blinzelte. »Ja, meine Liebe, natürlich. Wie ich soeben sagte, wenn du sie fortschicken und die Angelegenheiten des Anwesens deinem Steward überlassen würdest ...«

»Aber Tante Almeria«, unterbrach sie Charlotte erneut, »du weißt doch sicher, dass unser Vater immer zu sagen gepflegt hat, dass man sich um sein eigenes Anwesen zu kümmern hat. Es wäre nicht richtig, wenn Grace seinen Rat nicht befolgen würde.«

»Meine liebe Charlotte.« Ihre Tante blinzelte mehrmals. »So beruhige dich doch. Ich wollte Grace doch nur nahelegen, dass wenn sie die zahlreichen Belastungen los werden würde, sie womöglich die Zeit hätte, sich einen Ehemann zu suchen.«

Als Charlotte ihren Mund diesmal öffnete, um zu antworten, brachte Grace sie mit einem strengen Blick zum Schweigen und wandte sich lächelnd an ihre Tante. »Es handelt sich um ein Missverständnis. Ich empfinde es nicht als Belastung. Nachdem ich so lange für die Vormundschaft gekämpft habe, kann ich mir nicht vorstellen, dass du glaubst, ich würde sie wieder aufgeben. Ich würde meine Brüder und Schwestern genauso wenig in ein Internat stecken wie ich sie zu verschiedenen Verwandten schicken würde. Wir bleiben beisammen, bis jeder von ihnen bereit ist, das Nest zu verlassen.« Grace ging zu ihrer Tante und umarmte sie, ihr Tonfall weicher. »Versteh doch bitte, dass ich mir mehr nicht wünsche. Und wenn du uns nun entschuldigen würdest, Lady Evesham hat darum gebeten, dass ich Charlotte zu ihr bringe, damit sie sich kennenlernen können.«

Lady Herndon erwiderte ihre Umarmung. »Ja, natürlich. Wie großzügig von ihr anzubieten, euch zu Madame Lisette zu begleiten.« Grace gab ihrer Tante einen flüchtigen Kuss auf die Wange und signalisierte Charlotte, es ihr gleich zu tun. »Wir sehen uns vor dem Abendessen.«

Als sie die Tür zu Graces Zimmer erreichten, schob sie ihre Schwester hinein und rieb sich mit der Hand über die Augen. »Charlotte, Liebes, ich weiß deine Versuche mich zu verteidigen zu schätzen. Aber ich bitte dich, meiner Nerven zuliebe, hör auf damit. Wenn ich das noch ein einziges Mal durchleben muss, bekomme ich noch hysterische Anfälle.«

»Aber du bekommst keine hysterischen Anfälle«, stellte Charlotte fest.

»Charlotte«, warnte Grace.

Ihre Schwester ließ den Kopf hängen. »Ja, Grace. Ich werde es nicht wieder tun. Es ist nur …«

»Ich danke dir. Ich bin sehr wohl in der Lage, mich selbst zu verteidigen. Und nun zieh dir ein Ausgehkleid und einen gefütterten Mantel an, wir treffen uns dann hier wieder. Ich habe fast ein bisschen Angst, einen Fuß vor die Tür zu setzen. Ich habe nämlich die große Befürchtung, dass wir beide aussehen werden wie Bauerntrampel.«

Nicht mehr als eine Viertelstunde später wurden Grace und Charlotte in einen Raum mit Gartenblick im hinteren Ende von Dunwood Haus geführt. Phoebe, die Countess of Evesham erhob sich, um sie zu begrüßen. »Grace, wie schön dich wiederzusehen. Es ist eine Ewigkeit her.« Phoebe drückte Grace an sich und küsste sie, bevor sie ihre Schwester begrüßte. »Und du musst Charlotte sein. Wie hübsch du bist. Du siehst deiner Schwester zu Zeiten ihres Debüts sehr ähnlich. Kommt und setzt euch, dann könnt ihr mir erzählen, wie es euch ergangen ist.«

Grace betrachtete ihre Freundin einen Moment lang. Phoebe hatte sich über die Jahre wenig verändert. Sie war noch immer eine Dame von kleiner Statur mit leuchtend rotgoldenem Haar und himmelblauen Augen. »Phoebe, du siehst wundervoll aus. Wie ich sehe, steht dir das Eheleben sehr gut.«

Phoebe grinste. »Ich danke dir, ich bin sehr glücklich.«

»Das Baby wird im Sommer erwartet?«

Ihre Freundin berührte ihren Bauch. »Ja, im Juli. Wir werden diese Ballsaison nicht viele Gäste unterhalten, und ich habe Marcus versprochen, mich nicht herumzutreiben. Aber wir werden den politischen Treffen beiwohnen und ich werde ab und an ein paar Gäste in den Salon laden. Du wiederum wirst alle Hände voll zu tun haben.«

Das beschrieb die Situation nicht einmal annähernd. Mit den Kindern und Charlottes Empfängen wäre es nicht verwunderlich, wenn Grace am Ende der Ballsaison umkippte. »Ja, all meine Brüder und Schwestern, außer Charlie, der noch in der Schule ist, werden hier sein. Meine Tante Herndon sponsert Charlotte. Ich danke dir, dass du die Bekanntschaft mit Madame Lisette arrangiert hast. Wir haben morgen früh einen Termin.«

Ein Bediensteter trat geräuschlos in den Raum und Phoebe bat ihn wortlos, den Tee vor ihr abzusetzen.

»Wie schön. Alle Damen meiner Familie gehen zu ihr. Ich weiß, dass deine Mutter Madame Fanchette sehr bewundert hat.«

»Ja, aber sie ist letztes Jahr in den Ruhestand gegangen. Der Wechsel macht mir jedoch nichts aus. Du und deine Schwestern seid immer so gut gekleidet.«

Phoebe zeigte auf den Teepott und Grace nickte. »Lasst euch ruhig von Madame beraten und ich verspreche, ihr werdet begeistert sein vom Resultat. Wirst du einen eigenen Stall haben?«

Charlottes Augen leuchteten. »Ja. Mein liebstes Reitpferd wird hergebracht und Grace hat mir das Kutschieren beigebracht.« Sie verschränkte die Hände ineinander. »Ich soll meinen eigenen Phaeton und eigene Kutschpferde bekommen.«

Phoebe reichte Grace eine Tasse. »Hervorragend. Wer wird dir beim Pferdekauf helfen?«

Grace zog die Brauen leicht zusammen. »Ich glaube, mein Onkel Herndon hilft mir vielleicht dabei, doch ich hatte noch nicht die Gelegenheit, ihn danach zu fragen.«

»Wenn du mir vertraust, kann ich mich darum kümmern.« Phoebe blickte zu Charlotte, um sie mit in die Unterhaltung einzubeziehen. »Wie es der Zufall so will, weiß ich von einem Paar gut aufeinander abgestimmter, grauer Pferde, die demnächst zum Verkauf stehen. Marcus und ich werden euch zum Kutschenbauer begleiten.«

Die Anspannung in Graces Schultern und der Schmerz in ihrem Kopf ließen nach. »Gerne, ich danke dir. Das wäre perfekt. Meinst du nicht, Charlotte?«

»Ja, ich würde sehr gern ein abgestimmtes Paar Pferde besitzen und graue sind so elegant.«

Phoebe verengte die Augen leicht. »Würdest du dir gern die neueste Edition des *La Belle Assemblée*-Journals ansehen? Es liegt im Salon nebenan, nur den Flur entlang«, sagte sie zu Charlotte.

Charlotte warf Grace einen Seitenblick zu.

»Ja, Liebes. Geh nur, wenn du möchtest.«

»Nun, wenn es dir nichts ausmacht«, sagte ihre Schwester schüchtern. »Ich würde es gern sehen. Unseres ist einige Monate alt.«

Phoebe zeigte in die Ecke. »Zieh dort an der Klingel und ein Bediensteter wird dir den Weg zum Salon zeigen.«

Sobald Charlotte gegangen war, wandte sie sich mit besorgtem Blick an Grace und nahm ihre Hand. »Und jetzt erzähl mir, was los ist.«

KAPITEL 6

Grace stiegen die Tränen in die Augen und ihre Stimme zitterte. »Ich glaube nicht, dass ich jemandem davon erzählen sollte. Ich–ich weiß nicht, wie du dann über mich denken wirst. Es würde mich tatsächlich nicht wundern, wenn du nichts mehr mit mir zu tun haben möchtest. O Phoebe, ich habe etwas schrecklich Törichtes angestellt.«

Phoebe drückte Graces Hände fester, hielt sie umklammert. »Meine liebe Freundin, wir kennen uns, seit wir Kinder waren. Selbst wenn sich herausstellen sollte, dass ich deine Handlungen nicht gutheiße, würde ich dir nicht den Rücken kehren.«

Grace betrachtete ihre Freundin. Die Schwere ihres Geheimnisses belastete sie so viel mehr, als sie es je erwartete hatte, und es gab sonst niemanden, dem sie auch nur annähernd ausreichend vertraute. »Ich habe mich verliebt.«

Phoebes Lachen klang wie ein musikalisches Glockenspiel. »Grace, sich zu verlieben ist doch nicht das Ende der Welt. Es verkompliziert vieles für dich, das stimmt wohl. Dennoch muss es doch eine Lösung geben.«

Grace entzog Phoebe ihre Hände und vergrub einen Augenblick lang ihr Gesicht in ihnen, ehe sie endlich Phoebes Blick erwiderte. »Du verstehst nicht. Er hat keine Ahnung, wer ich bin.«

Fragend neigte Phoebe den Kopf zur Seite. »Ich glaube, du solltest am besten von vorn anfangen.«

Grace nickte. Selbst wenn es sonst nichts brachte, vielleicht würde es schon helfen, darüber zu sprechen.

Sie erzählte ihrer Freundin von der Nacht im Inn, und als sie in Tränen ausbrach, drückte Phoebe Grace fest an sich, bis sie sich wieder ausreichend beruhigt hatte, um fortzufahren. »Ich dachte, diese eine Nacht würde ausreichen, um meine Neugierde zu stillen und es würde mich dann nicht mehr so stören, niemals heiraten zu können.«

»Grace, bist du–?«

Das war der einzige Segen. Sie erwartete kein Kind. »Nein.«

Phoebe atmete erleichtert auf. »Na immerhin.« Sie rieb sich die Stirn. »Jetzt macht das alles auch viel mehr Sinn. Meine Liebe, ich weiß nicht so recht, wie ich dir das sagen soll, aber ... Worthington sucht nach dir.«

Ruckartig setzte Grace sich auf. Warum würde er das tun und was, wenn es sich herumsprach? »*Nein.* Das kann nicht sein. Das ist schrecklich! Phoebe, woher weißt du das?

Sie reichte Grace noch eine Tasse Tee. »Er hat Marcus besucht, als ich morgens unterwegs war und hat dich beschrieben. Marcus hat dich natürlich noch nie gesehen und konnte ihm daher nicht weiterhelfen. Später erzählte er mir von Worthingtons Beschreibung. Ich wusste sofort, um wen es ging. Worthington ist ein guter Künstler und hat ein Auge für Details. Ich konnte mir nur beim besten Willen nicht erklären, warum er dich finden wollte.«

Grace spürte ein Ziehen in der Brust und das Atmen fiel ihr schwer. Der Gedanke, dass er sie als seine Geliebte wollte, war einfach zu grausam, um es in Erwägung zu ziehen. »Warum– warum sucht er nach mir?«

In einer mitfühlenden Geste zog Phoebe die Brauen hoch. »Er will dich heiraten.«

Grace stockte der Atem und ihr blieb die Luft aus. *Mich heiraten?* Nein. Das konnte doch nicht wahr sein. »Ich– ich werde versuchen müssen, ihn zu meiden.« Sie rieb sich die Schläfen und versuchte nachzudenken. Leider schien ihr Hirn da allerdings nicht mitspielen zu wollen. »Ich hatte sowieso nicht vor, vielen Empfängen beizuwohnen. Zumindest keinen, bei denen man auf die Herren der Gesellschaft treffen würde.«

Phoebe warf ihr einen misstrauischen Blick zu.

So wie es aussah, würde Grace tatsächlich noch hysterische Anfälle bekommen. »Was denn?«

Phoebe griff erneut nach Graces Händen. »Meinen Erfahrungen nach tauchen verliebte Gentlemen immer genau dort auf, wo man sie nicht erwartet.«

Sie hatte natürlich Recht. Männer waren so unberechenbar. Nie benahmen sie sich so, wie man es sich wünschte. Wieso hatte er sie nicht einfach vergessen können? »Phoebe, das ist schrecklich. Was soll ich denn nur tun?«

Trotz ihres großen Bauchs erhob Phoebe sich anmutig und schien fast schon schwebend zu dem kleinen Beistelltisch zu schreiten, auf dem eine Karaffe und Gläser standen. Sie schenkte zwei ein und reichte Grace eines der beiden. »Sherry, zwar nicht so stark wie Brandy, aber trotzdem effektiv.« Phoebe setzte sich wieder neben Grace. »Du wirst ihm erklären müssen, dass du die Vormundschaft für die Kinder nicht aufgeben wirst. Das Gesetz ist für Frauen in vielerlei Hinsicht sehr ungerecht und dies ist wohl das grausamste Beispiel.« Nachdenklich zog Phoebe die Brauen zusammen. »Würdest du es vielleicht in Erwägung ziehen, dass Worthington als dein Ehemann die Vormundschaft übernehmen könnte?«

Grace stürzte das halbe Glas in einem Schluck hinunter. Es half kein Stück. »Ich kann mir nicht vorstellen, dass ein Mann je freiwillig sieben Kinder aufnehmen würde.« Sie nahm einen weiteren Schluck. »Selbst wenn er glaubt, es zu wollen, was ist, wenn etwas passiert und er seine Meinung ändert? Ich wäre hilflos und mir wären die Hände gebunden. Wenn er die Jungs zur Schule schicken würde, bevor sie bereit dazu sind, oder die Mädchen überhaupt zur Schule schickt. Ich halte nicht viel von diesen Mädchenschulen und möchte, dass sie zu Hause geschult werden.« Grace hielt inne und ihre Stimme wich den Tränen. Sie stellte das Glas auf den Beistelltisch und ließ den Kopf in die Hände sinken.

Phoebe erhob sich, schenkte Grace nach und reichte ihr das Glas. »Das kann ich verstehen. In deiner Situation würde ich wohl ähnlich denken.«

Grace nippte an ihrem Sherry. »Ich danke dir.«

»Wofür?« Phoebes Mundwinkel zogen sich nach oben. »Dafür, dass ich deine Freundin bin? Darf ich dich daran erinnern, meine liebe Freundin, dass du zu mir gehalten hast, als ich mich geweigert habe, zu heiraten?«

Und doch war das bei weitem nicht so schlimm gewesen wie das, was Grace getan hatte. »Nein, dafür, dass du mich nicht für eine unreine Frau hältst.«

»So ein Quatsch.« Phoebe warf Grace einen wehmütigen Blick zu. »Du bist doch schon seit Jahren halb verliebt in Worthington. Ich erinnere mich noch an all die Anträge, die du abgewiesen hast in der Hoffnung, dass er fragen würde.«

Sie seufzte elendig. »Er hat mich nicht einmal bemerkt.«

»Nein, wahrscheinlich nicht. So sind junge Männer eben. Aber, Liebes, wie um Himmels willen konntest du nur glauben, es wäre möglich, mit ihm den Liebesakt zu vollführen, ohne dich zu verlieben?«

Nun, das war eine berechtigte Frage. Doch sie hatte ihn ja nur während der einen Ballsaison gesehen. Grace tupfte sich die Augen ab. »Womöglich hätte ich es nicht getan, wenn er nicht so wundervoll gewesen wäre.«

Phoebe grinste. »Es scheint ganz so, als wäre er von dir ebenso angetan.«

Grace nahm einen großen Schluck von ihrem Sherry. Er war wirklich sehr köstlich und sie fühlte sich etwas besser. Warum war sie so töricht gewesen? Sie richtete sich auf. »Das hilft leider keinem von uns beiden weiter. Ich kann ihn nicht heiraten. Weder ihn noch sonst irgendwen.«

»Wie schade, dass ihm nicht vor dem Tod deiner Eltern klar geworden ist, dass er in dich verliebt ist. Was für Dummköpfe Männer doch sein können.«

Sie trank ihr Glas aus, erhob sich und begann hin und her zu gehen. »Ich muss ihm aus dem Weg gehen. Ihm zu sagen, dass ich nur eine Nacht wollte, kommt für mich absolut nicht in Frage.«

»Nein, das würde er wohl nicht gut aufnehmen.« Phoebe stopfte sich ein kleines Kissen hinter den Rücken. »Aber Grace, ich wäre wirklich sehr überrascht, wenn du ihn gänzlich meiden kannst. Du solltest deine Zeit lieber damit verbringen, dir zu überlegen, was du ihm sagen wirst, wenn du auf ihn triffst.«

Grace hatte das eine Ende des Raumes erreicht und drehte sich wieder um. Er würde es niemals verstehen. Herren war es gestattet so zu handeln, wie sie es getan hatte, doch Damen – zumindest unverheirateten Damen – nicht. »Du hast natürlich recht.«

Charlotte klopfte an die Tür und trat mit einem großen Journal unterm Arm ein.

Grace brachte ihre Gefühle schnell wieder und Kontrolle und lächelte. »Und, Liebes, hast du etwas gefunden?«

»Ich habe mehrere wunderschöne Kleider gefunden«, sagte ihre Schwester mit einem listigen Grinsen im Gesicht. »Wenn du mir doch nur erlauben würdest, mir Diamanten in mein Korsett einnähen zu lassen und Seide zu tragen.«

Grace streckte die Hand nach dem *La Belle Assemblée* aus, um sich die Bilder anzusehen, von denen Charlotte so schwärmte. Das abgebildete Ballkleid war in einem hellen Lavendelton gehalten, mit einem dunkleren Unterrock. Der Bericht empfahl kleine Diamanten oder andere Edelsteine. Grace setzte einen unschuldigen Gesichtsausdruck auf. »Wenn du dich in Diamanten kleiden möchtest, dann wirst du dich wohl um einen überaus wohlhabenden Gentleman bemühen müssen, der dir einen großen Betrag zur Verfügung stellt.«

»Pfui! Mir sind solche ...«, Charlotte schnippte mit den Fingern, »... Frivolitäten doch egal. Aber lustig fand ich es schon.«

Grace lachte. Nein, ihre Brüder und Schwestern würde sie niemals hergeben. »Wir sollten uns auf den Weg machen. Tante Almeria möchte ein frühes Abendessen servieren, bis wir uns an die Bräuche Londons gewöhnt haben.« Sie reichte Phoebe die Hände. »Ich danke dir für unser Gespräch. Wirst du uns morgen begleiten?«

Phoebe grinste und blickte auf ihren Bauch hinab. »Ja, ich denke schon. Ich werde schon bald wieder neue Kleider benötigen.«

Als Grace und ihre Schwester Arm in Arm über den Square zurück zum Haus ihrer Tante spazierten, malte sie sich in Gedanken aus, wie sie es Worthington erklären konnte, dass sie nicht zu heiraten vermochte – und verwarf all ihre Ideen gleich wieder. Wenn sie ihm tatsächlich nicht gänzlich aus dem Weg gehen konnte, dann würde sie es ihm schon irgendwie vermitteln. Ja, das war ein viel besserer Plan.

∗∗∗

Matt saß in dem großen Ledersessel hinter dem Schreibtisch in seinem Arbeitszimmer und starrte aus dem Fenster, das den derzeit noch leeren Garten überblickte. Nächsten Monat würde wieder alles grün sein und seine Schwestern würden dort draußen spielen, statt im Flur über seinem Kopf auf und ab zu rennen. Er war heilfroh, dass sie nur zu viert waren. Er hoffte, seine Lady mochte Kinder.

Ein leichtes Klopfen ertönte an der Tür. Sie öffnete sich und Patience trat ins Zimmer, einen kleinen Korb in der Hand. »Was ist das?«

Sie stellte den Korb auf dem Schreibtisch ab. »Einladungen. Alle, die du mich gebeten hast anzunehmen. Worthington, es wird Zeit, dass du endlich eine Sekretärin einstellst.«

Er hatte sie gebeten, all die Einladungen zu Empfängen anzunehmen, von denen sie glaubte, dass seine Lady dort auftauchen könnte. Er schluckte. »Wie viele sind es?«

Sie schnaubte frustriert. »Wenn du jeden Abend, außer sonntags, vier Empfängen beiwohnst, selbst dann könntest du nicht alle Zusagen abarbeiten.«

Erwartungsvoll blickte er sie an. »Wärest du womöglich gewillt ...?«

»Nein.« Ihr Gesichtsausdruck verhärtete sich und sie streckte das Kinn leicht hervor. »*Ich* will schließlich nicht im Irrenhaus landen. Louisa und ich werden nur den Empfängen beiwohnen, bei denen wir einen Ehemann für sie finden können.«

Dies lenkte ihn ab und Matt runzelte die Stirn. So hatten er und Patience es nicht besprochen. Louisa sollte Zeit gegeben werden zu reifen, bevor sie heiratete. »Patience, möchtest du wirklich, dass sie dieses Jahr heiratet?«

Sie setzte sich auf den Stuhl vor seinem Schreibtisch und seufzte. »Wenn sie sich in jemanden verliebt und dieser ihre Gefühle erwidert, habe ich keine Einwände. Natürlich wäre es mir lieber, sie würde noch ein Jahr oder länger warten, aber im Gegensatz zu mir in ihrem

Alter hat sie ihre eigene Meinung.« Patiences Augen glänzten. »Ich weiß, dass du sie nicht zwingen würdest zu heiraten.«

Er schüttelte den Kopf. Er erinnerte sich noch allzu gut daran, wie sie ihm erzählt hatte, dass sie zur Hochzeit gedrängt worden war, ehe sie bereit gewesen war. »Nein. Das werde ich nicht.«

Erneut ertönten Getrampel und Lärm über ihnen. »Ich wünschte, sie würden nicht ausgerechnet im Korridor über mir spielen.«

Sie blickte zur Decke empor. »O mein Lieber. Sie sind nicht direkt über deinem Kopf, sondern im Unterrichtsraum.«

Zwei Stockwerke über ihm? Matt rieb sich übers Gesicht. Wie schafften sie es nur, so viel Lärm aus so großer Distanz zu machen? »Sag ihnen, sie sollen sich ihre Mäntel, Hauben und Handschuhe anziehen. Ich werde mit ihnen in den Park gehen. Ich will zwei Bedien… nein, lieber drei Bedienstete dabeihaben und Duke kann uns ebenfalls begleiten.«

Das riesige, hellbraune Etwas, das auf dem Teppich vor dem Kamin geschlafen hatte, hob den Kopf.

Matt grinste. »Wär' das was, mein Junge?«

Träge bewegte sich der der Schwanz der Dänischen Dogge auf dem Boden hin und her.

»Ich werde es ihnen ausrichten.« Patience erhob sich. »Wirst du die Kutsche nehmen?«

Um Himmels willen. »Nein, sie werden zu Fuß gehen. Sie sollen schließlich müde sein, wenn wir zurück sind.«

Ihren Augen funkelten belustigt. »Jawohl.«

Nachdem sie den Raum verlassen hatte, blickte er erneut in seinen Garten und klingelte dann, um um Mantel, Hut, Handschuhe und Dukes Leine zu bitten.

Als er den Flur erreichte, warteten seine Schwestern bereits ungeduldig auf ihn. Er warf ihnen einen strengen Blick zu. »Auf dem Weg in den Park geht jeder von euch gefälligst neben einem Bediensteten. Louisa, du wirst neben mir gehen.«

Sie alle nickten lächelnd. Was für trügerische kleine Wesen seine Schwestern doch waren. Er gab ihnen eine einzige Häuserreihe, bevor sie versuchen würden zu entfleuchen. Aber er war bereit.

Kurz nachdem sie Berkeley Square verlassen hatten, entschieden sich Theodora und Madeline dazu, ein Rennen zu veranstalten. Matt gratulierte sich zu seiner Voraussicht. Die beiden Bediensteten, neben denen sie gegangen waren, blickten ihn fragend an. »Halten Sie sie auf. Ich habe nicht vor, dabei zuzusehen, wie meine Schwestern zum Klatsch ganz Londons werden. Sobald sie den Spielplatz erreicht haben, können sie gerne laufen, aber nicht vorher.«

Bis er und Louisa die Schlingel eingeholt hatten, hatten die beiden Bediensteten sie bereits an der Hand gefasst. Als sie den Park schließlich erreichten, nickte Matt. »Lassen Sie sie gehen, aber bleiben Sie bei ihnen.«

Lachend machten sich die Mädchen aus dem Staub. »Erzählt mir bitte nicht, dass es nur die beiden waren, die so viel Lärm veranstaltet haben.«

Augusta stieg die Röte ins Gesicht. »Nein, ich habe mitgespielt.«

»Das kannst du auch jetzt. Mir ist's lieber du läufst hier als *über meinem Kopf.*«

»O Matt.« Elendig verzog sie das Gesicht. »Bitte entschuldige. Haben wir dich sehr gestört?«

»Nein, nicht sehr.« Er lächelte ihr zu und tätschelte ihre Wange. *Nur ausreichend, dass ich euch herbringen musste.* »Geh ruhig spielen.«

Augusta grinste. »Kann Duke mitkommen?«

Matt ließ die Dänische Dogge von der Leine. »Wenn er möchte.«

»Komm, Duke, komm.« Augusta klatschte in die Hände und lief los, Duke ihr hinterher.

Louisa drückte seinen Arm. »Dies war eine sehr gute Idee, Matt.«

Er blickte zu seiner Schwester hinab. Sie war ein hübsches Mädchen. Diese Ballsaison würde die reinste Hölle werden. Nun verstand er endlich, was sein Freund Harry Marsh durchmachen musste, als Anna ihr Debüt hatte. »Ich danke dir vielmals. Ab und zu kommt das tatsächlich vor.«

Entzückt lächelte sie ihn an. »Werden wir dich jetzt häufiger sehen, wo wir doch alle in der Stadt sind?«

Er führte sie in Richtung der anderen Mädchen. »Ja, ich werde die Ballsaison über in Worthington House verweilen und viele der Empfänge besuchen, zu denen auch du gehen wirst.« Er tippte ihr auf die Nase, wie er es getan hatte, seit sie ein Baby war. »Wenn auch nur, um all die Herren im Auge zu behalten.«

Louisa atmete tief ein und sah plötzlich sehr jung aus. »Glaubst du, ich werde Erfolg haben?«

Matt holte sein Monokel aus der Tasche und gab vor, sie genau zu betrachten. Sie war überdurchschnittlich groß mit zobelbraunen Locken und blauen Augen. Ihre Nase war gerade und ihre Haut rein. Ihre vollen Lippen zogen sich in ein aufgeregtes Lächeln. »Ich glaube, du wirst der begehrteste Schatz des *tons* sein.«

Sie grinste entzückt. »Meinst du das wirklich so?«

»Ohne Zweifel.« Sein Lächeln verschwand. »Louisa, du musst mir versprechen, dass du es mich wissen lässt, sollte sich ein Mann dir nähern oder solltest du dich unwohl fühlen. Wenn einer von ihnen dich ansprechen möchte, dann redet er gefälligst erst mit mir.«

Sie nickte. »Ja, Matt, versprochen.«

Er würde ihr Phoebe und Anna vorstellen. Beide Damen hatten auf den Richtigen gewartet. »Und setze dich nicht unter Druck, dieses Jahr zu heiraten, es sei denn du triffst jemanden und ihr verliebt euch zutiefst.«

Louisa hakte sich bei ihm unter. »Ich werde all deinen Anweisungen folgen.«

Daran glaubte er keine Sekunde. Nicht, dass sie absichtlich etwas tun würde, das ihm nicht passte, sondern eher, dass irgendein Gentleman ihr womöglich den gesunden Menschenverstand rauben würde und sie die Tendenz hatte, ihren eigenen Willen durchsetzen zu wollen. Er tätschelte ihre Hand. »Gutes Mädchen. Dann wird alles glimpflich abgehen.«

Er hoffte sehnlichst, dass er seine Lady schnell finden würde, damit er auf seine Schwester aufpassen und sie von den Frauenhelden, Schurken und Mitgiftjägern fernhalten konnte, die unschuldigen, jungen Damen auflauerten, in der Hoffnung sie auszunutzen.

Matt erreichte das Haus und fand eine Nachricht von Anna vor, in der sie sich erkundigte, ob seine Stiefmutter und Schwester sie morgen zu Madame Lisette begleiten wollen würden. Er blickte zu seinem Butler, Thorton. »Bitten Sie Lady Worthington doch, mir in meinem Arbeitszimmer Gesellschaft zu leisten.«

»Sehr wohl, Milord.«

Ein paar Minuten später klopfte Patience an die Tür. »Was gibt's? Ich hoffe, es sind nicht die Kinder?«

Matt grinste und reichte ihr die Nachricht. »Nur eine von ihnen. Anna Rutherford fragt, ob du und Louisa es morgen früh schaffen würdet, Madame Lisette einen Besuch abzustatten.«

KAPITEL 7

Am darauffolgenden Morgen bimmelte die Türglocke, als Grace, Phoebe und Charlotte den Laden von Madame Lisette betraten.

»*Ah, bonjour,* Miladys. Lady Eves... ähm, ah, *excusez-moi.*«

Phoebes Augen glänzten amüsiert. »Madame, Sie können mich immer noch gern Lady Phoebe nennen.«

»*Non, non*, das gehört sich nicht. Ich werde üben.« Sie wandte sich an Grace und Charlotte. »Dies sind die Damen, von denen Sie mir schrieben?«

»Ja, Madame. Grace, Charlotte, erlaubt mir euch Madame Lisette vorzustellen. Madame, dies sind Lady Grace Carpenter und ihre Schwester, Lady Charlotte.«

Madame knickste anmutig. Sie war eine Dame von kleiner Statur und voller Energie. Ihr dunkles Haar war leicht mit Silber durchzogen.

Madame musterte sie mit geübtem Blick. »Sie beide benötigen eine volle Garderobe, *non*?«

»Ich werde nicht auf viele Bälle gehen«, antwortete Grace. Vor allem, wenn Worthington nach ihr suchte. Dieses Treffen, wenn es denn je stattfinden sollte, würde unter ihren Bedingungen geschehen. »Meine Tante sponsert meine Schwester für ihr Debüt. Kümmern Sie sich bitte zuerst um sie.«

»*Ah oui?*«, fragte Madame. »Also dann, Lady Charlotte, folgen Sie mir.«

Charlotte warf Grace einen kurzen Blick zu, als die sie hinter Madame her scheuchte. »Geh nur, Liebes. Ich werde hier auf dich warten.«

»Setzen wir uns.« Phoebe nahm auf einem vornehmen Sofa aus Samt Platz.

Ein Bediensteter bot ihnen eine Tasse Kaffee an. Phoebe nahm eine an, ehe sie sich wieder an Grace wandte. »Auf welche der Empfänge wirst du gehen?«

Grace nahm einen Schluck. Der Kaffee war ziemlich gut. »Ich würde liebend gern zu einem von Lady Thornhills Empfängen gehen und einige alte Freunde wiedersehen, die ich schon länger nicht mehr besucht habe. Und wohl zu den meisten Teeparties, vielleicht zu einem informellen Empfang am Nachmittag.«

Phoebe verlagerte ihr Gewicht auf dem Sofa und runzelte die Stirn. »Ich hoffe doch, dass du zu den kleinen Empfängen kommen wirst, die ich halten werde.«

Auch wenn es ein Risiko darstellte, so konnte sie es ihrer Freundin nicht verwehren. »Ja, die würde ich doch nicht verpassen.« Sie blickte aus dem Fenster. Kutschen, Dienstboten, Verkäufer, Damen und andere Frauen füllten die Straßen. Sie hatte vergessen, wie aufregend London sein konnte. Komme, was wolle, Grace schwor sich, die Ballsaison zu genießen. »Phoebe, es ist so schön, wieder in der Stadt zu sein.«

»Für einige Monate gefällt's mir auch.« Sie rieb sich den unteren Rücken. »Danach bin ich froh, wieder auf dem Lande zu sein.«

Grace nahm einen weiteren Schluck und fragte sich, wo Madame ihren Kaffee herbekam. »Fährst du je nach Brighton?«

»Nein.« Phoebe sah sie mit leicht verengten Augen an. »Seit ein gewisser jemand die Partei gewechselt hat, reizt mich dort nichts mehr.«

Ach ja, dass der liebe Prinz die Seiten gewechselt hatte, war schwer zu verdauen. »Wie enttäuschend das doch war.« Grace nahm noch einen Schluck Kaffee und beschloss, herausfinden zu müssen, wo Madame ihn kaufte. »Ich hatte gehofft, dass unser nächster Monarch etwas fortschrittlicher sein würde.«

»Meine Liebe, weißt du schon, was du tun wirst, wenn du *ihn* wieder siehst?«

Mich verstecken? Grace schüttelte den Kopf. »Ich hatte eher gehofft, dass es dazu nicht kommen würde. Ich– ich weiß einfach nicht, was ich ihm sagen *kann*.« Sie seufzte erneut. Es erschien ihr fast so, als würde sie in letzter Zeit nichts anderes tun. »Vielleicht sollte ich mit den anderen Kindern nach Hause zurückkehren und Charlotte bei meiner Tante lassen.«

»Genau«, antwortete Phoebe trocken. »Dann kannst du einen Trampelpfad von Bedfordshire bis nach London in den Boden laufen, so oft wie du nach Charlotte sehen würdest. Oder dich zu Tode sorgen.«

Grace rieb sich die Stirn. »Du hast recht. Es würde nicht funktionieren. Wie konnte ich nur so töricht sein?«

Phoebe tätschelte Graces Knie. »Wenn es um die Liebe geht, ist keiner von uns besonders klug. Es ist eine Art des Wahnsinns.«

»Aber du warst es. Ich sehe doch, wie sehr dein Mann dich liebt.«

Phoebes Lippen verzogen sich zu einem leichten Lächeln. »Ja, aber auch wir hatten unsere Schwierigkeiten.« Reumütig blickte sie zu Grace. »Und ich muss sagen, dass wenn man die körperliche Seite der Liebe erst einmal gekostet hat, ist es überaus schwer, ihr zu widerstehen.«

Egal wie sehr sich Grace gegen ihre Gedanken zu sträuben versuchte, irgendwie schafften die Erinnerungen an seine Berührungen es, zu ihr durchzudringen und sie musste sich ein Stöhnen verkneifen. Und doch mussten die Erinnerungen ausreichen. Sie würde es niemals wiederholen können. »Phoebe, ich wusste gar nicht, dass du Kaffee trinkst.«

»Ich habe es mir während unserer Flitterwochen in Paris angewöhnt. Außerhalb Frankreichs schmeckt mir nur der von Madame Lisette.«

Kurze Zeit später traf Charlotte zu ihnen, ein breites Grinsen im Gesicht. »Grace, sie sagte, sie hat bereits ein paar Kleider bereit. Wie kann das sein?«

»Ich habe ihr deine Maße zukommen lassen.«

»Natürlich. Daran hatte ich nicht gedacht.«

Zu sehen, wie glücklich Charlotte darüber war, in London zu sein und sich auf ihr Debüt vorzubereiten, war nun eine der großen Freuden in Graces Leben. »Du Dummerchen. Hast du etwa geglaubt, es wäre Magie?«

Charlotte stieg die Röte ins Gesicht. »Es war albern.«

Madame gesellte sich mit einigen Zeichnungen zu ihnen. »Milady Grace, ich denke diese Kleider sind *comme il faut pour la jeune fille.*«

Grace blätterte durch die Seiten. Jedes der Kleider war wie für Charlotte gemacht. »Da stimme ich Ihnen zu. Sie sind wundervoll, und einige der Kleider sind bereits fertig?«

Madame zog einen Schmollmund. »Ein paar kleine Änderungen noch. Ich werde sie Ihnen heute Nachmittag zukommen lassen, es sei denn, Sie benötigen bereits vorher eines?«

Grace konnte sich nicht daran erinnern, dass ihre Tante irgendwelche Pläne erwähnt hätte. »Nein, heute Nachmittag reicht aus. Wenn Sie mir Stoffproben und Empfehlungen für Hauben und Ähnliches mitgeben könnten, können wir uns erst einmal den Accessoires widmen, die sie benötigen wird.«

Madame neigte den Kopf. »Aber *naturellement,* Milady. Doch jetzt sind Sie an der Reihe.«

Phoebe stupste Grace an. »Wie sagt es sich so schön? Was du heute kannst besorgen, das verschiebe nicht auf morgen.«

Sie erhob sich und folgte Madame hinter den schwarzen Vorhang, wo man sie auf einem kleinen Podest platzierte, um ihre Maße zu nehmen. Dann brachte Madame mehrere Kleider, Mäntel und Pelissen hervor, die nach den Maßen geschneidert worden waren, die Grace ihr zuvor hatte zukommen lassen. Sie waren traumhaft. So schöne Kleider hatte Grace seit ihrem letzten Aufenthalt in London nicht mehr besessen. Es gab schließlich keinen Grund, dass sie sich nicht in der neuesten Mode kleiden konnte. Selbst die Blaustrümpfe, wie Lady Thornhill und Miss Berry, kleideten sich vornehm. Bolton hatte recht. Ein neues Kleid war genau, was man brauchte, um sich aufzumuntern. »Ich nehme sie alle, auch die aus Ihren Zeichnungen.«

Nachdem Madame auch Phoebe einige ihrer Entwürfe gezeigt und sie erneut gemessen hatte, waren sie bereit aufzubrechen. Grace setzte ihre Haube auf und achtete dabei darauf, ihr Haar hineinzustecken. Es war schon immer ihr auffälligstes Merkmal gewesen. Sie verließen den Laden mit Stoffproben und Beschreibungen.

Als sie den Gehweg erreichten, wurde Phoebe von einer hübschen Matrone mit kastanienbraunen Locken gegrüßt. In ihrer Begleitung waren zwei weitere Damen, eine etwas Ältere mit blondem Haar und eine junge Dame mit bemerkenswert schönen, zobelbraunen Haaren, die sie erstaunlicherweise sehr an Worthington erinnerte. »Phoebe, wir treffen uns beim Hutmacher am Ende der Straße.« Grace griff nach Charlottes Arm und zog sie hinter sich her, ehe das Trio sie erreicht hatte.

Phoebe nickte ihr zu. »Ich bin gleich bei euch.« Sie wandte sich an die Damen, die auf sie zu kamen. »Anna, meine Liebe ... «

Charlotte zögerte zwar nicht, warf Grace aber einen verwirrten Blick zu. Erleichtert atmete Grace auf.

Wenn sie dazu neigen würde zu wetten, hätte sie ihr Vermögen darauf gesetzt, dass es sich bei dieser jungen Dame um Worthingtons Schwester handelte. Ihr Herz klopfte wild. Sie schaffte ein paar zittrige Atemzüge. »Hast du die Stoffproben?«

Charlotte verengte die Augen. »Ja. Grace was ist da eben passiert?«

»Passiert? Ach, nichts. Es wird schon spät. Man erwartete uns zum Lunch wieder am Grosvenor Square.«

»Tante Almeria hat gesagt, wir würden allein zu Mittag essen.«

»Tatsächlich? Das muss ich wohl vergessen haben.« Grace suchte verzweifelt nach einem anderen Gesprächsthema. »Hier kommt ein Bediensteter, um uns zu helfen.«

Sie schob Charlotte vor sich her. »Wir brauchen Hauben für die Ballsaison.«

Phoebe erreichte den Laden ein paar Minuten später, während Charlotte mit dem Bediensteten sprach. »Das war eine wirklich sehr gekonnte Flucht.«

Grace blickte aus dem Fenster und presste die Lippen aufeinander. »Ich wusste es. Worthingtons Schwester. Sie ist ihm so ähnlich.«

»Das ist sie.«

Charlotte drehte sich zu ihr um. »Grace, wie findest du diese hier?«

Sie hielt eine satinierte Strohhaube in die Höhe, die mit Schleifen und künstlichen Blumen dekoriert war. Sie würde perfekt zu gleich mehreren ihrer Ausgehkleider passen. »Hervorragend, Liebes.« Grace blickte zu Phoebe. »Du bist so viel besser über die aktuelle Mode informiert. Würdest du ihr helfen?«

Phoebe grinste. »Natürlich, aber Madame hat eine Art Partnerschaft mit diesem Laden und vertraut ihnen, ihre Modekreationen angemessen zu ergänzen.« Sie lehnte sich dichter zu ihr. »Beruhige dich. Die anderen werden noch eine Weile bei Madame beschäftigt sein.«

Grace kaute auf ihrer Unterlippe herum und versuchte, sich auf die Hauben zu konzentrieren.

»Wie schön, dass sie ihren Kunden einen solchen Komfort bieten kann.«

Phoebe nickte. »Dem kann ich nur zustimmen. Es spart Unmengen an Zeit.«

Den Rest des Tages verbrachten sie damit, weitere Kleidungsstücke und Accessoires zu erwerben, die eine modische Dame so brauchte. Sie aßen mit Phoebe zu Mittag, bevor sie sich am Nachmittag wieder aufmachten.

Besorgt um den Zustand ihrer Freundin und das Tempo in dem sie sie herumführte, bestand Grace darauf, dass Phoebe sich ausruhte. »Meine Liebe, du bist wirst bald völlig erschöpft sein.«

Phoebe gluckste. »Ich habe sehr viel Energie. Doch ich habe gehört, dass die letzten drei Monate recht trist sind, und ich schneller ermüden werde.«

»Du kannst es wohl am besten einschätzen. Aber übertreibe es nicht, hörst du?« Grace zog die Brauen zusammen, ehe sie merkte, was gerade geschah. Um Himmels willen, sie klang ja beinahe so schlimm wie die älteren Damen, die alle um sie herum bemutterten.

Phoebe grinste. »Du bist eine ganz schöne Glucke geworden.«

Grace schenkte ihr ein schiefes Lächeln. »Genau das habe ich auch gerade gedacht. Das gehört wohl einfach dazu.«

Als sie Herndon House erreichten, nahm sie das eine Päckchen, dass sie bei sich behalten hatte, mit auf ihr Zimmer. Sie öffnete es und zog eine Strohhaube hervor, die sie mit der hohen Krone größer erscheinen ließ, während der Rand mit Seidenbordüre ihr Gesicht vor seitlichen Blicken verbarg.

Grace setzte sie auf und betrachtete sich im Spiegel. Man würde sie nicht erkennen, es sei denn man ginge direkt auf sie zu. Das Problem war allerdings, dass auch sie nur direkt geradeaus sehen konnte.

Es musste ausreichen. Jetzt konnte sie wenigstens ihre Besorgungen erledigen, ohne ständig befürchten zu müssen, überrumpelt zu werden.

Bolton kam aus dem Ankleidezimmer und hielt inne. »Ich gehe davon aus, dass man das derzeit so trägt?«

Grace erwiderte den Blick ihrer Zofe im Spiegel. »Ja, gefällt es Ihnen? Ich finde es entzückend«, log sie.

»Vielleicht wenn man nicht sehen möchte, was um einen herum geschieht.« Bolton schüttelte den Kopf. »Einige Ihrer Kleider sind eingetroffen. Die gefallen mir tatsächlich. Ich habe es Ihnen in den letzten vier Jahren schon oft gesagt; es gibt keinen Grund, dass Sie sich nicht wie eine modische Dame kleiden können, nur weil Sie auf dem Lande leben.«

Es stimmte, es gab Dinge, auf die musste Grace nicht verzichten. Schließlich würde man ihr die Kinder nicht wegnehmen, weil sie sich gut kleidete. »Ja, ich glaube Sie haben recht. Nur weil ich nicht viel Zeit in der Stadt verbringe, bedeutet es nicht, dass ich aussehen muss wie eine Provinzlerin.«

Bolton räumte die Kleider weg. »Sie brauchen noch Strümpfe, Stoffe für Ihre Unterkleider und mehr Handschuhe.«

»Ich kümmere mich morgen darum. Lassen Sie sich von May eine Liste für Charlotte geben.« Grace setzte die Haube ab und reichte sie vorsichtig ihrer Zofe. Bis sie sich etwas Besseres hatte einfallen lassen, war diese Haube ihre einzige Tarnung.

Die Woche verging wie im Flug. Sie kaufte einen Phaeton für Charlotte, einen offenen Zweispänner für sich selbst sowie eine große und etwas kleinere Kutsche. Außerdem konnte sie der Versuchung eines Landauers einfach nicht widerstehen. Selbst wenn *gewisse Leute* meinten, es wäre eine Altdamen–Kutsche. »Aber Phoebe, es wird doch so praktisch sein mit den ganzen Kindern.«

Phoebes Augen tanzten. »Wenn du meinst.«

Grace schlenderte um das hellgelbe Gefährt. »Das meine ich, und es bietet Platz für sechs, vielleicht sogar sieben Personen. Das Dach kann geöffnet und geschlossen werden, also kann sie unabhängig vom Wetter gefahren werden. Ich kann dir versichern, dass es genau das ist, was ich brauche und zudem werde ich mir mehr Pferde beschaffen.«

»Du hast Glück, mein Onkel Henry ist in der Stadt und kennt sich gut aus. Wenn du mir eine Liste mit deinen Anforderungen schreibst, werde ich ihn bitten, dir welche zu besorgen.«

»Ich danke dir. Ich weiß nicht, was ich ohne deine Hilfe getan hätte.«

Ihre Freundin lachte. »Gern geschehen, es hat mir viel Spaß gemacht.«

Grace lehnte sich gegen den Landauer. »Ich werde wohl auch mehr Stallburschen einstellen müssen.«

»Mein Stallbursche, Sam, wird dir dabei helfen. Ich werde ihn zu euch nach Herndon House schicken.«

An einem Tag, an dem Charlotte und Tante Almeria mit ihren morgendlichen Besuchen beschäftigt waren, stattete Grace Stanwood House einen Besuch ab, um sich wieder mit der Haushälterin vertraut zu machen. Mrs. Penny war eine ältere Bedienstete, von der sich Grace nicht hatte trennen wollen. Schließlich zog sie es vor, wenn das Haus bewohnt war, während die Familie nicht vor Ort war.

Außer dem Besuch letzten Herbst, bei dem sie nach London gereist war, um die Renovierungen zu begutachten, war sie seit dem Tod ihrer Mutter nicht mehr in Stanwood House gewesen. Mrs. Penny hatte alles so gut es mit einer Notbesetzung möglich war in Stand gehalten. Auch wenn sie mindestens ein Dutzend weitere Bedienstete für die Ballsaison benötigen würden, hatte Grace sich bereit erklärt, so viele Dienstmädchen einzustellen, wie Penny für nötig hielt, um das große Stadthaus bereits ein paar Monate früher wieder bewohnbar zu machen.

Zwei Tage vor der geplanten Ankunft ihrer Brüder und Schwestern besichtigte Grace das Haus und freute sich zu sehen, dass Royston anwesend war.

Mrs. Penny knickste. »Nun ist alles so, wie es sein sollte, Milady. Das Haus wurde bereits gereinigt und gelüftet. Ich hoffe, dass die Dienstmädchen, die ich eingestellt habe, Ihren Erwartungen entsprechen.«

»Ich danke Ihnen, Penny. Ich hatte schon Sorge, dass vor der Ankunft der Kinder nicht alles geschafft wird. Denn weiß Gott, wenn sie erst einmal hier sind, ist es praktisch unmöglich, auch nur irgendetwas zu erledigen.« Grace wandte sich an ihren Butler. »Stellen Sie bitte weitere Bedienstete ein, wenn es nötig sein sollte. Neep kümmert sich um die neuen Stallburschen. Da unser Koch weiterhin in Stanwood Hall verweilt, habe ich einen französischen Chefkoch für die Saison eingestellt. Er wird heute Nachmittag eintreffen. Würden Sie ihn bitten, den Speiseplan bis morgen vorzubereiten, damit ich ihn bestätigen kann?«

Pennys Miene verfinsterte sich. »Wenn Sie sich sicher sind, Milady.«

Grace hob eine Braue. Penny mochte den Franzosen eher ablehnend gegenüberstehen, wenn auch aus gutem Grund, wenn man bedachte, dass ihr Neffe im Krieg umgekommen war, doch Unverschämtheit würde Grace nicht tolerieren. »Ja, das bin ich. Er ist mit Lady Eveshams Chefkoch verwandt und bekannt für sein gutmütiges Wesen. Ich werde nach Grosvenor

Square zurückkehren und unser Gepäck herschicken lassen.«

Nach einem kurzen Rundgang durch das Haus machte sich Grace zu Fuß auf den Weg zurück, dicht gefolgt von Harold, ihrem Bediensteten. Sie widerstand der Versuchung, den von Bäumen gesäumten Weg durch den Square entlangzuschlendern, der zwar schön war, sie aber auch mehr Zeit kosten würde, und bog stattdessen artig nach links ab, in Richtung der Davies Street. Sie hatte erst zwei Häuser passiert, als ein Herr, mehrere Mädchen und eine große Dänische Dogge aus einem der Häuser traten, das auf der gegenüberliegenden Seite des Squares lag.

O nein. Es brauchte keine Sekunde, ehe sie den Mann erkannt hatte.

Worthington.

Er und seine Schwestern gingen in die gleiche Richtung wie Grace. Ihr Herz raste und sie wandte das Gesicht ab. Sie beschleunigte ihre Schritte, dankbar für ihre Haube, und hoffte, sich durch den Square und gen Mount Street davonmachen zu können, ehe Worthington die Straßenecke erreichte.

Doch der Rand ihrer Haube verbarg ihr den Blick auf sie. Und ihr Bediensteter ging zu weit hinter ihr, als dass sie ihn fragen konnte. Was sollte sie auch sagen? *Wie weit bin ich von der anderen Gruppe entfernt? Ich laufe vor dem Herrn davon, der mich heiraten will?*

Grace biss sich auf die Unterlippe. Wenn sie in die Gasse hinter die Häuser huschte, würde Worthington sie sehen. Ihr Mund wurde trocken und das Schlucken fiel ihr schwer. In der Hoffnung, sie würde die Straßenecke zu Davies und Mount Street vor ihnen erreichen, umklammerte sie ihre Pompadour Tasche fester und steuerte möglichst unauffällig auf die Innenseite des Gehwegs zu.

Und just in diesem Moment begann alles schiefzugehen.

Als sie über eine riesige Pfote stolperte und zu fallen drohte, reichte eine starke Hand nach ihrem Arm. Hitze schien förmlich von ihm auszuströmen und zog sie in seinen Bann.

»Duke, sitz! Es tut mir schrecklich leid, Ma'am, er hat nicht darauf geachtet, was sich direkt vor seiner Nase befindet.«

Worthingtons tiefe Stimme liebkoste sie. Sie konnte sich gerade so davon abhalten, sich zu ihm zu wenden. Seine Berührung brachte ihren Arm zum Kribbeln und der Rest von ihr wollte ihm in die Arme fallen.

Doch dann wurde ihr Verlangen nach ihm von Angst überschattet, ihrem seit Kurzem so treuen Begleiter. Sie würde alles verlieren, was ihr wichtig war. Wenn sie sprach, würde er ihre Stimme erkennen. Grace konnte lediglich nicken und murmeln, während sie darauf achtete, dass der Rand ihrer Haube zwischen ihnen blieb. Sie wedelte mit der Hand, um sie zum Weitergehen aufzufordern.

Worthington wich ihr nicht von der Seite, seine Stimme besorgt. »Sind Sie sicher, dass Sie keine Hilfe benötigen?«

Um Himmels willen, warum ging er nicht einfach? Ihr Herz raste und sie war der Ohnmacht nah. Grace nahm ein paar tiefe Atemzüge, schüttelte den Kopf und versuchte ihren Arm loszureißen.

»Ich werde ihrer Ladyschaft helfen«, sagte Harold, ihr Bediensteter.

»Na schön. Ich wünsche Ihnen einen schönen Tag.« Worthington klang verwirrt, gab ihren Arm aber wieder frei und wandte sich in Richtung des Parks.

»Milady, geht es Ihnen gut?«, fragte Harold.

Grace nickte und hielt sich eine Hand an die Brust. »Bestens. Wir sollten gehen.«

Sie ging geradeaus, überquerte die Mount Street und machte erst wieder Halt, als sie Herndon House erreichte. Ihre Hände zitterten, als sie versuchte, die Schleife ihrer Haube zu lösen. Endlich gab sie nach. Sie riss sich die Haube vom Kopf, warf sie auf ihre Frisierkommode und ließ sich auf das Bett fallen, ehe sie noch umkippte. Zu spät erinnerte sie sich daran, dass er am Berkeley Square wohnte.

Matt und seine Schwestern hatten bereits den halben Weg zum Park entlang der Mount Street zurückgelegt, und er versuchte noch immer zu verstehen, was so sonderbar an dieser Dame gewesen war.

Louisa runzelte die Stirn. »Das war überaus merkwürdig. Sie hat uns nicht einmal angesehen oder mit uns gesprochen.«

»Vielleicht ist sie schrecklich entstellt und hatte Angst, uns ihr Gesicht zu zeigen«, mischte sich Madeline ein.

»Sei nicht albern«, sagte Augusta in einem besserwisserischen Tonfall. »Wenn sie entstellt gewesen wäre, hätte sie einen Schleier über dem Gesicht getragen.«

»Nun, aus welchem Grunde auch immer«, Louisa betrachtete ihre jüngeren Schwestern mit überlegener Miene, »es war seltsam.«

Matt zog die Brauen zusammen. »Überaus seltsam.«

Und überaus vertraut. Er blickte auf die Hand hinab, mit der er sie berührt hatte und stelle fest, dass seine Finger noch immer warm waren. Die Erkenntnis durchfuhr ihn wie ein Blitz. *Sie ist meine Lady.* Sie musste es sein. Nie hatte er eine solche Reaktion auf eine andere Frau gehabt. Hastig wandte er sich um und ließ den Blick über die Straße schweifen, doch sie war nirgends zu sehen. Dann machte er sich auf den Weg zurück zum Berkeley Square.

»Matt, was tust du?« Louisa zog an seinem Arm. »Wenn du zurück willst, müssen wir mit.«

Verdammt. Seine Schwester hatte recht. Er konnte sie nicht zurücklassen, vor allem nicht Louisa. Und Matt würde sie nicht auf eine Jagd durch ganz Mayfair schleifen, um seine Liebste zu finden. Doch sie war im Berkeley Square gewesen. Wer wohnte dort? War ihm das je bekannt gewesen? Matt bewohnte seit so langer Zeit seine eigenen Gemächer, dass er seine Nachbarn nicht wirklich kannte. Patience würde Bescheid wissen. Wenn nicht, würde er an jeder einzelnen Haustür klopfen, wenn es sein musste. »Wo ist deine Mutter?«

Louisa zuckte mit den Achseln. »Ich glaube, sie ist bei einem Tee oder besucht eine Freundin.« Mit glänzenden Augen blickte sie zu ihm empor. »Matt, morgen Abend gehen wir zu einer Soirée bei Lady Bellamny. Es wird mein erster Londoner Empfang sein.«

Er zwang sich zu einem Lächeln. »Du wirst sicher Spaß haben.«

»Wirst du dort sein?«

»Unwahrscheinlich. Ich werde mit Freunden in meinem Club zu Abend essen.« Er würde heute Abend mit seiner Stiefmutter sprechen.

Er war so nah dran, sie zu finden, und wenn es so weit war, würde er endlich erfahren, warum sie vor ihm fortgelaufen war.

Als Tante Almeria an ihrer Zimmertür klopfte, hatte Grace sich endlich so weit beruhigt, dass ihr Herz nicht mehr aus ihrer Brust zu springen drohte. »Liebes, möchtest du Charlotte und mich bei unserem Besuch zu Lady Featherstone begleiten?«

Grace erhob sich. »Tut mir leid, aber ich kann nicht. Die Kinder reisen morgen an. Ich muss mich noch um ein paar zusätzliche Details in Stanwood House kümmern. Heute Abend werden Charlotte und ich uns dort

fertig machen und dich dann zum Dinner abholen.« Sie
blickte auf ihre Uhr. »Wenn ich genügend Zeit habe,
muss ich noch in die Bond Street, um ein Farbband umzutauschen, das nicht ganz passt.«

»Wenn du dir sicher bist, Liebes.«

»Das bin ich.« Grace gab ihrer Tante einen Kuss auf
die Wange. »Ich wünsche dir und Charlotte viel Spaß.«

Tante Almerias Augen wurden feucht. »Den werden
wir mit Sicherheit haben. O Grace, sie ist so hübsch. Genau wie deine Mutter in dem Alter.«

Plötzlich schnürte sich Grace die Kehle zu. Es hing ein
Porträt ihrer Mutter in der Galerie von Stanwood Hall,
auf dem sie nicht viel älter war als Charlotte jetzt. »Ja,
ich weiß.«

Charlotte betrat das Zimmer. »Bist du so weit, Tante
Almeria?«

Sie blinzelte ein paar Mal. »Ja, Liebes. Grace, wir sehen
uns heute Abend.«

Vor dem Abendessen gab es noch zu viel zu tun, als
dass sie Worthington erlauben konnte, sie so durchei-
nanderzubringen. Sie gab sich einen Ruck. Ihr Treffen
vorhin war sicher nur Zufall gewesen.

Eine halbe Stunde später saßen sie, Bolton und May
in der Kutsche auf dem Weg nach Stanwood House. Als
sie sich eingefunden hatten und sie sich mit dem Chefkoch zusammengesetzt hatte, machte sich Grace auf in
die Bond Street, gefolgt von Harold, um das Farbband
umzutauschen. Sie trat aus dem Laden und hielt inne.
Worthington war auf der gegenüberliegenden Straßenseite in ein Gespräch mit einem Herrn vertieft. Einen
Moment lang stand sie wie festgefroren auf dem Gehweg.

Er hörte auf zu sprechen und wandte sich um, als
würde er ihre Anwesenheit spüren. Ehe sie sich versah,
setzte er zielstrebig einen Fuß auf die viel befahrene
Straße. Ein Kutscher stieß einen lauten Ruf aus und

brachte sein Gefährt zum Stehen, was ihr die Sicht auf ihn versperrte.

Das konnte doch nicht wahr sein. Für diese Unterhaltung war sie nicht bereit. Noch nicht. Vielleicht auch nie. »O je, Harold, es ist schon so spät. Wir sollten sofort nach Hause zurückkehren.«

Hastig bog sie in eine wenig besuchte Gasse, die zur Bruton Street führte.

Der Bedienstete eilte ihr nach. »Milady, warum gehen wir hier entlang?«

Grace richtete den Blick nach vorn. »Dies war doch die Abkürzung, nicht wahr? Ah ja, sehen Sie, hier ist die Bruton Street. Das war doch viel schneller als auf dem anderen Wege.«

Sie starrte stur geradeaus, verlangsamte ihre Schritte nicht, um zu sehen, ob Worthington ihr folgte.

Sie hastete den Gehweg entlang, vorbei an einer Gruppe Damen, verlangsamte ihre Schritte dann wieder und ging ruhigeren Schrittes weiter, bis sie an die Kreuzung gelangte, die zurück zum Berkeley Square führte.

Sobald sie ihr Zimmer erreichte, zog sie ihre Haube vom Kopf und ließ sich in einen Stuhl fallen. Ihr Herz wummerte, schon wieder. Wenn das so weiter ging, würde sie noch einen Schlaganfall erleiden. Wie zum Teufel sollte sie es schaffen, ihn für die restliche Ballsaison zu meiden?

***

Matt und sein Freund Rutherford waren soeben aus dem *Jackson's Boxing Salon* getreten und unterhielten sich auf der Bond Street, als er ein Kribbeln im Nacken wahrnahm. Er wandte sich um und sah eine Lady mit einer Schute und blauen Schleifen. Ihre Augen hatten die gleiche Farbe, doch woher wusste er das? Zudem war es das gleiche Blau wie an der Bordüre der Haube, die er vorhin gesehen hatte. Hätte er seine Lady doch nur bei Tageslicht gesehen. Doch die Körpergröße der Frau stimmte in etwa. Diesmal würde sie ihm nicht entkommen. »Rutherford, ich muss gehen. Wir sehen uns heute Abend.«

Rutherford zog die Brauen hoch. »Ja, natürlich. Bis später.«

Matt überquerte hastig die Straße, wich Kutschen und anderen Gefährten aus, doch als er die andere Seite erreichte, war sie bereits fort.

Wo zum Teufel war sie? Es war, als wäre sie ein Geist.

KAPITEL 8

Grace lächelte stolz, als Charlotte sich vor ihr im Kreise drehte. »Wirklich sehr hübsch.«

Charlotte strahlte. »Ich bin so froh, dass wir bei Madame waren. Dieses und all die anderen Kleider sind absolut traumhaft. Du siehst wunderschön aus.«

»Dies ist dein Abend, Liebes. Ich bin lediglich die Anstandsdame.«

»Aber ...«

»Nein, nein.« Grace schüttelte den Kopf. »Keine Widerrede.«

Heute Abend fand Lady Bellamnys Soirée für die jungen Damen statt, die ihr Debüt machten. Charlotte würde eine der schönsten jungen Damen der Saison sein. Ihr Abendkleid aus hellgelbem Musselin war makellos, bestickt mit kleinen Schmetterlingen in grün, blau und gold.

Grace legte ihrer Schwester einen Strang Perlen um den Hals und reichte Charlotte ein Paar kleine Perlenohrringe, die an einem Draht aus Gold baumelten. Es war kaum zu glauben, dass die Zeit für ihr Debüt bereits gekommen war.

Wenn Mutter und Vater es doch nur miterleben könnten. Sie wären so stolz auf Charlotte. Grace stiegen die Tränen in die Augen. *Dumme Gans.* Sie würde jetzt nicht weinen.

Das Ensemble ihrer Schwester wurde durch ein geschmücktes Schultertuch, einen dekorierten Fächer und eine Pompadour-Tasche vervollständigt. »Komm, wir wollen schließlich nicht zu spät kommen. Wir müssen unsere Tante noch vor dem Dinner mit Lady Evesham abholen.«

Eine kurze Fahrt in der Kutsche brachte sie nach Herndon House, wo sie ihre Tante im Salon vorfanden.

Sie betrachtete Charlotte und nickte anerkennend. »Ihr beiden werdet mir alle Ehre machen.«

Charlotte schon. Grace wünschte, ihre Tante würde es endlich aufgeben, sie in die Jagd nach einem Ehemann einzuschließen. »Ich danke dir, Tante. Gehen wir zu Fuß oder nehmen wir meine Kutsche?«

Nachdenklich zog Tante Almeria die Brauen zusammen. »Ein Spaziergang ist immer verlockend. Bis nach Dunwood House ist es nicht sehr weit, doch man sollte wohl nicht in seinen Abendschuhen über den Square spazieren. Sie werden so leicht ruiniert.« Sie hielt kurz inne. »Es tut mir leid, Liebes, aber ich werde euch heute Abend nicht begleiten.«

Grace runzelte die Stirn. Dies war eine Überraschung. »Stimmt etwas nicht?«

Tante Almeria lächelte sanft. »Nein, nein. Es ist nur, dass dein Onkel heute Abend nach Hause kommt und ich bin immer anwesend, um ihn zu begrüßen, wenn er zurückkehrt. Du hast sicher alles unter Kontrolle und Lady Evesham leistet euch ja Gesellschaft. Es ist nicht nötig, dass ich dabei bin. Ich habe Lady Bellamny bereits eine Nachricht zukommen lassen. Mach dir keine Sorgen. Sobald die Saison in vollem Gange ist, werde ich dir bei der Entscheidung helfen, welchen Empfängen wir beiwohnen sollten, und Charlotte zu allen begleiten.«

Wie goldig, dass Tante Almeria für ihren Ehemann zu Hause bleiben wollte. Wenigstens konnte sie sich heute Abend sicher sein, dass Worthington nicht anwesend sein würde. Es waren nur Damen eingeladen. »Daran werde ich dich erinnern. Komm, Charlotte, wir machen uns auf den Weg.«

»Ich würde gern zu Fuß gehen, darf ich?«, fragte Charlotte.

»Nein, Liebes, es war ein unüberlegter Vorschlag. Tante Almeria hat recht, wenn deine Schuhe nass werden, sind sie ruiniert. Wir werden mit der Kutsche fahren.«

»Ja, natürlich.« Charlotte straffte die Schultern und sah aus, wie eine echte junge Dame. »Wie albern von mir. Wird bei der Soirée getanzt?«

»Nicht bei einer Soirée«, sagte Tante Almeria. »Es geht darum, Bekanntschaften zu machen.«

Grace gab ihrer Tante einen Kuss und nahm Charlotte beim Arm, als sie zur Tür schritten. »Tanzen ist in diesem Falle nicht der Sinn der Sache. Ihr debütierenden Mädchen sollt euch kennenlernen. So wirst du Freunde haben, wenn die Bälle nach Ostern beginnen.« Und so können die Mütter die Konkurrenz abschätzen, doch das musste ihre Schwester nicht erfahren. »Du musst dich von deiner besten Seite zeigen. Die *Lady Patronesses of Almack's* werden ebenfalls anwesend sein.«

Charlottes Miene wurde ernst. »Dies ist keine Übung mehr. Es ist wirklich ernst.«

»Ja, das ist es.« Grace drückte die Finger ihrer Schwester. »Aber lass dich davon nicht beunruhigen. Alles wird gut.«

Als sie Dunwood House erreichten, beschlossen Phoebe und sie in getrennten Kutschen zu fahren. Eine würde zum Grosvenor Square zurückkehren und die andere zum Berkeley Square. Als man Charlotte und sie ankündigte, stellte Grace überrascht fest, dass nur Phoebe vor dem Dinner im Salon auf sie wartete.

Phoebe kam auf sie zu, um sie zu begrüßen. »Da Gentlemen bei Lady Bellamny nicht erwartetet werden, habe ich Marcus gesagt, er soll mit seinen Freunden zu Abend essen. Sherry?«

»Für mich gern«, antwortete Grace. »Charlotte nimmt eine Limonade.«

Als sie alle ein Glas in der Hand hatten, führte Phoebe sie zu einer Sitzecke vor dem Kamin. »Stoßen wir doch auf Charlottes Debüt an.«

Nachdem Charlotte einen Schluck Limonade getrunken hatte, wandte sie sich an Phoebe. »Warum werden keine Herren anwesend sein?«

»Ein paar werden womöglich dort sein.« Phoebe grinste. »Allerdings erst später am Abend und nur um die Damen nach Hause zu begleiten. Wenn die Saison erstmal in vollem Schwung ist, wirst du noch genügend Gentlemen kennenlernen. Erstmal ist es besser, wenn du andere Mädchen in deinem Alter kennenlernst und vielleicht einige, die schon die ein oder andere Saison hinter sich haben.«

Nachdenklich neigte Charlotte den Kopf zur Seite. »Ja, da hast du wohl recht. Es gibt so viel zu lernen.«

Plötzlich wünschte sich Grace, sie könnte ihrer Schwester bei allen Empfängen zur Seite stehen. Vielleicht würde Worthington seine Suche nach ihr aufgeben, und dann könnte sie genau das tun.

Matt hatte seine Stiefmutter am Vorabend nicht mehr erwischt. Stattdessen hatte er eine Nachricht hinterlassen, die ihr überreicht werden sollte, sobald sie zurückkehrte und in der er um ein baldmöglichstes Treffen bat. Am darauffolgenden Nachmittag ließ sie ihm eine Nachricht zukommen, in der sie Matt einlud, sie vor dem Dinner im Salon zu treffen.

Als er in den Raum marschierte, stellte sie ihr Glas auf dem Beistelltisch ab, der neben ihr stand. »Was ist denn los mit dir?«

Matt tigerte im Raum auf und ab. »Ich habe sie heute wiedergesehen, und sie hat sich vor mir versteckt.«

Patience runzelte die Stirn. »Was hat sie getan?«

Er hielt inne und warf ihr einen finsteren Blick zu. »Sie trug einen verdammten– na, so einen– einen dieser großen Hüte, die das Gesicht einer Dame verbergen.«

»Nun, Matt«, Patience lachte leise, »sie sind derzeit modern.«

Er rieb sich mit der Hand übers Gesicht und versuchte seine Frustration unter Kontrolle zu bringen. Es würde ihm nichts nützen, es an seiner Stiefmutter auszulassen. »Sie hat mich erkannt und mich nicht gegrüßt.«

»Mir erscheint es, als würdest du ziemlich viele Mutmaßungen anstellen.« Patience schien ihn einen Moment lang zu betrachten. »Woher willst du wissen, dass sie dich meidet?«

Als er den Mund öffnete, um zu antworten, schnitt sie ihm das Wort ab. »Na, fang lieber einmal ganz von vorn an.«

Matt erzählte ihr, wie die Lady über Dukes Pfote gestolpert war, als sie versucht hatte, näher an der Hauswand zu gehen.

»Also wirklich, Worthington.« Verzweifelt blickte Patience zur Decke. »Welche Dame hätte sich nach einem solch peinlichen Vorfall nicht verstecken wollen? Ich glaube, du wirst feststellen, dass es nicht so ist, wie es scheint.«

Er runzelte die Stirn. »Außerdem war sie vorhin in der Bond Street.«

Patience weitete die Augen. »Hast du ihr Gesicht gesehen?«

»Nein, ich habe ihren Hut gesehen.« Er begann wieder auf und ab zu gehen. »Er hatte die gleichen blauen Schleifen.«

»Diese Saison ist Blau eine der beliebteren Farben. Es könnte sonst wer gewesen sein. Davon mal ganz abgesehen, hast du mir gesagt, dass sie bereits länger nicht mehr in der Stadt gewesen ist. Wieso bist du dir so sicher, dass sie jetzt hier ist?«

Er öffnete den Mund und schloss ihn wieder. Es brachte nichts, über etwas zu diskutieren, dass er nur spürte. Patience mochte ihm nicht glauben, aber er wusste, dass seine Lady hier war.

»Was hast du heute Abend vor?«

»Ich esse mit Evesham und Rutherford zu Abend.« Er hielt inne und blickte zu ihr. »Ich werde dich später von der Soirée abholen, um euch nach Hause zu begleiten.«

»Denk aber daran, nicht vor dem Abendmahl zu erscheinen.« Patience zog die Mundwinkel hoch. »Du kennst Lady Bellamnys Regel, bis dahin sind keine Gentlemen erlaubt.«

»Werde ich nicht.« Er grinste und gab ihr einen brüderlichen Kuss auf die Wange. »Evesham und Rutherford werden wohl ähnliche Anweisungen haben.«

»Viel Vergnügen in deinem Club. Louisa und ich werden mit Lady Rutherford zu Abend essen.«

Die Tür öffnete sich und Louisa trat ein. »Mutter? Matt?«

Matt betrachtete seine kleine Schwester. Das hellblaue Kleid aus Musselin mit silbernen und dunkelblauen Bestickungen war makellos. Und es ließ sie nicht zu erwachsen aussehen. Er würde diese Saison ein wachsames Auge auf sie halten müssen. Er nahm ihre Hand und setzte einen Kuss darauf. »Louisa, du siehst wunderschön aus. Ich werde mehr Bedienstete einstellen müssen. Starke, um dich zu beschützen. Viel Vergnügen heute Abend.«

»Das werde ich haben.« Sie strahlte ihn an. »Ich danke dir für alles.«

Er verließ den Salon und spazierte zum *Brooks*, nachdem er Hut und Handschuhe angelegt hatte. Matt hatte noch keine Gelegenheit gehabt, Rutherford über seine mysteriöse Lady zu befragen. Vielleicht wusste er, wer sie war.

Langsam rückten Grace und Charlotte hinter Phoebe in der Empfangsschlange auf.

Die eindrucksvolle Lady Bellamny war noch üppiger, als sie es zuvor gewesen war. Nun hatte sie ein dreifaches Kinn, statt einem einfachen Doppelkinn. Ihre Augen leuchteten auf, als sie Grace die Hand reichte. »Lady Grace, Sie habe ich ja seit Urzeiten nicht mehr gesehen. Wie geht es Ihnen, Liebes?«

Grace knickste. »Mir geht es sehr gut, Milady. Darf ich Ihnen meine Schwester, Lady Charlotte, vorstellen?«

Charlotte knickste.

Lady Bellamny neigte den Kopf. »Sehr hübsch. Wirklich sehr hübsch. Den Herren wird es schwerfallen, Ihnen zu widerstehen.« Sie wandte sich an Grace. »Wie hoch ist ihre Mitgift?«

Ein sanftes Lächeln umspielte Graces Lippen. »Dreißigtausend.«

Lady Bellamny nickte ernst und blickte zu Charlotte. »Halten Sie sich von den Mitgiftjägern und Frauenhelden fern.«

Charlotte lächelte höflich. »Das werde ich, Milady.«

»Schöne Manieren.« Lady Bellamny wandte sich zurück zu Grace. »Sie haben gute Arbeit geleistet. Sie hat nicht einmal mit der Wimper gezuckt.«

Charlotte verkniff sich ein Grinsen, doch ihre Mundwinkel zuckten verräterisch.

Nickend tätschelte Lady Bellamny Charlottes Schulter. »Sie werden sich gut machen, Liebes. Halten Sie sich an Ihre Schwester.«

»Sehr wohl, Milady.« Charlottes Lippen verzogen sich zu einem Grinsen.

Grace fasste sie am Arm, als sie zu Phoebe gingen.

»Grace?«, flüsterte Charlotte.

»Nicht jetzt.« Grace lächelte höflich und grüßte Bekanntschaften mit einem Nicken. »Wir besprechen alles, wenn wir wieder zu Hause sind.«

Es sah Lady Bellamny ähnlich, die jungen Damen gleich an der Tür zu testen. Am Ende des Abends würde sie über jedes der Mädchen Bescheid wissen.

Grace und Charlotte wurden angekündigt und stiegen die Treppe in einen bereits überfüllten Ballsaal hinab, in dem Phoebe sie bereits neugierig erwartete.

Grace grinste voller Stolz auf ihre Schwester. Auch wenn Charlotte anfangs ängstlich gewesen war, hatte Grace gewusst, dass ihre Schwester bereit für ihr Debüt war. »Sie hat sich gut geschlagen.«

Phoebe schenkte Charlotte ein warmes Lächeln. »Ausgezeichnet.«

»Danke sehr.«

Sie begleiteten Phoebe, lernten neue Damen kennen und frischten alte Bekanntschaften wieder auf, darunter auch zu Phoebes Schwiegermutter, Lady Dunwood, und ihrer Tante, Lady St. Eth.

Die dunkelhaarige, junge Matrone, die Grace vor Madames Laden gesehen hatte, kam auf sie zu.

Phoebe nahm Graces Hand und wandte sich an die Dame. »Anna, ich möchte dir meine Freundin, Lady Grace Carpenter, und ihre Schwester, Lady Charlotte, vorstellen. Meine Damen, dies ist meine gute Freundin, Lady Rutherford.«

Anna gab Phoebe einen flüchtigen Kuss auf die Wange und reichte Grace die Hand. »Freut mich. Darf ich Ihnen Lady Louisa Vivers vorstellen? Sie feiert ebenfalls ihr Debüt.«

Worthingtons Schwester? Ach du liebe Güte. Bedeutete das, dass Worthington später hier eintreffen würde? Grace ließ sich nichts anmerken, als Lady Louisa knickste. »Es freut mich, Sie kennenzulernen.«

»Ganz meinerseits.« Grace wandte sich an Charlotte. »Ihr Mädchen könnt ruhig gehen, um weitere Bekanntschaften zu jungen Damen zu machen, die diese Saison ihr Debüt feiern.«

Phoebe nickte. »Absolut.«

»Sucht nachher wieder nach uns«, fügte Anna hinzu und wandte sich dann an Grace und Phoebe. »Sie und ihre Mutter haben heute Abend mit mir diniert, doch hat uns dann eine Nachricht erreicht, dass eine von Lady Worthingtons anderen Töchtern unter Magenproblemen leidet. Daher habe ich mich bereit erklärt, sie zu begleiten.«

Erleichtert atmete Grace aus. Gott sei Dank blieb ihr mehr Zeit sich zu überlegen, wie sie mit Worthington umgehen sollte.

Während sie in Gedanken versunken war, erinnerte sie sich daran, dass sie die zweite Lady Worthington zu ihrer ersten Ballsaison bereits kenngelernt hatte. Grace konnte sich zwar nicht vorstellen, dass die Dame sich an sie erinnern würde, doch sie wollte es nicht darauf ankommen lassen und war dankbar dafür, dass die Lady nicht anwesend war. Sie erreichten eine kleine Sitzbank, neben der zwei bequeme Sessel standen. Sie ermutigte Phoebe und Anna, die ebenfalls schwanger war, sich zu setzen. »Es scheint eine bemerkenswerte Anzahl hübscher Mädchen anwesend zu sein.«

Phoebe lehnte sich gegen die Polster. »Schon, aber ich sehe keine, die schöner sind, als die beiden, die wir gerade bei uns hatten. Damit meine ich nicht nur ihr Antlitz, sondern auch ihre Manieren.«

Grace stieg die Röte ins Gesicht. »Es freut mich sehr, dass du so denkst.«

Schon bald verfielen die Damen in eine bequeme Selbstverständlichkeit. Alte Freunde und einige, mit denen Grace in Briefkontakt geblieben war, kamen vorbei und plauschten mit ihnen. Sie hatte vergessen, wie isoliert sie in Stanwood Hall gewesen war, und wünschte sich, sie könnte mehr Empfängen dieser Saison beiwohnen. Doch wenn Worthington nach ihr suchte, war es einfach zu riskant. Wie leichtsinnig sie doch mit ihm gewesen war. Und doch brachte sie es nicht über sich, die Nacht zu bereuen, sondern lediglich die Konsequenzen.

Ehe Grace sich versah, war es Zeit für das Abendmahl. Sie sah sich um und entdeckte Charlotte und Lady Louisa mit einer Gruppe Mädchen.

»Gehen wir in den Speisesaal?«, fragte Phoebe.

»Ja, gern.« Anna erhob sich aus ihrem Sessel. »Ich bin am Verhungern. Es ist bemerkenswert, wie sehr mein Appetit im Einklang mit meiner Mitte wächst.«

Einige Augenblicke später biss Grace genüsslich in eine Hummer-Pastete und trank einen Schluck Champagner, als Phoebe verkündete: »O, hier sind Marcus und Rutherford.«

Doch als Grace den Blick hob, war es Lord Worthington, der ihn erwiderte. Ihre Hand zitterte so sehr, dass ihr Champagner im Glas schwappte. Er pflückte es aus ihren tauben Fingern und stellte es auf den Tisch. Er sah besorgt aus.

Er verneigte sich. »Milady. Sie können sich nicht vorstellen, wie froh ich bin, Sie wiederzusehen.«

Der Raum drehte sich. Dies war zu früh. Viel zu früh. Plötzlich blieb ihr die Luft aus. »Ich– ich glaube, ich brauche frische Luft.«

Grace erhob sich und eilte auf die Terrassentüren zu.

Phoebe begann sich ebenfalls zu erheben. »Grace, soll ich–«

Worthington ließ Phoebe verstummen, in dem er ihr eine Hand auf die Schulter legte. »Ich werde Lady Grace folgen.«

Nein! Er kann mir nicht folgen. Sie öffnete die Tür und flog über die Terrasse, auf der Suche nach einem

Weg zurück ins Haus und zur Eingangstür. Sie musste fliehen. Ihre Gedanken rotierten, während ihr Körper sich anspannte und zu kribbeln begann.

Verräterischer Körper. Dafür war jetzt keine Zeit. Sie sah trübes Licht durch eine Glastür flackern. Jetzt musste sie sie nur noch erreichen, bevor er sie einholte.

Ein starker Arm legte sich um ihre Taille und zog sie sanft gegen einen harten, männlichen Körper. Ihr Herz pochte so wild, dass ihr schwindelig wurde. Sie konnte sich nicht bewegen. Ein Wonneschauer begann in ihrem Nacken und durchfuhr ihren Körper.

»Lady Grace.« Worthingtons tiefe Stimme liebkoste ihre Ohren.

Sie schnappte nach Luft und lehnte sich gegen seine harte Brust. Sehnsucht und pures Verlangen blitzten durch ihren Körper. Ihre Brüste kribbelten erwartungsvoll und ihre Mitte wurde heiß und feucht vor Lust. Seine Wärme strömte über ihren Körper. Tränen liefen ihr über die Wangen, als sie zur Bestätigung nickte. Wie demütigend es war, ertappt zu werden. Ihre Schwäche bloßgelegt.

Seine Stimme war sanft, aber ernst. »Es gibt da ein paar Dinge, die wir besprechen sollten. Beispielsweise den Grund, weshalb Sie mich so früh an jenem Morgen verlassen haben.« Er zögerte. »Sehen Sie mich nicht an?«

Sie war nicht dazu in der Lage, ihm eine zusammenhängende Antwort zu geben oder gar sich zu bewegen, also schloss Grace die Augen.

Worthington lehnte sich über sie. Seine Lippen an ihrem Ohr. Sie erschauerte und schüttelte den Kopf.

Sein Daumen glitt über ihre Wange und er hielt inne. Seine Stimme klang besorgt. »Warum weinen Sie?«

Sie konnte ihm nicht antworten. Was sollte sie auch sagen? Dass sie sich so schrecklich schamhaft verhalten hatte, als sie mit ihm geschlafen hatte, obwohl sie wusste, dass sie nicht heiraten konnte? Dass sie ihn liebte, ihn aber nicht heiraten konnte? Dass sie ihn unbedingt in sich spüren musste, die Verpflichtung gegenüber den Kindern aber Vorrang hatte? Sie konnte nichts sagen oder tun, was die Situation besser machen würde. Er würde so zornig sein. Welcher Mann wäre das nicht?

»Kommen Sie.« Er wartete nicht auf ihre Antwort, sondern hob sie hoch und trug sie zum leerstehenden Salon, durch den sie gehofft hatte zu entkommen. Worthington setzte sie wieder auf die Füße, schloss die Tür ab und zog die Vorhänge zu.

Grace starrte auf ihre zitternden Hände hinab. Sie konnte lediglich seine Abendschuhe sehen. Er nahm sie in den Arm, neigte ihren Kopf und küsste sie.

Ihr Körper stand in Flammen, als sie sich an ihn klammerte und seine Küsse fieberhaft erwiderte. Dies würde der Letzte sein, schwor sie sich. Als er den Kuss vertiefte und seine Zunge mit ihrer spielte, schlang Grace die Arme um ihn und presste sich gegen seinen muskulösen Körper.

Sie atmeten die gleiche Luft und sie schmiegte sich noch dichter an ihn. Ihr entfuhr ein zitterndes Seufzen. Oh, wie sehr sie sich hiernach sehnte. In seinen Armen zu liegen, es zuzulassen, dass er von ihr Besitz ergriff und sie von ihm.

Nur ein letztes Mal. Nur ein Kuss, mehr nicht.

Sie brauchte ihn wie die Luft zum Atmen. Ihre Brustwarzen zogen sich zusammen und schmerzten. Er stöhnte. Seine Hände glitten ihren Rücken hinab, strichen dann über ihre Brüste, liebkosten sie. Grace drängte sich an ihn.

Na schön, vielleicht etwas mehr als nur ein Kuss.

Gierig flogen ihre Hände über seinen starken Rücken und das Pochen zwischen ihren Beinen verstärkte sich. Ihre Träume und Erinnerungen reichten nicht annähernd an die Realität mit ihm heran. Sie schmiegte ihr Becken an Worthingtons Körper und ließ eine Hand über sein festes Hinterteil gleiten, um ihn noch dichter an sich zu ziehen. Grace versuchte sich auf den Kuss zu konzentrieren, liebkoste seine Zunge mit ihrer, und versuchte die Erinnerung an sein hartes Glied in ihr zu verdrängen.

Vielleicht nur ein letztes Mal?

Dann würde sie ihm alles erklären.

KAPITEL 9

Grace. Anmut. Ihr Name passte zu ihr. Matt versank in ihrem Kuss. Das Gefühl ihres weichen Körpers in seinem Arm machte ihn verrückt vor Verlangen. Diese Lady, sein Liebling, war die einzige Frau, nach der er sich je sehnen würde, die er je lieben würde. Warum sie vor ihm fortgelaufen war oder weinte und sich weigerte mit ihm zu sprechen, konnte er nicht verstehen. Doch ihr Verlangen füreinander, das verstand er sehr wohl. Unzählige Male hatte er ihr Liebesspiel seit dem Rendezvous im Inn vor seinem inneren Auge abgespielt. Nicht einmal gedacht hatte er seitdem an eine andere Frau. Er begehrte nur sie und sie musste ihm gehören. Dieses Mal würde er dafür sorgen, dass Grace wusste, dass sie ihm gehörte. Dieses Mal würde er sie nicht verlieren.

Als ihre Hand sein pulsierendes Glied erreichte, drängte er sie rücklings zur Chaiselongue neben dem Kamin und legte sie sanft darauf ab. Ohne seine Lippen von ihren zu lösen, schob er ihre Röcke hoch, versuchte dabei nicht die Seide zu zerknittern und knöpfte seine Hose auf. Graces Beine öffneten sich für ihn, als er ihren Körper mit seinem bedeckte und sie schlang sie um seine Hüften.

Gott sei Dank wollte sie dies ebenso sehr wie er.

Heiratssondererlaubnis. Morgen.

Er sank in ihre feuchte Wärme. Seide, so fühlte es sich an, wie weiche Seide.

Er stieß ein besitzergreifendes Knurren hervor und fühlte sich wie ein mittelalterlicher Ritter, der Anspruch auf seinen Ehrenpreis erhob. Fest an ihn gepresst, seufzte und keuchte sie sanft, eine Melodie, die ihn anspornte. Mit tiefen und langsamen Bewegungen drang er in sie ein, um ihr Verlangen zu steigern, war wie berauscht von ihrem lustvollen Stöhnen. Ihre Finger krallten sich in seine Haut, als ihre Weiblichkeit sich um ihn herum zusammenzog und auch ihn an den Gipfel der Lust brachte.

Matt bedeckte ihren Hals mit sanften Küssen, doch Grace war still, zu still. Vielleicht hätten sie sich nicht hier lieben sollen, doch sie schien ihn ebenso sehr gewollt zu haben, wie er sie brauchte. Er steckte sein Hemd zurück in die Hose, als er sich erhob und knöpfte seinen Hosenstall zu. Er half Grace auf die Füße und glättete ihre Röcke, rückte ihr Korsett zurecht. Die ganze Zeit über blieb sie still. Schließlich setzte er sich und zog sie auf seinen Schoß. Er hielt sie fest, bedeckte ihre Wangen und Lippen mit sanften Küssen, schmiegte ihre Haare zurück und atmete ihren Duft ein.

Nie wieder würde er sie verlieren. »Ich werde die Heiratserlaubnis morgen beantragen. Wir können uns vermählen, sobald du möchtest.«

»Ich kann nicht.« Grace schluchzte und brach in Tränen aus.

Das war nicht die Reaktion, auf die er gehofft hatte. Matt streichelte ihr über den Rücken. Was hatte sie gegen eine Sondererlaubnis? Vielleicht sehnte sie sich nach einer großen Hochzeit. »Dann werden wir das Aufgebot verkünden. Mir ist nur wichtig, dass wir heiraten, der Rest ist für mich nicht von Belang.«

Er küsste ihre Tränen fort und zog sein Stofftaschentuch hervor, um ihr die Wangen zu trocknen. »Ich werde dir morgen früh einen Besuch abstatten und anständig um deine Hand anhalten. Ich liebe dich und möchte dich heiraten. Doch jetzt solltest du erst einmal nach Hause gehen. Ist deine Kutsche hier?«

Grace, die noch immer nicht in der Lage war, ein Wort über die Lippen zu bringen, nickte. Wie war dies nur geschehen? Schon wieder? Es sollte doch bei einem Kuss bleiben und sie hatte sich von ihm erobern lassen. Nein, das war nicht fair, sie hatte ihn aufgefordert und ihn genau so sehr begehrt, wie er sie zu begehren schien. Doch nun war alles noch viel schlimmer. Und er glaubte, es ginge ihr nur darum, wie die Hochzeit gefeiert werden sollte. Sie würde es ihm morgen erklären müssen, sobald sie wieder klar denken konnte. Grace erlaubte ihm, ihr die Röcke erneut glattzustreichen und sie in den Gang zu führen.

Er hatte den Arm um sie gelegt, als ginge es ihr nicht gut. Er lehnte sich zu ihr hinab und legte seine Lippen an ihr Ohr. »Ich werde den anderen sagen, dass dir nicht wohl ist und du heimgegangen bist. Oder noch besser, ich werde nach Phoebe rufen lassen.«

Als ihre Kutsche und Phoebe eingetroffen waren, hatte Grace sich wieder etwas unter Kontrolle. Nun, das war vielleicht eine Übertreibung, aber sie weinte wenigstens nicht mehr.

Phoebe nahm ihren Arm. »Ich werde sie nach Hause bringen. Worthington, gehen Sie zurück und bitten Anna darum, auf Lady Charlotte aufzupassen und sie nach Hause zu begleiten.«

»Ich helfe Ihnen erst beim Einsteigen in die Kutsche. Sie sieht überaus blass aus.« Er machte sich daran, Grace hochzuheben.

»Worthington, hören Sie auf«, zischte Phoebe. »Sie können sie doch nicht einfach tragen. Es ist schon schlimm genug, dass Gäste gesehen haben, wie Sie ihr hinterhergeeilt sind.« Sie führte Grace zur Tür und schnaubte. »Sie wird schon wieder.«

Er war scheinbar nicht überzeugt. Er blieb bei ihnen, begleitete sie zur Kutsche und half erst ihr und dann Phoebe hinein, bevor er die Tür schloss.

Die Kutsche machte einen Satz nach vorn und setzte sich in Gang. Phoebe streichelte Graces Hände, als sie versuchte zu verstehen, was heute Abend über sie gekommen war. Wie sollte sie sich erklären und was würde sie nur tun, sollte sie schwanger sein? Sie konnte sich momentan nicht einmal daran erinnern, wann sie das letzte Mal ihre Monatsblutung gehabt hatte.

Schon bald erreichten sie Stanwood House.

Royston öffnete die Tür und verneigte sich. »Geht es Ihnen gut, Milady?«

Grace unterdrückte ein hysterisches Kichern. »Mir ist nur etwas schwindelig. Das wird schon wieder«, log sie.

Phoebe blieb bei ihr, als sie die Treppen emporstiegen und ihren Salon betraten.

Oh Gott! Phoebe würde glauben, sie hätte den Verstand verloren und sie hätte recht.

»Sherry oder warme Milch?« Ihre Freundin zog an der Klingel.

Grace seufzte. »Sherry. Auf der Anrichte steht welcher. Hier hilft nur Alkohol.«

Phoebe reichte ihr ein Glas und nahm neben ihr Platz. »Was ist geschehen? Er schien eher besorgt als zornig. Hast du ihm gesagt, dass du dich nicht vermählen kannst?«

Grace schüttelte den Kopf. Ihr Herz splitterte erneut. »Ich– dazu hatte ich keine Gelegenheit. Wir... und dann habe ich– ich hab's versucht. Aber er meinte, er würde eine Sondererlaubnis beantragen. Ich habe ihm gesagt, dass ich nicht kann, aber er dachte es ginge mir um das Aufgebot ...«

Phoebe legte einen Arm um ihre Schultern. »Grace, ist es wieder geschehen?«

Tränen liefen ihr über die Wangen. »Ja und er kommt morgen früh, um offiziell um meine Hand anzuhalten.«

Ihre Freundin seufzte. »Und du gedenkst ihm noch immer zu sagen, dass du ihn nicht heiraten kannst?«

Grace schluchzte erneut als sie nickte. »Ich muss. Mir bleibt keine andere Wahl.«

Ein Klopfen ertönte an der Tür. Sie wollte sich jetzt nicht noch jemandem stellen. »Herein.«

Royston öffnete die Tür einen Spalt weit. »Milady. Der Earl of Evesham wartet auf seine Frau. Er sagte, es gäbe keinen Grund zur Eile.«

Grace setzte sich auf und ergriff die Hand ihrer Freundin. Genug war genug. Sie musste sich zusammenreißen. Die Kinder würden morgen eintreffen und sie würden sonst merken, dass etwas nicht stimmte. »Nach etwas Schlaf geht es mir sicher schon wieder besser.«

Phoebe zog die Brauen zusammen und sah Grace zweifelnd an. »Bist du dir sicher?«

Sie versuchte sich an einem Lächeln, doch es wollte ihr nicht ganz gelingen. »Geh zu deinem Ehemann. Wenigstens kann einer von uns einen haben.«

Sie brach erneut in Tränen aus.

»Ich werde noch etwas bleiben. Marcus wird sicher nichts dagegen haben.«

Phoebe wandte sich zur Tür. »Wir werden eine Tasse heiße Milch mit Honig und die Zofe ihrer Ladyschaft benötigen. Sagen Sie Lord Evesham bitte, dass ich noch einige Minuten brauchen werde.«

»Sehr wohl, Milady. Ein Lord Worthington ist ebenfalls anwesend und fragt nach ihrer Ladyschaft.«

Grace schnappte nach Luft und versuchte normal weiter zu atmen. *Nicht heute Abend. Ich kann ihm jetzt nicht in die Augen sehen.*

Phoebe blickte zu Grace und schüttelte den Kopf. »Sagen Sie ihm, er soll heim gehen.«

Royston verneigte sich und ging, nur um kurze Zeit später zurückzukehren. »Lord Worthington lässt ausrichten, dass er sich die Ehre erweisen wird, ihre Ladyschaft morgen früh zu besuchen.«

Wenigstens musste sie sich nicht mehr heute Abend mit ihm unterhalten. Morgen würde sie es ihm erklären.

Phoebe blieb, bis Grace ihre Milch ausgetrunken hatte und steckte sie ins Bett. »Phoebe, ich danke dir.«

»Morgen sieht alles schon wieder anders aus.« Ihre Freundin küsste Grace auf die Stirn und verließ das Zimmer.

Grace schlief unruhig und weinte sich wiederholt zurück in den Schlaf. Nie hätte sie sich als Heulsuse bezeichnet und doch machte sie dem Titel gerade alle Ehre. Sie versuchte sich die Worte für Worthington zurechtzulegen, doch es wollte ihr nicht gelingen.

Als sie die Augen öffnete, strömte bereits Licht durch die Fenster. Wie spät war es? Sie erwachte sonst immer mit der Morgendämmerung. Deshalb hatte sie ihre Vorhänge immer geöffnet. Sie stütze sich auf die Ellenbogen und warf sich dann zurück aufs Bett. *Worthington.* Allein der Gedanke an ihn ließ ihren Körper vibrieren. Was sollte sie ihm nur sagen?

Sie hörte gedämpfte Stimmen an ihrem Zimmer vorbeischleichen. *Die Kinder sind hier?* Sie hatte doch nicht etwa den Tag verschlafen? Grace reichte nach der Klingel und zog daran.

Im nächsten Augenblick öffnete Mary die Tür. »Geht es dir gut? Bolton hat gesagt, wir müssen ruhig sein, weil's dir nicht gut geht.«

Grace streckte ihren Arm nach Mary aus und sie kletterte zu ihr aufs Bett. Einer der sieben Gründe, weshalb Grace nicht heiraten konnte. Ihre Schwester umarmte sie und gab ihr einen feuchten Kuss. Worthington würde einfach Verständnis haben müssen. Mary kuschelte sich neben Grace. Sie streichelte ihrer Schwester über das Haar und die einfache Bewegung hatte eine beruhigende Wirkung. »Wann seid ihr eingetroffen?«

»Letzte Nacht. Wir haben zum Abendessen angehalten, und Mr. Winters hat gesagt, wie schön es doch gewesen wäre, die ganze Bande für eine Nacht in einem Inn untergebracht zu bekommen.«

Sie unterdrückte ein Grinsen, doch ihre Mundwinkel zogen sich in die Höhe. »Ach je. Wer war involviert?«

»Alice, Eleanor und Walter. Sie wollten nur mit Daisy spazieren gehen. Aber dann war da diese Katze, die Daisy sich ansehen wollte, und Pferde, die an eine Kutsche gespannt waren.«

Grace fiel es schwer nicht zu lachen. Die Hündin konnte einfach nicht verstehen, weshalb Katzen sie nicht auf Anhieb mochten. »Ich verstehe. War der Schaden groß?«

»Das weiß ich nicht. Es gab aber viel Geschrei.« Mary richtete ihre vollste Aufmerksamkeit darauf, eine Schleife festzuziehen, die sich an ihrem Kleid gelöst hatte. »Ich konnte nicht viel sehen. Mr. Winters und Miss Tallerton haben uns sofort zurück in die Kutsche geschickt und wir sind abgefahren. Ich hatte nicht einmal Zeit, meine Milch auszutrinken.«

»Ich verstehe. Ich werde sie für ihr schnelles Handeln loben.« Grace setzte sich auf. »Zeit für dich zu gehen. Ich muss mich waschen und Frühstück zu mir nehmen.«

Mary krabbelte vom Bett, als Bolton das Zimmer betrat. Die Zofe wartete, bis die Tür sich schloss und grinste dann breit. »Ich sollte nicht lachen, aber was für eine Geschichte, die Mr. Winters und Miss Tallerton uns gestern Abend zu erzählen hatten. Zum Glück waren die Pferde bereits gewechselt und bereit zum Aufbruch, sobald Miss Tallerton den Befehl gab. Kein allzu großer Schaden. Nur ein zorniger, junger Mann, der ihnen nachlief. John Coachman hat gesagt, die Pferde des Herren waren zwar verschreckt, aber nicht verletzt.«

»Nun, das ist eine Erleichterung. Ich hätte mich nicht vor meiner Verantwortung gedrückt, wären seine Pferde verletzt gewesen.«

»Nein, Milady. Sie trafen gestern ein, nicht lang nachdem Sie zu Bett gegangen sind. Ich wollte Sie nicht wecken.«

Grace erhob sich lächelnd aus dem Bett. »Ich bin froh, dass sie hier sind. Es ist eine Sache weniger, um die ich mich sorgen muss.«

Jane steckte den Kopf durch die Tür. »Wie geht es dir heute Morgen? Ich hatte gehört, du seist krank?«

»Nicht wirklich krank.« Grace legte sich ihren Morgenmantel um und stapfte zum Waschbecken. »Ich freue mich schon, den gestrigen Vorfall aus der Sicht eines Erwachsenen geschildert zu bekommen.«

Ein breites Grinsen zog sich über Janes Gesicht. »Es war ein recht aufregendes Ereignis.«

Da die Kinder bereits gefrühstückt hatten, nahm Grace das Frühstück in ihrem Arbeitszimmer zu sich. Dort konnte sie sich wenigstens beschäftigen und versuchen, nicht an Worthington zu denken. Sie knabberte an ihrem Brot und schlürfte ihren Tee, während sie die Wirtschaftsbücher durchging, die gestern Abend mit dem Gepäck eingetroffen waren.

Eine Stunde später lehnte sich Grace in ihrem Stuhl zurück und seufzte. Es gelang ihr nicht. Sie konnte sich auf nichts konzentrieren. Er würde sie heute aufsuchen. Kurz zog sie es in Erwägung, seinen Besuch zu verweigern, doch er hatte es verdient, die Wahrheit zu hören. Sie schwor sich, Ruhe zu bewahren und blickte zurück auf die niedergeschriebenen Zahlen, während sie dem wachsenden Bedürfnis widerstand, etwas gegen die Wand zu werfen.

Zum tausendsten Mal wünschte sie sich, dass ihre Eltern nicht verstorben wären. Doch diesmal war es aus einem rein eigennützigen Grund. Sie wollte Worthington heiraten, konnte es jedoch nicht.

Royston klopfte an die Tür und steckte den Kopf ins Zimmer.

»Treten Sie ein, Royston, was gibt's?«

»Milady, Lord Worthington lässt Ihnen seine Anerkennung ausrichten und bittet um ein privates Gespräch.«

Sie würde nicht drum herumkommen. Grace biss sich auf die Unterlippe. Vielleicht würde es gar nicht so schlimm werden wie gedacht. Nachdem sie ihn von ihren Verantwortungen unterrichtet hatte, würde er froh sein, dass sie seinen Antrag ablehnen musste. »Na schön, ich werde gleich beim ihm sein.«

Matt hatte sich spät am darauffolgenden Morgen in Stanwood House präsentiert und dem Butler seine Karte gereicht. Er konnte es noch immer nicht fassen, dass sie die ganze Zeit auf der gegenüberliegenden Seite des Squares gelebt hatte. »Fühlt sich ihre Ladyschaft besser?«

Der Herr verneigte sich auf eine solch vornehme Art, wie nur Butler es zu tun vermochten. »Soweit ich weiß, Milord.«

Bei Gott, Matt hatte es noch nie geschafft, seinen Butler dazu zu bringen, sich auf die Ebene eines Normalsterblichen herabzulassen.

»Ich möchte um ein privates Gespräch bitten.«

»Wenn Sie mir bitte folgen würden, Milord.« Der Butler verneigte sich erneut und führte Matt in einen Salon, der die Straße überblickte. »Ich werde ihre Ladyschaft darüber informieren, dass Sie hier warten.«

Er verschränkte die Hände hinter dem Rücken und starrte aus dem Fenster. Geräusche, die verdächtig nach einer Herde Elefanten klangen, oder wohl eher nach seinen Schwestern, drangen aus dem Korridor an sein Ohr. Dann hörte er eine ältere, strengere Stimme, und die Herde bewegte sich als Einheit die Treppe hinauf. Er wandte sich um, als sich die Tür öffnete.

Lady Grace trat ein, schloss die Tür hinter sich und knickste. »Milord, wie kann ich Ihnen helfen?«

Sie war noch immer etwas blass, doch so schön wie eh und je. Grace verschränkte die Hände vor ihrem Körper. Er verneigte sich und lächelte, als er auf sie zuging. »Du kannst mir helfen, indem du mich verflucht nochmal heiratest. Ich wollte bereits an jenem ersten Morgen um deine Hand anhalten, doch hattest du vergessen zu erwähnen, dass du so früh abreisen wolltest.«

Ihr stieg eine leichte Röte über den schlanken Hals und in die Wangen. Sie weigerte sich, ihn anzusehen. »Ein Antrag ist nicht nötig. Es war lediglich ein wohliges Rendezvous, Milord. Weiter nichts.«

Er lockerte seinen angespannten Kiefer und stellte fest, dass er nun stattdessen seine Hand zur Faust ballte. Nach dem gestrigen Abend war dies eindeutig *nicht* die Antwort, auf die er gehofft hatte. Was ging hier vor sich? Keine Frau, die so anständig und bis vor Kurzem noch Jungfrau gewesen war, würde mit einem Mann schlafen und es dann als *Nichts* ausgeben.

Matt versuchte seinen rumorenden Magen zu beruhigen und einen gelassenen Eindruck zu bewahren. Er ging langsam auf sie zu und kam wenige Zentimeter vor ihr zum Stehen. »Für dich *vielleicht*, aber nicht für mich.« Er hob eine Braue. »Selbst wenn ich dir glauben würde, dass du über das erste Mal die Wahrheit sagst, gestern Abend war nicht *Nichts*.«

Die Röte in Graces Wangen verdunkelte sich, als ihr Blick zu seinem Gesicht flog. »Ich– ich verstehe nicht, was Sie meinen.«

Zufrieden stellte er fest, dass sie damit nicht gerechnet hatte, bemerkte ihren schneller werdenden Atem sowie die Verwirrung in ihren zauberhaften, dunkelblauen Augen. Er nahm sie in den Arm und küsste sie. Ihre Lippen öffneten sich für ihn, wie er – *er* – es ihr gezeigt hatte. Kein anderer Mann würde sie je berühren. Lady Grace Carpenter gehörte ihm. Matt hob den Kopf. »Nicht *Nichts*. Kein bloßes Rendezvous. Ich glaube es ist an der Zeit, mir zu erzählen, was hier vor sich geht, Milady.«

Grace konnte nicht fassen, dass Worthington hier in ihrem Salon war und sie küsste. Was jedoch noch um einiges schlimmer war, war dass sie den Kuss erwiderte. Was hatte er nur für eine Macht über sie? Es war, als hätte sie keine Selbstbeherrschung. Ihre Arme legten sich auf seine Schultern und ihre Hände klammerten sich an seinen Nacken, als würde ihr Leben davon abhängen. Schon wieder. Die Tür öffnete sich und mehrere Paar Füße tapsten in den Raum. *Er* unterbrach den Kuss, nicht sie. Wieso hatte sie kein Durchsetzungsvermögen, wenn es um ihn ging?

»Warum küssen Sie Grace, Sir?«, fragte Mary.

»Das würde ich auch gerne wissen«, fügte Walter hinzu.

Worthington hielt sie so fest, dass sie das Vibrieren seines tiefen, leisen Lachens spüren konnte.

»Ich versuche Grace davon zu überzeugen, mich zu heiraten.«

Sie schüttelte den Kopf, in der Hoffnung wieder klar denken zu können.

Philip runzelte die Stirn. »Also, wenn man eine Lady küssen muss, um sie zu heiraten, werde ich das, glaube ich, lieber unterlassen.«

Das Letzte, was sie jetzt gebrauchen konnte, war, dass sich ihre überaus neugierigen Brüder und Schwestern involvierten. »Ab mit euch, und wehe ihr öffnet diese Tür erneut ohne Erlaubnis.«

Sie verließen der Reihe nach dem Salon. Alice und Eleanor zogen Mary mit sich. Die Tür fiel ins Schloss.

Grace schluckte. Vielleicht würde er es jetzt verstehen. »Milord …« Sein Mund stürzte wieder auf ihren. Ihre Zungen tanzten und sie versank in seinem Duft, seinen sanften Liebkosungen. Wieder einmal entfachten seine tückischen Hände ein Feuer unter ihrer Haut.

Er hob den Kopf und ihre Lippen folgten ihm. »Würdest du mir die Ehre erweisen und meine Frau werden?«

Grace zwang sich dazu, ihn loszulassen und einen Schritt zurückzutreten, doch er weigerte sich, ihre Hände freizugeben. »Milord, ich danke Ihnen für Ihr gütiges Angebot, aber ich kann es leider nicht annehmen.«

Sein amüsierter Gesichtsausdruck wich schnell der Verwirrung und wurde dann ernst. »Warum nicht?«

Sie schloss die Augen und bemühte sich um eine ruhige Stimme. »All die Kinder, das sind meine Brüder und Schwestern.«

Er runzelte die Stirn und schüttelte den Kopf, als würde er versuchen zu verstehen, was sie gerade gesagt hatte. »Na schön. Viele Familien haben mehrere Kinder. Was hat das mit uns zu tun? Ich habe ebenfalls Schwestern. Ich hatte gehofft, dass du Kinder magst.«

Tränen brannten in ihren Augen, als Grace sich auf die Unterlippe biss. Nichts war ihr je so schwergefallen, doch sie musste es tun. Ihr Hals schnürte sich zu und sie bekam keine Luft. »Ich habe– ich habe die Vormundschaft. Das werde ich niemals aufgeben.«

Sie entriss ihm ihre Hände und stürmte aus dem Raum. Mit einem lauten Geräusch fiel die Tür hinter ihr zu.

Matt starrte auf seine leeren Hände und dann auf die geschlossene Tür. Er fand einen Stuhl und setzte sich. Sein Körper wurde taub. *Wie viele* Kinder waren es? Er hätte sie zählen sollen, doch es wäre ihm nie in den

Sinn gekommen, dass sie … Er stützte die Ellenbogen auf die Knie und ließ den Kopf in die Hände sinken.

Vormundschaft? Sie hat die Vormundschaft? Wie kann das sein?

Er hatte keine Ahnung, wie lange er bereits dort gesessen und versucht hatte, seine Gedanken zu ordnen, als die Tür sich öffnete.

Das jüngste Mädchen trat ein, ihr Mund war grimmig verzogen und ihr störrisch hervorgerecktes Kinn zitterte leicht. »Sie haben Grace zum Weinen gebracht.«

Das war nur fair. Er selbst fühlte sich ebenfalls den Tränen nah. »Das habe ich nicht gewollt. Ich wollte sie glücklich machen.«

Das Kind legte die Stirn in Falten und nickte wissend. »Sie haben es vermasselt, oder?«

Sich selbst, Grace, und dem riesigen Schlamassel, in dem sie steckten, zum Trotz, spürte er seine Mundwinkel zucken. »Ja, so könnte man es wohl sehen. Wie ist dein Name?«

Sie beäugte ihn und kam näher. »Mary. Wie heißen Sie?«

»Worthington, doch es wäre mir eine Ehre, wenn du mich Matt nennen würdest.«

Sie trat an seine Seite. Ihr blondes Haar war in zwei Zöpfe geflochten, einige Strähnen waren jedoch entkommen und kringelten sich um ihr Gesicht und in ihrem Nacken. Ihre dunkelblauen Augen, wie die ihrer Schwester, starrten zu ihm herauf. »Und was hast du jetzt vor? Grace hat unserer Cousine Jane gesagt, dass sie niemanden heiraten kann. Nicht, bis Charlie älter ist.«

Er versuchte die Brauen nicht zusammenzuziehen, und rieb sich das Kinn. »Ich nehme an, Charlie ist dein ältester Bruder?«

Mary nickte emsig, was ihre Zöpfe zum Hüpfen brachte.

Matt reichte ihr die Hand. Sie ergriff sie und kletterte auf seinen Schoß. »Wie alt bist du?«

»Ich bin fünf.« Sie lächelte und offenbarte eine Zahnlücke. »Aber im Sommer werde ich sechs.«

»Fünf ist ein gutes Alter.« Er musste es sowieso wissen, also konnte er es auch jetzt hinter sich bringen. »Wie viele seid ihr?«

Sie zählte an ihren Fingern. »Wir sind zu siebt. Charlotte ist achtzehn. Sie ist der Grund, weshalb wir in London sind. Charlie ist sechzehn und ist in Eton; Walter ist vierzehn; Alice und Eleanor sind zwölf, sie sind Zwillinge; und Philip ist acht.«

Matt wurde etwas schwindelig. »Wer passt außer Grace noch auf euch auf?«

»Das Kindermädchen, Mrs. Tallerton, Mr. Winters und Cousine Jane, aber wir müssen auch auf Mrs. Penny und Royston hören, und auf alle anderen, die Grace sagt.«

Hier stimmte doch etwas nicht. »Habt ihr keinen Onkel, der ebenfalls für euch verantwortlich ist?«

Mary schüttelte den Kopf. »Nein, ich habe meine Tante einmal sagen gehört, dass es ein Glücksfall ist, dass ihr Bruder, das ist unser Onkel, nicht hier ist, weil er ein Tunichtgut und Halunke ist.«

Matt lachte. »Wenn das so ist, stimme ich ihr zu, aber ich möchte wetten, dass du ihre Worte nicht wiederholen sollst.«

Mary sah ihn mit solch großen Augen an, dass sie ihn an einen Welpen erinnerten, nur dass sie blau waren und nicht braun. »Wirst du mich verraten?«

Matt warf ihr seinen seriösesten Blick zu. »Niemals. Ich würde nie petzen, Ehrenwort.«

Er wurde mit einem vertrauensvollen Lächeln belohnt. »Ich mag dich.«

»Ich mag dich auch.«

Die Tür öffnete sich und ein Paar Zwillinge mit dem gleichen, goldenen Haar und blauen Augen trat ein.

»Alice in gelb und Eleanor in grün«, flüsterte Mary ihm zu.

»Danke.«

Zwei identisch missbilligende Blicke landeten auf Mary. »Da bist du ja. Du sollst dich nicht in diesem Zimmer aufhalten, das weißt du doch.« Alice streckte ihre Hand aus. »Komm mit.«

Mary drängte sich dichter an ihn. »Aber er ist doch mein Freund.«

Eleanor seufzte dramatisch und Alice warf ihr einen leidenden Blick zu.

»Matt will Grace heiraten.« Ihr störrisches Kinn kam erneut zum Vorschein.

Alice verdrehte die Augen. »Und sie hat abgelehnt.«

»Woher weißt du das?« Marys Augen wurden groß. »Sag bloß, du hast an der Tür gelauscht!«

Eleanor tippelte mit dem Fuß und presste die Lippen aufeinander. »Hab' ich, und jetzt komm mit.«

»Lauscht ihr eigentlich alle?«, fragte Matt fasziniert.

Alice wandte sich zu ihm. »Wie sollen wir denn sonst erfahren, was hier vor sich geht? Uns Kindern erzählt man absolut *nichts*. Mary, jetzt *komm*.«

Bevor Mary dem Befehl nachkommen konnte, öffnete sich die Tür erneut und es traten – er zählte sie – drei weitere Kinder herein, darunter das älteste Mädchen – Ah ja, und da war auch der älteste der Schuljungen.

»Was tun Sie noch hier, Sir?«, fragte einer der Jungen. Matt glaubte, es war Walter. »Ich dachte, meine Schwester hätte Sie abgewiesen. Auch wenn ich nicht verstehen kann, weshalb, wenn sie doch nun so todunglücklich ist.«

Das einzige Augenpaar, das ihn derzeit nicht anstarrte, gehörte zu Mary. Interessant. So mussten sich wohl Zirkusclowns fühlen. Er fragte sich, wie es sein würde, mit einer so unverblümten Gruppe Kinder zusammenzuleben. Sollte er ihre Schwester heiraten, wäre dies zweifellos sein Schicksal.

»Wenn du mich fragst, möchte Grace ihn doch heiraten.« Das kam von Philip. »Wir sind nur eben etwas zu viel des Guten.«

Das war Matts Stichwort. Er konnte jetzt entweder gehen und sie für immer verlieren, oder versuchen, Graces Brüder und Schwestern davon zu überzeugen, ihm dabei zu helfen, sie für sich zu gewinnen.

Walter kräuselte die Stirn. »Wenn Sie meinen Rat wollen, Sir, dann überlegen Sie es sich nochmals. Sie können uns eine Nachricht zukommen lassen, sollten Sie Grace dann noch immer heiraten wollen.«

»Und wie soll er das bitte anstellen?« Lady Charlotte warf ihrem Bruder einen entnervten Blick zu. »Grace würde es mitbekommen, sobald die Nachricht eintrifft. Nein, wir müssen es geschickter angehen.« Nachdenklich presste sie die Lippen aufeinander.

Matt fiel auf, dass sie nicht nur ihre unverkennbare Haarfarbe und Augen gemein hatten, sondern auch ein willensstarkes Kinn.

Charlotte blickte zu ihm. »Feiert eine Ihrer Schwestern dieses Jahr ihr Debüt?«

»Ja, Lady Louisa Vivers.« Was hatte das hiermit zu tun?

Sie lächelte, sichtlich zufrieden mit sich. »Dachte ich es mir doch. Da ist eine Ähnlichkeit. Ich habe sie gestern Abend kennengelernt. Sie können uns über Ihre Schwester eine Nachricht zukommen lassen.« Charlotte blickte zur Tür. »Sie sollten jetzt gehen, bevor uns jemand mit Ihnen hier sieht und Grace benachrichtigt.«

»Ist sie streng mit euch?«

Charlotte scheuchte die jüngeren Kinder aus dem Raum und wandte sich zurück zu ihm. »Sie ist die beste

Schwester überhaupt. Wenn wir sie nicht hätten, wären wir nicht mehr beisammen.«

Vielleicht würde er jetzt erfahren, was hier vor sich ging. »Wie meinst du das?«

Charlotte starrte ihn einen Moment lang an. »Als Mutter starb, wollte keiner unserer Verwandten uns alle aufnehmen. Wir sollten aufgeteilt werden. Grace hatte Mutter geschworen, dass sie das nicht zulassen würde und hat darum gekämpft, uns beisammenzuhalten.« Sie blickte erneut zur Tür. »Sie sollten jetzt wirklich gehen.«

Matt erhob sich. »Ihr werdet von mir hören.«

Ein trauriges Lächeln umspielte ihre Lippen. »Davon gehen wir nicht aus und würden es Ihnen nicht verübeln. Grace hat gesagt, kein Mann würde sich mit sieben Kindern belasten wollen und sie würde dem Ganzen sowieso nicht trauen.« Charlotte biss sich auf die Unterlippe. »Ich finde es sehr traurig, denn sie hat alles für uns aufgegeben.«

Charlotte legte sich die Hand über den Mund, wandte sich um und ging eilig davon.

Er konnte sich ein Leben ohne Grace nicht vorstellen. Doch zusammen mit seinen vier Schwestern wäre er für elf Kinder verantwortlich. So eine Entscheidung wollte gut durchdacht sein, und doch würde er schon bald eine treffen müssen.

KAPITEL 10

Grace rannte auf ihr Zimmer und warf sich auf das Bett. Wenigstens war die Katze jetzt aus dem Sack. Jetzt wusste Worthington, weshalb sie ihn nicht heiraten konnte. Und er hatte die Kinder gesehen. Er hatte sie ziemlich leicht gehen lassen, nachdem sie ihm erklärt hatte, dass sie die Vormundschaft hatte, was bewies, dass er sie nicht wahrhaftig wollte. Oder zumindest nicht mit ihren Brüdern und Schwestern.

Er war sicher erleichtert, dass sie ihn abgewiesen hatte. Jetzt konnte sie wieder die Grace sein, die sie gewesen war, bevor sie sich geliebt hatten. Sie fasste sich an die Lippen, die noch immer geschwollen waren von seinen Küssen, und die Tränen liefen ihr über die Wangen. Etwas in ihr verdorrte, als ihr bewusst wurde, dass Worthington sie nie wieder halten oder küssen würde. Sie trocknete sich die Augen, rollte sich auf den Rücken, und starrte den Stoff des Himmelbetts an.

Das einzige Mal, dass sie sich elendiger als jetzt gefühlt hatte, war als ihre Eltern gestorben waren. Es graute ihr bei dem Gedanken, was ihre Mutter oder ihr Vater zu ihrem Verhalten mit Worthington zu sagen gehabt hätten. Obwohl, unter den Umständen hätten sie vielleicht Verständnis gezeigt, wenigstens ein bisschen. Sie hatten einander so geliebt, und sie und die anderen Kinder ebenfalls. Sie hatte mit Mutter und Vater über alles reden können. Sie hätten gewusst, was zu tun war. Doch wenn sie nicht gestorben wären, dann würde sie jetzt auch nicht in diesem Schlamassel sitzen.

Eine einzelne Träne fiel aus ihrem Augenwinkel. Auf eine ganz eigene Weise war die Situation mit Worthington sogar noch schlimmer. Viel schlimmer. Denn sie würde ihm überall begegnen und doch würde er nie Teil ihres Lebens sein.

Matt überquerte den Berkeley Square und versuchte sich an den Gedanken zu gewöhnen, elf Kinder zu haben. Er war sich nicht sicher, ob er seine Schwestern involvieren wollte und war außerdem etwas gekränkt, dass Charlotte und Walter ihn als potenziellen Ehemann für Grace so schnell abgeschrieben hatten. Woher wollten sie schließlich wissen, was er akzeptieren konnte und was nicht?

Außerdem hatte er ihre Unschuld genommen. Wenn er ein echter Gentleman gewesen wäre und sie abgewiesen hätte, dann wäre sie jetzt noch Jungfrau. Er rieb sich mit der Hand übers Gesicht, als er den Square betrat und blickte über seine Schulter zurück.

Mary sah ihm nach, ihr Gesicht fest gegen eine der Fensterscheiben im ersten Stock gepresst. Neben ihr stand Philip. Die älteren Kinder starrten ihm mit ernster Miene hinterher, als er durch den Park schritt. Als er die andere Seite des Berkeley Squares erreichte, wies er den Bediensteten an, zur Seite zu treten, und ließ sich selbst in sein Haus ein.

Sobald er sein Arbeitszimmer erreichte, schenkte er sich ein großes Glas Brandy ein und nahm einen Schluck. Er genoss das vertraute Brennen, das seine Gedanken beruhigte. Sieben plus vier ergab eindeutig elf Kinder. Egal wie oft er die Zahlen addierte, er würde immer auf das gleiche Ergebnis kommen. Wenn er sie überzeugen konnte, ihn zu heiraten, würden sie ihre Ehe mit insgesamt elf Kindern antreten. Wenn sie so fruchtbar war wie ihre Mutter ... doch die einzige

Entscheidung, die es zu treffen galt, war das Datum der Hochzeit.

Er konnte verstehen, weshalb sie zögerte, jemandem mit ihren Brüdern und Schwestern zu trauen. Konnte sie jedoch lernen, *ihm* mit den Kindern zu trauen? Konnte er ohne sie leben? Verdammt, verdammt, verdammt. Er schleuderte sein Glas gegen den Kamin. Das Kristall zerbarst und die Flammen loderten auf, als der Brandy ins Feuer tropfte. Es fühlte sich nicht so gut an wie erhofft.

Es war bereits Mitternacht, als Matt sein Bett aufsuchte, und trotzdem fand er keinen Schlaf. Jedes Mal, wenn er die Augen schloss, wurden aus den Bildern von Grace und ihm wie sie sich liebten Hunderte von Kindern. Schließlich gab er auf, kleidete sich und kehrte in sein Arbeitszimmer zurück.

Einige Zeit später brachte Thorton ihm das Frühstück. Das kostbare Roastbeef zerfiel in seinem Mund zu Asche und Matt ließ es davontragen. Stöhnend ließ er den Kopf in die Hände sinken. Warum konnte er keinen klaren Gedanken fassen? Er erhob sich und schenkte sich ein Glas Brandy ein.

Aus einem ihm unerklärlichen Grund setzte sein Hirn komplett aus, sobald es bei dem Gedanken angelangte, sein Leben nicht mit Grace zu teilen. Ohne sie zu leben war keine Option. Sie würde lernen müssen, ihm mit den Kindern zu vertrauen. Doch wie sollte er sie davon überzeugen?

Ein Klopfen ertönte an der Tür und Patience trat ein. Sie sah ihn einige Augenblicke lang schweigend an und hob dann die Brauen. »Ist es dafür nicht noch etwas zu früh?«

Er hob sein Glas. »Unter diesen Umständen nicht.«

»Matt, ich habe dich noch nie so früh am Tage trinken gesehen. Möchtest du mir erzählen, was dir auf dem Herzen liegt?«

Kurz zog er in Erwägung, sie wegzuschicken, doch er brauchte eindeutig Hilfe, und sie war eine Mutter. Er wandte seinen Sessel in ihre Richtung. »Ja, möchte ich. Setz dich doch, bitte.«

Sie nahm auf dem Stuhl vor seinem Schreibtisch Platz und blickte ihn erwartungsvoll an. »Hat es etwas mit deiner Lady zu tun?«, fragte sie, als er nichts sagte.

Ihm war absolut nicht bewusst, wie scharfsinnig Patience tatsächlich war. Matt seufzte tief. »In der Tat. Ihr Name ist Lady Grace Carpenter.«

»Ah ja.« Sie nickte ernst. »Ich verstehe.«

Wie gut, dass wenigstens eine von ihnen es tat. »Ach so? Wie?«

»Ich hätte gedacht, das wäre eindeutig. Es ist kein großes Geheimnis, dass sie einen harten Kampf um die Vormundschaft ihrer Brüder und Schwestern gewonnen hat. Fast ein Jahr lang hat es angedauert. Ihr Großvater mütterlicherseits hat es schließlich zu ihren Gunsten entschieden. Er erklärte sich damit einverstanden, die Vormundschaft mit ihr zu teilen, machte aber deutlich, dass die Kinder bei Lady Grace wohnen würden. Er ist vor einigen Monaten verstorben. Ich weiß nicht, wie oder ob das die Sache beeinträchtigt.«

Zum einen würde es dazu führen, dass Grace glaubte, sie könne nicht heiraten. Wenn Lord Timothy noch am Leben wäre, würde sie die Kontrolle über die Kinder nicht aufgeben müssen. Matt rieb sich die Stirn. »Ich verstehe nicht, weshalb ihr niemand geholfen hat.«

»Ihre Tanten und Onkel in der Carpenter Familie waren mehr als gewillt ein oder zwei Kinder bei sich aufzunehmen ...« Er verzog das Gesicht. Charlotte hatte ihm das gleiche erzählt. Patience fuhr fort. »Seit bestimmt drei Jahren hat sie jetzt im Grunde genommen die alleinige Vormundschaft, auch wenn das Gesetz es nicht anerkennt.«

So lange schon. Mit niemandem zur Hilfe außer den Bediensteten und Lehrern? Er zog die Brauen zusammen. »Wie alt ist ihr Bruder Stanwood?«

Patience zuckte mit den Achseln und sah sich um. »Wo ist dein *Debrett's*?«

Matt ging zu seinem Bücherregal und nahm es heraus. Einige Minuten später blickte er auf. »Sechzehn. Noch fünf Jahre, bis er die Vormundschaft übernehmen kann.«

»Auch dann wäre er noch zu jung, um seine Brüder und Schwestern großzuziehen.« Patience schüttelte den Kopf. »Du wirst ihr die anderen Kinder nicht entreißen können.«

Er stellte das Buch zurück ins Regal und ging zurück zu seinem Sessel. Was er jetzt aussprach, würde seine Stiefmutter ebenfalls betreffen. »Ich habe nicht vor, ihr ihre Brüder und Schwestern zu nehmen. Ich bin mir überaus bewusst, dass ich mich bereit erklären müsste, die gesamte Familie auf mich zu nehmen. Sie sind sich dessen auch bewusst.«

Patiences Lippen nahmen einen steifen Zug an. »Zusätzlich zu der, die du bereits hast.«

Er wusste, dass dies früher oder später besprochen werden musste. Am besten beruhigte er sie gleich jetzt. »Glaubst du, das habe ich nicht bedacht? Keiner von uns könnte in einem Haus leben, in dem sich elf Kinder an die Gurgel gehen.«

»Natürlich nicht.« Die Falten um ihren Mund herum glätteten sich. »Doch selbst *wenn* sie dich liebt und *alle* Kinder sich verstehen sollten, musst du dich ihr gegenüber noch immer als der Vormundschaft würdig erweisen. Das ist die wahre Herausforderung.«

Er rieb sich das Gesicht. »Eine der vielen. Ich kann mir nicht vorstellen, dass sie sehr vertrauensvoll ist, was ihre Brüder und Schwestern betrifft.«

»Das ist auch kaum verwunderlich. Sie hat gegen ihre Onkel väterlicherseits um die Vormundschaft gekämpft. Keiner von ihnen hat daran geglaubt, dass sie die Kinder alleine großziehen könnte und natürlich waren sie alle der Meinung, sie sollte das tun, was sich für eine angesehene Dame gehört, nämlich sich vermählen. Lady Grace weigerte sich allerdings hinzunehmen, dass die Kinder unter ihnen aufgeteilt werden sollten. Wenigstens fällt das zu deinen Gunsten aus. Wie du weißt, bevorzugt das Gericht einen Onkel mütterlicherseits als Vormund. Glücklicherweise verweilt der einzig noch lebende Bruder ihrer Mutter noch immer im Ausland und kann dir keinen Ärger machen.«

Matt verengte die Augen. »Was weißt du über ihn?«

»Er ist ein Tunichtgut. Er kann überaus charmant sein, bis man ihm in die Quere kommt. Man könnte ihn auch schlichtweg als wirklich üblen Burschen bezeichnen. Wenn er glauben würde, es könne ihm auch nur irgendeinen Nutzen einbringen, dann würde er die Vormundschaft beantragen.«

»Du sprichst im Dialekt, Mutter?«, zog er sie auf. »Ich würde jede Wette eingehen, dass du das von Theodora aufgeschnappt hast. Ich werde ein ernstes Wörtchen mit ihr wechseln müssen, wenn sie ihre unschuldige Mutter verdirbt.«

Patience lachte leise, erhob sich dann und schüttelte ihre Röcke aus. »Ich werde dich nun mit deinen Gedanken allein lassen. Worthington, dir muss klar werden, womit du es hier zu tun hast.«

»Ich weiß. Das macht das Ganze ja so verdammt schwer. Ich würde sie sofort heiraten, wenn sie mich nehmen würde.« Er blickte erneut aus dem Fenster zum Garten hinaus, als seine Stiefmutter die Tür hinter sich schloss.

Das Mittagessen kam und er aß es, ohne es wirklich zu schmecken. Sein Herz zerbrach, flimmerte vor

Hoffnung und sank dann doch wieder in die Tiefe. Er wünschte sich fast, sein Herz wäre ein für alle Mal gebrochen worden, wie bei seinem Freund Robert Beaumont. Doch Matt hatte nicht das Glück, auf Liebe und ein Eheleben verzichten zu wollen. Er war vorher noch nie verliebt gewesen. Doch das war nicht das Problem. Er wusste, dass sie ihn liebte, und er liebte sie verdammt nochmal auch. Es ging um all die Dinge, die es mit sich brachte. Nämlich genau sieben von ihnen, beziehungsweise Graces Sorge um sie.

Ein leises Winseln zog seine Aufmerksamkeit vom Fenster fort. Er sah, wie seine Dänische Dogge ein übergebliebenes Stück Roastbeef anhimmelte. Er pflückte das Fleisch vom Teller und gab es Duke. »Na, mein Junge, was meinst du? Sollen wir unserer Familie sieben weitere Kinder hinzufügen?«

Duke wackelte mit dem Schwanz.

»War ja klar, dass du es für eine gute Idee halten würdest. Mehr Leute, um dich zu verwöhnen. Ich gehe davon aus, dass du nicht darüber nachgedacht hast, was passieren würde, wenn sie dich nicht mögen? Oder Angst vor dir hätten?« Mit gerunzelter Stirn sah der Hund zu ihm auf. »Dachte ich es mir doch.«

Die polternden Schritte über seinem Kopf setzten seinen Gedanken ein Ende. »Ich glaube es ist Zeit für unseren Spaziergang.«

Theo platzte zur Tür herein und sah ihn erwartungsvoll an. »Matt, bist du so weit?«

Sie brachte so viel Freude in sein Leben. Alle anderen waren aus dem Alter der kindlichen Unschuld bereits herausgewachsen. »Das bin ich. Zieh an der Klingel.« Er dachte an Mary und daran, wie sie ihm so vertrauensvoll auf den Schoß geklettert war. Konnte sie sich überhaupt an ihren Vater erinnern? Theo hatte wenigstens ihn.

Sie hatten den halben Weg zum Park zurückgelegt, als eine junge Dänische Dogge an ihnen vorbeisauste, die lose Leine im Schlepptau, dicht gefolgt von einem Bediensteten.

Schrille Rufe folgten dem Flüchtling. Er blickte zu Duke hinab, dessen Aufmerksamkeit zum ersten Mal seit Langem wieder geweckt war. »Duke, hol sie dir.« Matt ließ die Leine los und rief seinen Bediensteten zu: »Ich übernehme eines der Mädchen, einer von Ihnen sollte ihm folgen.«

Madeline ergriff seine Hand. Ihre Wangen waren errötet und sie hatte ein breites Grinsen im Gesicht. »Was geht hier vor sich?«

»Ein ausgebüxter Hund.«

»Er sieht so hübsch aus!«

Matt grinste. »Nun, Liebes, das Adjektiv stimmt wohl, aber nicht das Geschlecht. Es ist eine Hündin.«

»Tatsächlich?«

»Tatsächlich.«

Als sie den Park beinahe erreicht hatten, holten sie den Übeltäter endlich ein.

»Wir haben sie unter Kontrolle, Milord. Sie ist diesem armen Kerl davongelaufen.« Der Bedienstete, den er hinterhergeschickt hatte, zeigte auf einen Diener, der mit den Händen auf den Knien um Luft rang. »Aber Duke hat sie eingeholt.«

Matt betrachtete Duke, der eindeutig gerade dabei war, sich Hals über Kopf in die Hündin zu verlieben oder ihr zumindest schöne Augen zu machen. »Duke, bei Fuß.«

Duke blickte zu seiner neuen Freundin und schlenderte dann zu Matt herüber. Sie folgte ihm. »Wenigstens ist einer von uns glücklich verliebt.«

»Daisy! Daisy, du böses Mädchen.« Lady Charlotte kam auf sie zugestürmt. »Wie konntest du nur so davonlaufen?«

Alice wackelte mit einem Finger vor Daisys Nase. »Du weißt, dass Grace böse sein wird.«

Walter reichte ihm die Hand und verneigte sich. »Wir danken Ihnen, Sir, dafür dass sie sie gefasst haben.«

Lady Charlotte wandte sich um und weitete die Augen, als sie ihn endlich wahrnahm. »Lord Worthington.«

Louisa lugte hinter ihm hervor. »Charlotte, ist das dein Hund?«

Sie hielt sich gerade noch rechtzeitig davon ab, die Augen zu verdrehen und blickte zu Daisy. »Ja, und leider ist sie bei weitem nicht so gut erzogen wie eurer.«

»Nun, Matt – Verzeihung – Lady Charlotte, dies ist mein Bruder, Lord Worthington, aber du kannst ihn sicherlich Matt nennen. Er hat Duke erzogen. Matt kann alles.«

Charlotte sah beeindruckt aus. »Ist das so? Nun, ich wünschte, er würde Daisy erziehen. Du wirst nicht glauben, was sie angestellt hat, als die Kinder in die Stadt gereist sind. Hier kommen die anderen.«

Ehe Matt sich versah, war er von einem Meer aus Kindern umgeben.

»Matt?«

Er blickte zu Mary hinab. »Wie schön dich wiederzusehen.«

Vertrauensvoll legte sie eine Hand in seine.

Theodora erdolchte sie mit ihrem Blick. »Wer ist das?«

Worthington unterdrückte ein Stöhnen. »Theodora, das ist Mary. Hier, nimm meine andere Hand. Die ist genauso gut. Wenn nicht sogar noch besser.«

Mary kam ihm näher. Wenn Patience mit der Dauer von Graces Vormundschaft recht hatte, dann konnte sich Mary wahrscheinlich nicht mehr an ihren Vater erinnern. Seine Schwestern hatten wenigstens ihn als Vaterfigur.

»Wer ist sie und woher kennst du sie?«, forderte Theo.

Louisa sah sie finster an. »Um Himmels willen, Theodora. Hör doch auf. Sie ist die Schwester einer Freundin und wenn du dich nicht benimmst, dann sage ich es Mutter.«

Theodora grummelte.

»Oh, du hast eine Mutter?«, fragte Mary, als wäre es eine ihr neuartige Vorstellung.

Theo runzelte die Stirn. »Jeder hat eine Mutter.«

Mary starrte Theo an und schüttelte den Kopf. »Ich nicht. Ich hatte eine, aber sie ist gestorben. Ich kann mich nicht an sie erinnern, weil ich noch zu jung war.«

Theodora blieb stehen. »Wer kümmert sich um dich?«

»Meine Schwester und das Kindermädchen und Miss Tallerton.«

Theo blickte zu Louisa und zog die Brauen zusammen. »Ich glaube nicht, dass es mir gefallen würde, wenn meine Schwester sich um mich kümmert.«

Mary nickte. »Nun, wenn es Charlotte wäre, würde ich dir zustimmen, aber es ist Grace.«

Matt, der es satt hatte, über die beiden zu stolpern, während sie sich nach vorn gebeugt miteinander unterhielten, sagte: »Passt mal auf. Wenn ihr euch an den Händen fasst, könnt ihr beide auf einer Seite gehen.«

Sie beide sahen ihn mit dem gleichen mürrischen Gesichtsausdruck an. »Nein.«

Gott sei Dank erreichten sie den Park. »Also los, ab mit euch.«

Die Mädchen sprinteten los und Matt schüttelte sich die Hände aus. Für zwei so kleine Mädchen konnten sie ganz schön fest zugreifen. »Warum musste ich mich ausgerechnet in die einzige alleinstehende Dame ganz Englands verlieben, die die Verantwortung für ihre sieben Brüder und Schwestern trägt.«

Er folgte ihnen gemächlichen Schrittes. Die Hunde spielten miteinander und einige der Kinder taten es ihnen gleich. Die beiden Ältesten saßen mit zusammengesteckten Köpfen auf einer Bank und unterhielten sich. Es könnte schlimmer sein. Genau in dem Augenblick hörte er das Grölen. Der ältere Junge – wie hieß er noch gleich? Matts Blick folgte dem Lärm. Genau, Walter – prügelte sich mit einem anderen Burschen.

Gute Fußstellung, aber oben herum viel zu offen.

Walter musste seine Arme näher am Körper positionieren. Wenigstens hierbei konnte Worthington von Nutzen sein. Lächelnd machte er sich auf in Richtung der Prügelei. Dies war die Antwort auf all seine Probleme. Er würde Grace zeigen, dass sie seine Hilfe mit den Kindern benötigte.

Grace war seit dem Frühstück im Arbeitszimmer gewesen. Kurz vor zwölf hörte sie dann die Unruhe vor dem Haus.

»Daisy! Duke! Bei Fuß«, befahl eine starke, männliche Stimme.

»Na, das will ich sehen.« Grace erhob sich und eilte zur Eingangshalle. Beide Hunde standen an Worthingtons Seite und Hunderte von Kindern liefen umher. *Was für ein Chaos.* Sie legte die Hand über die Augen, lugte hindurch und zählte. Zehn Kinder? Zwei Dänische Doggen? Und Worthington. Was wollte er hier? »Ich verstehe nicht.«

Seine Augen lächelten und ihr Herz wollte schmelzen.

»Philip, Theodora, Mary und Sie– «, er zeigte auf einen Bediensteten, »wie heißen Sie?«

»Hal, Milord.«

»Also gut, Hal. Führen Sie die Hunde in den Garten. Walter, du kommst mit mir.«

Walter trennte sich von der Gruppe, blicke zu Grace auf und ließ den Kopf dann wieder hängen. Sein eines Auge verfärbte sich zu einem interessanten Lilaton, sein Hemd war zerrissen, sein Haar zerzaust und er sah aus, als hätte er sich im Dreck gewälzt.

Grace seufzte. »Walter, was ist passiert?«

Worthington legte Walter die Hand auf die Schulter. »Nichts als ein kleines Gedränge. Wenn wir uns irgendwo zurückziehen können, wird Walter es dir erklären.«

»Natürlich. Mein Arbeitszimmer.« Grace führte sie den Gang entlang. Im Arbeitszimmer angekommen, bot sie Worthington einen Stuhl an und setzte sich hinter ihren Schreibtisch. Walter stand vor dem Schreibtisch und sah sie an.

Er blickte zu Worthington, der ihm zunickte.

Ihr Bruder schluckte schwer und nickte zurück. »Also, es war so. Da war so ein anderer Junge und der hat Philip geärgert, und dann hat der andere Junge Philips Ball geklaut. Und ich wollte ihn nur zurückholen, aber dann hat er versucht mich zu hauen, also habe ich versucht zurückzuhauen und ehe ich mich versah, haben wir uns geprügelt. Es tut mir leid, dass mein Hemd zerrissen ist.«

All seiner Bemühungen zum Trotz, konnte Walter das Funkeln in seinen Augen nicht verbergen. *Jungs, typisch Jungs.* Sie blickte zu Worthington und hob die Brauen. »Und wie wurden Sie in die Sache verwickelt?«

»Ich– ähm– habe dabei geholfen, Daisy wieder einzufangen.«

O je. Graces Augen weiteten sich. »Was hat sie angestellt?«

Walter grinste. »Sie ist Hal davongelaufen und die Straße hinuntergesaust. Wir sind ihr gefolgt, aber dann hat Matt Duke befohlen, sie zu schnappen. Nun, Duke hat sie zwar nicht wirklich zu uns zurückgebracht, aber angehalten hat er sie.«

Sie fasste sich ans Nasenbein. »Wie es aussieht, Milord, habe ich Ihnen die Rettung meines Hundes und die meines Bruders zu verdanken.«

»Das ist nicht fair, Grace. Ich habe mich wacker gehalten. Ich war nur viel zu offen.«

Worthington runzelte die Stirn. »Habe ich dir nicht gesagt, dass das deinen Schwestern gegenüber nicht wiederholt werden sollte?«

»Aber das hier ist Grace«, protestierte Walter.

Sie lachte. »Los, Walter, geh dich waschen und zieh dich um. Du hast die Prügelei nicht begonnen also werde ich es dir auch nicht vorwerfen.«

Kopfschüttelnd sah Grace ihrem Bruder nach, als er das Zimmer verließ und richtete ihre Aufmerksamkeit dann auf Worthington. »Und jetzt, würden Sie mir bitte erzählen was tatsächlich vorgefallen ist? Und *was* zum Teufel war *viel zu offen*?«

KAPITEL II

Verschmitzt grinste Worthington sie an. »Seine Armhaltung. Er hat seine Arme zu weit auseinander gehalten. Und die Prügelei ...«, er zuckte mit den Schultern, »nun, die ist so ziemlich genau so verlaufen, wie dein Bruder es dir erzählt hat. Ich bin dazwischengegangen, sobald ich es gesehen habe, und habe dann eine Nachricht an Mr. Babcock, den Vater des anderen Jungen, schicken lassen, um ihn wissen zu lassen, dass er mich kontaktieren kann, sollte er genauen Bericht über den Vorfall erhalten wollen. Ich habe dem Kindermädchen des Jungen meine Karte gegeben.«

Sie öffnete den Mund, schloss ihn dann aber wieder. Den Zwischenfall zu beenden war zwar hilfreich gewesen, aber Worthington hätte seine Karte nicht mitgeben dürfen. Es implizierte, dass er– nun, dass er das Recht dazu hatte. Doch darüber wollte Grace jetzt nicht nachdenken.

»Ich danke Ihnen, aber Walter ist meine Verantwortung«, antwortete sie im neutralsten Tonfall, den sie in dem Augenblick aufbringen konnte.

»Danach habe ich Walter ein paar Boxsport-Manöver gezeigt.«

Ihr fiel beinahe die Kinnlade hinunter. Der Kerl tat doch tatsächlich so, als hätte sie nichts gesagt! Was hatte er vor? Sie blickte einen Moment lang zur Decke und stieß dann den Atem aus. Er sollte sich nicht mit den Kindern beschäftigen. Es wäre nicht gut für sie, wenn sie ihn liebgewinnen würden. Es würde kein gutes Ende finden. Nicht für die Kinder, und für sie erst recht nicht.

Worthingtons Wärme, sein Geruch, wehten ihr über den Schreibtisch entgehen. Erinnerten sie daran, wie schön es sich anfühlte, in seinen Armen zu sein. Bei Gott, sie wünschte sich nichts sehnlicher, als seine Berührung zu spüren. Sie sollte ihn aus dem Haus werfen. Ihn nicht zu sehen, war der einzige Weg, bei Verstand zu bleiben.

Ehe sie sich versah, hatten seine starken Arme sie aus dem Stuhl gehoben und zogen sie an sich.

»Grace, ich weiß, du glaubst, dass ich dich nicht mehr heiraten möchte, aber das stimmt nicht.« Sein Mund streifte über ihre Stirn. »Ich kann nicht ohne dich leben. Ich mag deine Brüder und Schwestern. Ich möchte für euch alle da sein. Lass mich bitte für euch sorgen.«

»Du kannst nicht– «, das Blut rauschte ihr in den Ohren und das Denken fiel ihr schwer, »ist Ihnen bewusst, was Sie da sagen? Ich habe sieben, *sieben* Brüder und Schwestern. Die Jüngste ist gerade einmal fünf Jahre alt.«

Er grinste als seine Lippen sich an ihrer Wange entlang tasteten. »Im Sommer wird sie sechs.«

Grace wollte sich an ihn schmiegen, wollte, dass sie miteinander verschmolzen. Sie widerstand dem Drang, ihren Kopf zur Seite zu neigen, um ihm den Zugang zu ihrem Nacken zu erleichtern.

Reiß dich zusammen!

Sie fand die Willenskraft, einen Schritt zurück und somit aus seinen Armen zu weichen. »Ja, das bedeutet, es sind noch zwölf Jahre, bis sie ihr Debüt macht.« Grace legte sich die Hand auf die Stirn. Ihre Schläfen pochten. »Ist Ihnen klar, wie viel Aufmerksamkeit sie brauchen?«

»Ich habe heute eine Vorschau erhalten«, wisperte er auf ihren Lippen, »und es hat mich nicht im Geringsten gestört. Ganz im Gegenteil sogar.«

Frustriert schloss sie die Augen. Warum war er nur so– so stur? »Sie haben wieviel Zeit mit ihnen verbracht? Einen Tag? Nicht mal, es war ja nur ein kurzer Ausflug in den Park! Und was ist, wenn wir Kinder bekommen? Ich hätte alle Hände mit dem Baby zu tun, und die anderen müssten sich auf Sie verlassen.« Sie schloss die Augen, als sie die Erinnerung an den Augenblick überkam, in dem sie plötzlich Mutter und Vater zugleich für ihre Brüder und Schwestern geworden war. »Ich weiß, wie sich das anfühlt. Mary konnte kaum gehen, als meine Mutter verstarb.« Sie blickte zu ihm und schüttelte den Kopf. »So eine Verantwortung können Sie sich kaum wünschen.«

»Ich möchte nicht, dass du stirbst, falls es das ist, was du meinst, aber ich bin sehr wohl bereit, sowohl auf deine Brüder und Schwestern als auch auf unsere eigenen Kinder aufzupassen.«

Grace musste mehr Abstand zwischen sie bringen. Sie wich auf die andere Seite des Raums zurück. Was er sagte, ergab keinen Sinn. Warum wollte er die Verantwortung für ihre Familie übernehmen? Welcher vernünftige Mann wollte das schon?

Langsam ging Worthington auf sie zu und redete in einem weichen und überzeugenden Tonfall auf sie ein. »Grace, ich wäre ein vortrefflicher Vormund. Ich kann dir nicht versprechen, dass ich dir all die Entscheidungen überlassen werde. Das würde ich auch mit unseren Kindern nicht tun. Aber ich kann dir versprechen, dass ich sie wie unsere eigenen behandeln werde. Kein Stück anders als die Kinder, die wir haben werden oder als meine eigenen Schwestern.«

Sie rieb sich die Schläfen und blickte in seine faszinierend tiefblauen Augen. »Ich verstehe Sie kein bisschen. Warum möchten Sie für uns sorgen?«

»Um dich glücklich zu machen. Um aus uns eine Familie zu machen.«

Er stand nur eine Armeslänge von ihr entfernt, hob die Hand und wickelte sich eine ihrer Haarsträhnen um den Finger. Sie sah ihm tief in die Augen und fand eine Kombination aus Humor und Hoffnung in den blauen Tiefen. Er brachte sie dazu, zu hoffen. Er berührte sie nicht und doch wurde sie von ihm angezogen.

Er neigte seinen Kopf zu ihr herab. »Lass mich dich lieben.«

Grace war in seinen Armen und schlang die ihren um seinen Hals. Ihre Lippen trafen sich zum Kuss. »Ich sollte dies nicht tun.«

»Was nicht tun, mein Liebling?«

»Dies alles. Ich wollte eine vernünftige Unterhaltung mit Ihnen führen.«

»Aber wir führen doch eine vernünftige Unterhaltung. Du hast nur eben noch nicht erkannt, dass ich mich bereits entschieden habe.« Er zog sie dichter und eroberte ihren Mund. »Ich glaube ich habe vergessen dir zu sagen, dass ich dich liebe.«

Es fühlte sich zu schön an, um wahr zu sein. »Das reicht aber nicht, Milord.«

»Matt.« Er nippte an ihrem Ohr. »Ich möchte hören, wie du meinen Namen sagst.«

Warum hörte er ihr nicht zu? Er konnte sie doch nicht wirklich alle wollen. Er musste verrückt sein, oder aber er verstand nicht wirklich, was es alles beinhaltete. »Matt, es reicht nicht.«

»Und ob es reichen wird, Grace.« Er küsste sie innig und eroberte ihre Sinne.

Matt konnte sich nicht in Graces Gegenwart aufhalten, ohne sie zu wollen. Er wollte von ihr Besitz ergreifen, ihr bei ihren Belastungen zur Seite stehen und ihr die Welt zu Füßen legen. Er würde einen Weg finden, sie umzustimmen.

Sie reagierte auf ihn, gab nach bis auch der letzte Abstand zwischen ihnen verschwand. Sanft strich er ihr mit den Daumen über die Brustwarzen. Sie erschauerte und er fing ihren Atem mit seinem Mund.

»Wir sollten aufhören«, sagte sie, doch ihre Augen und ihre belegte Stimme widersprachen ihr.

»Sag mir, dass du mich nicht willst und ich höre auf.« Er streifte die Unterseite ihrer Brüste und sie stöhnte.

Er liebte es, sie zu berühren und ihre Reaktionen zu beobachten. Als er eine ihrer Brüste in die Hand nahm, presste sie sich ihm entgegen. Er beugte sich über sie und ließ seine Lippen zurück auf ihre sinken. Er hob sie auf und setzte sie auf dem Schreibtisch ab. Graces Beine öffneten sich, um sich näher an ihn zu drängen. Mit langsamen, liebevollen Bewegungen liebkoste er ihre Zunge, während sie sich an ihn klammerte.

Graces Finger vergruben sich in seinen Haaren. Ihr Mund verlangte mehr. Sie erbebte und ein primitiver Teil von ihm triumphierte.

Matt wich leicht zurück und flüsterte: »Sag mir, dass ich aufhören soll, und ich werde es tun.«

Graces Atem kam ungleichmäßig. »Ich– ich weiß nicht, was ich sagen soll.«

Sie war so wunderschön und verletzlich. Und doch, allen Widrigkeiten zum Trotz, war sie stark genug gewesen, die Kinder beisammenzuhalten. Er brauchte sie, wollte, dass sie ihm gehörte und, auch wenn sie es sich noch nicht eingestand, brauchte sie ihn ebenfalls.

»Grace, lass mich ein Teil deines Lebens sein.« Er streichelte ihr über den Rücken und seine Küsse wanderten von der empfindlichen Stelle an ihrem Ohr ihren Hals entlang und zurück zu ihren Lippen. Ihre Haut war warm und ihre kleinen, keuchenden Laute der Leidenschaft spornten ihn an. Sie küsste ihn hingebungsvoll und er ließ seine Hand ihr Bein hinuntergleiten, ergriff und liebkoste sie. »Grace, mein Liebling, ich brauche dich.«

Ihre Hände glitten von seinem Rücken hinab zu seinem Hinterteil. Langsam hob Matt den Saum ihrer Röcke an und schob ihr den zarten Stoff die Beine hoch, während seine Finger die Innenseite ihrer Schenkel hoch wanderten. Sie stöhnte und neigte ihm ihre Hüfte entgegen.

Er wollte wenigstens sie befriedigen. Doch als er ihre Locken erreichte, knöpfte sie seine Hose auf und befreite sein hartes Glied.

Gesegnet seien herrische Frauen.

Er schob Grace ein Stück weiter zurück auf den Schreibtisch und drang langsam in sie ein. Ihre Weiblichkeit war warm und feucht, bereit für ihn. Ihre Beine schlangen sich um ihn, und ihr gesamter Köper erschauerte.

Er zog sich zurück, nur um dann tiefer in sie einzudringen. Es war, als wären sie füreinander geschaffen.

Grace zog sich um ihn herum zusammen. Er erstickte ihren Aufschrei mit seinem Mund. Sie stand in Flammen und ihr Höhepunkt dehnte sich wie dünn gezogenes Kristall, bis sie zerbarst und ihn mit sich nahm.

Er hielt sie an sich gedrückt, bedeckte ihr Haar und ihre Schläfe mit sanften, liebevollen Küssen, ehe er sie zum großen Ledersofa trug, das vor dem Kamin stand. Er setzte sich und zog sie auf seinen Schoß.

Sie gehört mir.

Auch wenn Grace es noch nicht so ganz wahrhaben wollte. Wenn es sein musste, würde er sich so lange einen Weg in ihr Leben graben, bis sie nicht mehr leugnen konnte, dass sie ihm gehörte.

Matt wusste nicht, wie lange sie eingekuschelt auf seinem Schoß saß, mit dem Kopf an seine Schulter gelehnt, und so tat, als würde sie schlafen.

Unzählige Minuten später öffnete sie die Augen.

»Ich habe versagt.«

Sie konnte doch nicht etwa noch einen Grund gefunden haben, der sie trennen würde. »Wie meinst du das?«

Ihr besorgtes Gesicht war nur wenige Zentimeter von seinem entfernt. »Ich hatte wirklich vorgehabt, dir zu sagen, dass das mit uns ein Ende finden muss. Dass unsere Liebe füreinander nicht ausreicht und du niemals mit all den Kindern zurechtkommen würdest. Und auch jetzt bin ich mir noch immer nicht sicher, ob dies eine gute Idee ist.«

Endlich. Er verkniff sich ein Lächeln. Er hatte Fortschritte gemacht. »Ich will ehrlich zu dir sein. Ich habe gestern, letzte Nacht und heute an nichts anderes gedacht. Grace, ich konnte mich einfach nicht an die Vorstellung gewöhnen, meine Zukunft ohne dich zu verbringen.« Sanft küsste er ihr Haar. »Es war ein absoluter Glücksfall, dass meine Schwestern und ich zur gleichen Zeit wie deine Brüder und Schwestern in den Park gegangen sind. Und natürlich dass Daisy ausgebüxt ist.«

Grace erschauerte. »So sehr ich diesen Hund auch liebe, manchmal könnte ich sie erwürgen.«

Matt lachte leise. »Wenn sie noch so jung sind, sind sie alle so.« Er legte ihr eine Hand auf die Wange und sie schmiegte sich gegen ihn. »Ich hatte nie Brüder. Es hat sich schön angefühlt.«

»Was ist mit den Mädchen deiner Familie? Wie viele Schwestern hast du?«

»Vier. Louisa ist so alt wie Charlotte, Augusta ist fünfzehn, Madeline zwölf und Theodora ist acht.« Er lachte. »Zwischen Theodora und Mary sah es eine Zeit lang brenzlig aus, aber sie haben sich recht schnell wieder beruhigt. Charlotte und Louisa benehmen sich bereits, als seien sie die besten Freunde. Es wird zweifellos kleine Zankereien geben, aber nichts, das wir nicht bewältigen könnten.«

Grace blickte ihn mit riesigen, entsetzten Augen an. »*Elf Kinder*?«

Er lächelte und gab ihr noch einen Kuss. »Und die Kinder, die wir haben werden.«

Wie konnte er nur eine solche Ruhe bewahren? Sie erhob sich und stellte sich mit den Händen auf den Hüften direkt vor ihm auf. »Und wie genau stellst du dir vor, wie wir auf elf Kinder aufpassen sollen?«

»Wo ein Wille ist, da ist auch ein Weg.« Matt griff nach ihr, wollte ihre Wärme wieder in seinem Schoß spüren. »Außerdem haben wir die Hilfe meiner Stiefmutter.«

Grace wischte seine Hand fort und ging murmelnd im Raum auf und ab, bis sie schließlich mit dem Rücken zu ihm vor dem Fenster innehielt. »Ich bin mir nicht sicher. Woher weiß ich, dass dir meine Brüder und Schwestern nicht zu viel werden und du sie fort in ein Internat schickst?

Er wischte sich mit der Hand übers Gesicht und musterte sie. Sie hatte guten Grund zur Sorge. Obwohl sie die tiefste körperliche Anziehungskraft verband, die er je mit einer Frau erlebt hatte, und sie sich über die meisten Themen einig zu sein schienen, kannte sie ihn noch nicht gut genug, um ihm gänzlich zu vertrauen. »Ich würde die Jungen zur Schule schicken wollen. Ich finde, die Erfahrung ist gut für sie.«

Sie wirbelte zu ihm herum und sah ihn missbilligend an. »Nicht, wenn sie noch so jung sind. Selbst über die besten Internate hört man Geschichten. Sie müssen alt genug sein, um zu wissen, wie mit Problemen umzugehen ist.«

Als Matt erneut nach ihren Händen griff, versteckte sie sie hinter ihrem Rücken.

Er unterdrückte ein Stöhnen. Er würde seine Zeit mit Grace zwar lieber anders verbringen, doch konnten sie diese Unterhaltung genauso gut jetzt führen. »So jung ist Walter nicht mehr. Er sollte bereits in der Schule sein. Bei Philip stimme ich dir zu, er ist noch nicht so weit.«

Grace hob das Kinn und warf ihm einen herausfordernden Blick zu, als würde sie sich auf eine Auseinandersetzung gefasst machen. »Und die Mädchen?«

Sie würde schon bald feststellen, dass er sich nicht leicht provozieren ließ. »Nein, von Mädchenschulen halte ich nicht viel. Nicht wenn man von den Schäkereien mit Tanzlehrern und Liaisons mit Gärtnern hört. Da sind sie Zuhause mit einer Gouvernante sehr viel besser aufgehoben.«

Ihre Miene und ihr Tonfall besänftigten sich etwas. »Matt, möchtest du wirklich die Vormundschaft beantragen?«

»Ja.« Bei Gott, wie sehr er sich danach sehnte, sie zu halten, sie zu trösten, doch wenn er dies tat, würden die Streitpunkte zwischen ihnen bestehen bleiben. »Ich könnte niemals– ich würde niemals von dir verlangen, deine Brüder und Schwestern aufzugeben. Du leistest hervorragende Arbeit mit ihnen, doch im Park wurde mir bewusst, dass ich den Kindern andere Erkenntnisse vermitteln kann, eine andere Sichtweise zu dir, die Erfahrungen eines Mannes.«

Sie blickte zu ihm empor und obwohl ihr Gesicht noch immer angespannt wirkte, war ein kleiner Funken Humor in ihren schönen Augen zu sehen. »Wie ihnen das Boxen beizubringen?«

»Unter anderem.« Er erhob sich. »Wir werden uns über die Übernahme der Vormundschaft informieren.« Er ging auf sie zu und legte ihr die Hände auf die Hüfte. »Ich bitte dich, meine Frau zu werden.«

»Ich möchte zustimmen. Wirklich. Aber ich– ich weiß nicht. Ich kann mir nicht vorstellen, wie wir das alles meistern sollen. Es gibt so viele Probleme zu lösen.« Frustriert warf sie die Hände in die Luft. Er fing sie ein.

»Wir schaffen das.« Vielleicht würde sie ihm zustimmen, wenn er es nur oft genug wiederholte.

Sie wurden von schlurfenden Schritten im Gang unterbrochen.

Matt grinste. »Jemand muss dafür gesorgt haben, dass sie noch nicht hereingeplatzt sind.« Er lehnte seine Stirn gegen ihre. »Das wird sicher nicht mehr lange funktionieren. Sagen wir es ihnen?«

»Ihnen was sagen?« Sie versuchte, sich von ihm zu lösen. Als er sie nicht gehen ließ, seufzte sie tief. »Ich kann keine Entscheidung treffen, bis nicht alle Details geklärt sind.«

Hatte Matt tatsächlich geglaubt, dies würde die müheloseste Umwerbung aller Zeiten werden? Doch er würde nicht aufgeben. »Sag ihnen, dass wir darüber nachdenken. Das wäre angebracht, Grace. Bis wir uns sicher sind, verpflichten wir sie zur Verschwiegenheit.«

Sie zog die Brauen zusammen und er wollte die kleine Falte glätten, die sich dadurch bildete. Vielleicht war es falsch von ihm, doch er wusste, dass ihr die Entscheidung abgenommen werden würde, sobald sie es den Kindern erzählten.

Sie schloss die Augen und nickte unmerklich. »Na schön, wir sollten sie wohl nach ihrer Meinung fragen. Unsere Entscheidungen beeinflussen schließlich auch sie.«

Wenn sie sich nicht körperlich geliebt hätten, dachte Grace, hätte sie ihm womöglich widerstehen können. Wenigstens ließ sie sich das glauben. Es war ein strategischer Fehler gewesen, Matt auszuwählen und zu glauben, dass ihr das eine Mal genügen würde. Ein ganzes Leben würde nicht genügen. Und doch hätte sie sich niemals einem anderen Mann hingeben können. Er schien so felsenfest daran zu glauben, dass alles gut werden würde. Wenn sie diese Sicherheit doch nur teilen könnte.

Grace ließ sich auf das Sofa fallen, als Matt die Tür öffnete. Zehn neugierige Augenpaare blickten zu ihm empor. Er neigte den Kopf. »Kommt doch herein.«

Sie drängten in das Zimmer. Mary lief schnurstracks zu Grace und klettere auf ihren Schoß. Das jüngste Vivers–Mädchen, Theodora, setzte sich neben Grace. Mary und Theodora hatten scheinbar tatsächlich bereits eine Freundschaft geschlossen, genau wie Matt gesagt hatte. Charlotte und Louisa setzten sich auf die beiden Sessel gegenüber dem Sofa, während sich die anderen Kinder zwischen Sesseln und Sofa im Halbkreis aufstellten und warteten. Selten hatte Grace ihre Brüder und Schwestern so ernst gesehen.

Matt nahm neben Grace Platz und ein Lächeln umspielte seine Lippen. »Können wir euch helfen?«

»Nun.« Walter räusperte sich, blickte zu den anderen Kindern und verstummte dann.

Grace hoffte, dass nichts Schlimmes vorgefallen war. Sie hatte keine lauten, schrecklichen Geräusche wahrgenommen. Doch sie war auch etwas beschäftigt gewesen. Wie lange hatten sie schon im Korridor gestanden?

Nach einigen Augenblicken zupfte Mary an Matts Jackenärmel. »Wir wollen wissen, ob du und Grace heiraten werdet.«

»Genau«, stimmte Theodora ihr zu.

Grace blickte zu Matt und musterte die Kinder. »Was würdet ihr euch denn wünschen?«

Alice öffnete den Mund und schloss ihn wieder, als Walter sie mit einem warnenden Blick bedachte. Er sah erst zu Matt und dann zu Grace. »Also mir würde es gefallen, wenn ihr heiratet.« Er errötete. »Du wärest glücklicher, Grace.«

Augusta, Eleanor, Madeline, Alice und Philip nickten zustimmend.

Die beiden ältesten tauschten einen Blick. »Genau, es würde uns allen gefallen«, sagte Louisa.

»Theodora?«, fragte Worthington.

»Mir auch.« Sie nickte lächelnd. »Ich wäre nicht mehr die Jüngste, und ich hätte mehr ältere Brüder.«

Grace stupste Mary an. »Und was ist mit dir, mein Schatz?«

»Ich mag es, die Jüngste zu sein, und ich mag Matt.« Sie blickte zu Grace empor. »Werdet ihr heiraten?«

Grace seufzte. »Das weiß ich nicht. Wir würden es gerne, doch es gibt da einige Bedenken.«

Die relative Stille wurde durch ein Gewirr von Stimmen durchbrochen.

»Ruhe!«, brüllte Worthington. »Hört Grace zu.«

Die Kinder klappten den Mund so schnell zu, dass Grace hätte schwören können, ihre Zähne klappern zu hören. »Unsere Bedenken drehen sich hauptsächlich um die Vormundschaft.« Sie wandte sich an ihre Brüder und Schwestern. »Matt wird die Vormundschaft für euch beantragen müssen.« Grace bemühte sich um einen ruhigen Tonfall. »Wenn ich heirate, darf ich nicht länger ...«

Er legte ihre eine Hand auf die Schulter. »Wenn wir uns vermählen, kann Grace laut Gesetz nicht mehr euer Vormund sein. Deshalb müsstet ihr euch entscheiden, ob es für euch in Ordnung wäre, wenn ich gewissermaßen ihren Platz einnehmen würde. Kinder über vierzehn können ihre eigenen Entscheidungen treffen.«

Einen kurzen Moment lang erschien eine kleine Falte zwischen Charlottes Brauen. »Ich habe dagegen keine Einwände.«

Walter nickte. »Ich habe ebenfalls keine Einwände. Es ist ja nicht so, als würdest du nicht mehr hier sein, Grace.«

Charlotte blickte zu Grace. »Wirst du Charlie schreiben?«

Matt beugte sich zu Grace und ließ seine Lippen über ihr Ohr schweifen. Sie unterdrückte ein Seufzen. »Wenn du möchtest, Liebling, kann ich ihn herbringen. Eton ist nicht weit.«

In ihrem Kopf herrschte ein wildes Durcheinander. Dies ging viel zu schnell. Sie hatte sich noch nicht dazu entschieden, Matt zu heiraten. »Wir sollten nichts überstürzen«, sagte sie schnippisch. »Die Vormundschaft ist nur eine der Hürden. Wir wissen nicht, wo wir leben würden, und es müssen noch zahlreiche andere Dinge geklärt werden. Ihr Kinder habt euch doch gerade erst kennengelernt. Woher wollt ihr wissen, dass ihr euch versteht? Und Lady Worthington muss ebenfalls bedacht werden.« Sie rieb sich mit der Hand über die Stirn. »Dies ist eine sehr wichtige Entscheidung. Es wird unser aller Leben unwiderruflich verändern. Das sollten wir nicht überstürzen. Wenn es erstmal geschehen ist, kann es nicht wieder ungeschehen gemacht werden. Wir alle sollten uns über die Auswirkungen im Klaren sein. Eines noch; bis wir eine endgültige Entscheidung getroffen haben, erfährt keiner außerhalb der Familie hiervon.«

Matt blickte jeden von ihnen an. »Versteht ihr, was Grace gesagt hat?« Sie alle nickten. »Nicht ein Wort.«

Glücklicherweise waren die Kinder neu in der Stadt, denn sonst hätte ihr Geheimnis nicht die geringste Chance.

KAPITEL 12

»Louisa.« Charlotte stand auf und schüttelte ihre Röcke aus. »Lass uns die Kinder mitnehmen und Matt und Grace etwas Zeit lassen, alles zu besprechen.«

Die beiden Mädchen scheuchten ihre Brüder und Schwestern aus dem Raum.

Sobald die Tür sich hinter ihnen schloss, wandte sich Matt an Grace.

»Mein Liebling, gerechterweise solltest du noch deinen anderen Bruder hinzuziehen.«

»Es gefällt mir nicht, ihn aus der Schule zu nehmen, aber ja, du hast recht. Hierfür sollte er nach Hause kommen.«

Ein Klopfen ertönte an der Tür und Jane trat ein. »Sind schon Glückwünsche angebracht?«

»Wenn ich das nur wüsste.« Grace vergrub das Gesicht in den Händen. Dies kam davon, wenn man sich egoistisch verhielt und sich nach Dingen sehnte, dir ihr nicht zustanden.

Matt drückte ihre Schulter. »Es gibt einige Angelegenheiten, die noch geklärt werden müssen, aber ich glaube, wir machen Fortschritte.«

»Jane«, sagte Grace. »Ich möchte dir Lord Worthington vorstellen. Milord, dies ist meine Cousine, Miss Carpenter.«

Sie knickste und Matt verneigte sich.

»Ich habe Ihre Schwestern bereits kennengelernt, Milord. Wenn Sie Teil der Familie werden, können Sie mich gerne Jane nennen.«

»Ich danke Ihnen. Nennen Sie mich doch aus den gleichen Gründen einfach Matt.«

Jane richtete ihre Aufmerksamkeit auf Grace. »Liebes, ich weiß du und seine Lordschaft kennen sich noch nicht sehr lange, und ich bin mir ziemlich sicher, dass ich gar nicht erst wissen möchte, wie es hierzu kam.« Janes Mundwinkel zogen sich in die Höhe. »Aber wenn du mich fragst, solltest du diese Gelegenheit auf Glück beim Schopfe packen. Seine Lordschaft hat einen Ruf als beständiger und tüchtiger Herr, als guter Bruder und Stiefsohn. Und die Kinder mögen ihn auch bereits. Es ist als würde es das Schicksal so wollen.« Ein trauriges Lächeln erschien auf ihrem Gesicht. »Wahre Liebe findet man nicht oft. Wenn es geschieht, sollte man zupacken und nicht wieder loslassen. Man weiß nie, wann es die letzte Chance sein könnte.« Sie gab Grace einen Kuss auf die Wange. »Und nun werde ich es euch zwei ausdiskutieren lassen und stattdessen sehen, was die Kinder aushecken.«

Jane ging und schloss die Tür hinter sich. Grace wunderte sich nicht zum ersten Mal darüber, was dem Mann zugestoßen war, den Jane geliebt hatte.

»Ich finde, deine Cousine erteilt exzellente Ratschläge.«

Grace blickte zu Matt empor und verkniff sich ein Augenrollen. Sie hatte noch nie ein so breites Grinsen auf seinem Gesicht gesehen. »Es war klar, dass du so denkst.«

Sofort wurde seine Miene wieder ernst. »Du kannst mir vertrauen. Mit deinem Herzen, und mit deinen Brüdern und Schwestern.«

In Gedanken hörte sie die Worte ihrer Onkel väterlicherseits. *Kein wohlhabender Gentleman würde dich je mit all den Kindern wollen, Grace.*

Hatte sie tatsächlich den einen Gentleman gefunden, der sie doch wollte?

»Charlotte«, fragte Louisa. »Wohin gehen wir?«

Charlotte senkte die Stimme. »In den Unterrichtsraum, wo uns niemand hören kann. Los, folgt mir. Wir haben einiges zu besprechen.«

Sie führte sie die Treppen zum ersten Stock empor und dann hoch zum zweiten, wo sich der Unterrichtsraum und die Schlafzimmer der jüngeren Kinder sowie die von Mr. Winters, Miss Tallerton und der Kindermädchen befanden.

Auf dem Weg stießen sie auf May, die ein Bündel Weißwäsche im Arm trug.

»May, könnten Sie uns bitte Tee, Limonade und etwas zu essen in den Unterrichtsraum schicken lassen?«

Die Augen der Zofe wurden groß, als ihr Blick die Treppe hinab schweifte. »Für wie viele?«

»Für zehn.« Vorhin im Park und auch auf dem Rückweg, waren ihr die Blicke nicht entgangen, mit denen Passanten sie alle bedacht hatten. Nun, die Leute würden sich eben daran gewöhnen müssen. Matt war wie für Grace geschaffen, auch wenn ihre Schwester dies noch nicht so ganz einsehen wollte.

»Kommt sofort, Milady.«

Als sie sich alle in dem großen Unterrichtsraum versammelt hatten, klatschte Charlotte in die Hände, so wie Grace es immer tat, wenn sie ihre Aufmerksamkeit forderte. »Alice, Eleanor und Walter, zeigt Augusta, Madeline und Theo doch bitte den Raum. Ich werde euch rufen, sobald der Tee eintrifft.«

Louisa blickte zu Charlotte. »Ich nehme an, wir werden dies in Worthington House wiederholen?«

»Ich denke, das wäre am besten.« Charlotte zog die Brauen zusammen. »Wenn wir uns beide Häuser ansehen, können wir uns dazu äußern, wo es sich zusammen am besten leben lässt.« Sie hakte sich bei Louisa ein. »Ich habe einen Plan, aber ich möchte, dass du gleichermaßen daran beteiligt bist. Ich denke, je eher Grace und Matt sich einig werden, desto mehr Zeit bleibt uns, um uns um unsere eigenen Ehemänner zu kümmern.«

»Welch großartige Idee.« Louisa grinste. »Das macht Sinn. Wenn sie erst einmal vermählt sind, wird es für sie sehr viel einfacher sein, uns zu beaufsichtigen.«

Keine Viertelstunde später waren sie alle mit Limonade, kleinen Marmeladentörtchen und Sandwiches versorgt. Charlotte rief die Versammlung zur Ordnung. »Also ...«

»Wieso hast du das Sagen?«, fragte Augusta.

Louisa verdrehte die Augen. »Weil es ihr Haus ist. Wenn wir in Worthington House sind, werde ich das Kommando übernehmen.« Sie runzelte sie Stirn. »Diese Vereinbarung werden wir überdenken müssen, wenn wir zusammenleben. Gibt es noch weitere Fragen, bevor wir beginnen?«

Die restlichen Kinder schüttelten die Köpfe.

»Also gut«, begann Charlotte, »wie ich gerade sagen wollte, ist es wohl eindeutig, dass unsere Schwester und euer Bruder sich ineinander verliebt haben.«

Madeline seufzte theatralisch und verschränkte die Hände ineinander. »Sie sind ein so traumhaftes Paar.«

Walters Lippen zuckten und Philip sah aus, als hätte er in etwas Saures gebissen.

»Ich finde, Alice, Madeline und ich sollten anfangen, die Hochzeit zu planen«, schlug Eleanor vor.

Alice und Madeline stimmten dem zu und die Mädchen fingen unverzüglich an zu diskutieren, was sie und alle anderen anziehen würden. Walter und Philip unterhielten sich leise, wahrscheinlich übers Boxen oder irgend so etwas Scheußliches.

Konnte sich hier keiner auf das Wesentliche konzentrieren? Charlotte schlug mit einem Lineal auf den Tisch, bis sie ihr wieder ihre Aufmerksamkeit schenkten. »Als erstes gilt es sicherzustellen, dass sie tatsächlich heiraten. Wenn wir ihnen bei der Entscheidung

helfen wollen, müssen wir mögliche Hindernisse vo-
raussehen und im Vorweg angehen. Wie zum Beispiel
…«

Sie blickte zu Louisa, die ihre Röcke ausschüttelte und
zu ihren Schwestern sah. »Genau, wie zum Beispiel,
dass wir uns alle verstehen. Wir sind zu viert gegen ihre
sieben. Bei einer Meinungsverschiedenheit müssen wir
uns zu einem *Parley* zusammenfinden.«

»Was ist ein *Parley*?«, fragte Philip.

»Das kommt von den Piraten«, erklärte Louisa. »So
verhandeln sie.«

»In der Tat. Den Roman habe ich auch gelesen.« Es
freute Charlotte, dass sie und Louisa so viel gemein hatten. »Wir müssen eigene Regeln aufstellen, die uns bei
den Verhandlungen zur Überwindung von Problemen
den Weg weisen.«

Sie blickte in die Runde, um zu sehen, ob die Brüder
und Schwestern ihr alle folgten. Madelines Stirn kräuselte sich. »Hast du eine Frage, Madeline?«

»Ja, wozu sollen die Verhandlungen dienen? Wir gehen immer zu Mutter, wenn wir uns nicht einigen können.«

Louisa übernahm das Wort. »Wenn die Unstimmig-
keit zwischen uns herrscht, können wir auch weiterhin zu unserer Mutter gehen. Aber wenn sie zwischen
uns und unseren neuen Brüdern und Schwestern
herrscht, können wir nicht zu Mutter, denn Grace ist
wie ihre Mutter.«

Augusta runzelte die Stirn. »Bedeutet das, dass wir
dann zwei Mütter haben?«

»Nein«, sagte Charlotte. »Ich werde versuchen, es
euch zu erklären. Wenn beispielsweise Louisa und ich
uns streiten, können wir weder zu Grace noch zu eurer
Mutter gehen, da es zu Problemen zwischen ihnen führen könnte. Wir müssen es dann unter uns ausmachen.
Unsere Regeln werden uns dabei helfen, unsere Diffe-

renzen zu bewältigen, ohne dabei Grace oder Matt belasten zu müssen.«

»Genau«, stimmte Louisa ihr zu. »Und das ist nur eine der Angelegenheiten, die wir besprechen sollten. Ihr habt Grace selbst gehört. Sie wird Matt nicht heiraten, bis all die Bedenken beseitigt sind. Wenn wir wollen, dass sie sich vermählen, müssen wir sie unterstützen.«

Walter bedachte Charlotte mit einem skeptischen Blick. »Glaubst du, sie brauchen unsere Hilfe?«

»Natürlich brauchen sie die.« Louisas Augen weiteten sich. »Das ist doch eindeutig. Sonst hätten wir schließlich ein Hochzeitsdatum statt einer möglichen Verlobung.«

Matt sah seiner Verlobten dabei zu, wie sie auf dem Perserteppich auf und ab tigerte. Sie war bereits seit einer halben Stunde dabei, seit Jane den Raum verlassen hatte. Es musste sie noch etwas außer ihrem derzeitigen Schlamassel beschäftigen. »Grace, mein Liebling, sag mir doch was los ist. Ich kann dir nicht helfen, wenn ich nicht weiß, was dich so durcheinander bringt.«

»Ungewissheit gefällt mir ganz und gar nicht.« Sie warf die Hände in die Luft. »Und derzeit scheint einfach alles so ungewiss.«

Da konnte er ihr nicht widersprechen. Das Einzige, was die Warterei auf die Hochzeit erträglicher machte, war, dass er sie lieben konnte. In Gedanken beschwor er ein Bild ihres nackten Körpers hervor, ihr goldenes Haar fiel lockig über ihre bezaubernden Brüste ...

»Matt, hörst du mir zu?«

Er zuckte zusammen und richtete seine Aufmerksamkeit wieder auf sie. »Ja, mein Liebling.«

»Ich sagte, dass wir aufhören müssen mit diesen– diesen– ach, ich weiß doch nicht, wie ich sie nennen soll.

Wir müssen bis zur Hochzeit warten, bevor wir– wir wieder den Geschlechtsakt vollziehen.«

Fast hätten ihre hübschen, roten Wangen ihn abgelenkt.

»*Wie bitte?*«

Grace stand da und rieb sich die Stirn. »Du musst doch wissen, wie unanständig es wäre, *das* zu tun, während die Kinder hier sind. Wenn jemand davon Wind bekommt, wäre mein Ruf dahin und die Kinder würden mir genommen werden.«

Sie hatte natürlich recht. Worthington rieb sich mit der Hand übers Gesicht. Verdammt. Daran hätte er denken müssen. Es lag an ihm, sie zu beschützen. Der Oberste Gerichtshof würde nie zulassen, dass eine moralisch fragwürdige Frau die Kinder behalten durfte. Er unterdrückte ein Stöhnen und der Anblick nackter Brüste verpuffte. »Ja, mein Liebling, du hast Recht.«

Sie sah alles andere als glücklich aus. »Was sollen wir als nächstes besprechen?«

Unser Hochzeitsdatum. Den Gedanken behielt er wohl besser für sich. So sehr er sich auch mit den Eigenheiten des *tons* auszukennen glaubte, er würde Hilfe benötigen. »Wir sollten mit Patience sprechen. Sie scheint immer über alles Bescheid zu wissen, und wie man sich in bestimmten Situationen zu verhalten hat.«

Grace blieb stehen. »Na schön. Wann möchtest du mit ihr sprechen?«

»Sofort.« Er blickte zur Uhr, die auf dem Kaminsims stand. »Ich hoffe, sie ist zu Hause. Könnte ich ein Stück Papier, einen Stift und etwas Wachs bekommen?«

Sie schritt zu ihrem Schreibtisch und holte die Schreibutensilien hervor. »Bitte sehr.«

Matt schrieb seine Nachricht und versiegelte sie, indem er seinen Ring in das Wachs drückte.

Grace zog an der Klingel und wenige Augenblicke später erschien ihr Butler.

Sie reichte ihm die Nachricht. »Royston, könnte dies bitte an Lady Worthington überreicht werden?«

Der Butler war sichtlich verwirrt. »Es ist das Haus direkt gegenüber, auf der anderen Seite des Squares«, erklärte Worthington.

»Sehr wohl, Milord.«

»Wenn sie vor Ort ist, bitten Sie den Bediensteten, sie hierher zu begleiten.«

Royston verneigte sich und verließ den Raum.

Grace fasste sich mit Daumen und Zeigefinger an die Nasenwurzel. »Wir werden uns auch mit Onkel Herndon zusammensetzten müssen. Er hat mich immer unterstützt.«

»Ist er der Treuhänder der Kinder?«

Sie nagte an ihrer Unterlippe und nickte. »Ja. Er muss über unser Vorhaben informiert werden. Er war überaus hilfsbereit, als ich mich um die Vormundschaft bemüht habe.«

Ein Klopfen ertönte und Royston öffnete die Tür. »Milady, Lady Worthington ist soeben eingetroffen.«

Überrascht blickte Grace auf. »Das ging aber schnell. Royston führen Sie sie doch bitte in den kleinen Salon und lassen Sie uns Tee bringen.«

Grace wies ihnen den Weg zum anderen Ende des Hauses und blickte genau in dem Augenblick zu Matt empor, in dem er zu ihr herabsah. Würde sie endlich das bekommen, wonach sie sich so sehnte und dabei die Kinder beisammenhalten? Warm und liebevoll blickte er sie an. Er würde es versuchen, doch würde es genügen? Was würde geschehen, wenn seine Stiefmutter sich der Vermählung entgegensetzte? Man könnte es der Lady nicht verübeln, wenn sie ihre Familie nicht mit sieben weiteren Kindern ergänzen wollte.

Als Grace den Raum betrat, lächelte Lady Worthington und weitete dann die Augen. »Worthington, dich habe ich hier nicht erwartet.«

»Bist du nicht aufgrund meiner Nachricht gekommen?«

»Keineswegs.« Sie zog die Brauen hoch. »Ich bin hier, weil deine Schwestern und die Brüder und Schwestern von Lady Grace gerade dabei sind, den Unterrichtsraum in Worthington House unter die Lupe zu nehmen.«

Grace konnte sich das Lachen nicht verkneifen. »Natürlich sind sie das. Ich bin mir sicher, dass sie uns helfen wollen, unsere Probleme zu lösen.«

Matts Miene erhellte sich. »Genau, mit Louisa als Anführerin.«

Lady Worthington blickte von Grace zu Matt. »Ich glaube, diese Position wird sich von Louisa und Charlotte geteilt. Ihre Köpfe haben auf eindeutig verschwörerische Weise zusammengesteckt.«

Einen Moment lang dachte Grace an die Mädchen. »Das macht Sinn. Gestern Abend haben sie sich sehr gut verstanden.«

»Ich freue mich sehr, dass sich die beiden so gut verstehen, aber könnte ich erfahren, was hier vor sich geht?« Lady Worthington grinste betreten.

»Ich frage mich, was zum Teufel die Kinder jetzt schon wieder aushecken«, raunte Matt zu Grace. »Patience, verzeih mir. Kennst du Lady Grace?«

Lächelnd reichte Patience ihr die Hand. »Wir haben uns getroffen, als Sie Ihr Debüt hatten. Ich kannte Ihre Mutter. Sie war unwahrscheinlich nett und hilfsbereit, als ich damals die Trauerkleidung ablegt habe.«

Grace erwiderte den Händedruck. »Ja, ich erinnere mich daran, wie sie Sie erwähnt hat. Milady, nehmen Sie doch bitte Platz und machen Sie es sich gemütlich.

Der Tee wird bald serviert. Dann können wir die Angelegenheit besprechen, ohne gestört zu werden.«

Anmutig nahm Lady Worthington auf einem Sessel Platz. »Nennen Sie mich doch bitte Patience, Liebes.«

»Ich danke Ihnen, Patience.«

Grace setzte sich auf das kleine Sofa gegenüber von Lady Worthington und Matt setzte sich zu Grace. Kurz darauf wurde der Tee serviert. Grace verteile die Tassen und Matt die Teller.

»Also gut.« Er blickte zu ihr. »Grace und ich haben beschlossen, uns zu vermählen.« Sie spannte sich neben ihm an. Er hoffte, sie würde seine Aussage nicht widerlegen. Nach einer kurzen Pause fuhr er fort. »Aufgrund der Vormundschaft und anderer Bedenken sind wir uns nicht ganz sicher, wann die Zeremonie vonstattengehen sollte.«

»Andere Bedenken, wie das Zusammenführen von zwei Familien?«, fragte Patience trocken.

Grace spannte sich neben ihm an, doch ihr Gesicht gab nichts preis. »Das ist natürlich eines der Anliegen, die geklärt werden müssen.«

War Patience erbost darüber, dass er die Hochzeit nicht erst mit ihr besprochen hatte? So ein Unsinn, sie hatte gewusst, dass er sie heiraten wollte, sobald er sie gefunden hatte. Matt rieb sich das Kinn. »Wir müssen ein paar Aspekte der Vormundschaft mit Graces Onkel besprechen und unsere jeweiligen Anwälte hinzuziehen. Ich würde gerne diese Woche heiraten.«

Patiences Brauen schossen in die Höhe. »Das wird garantiert zu sehr viel Gerede führen.«

Warten war ausgeschlossen. Er blickte finster drein. Wenn es nach ihm ginge, würden sie schon morgen heiraten.

»Erst wirst du ihr wenigstens ein paar Wochen lang den Hof machen müssen.« Patience straffte die Schultern. »Dann werden wir die Hochzeit planen. Ich denke

St. Georges wäre gut. Die Zeremonie könnte in sechs Wochen stattfinden.«

Sie hatte den Verstand verloren, wenn sie wirklich glaubte, er würde sechs Wochen darauf warten, Grace für sich zu haben. Vor allem jetzt, wo er eingewilligt hatte, bis dahin nicht ihr Bett zu teilen. »Nein.«

Grace hatte bei Patiences Worten zustimmend genickt. Nun starrte sie ihn an. »Nein?«

Patience presste die Lippen aufeinander. »Ein Skandal würde deinen Schwestern sowie Grace und Lady Charlotte schaden.«

Denk nach. Es formte sich eine Idee. Matt lehnte sich gegen die dicken, weichen Kissen. »Ich möchte keinen Skandal auslösen.« Er erlaubte sich ein selbstgefälliges Lächeln. »Ich werde allen erzählen, dass ich mich Hals über Kopf verliebt habe, was zufällig den Vorteil hat, dass es der Wahrheit entspricht, und werde sie unnachgiebig umwerben, bis sie sich bereit erklärt, meine Frau zu werden.« Er blickte zu Grace. »Du, mein Liebling, wirst dich angemessen zurückhaltend verhalten, bis du meinen liebestollen Wünschen nachgibst.«

Grace, die gerade an ihrem Tee nippte, verschluckte sich lautstark und tarnte es als Hustenanfall. Sie hielt sich die Hand vor den Mund und senkte die Stimme, so dass nur er sie hören konnte. »Ich war dir gegenüber noch nie zurückhaltend und das weißt du genau. Sonst wären wir schließlich nicht in diesem Schlamassel.«

Er klopfte ihr ein paar Mal auf den Rücken. »Da bin ich anderer Meinung. Das hier ist kein Schlamassel.«

Patience verengte die Augen. »Verzeihung, ich konnte leider keinen von euch beiden verstehen.«

»Grace sagte nur, sie hätte sich am Tee verschluckt. Nicht wahr, Liebling?«

»Ja, danke für deine Hilfe«, sagte sie prüde und wandte sich dann wieder an Patience. »Ich habe mindestens eine Freundin in der Stadt, die weiß, dass ich

Matt sehr zugeneigt war, als ich erstmals mein Debüt hatte.« Grace warf ihm einen raschen Seitenblick zu. »Ich glaube, wenn die richtigen Leute davon erfahren, könnte Matts Plan funktionieren.«

Was für Neuigkeiten! Matt klappte beinahe die Kinnlade hinunter. »Wann war das und wieso wusste ich nie davon?«

»Vor sechs Jahren. Du hast sogar mit mir getanzt und warst überaus charmant.«

Charmant und nicht auf der Suche nach einer Ehefrau. Was für ein Narr er gewesen war. Er musterte ihr Gesicht. »Erzähl mir davon.«

Grace kroch die Röte über den Hals in die Wangen. »Vielleicht später, aber nicht jetzt.«

Er nahm ihre Hände in seine. »Daran werde ich dich erinnern.«

Sie sah ihm in die Augen und er war kurz davor sie hier, direkt vor Patience, zu küssen. »Zwei Wochen.«

Seine Stiefmutter räusperte sich und Grace riss ihren Blick von ihm los.

»Drei«, konterte Patience.

»Na schön. Drei und keinen Tag länger.« Drei sehr lange Wochen. »Grace, was sagst du dazu?«

Sie zögerte einen Augenblick, ehe sie antwortete. »In Ordnung.«

Es würde ihn nicht wundern, wenn sie einen Grund finden würde, die Hochzeit noch weiter hinauszuzögern. Es musste einen Weg geben, sie eher zu heiraten.

»Es könnte funktionieren«, sagte Patience. »Vor allem nachdem du Grace an dem Abend aus dem Ballsaal gefolgt bist und du sie so ansiehst. Ich muss schon sagen, Lady Evesham darum zu bitten, sich um sie zu kümmern war überaus inspiriert.« Patience nahm einen Schluck Tee. »Grace, wie gedenken Sie Ihre Schwester zu beaufsichtigen, während Matt Sie umwirbt?«

Grace nahm ihre Tasse in die Hand. »Meine Tante Lady Herndon sponsert Charlotte. Wenn wir sie darüber informieren, wird sie sicher gerne helfen. Es ist ihr immer schwergefallen, meine Entscheidung, nicht zu heiraten, zu akzeptieren.«

»Na schön«, Patience lächelte erleichtert, »dies könnte tatsächlich funktionieren.«

Grace lehnte sich etwas nach vorne. »Würden Sie gerne zum Abendessen bleiben?«

»Das würde ich, Liebes, aber ich denke, ich sollte den Abend damit verbringen, herauszufinden, was die Mädchen vorhaben. Worthington sollte aber mit Ihnen dinieren.«

Schrille Stimmen und Getrampel ertönten im Haus.

Patience erhob sich. »Ich werde meine vier aus dem Zirkus entfernen und mit nach Hause nehmen.« Sie griff nach Graces Händen. »Ich freue mich, dass Sie zu unserer Familie gehören werden. Sie verstehen meine Bedenken?«

Grace war über den positiven Verlauf der Unterhaltung sichtlich erleichtert und lächelte. »Das tue ich. Denn ich habe dieselben Bedenken. Wie Sie bereits gesagt haben, würde ein Skandal auch Charlotte schaden. Das kann ich nicht zulassen.«

»Sie haben eine Dame zur Gefährtin, stimmt das?«

»Meine Cousine, Jane Carpenter.«

»Sehr gut. Wenn Worthington vorhat, Ihr Haus zu besetzen, was er nämlich tun sollte, müssen wir sicherstellen, dass die Tratschtanten wissen, dass Sie nicht alleine sind.«

»Dessen bin ich mir bewusst.«

Die Kinder traten gemeinsam in den kleinen Salon ein. Patience blinzelte verdutzt. »Louisa, Augusta, Madeline und Theodora. Ihr kommt mit mir.«

»Aber Mutter, wir möchten zusammen zu Abend essen«, sagte Louisa.

Patience schloss einen Moment lang die Augen. »Nicht heute Abend. Kommt bitte mit. Ihr könnt euch morgen wieder treffen.«

»Ja, Mutter«, sagten Louisa, Augusta und Madeline im Chor.

Theodora verzog den Mund und ihr Gesicht nahm eine vertraute, störrische Miene an. »Mutter, ich habe Mary versprochen, dass ich bleiben kann.«

Patience presste die Lippen aufeinander. »Theodora ...«

Matt blickte sie böse an. »Theodora, hör auf deine Mutter.«

»Ja, Matt.« Seine Schwester zog einen Schmollmund, wandte sich aber an Mary. »Es tut mir leid.«

Mary umarmte Theo. »Keine Sorge. Wir sehen uns morgen früh.«

»Wir können wieder alle zusammen in den Park gehen.« Sie erwiderte die Umarmung und folgte ihren Schwestern aus der Tür.

Patience blickte zu Matt und Grace. »Seit der Geburt von Theodora muss ich ganze Arbeit leisten, um der Bedeutung meines Namens gerecht zu werden.«

Graces Brüder und Schwestern folgten Matts Schwestern in den Korridor. Die Mädchen umarmten sich alle. Matt verkniff sich ein Lächeln, als die Mädchen versuchten auch die Jungen zu umarmen, die ihnen stattdessen die Hand reichten.

»Was meint ihr wie lange diese Kameraderie anhalten wird?«, fragte Patience mit hochgezogener Braue.

»Wenn ich das nur wüsste. Hoffentlich für immer.« Er ließ die Kinder nicht aus den Augen. »Versuche herauszufinden, was sie im Schilde führen. Ich bin mir sicher, dass was immer es auch sein mag, gut gemeint ist, doch sollten wir vielleicht einige von ihren Plänen bereits im Keim ersticken.«

»Ich werde definitiv herausfinden müssen, was sie vorhaben. Es graut mir ein wenig davor, was sie sich alles einfallen lassen könnten.«

»Da muss ich Ihnen zustimmen.« Grace verzog das Gesicht. »Sie sind alle überaus gescheit und haben viel Fantasie.«

»In der Tat.« Patience betrachtete die Kinder einen Augenblick lang. »Grace, kommen Sie mich doch morgen besuchen.«

»Danke, das werde ich.«

Die Damen gaben sich einen Kuss auf die Wange.

Matt stieß den Atem aus. So weit, so gut. Er hoffte nur, dass der restliche Plan für eine schnelle Hochzeit genauso erfolgreich verlaufen würde. Er blickte sich um. Irgendetwas fehlte.

Die Hunde! Wo waren sie nur abgeblieben?

KAPITEL 13

Als sie Worthington House wieder erreicht hatten, führte Patience die Kinder in deren Salon. »Ich nehme an, ihr freut euch darüber, dass Matt und Grace voraussichtlich heiraten werden?«

»Wir sind hocherfreut«, sagte Madeline. »Mutter, ist es nicht romantisch?«

Patience nickte, das war es. Doch sie hatte Bedenken, dass es für das Paar womöglich noch zu früh war, um zu wissen, was sie wirklich wollten.

»Finde ich auch«, sagte Louisa. »Grace hatte sich aufgrund ihrer Brüder und Schwestern dazu entschieden, nicht zu heiraten. Es ist ein echter Glücksfall, dass Matt sich in sie verliebt hat, denn er ist genau, was die Jungs brauchen.«

»Genau«, fügte Augusta hinzu. »Du hättest mal sehen sollen, wie er heute die Prügelei aufgelöst hat, in der Walter gesteckt hat. Nicht dass er sie angefangen hätte. Das war der schreckliche andere Junge.«

Theodora musste Patience gar nicht erst fragen. Ihre jüngste Tochter wollte schon seit Jahren eine jüngere Schwester. Patience musterte sie alle einen Augenblick lang. »Ihr scheint das Ganze ja ziemlich durchdacht zu haben.«

»Das haben wir.« Louisa lächelte und blickte zu ihren Schwestern. »Wir haben uns mit Charlotte und den anderen zusammengesetzt und entschieden, wie mit potenziellen zukünftigen Meinungsverschiedenheiten umgegangen wird.«

Es war so weit. Patience ließ sich vorsichtshalber schon einmal in den alten Schaukelstuhl fallen, um sich für den Schock zu wappnen. »Tatsächlich? Und wie?«, fragte sie in einem deutlich schwächeren Tonfall, als ihr lieb war.

»Also«, begann Augusta, »wir sind für Meinungsverschiedenheiten zwischen den beiden Familien zuständig. Momentan sind Louisa und Charlotte die Ältesten, also werden sie uns dabei helfen, Zankereien zu schlichten. Wenn die Ältesten dann fortziehen, werden die jeweils Nächstältesten der Familien ihren Platz einnehmen.«

»Genau«, meldete sich Madeline zu Wort. »So müssen sich weder Grace noch Matt einschalten. Sie sind dann nur für ihre eigene Familie verantwortlich, und du für uns.«

»Ich verstehe.« Das war nicht so schlimm wie Patience befürchtet hatte. Doch sie fragte sich, wie lange sie sich an diese guten Vorsätze halten würden, und was Matt und Grace dazu sagen würden. Charlotte und Louisa waren eindeutig dazu bestimmt, einen Politiker oder Diplomaten zu heiraten. »Gibt es sonst noch etwas?«

Louisa nickte. »Als Nächstes müssen wir uns entscheiden, wo wir leben werden.«

Patience konnte sich das Lächeln nicht ganz verkneifen. »Ich glaube fest daran, dass ihr alles Wichtige berücksichtigen werdet.«

»Danke, Mutter, das werden wir«, sagte Theodora ernst.

»Also gut.« Sie erhob sich. »Ihr solltet euch für das Abendessen waschen und umziehen.«

Ihre Töchter verließen brav den Raum. Patience zog an der Klingel und gab den Bediensteten Bescheid, dass die Kinder hier oben essen würden, während sie das Abendessen in ihren Gemächern einnehmen würde. Wenn die Kinder vorhatten, fortan zusammen zu dinieren, dann wäre dies womöglich ihre vorerst letzte ruhige Mahlzeit. Wobei würden sie noch helfen wollen?

Sie ging in ihren Salon und schenkte sich ein Glas Sherry ein. Diese Vermählung würde ihr aller Leben verändern. Doch es war zu erwarten gewesen, dass Worthington irgendwann heiraten würde, und sie mochte Grace. Sie war bodenständig und wusste mit Verantwortung umzugehen. Nie hatte Matt glücklicher ausgesehen. Patience versuchte seine Gefühle für Grace nicht zu beneiden. Nicht, dass sie es Matt nicht gönnte. Er war immer wie ein Bruder für sie gewesen. Sie wünschte sich nur, dass sie mit einem Ehemann eine solche Liebe hätte erfahren können. Aber es brachte nichts, über Dinge zu grübeln, die nie geschehen würden. Schließlich hatte sie ihre Töchter.

Graces Brüder und Schwestern folgten Worthingtons Schwestern aus dem kleinen Salon, in dem jetzt nur noch er und Grace zurückblieben. »Wo sind die Doggen?«

Ihre Augen weiteten sich. »Hattest du Hal nicht darum gebeten, mit ihnen nach draußen zu gehen?«

»Ich hatte einige der Kinder mitgeschickt«, antwortete er reumütig. »Das scheint nicht lange geklappt zu haben.«

Sie ging zu den Glastüren, die den Garten überblickten. »Sieh nur.«

Matt stellte sich neben sie. Daisy und Duke tollten miteinander und spielten, während Hal ihnen dabei zusah. »Wie es aussieht, verstehen sich alle prächtig.«

»Wenigstens werden die Hunde keine Pläne schmieden.« Sie lächelte ihn an. »Es graut mir davor, zu fragen, was die Kinder ausgeklügelt haben.«

»Überlass das nur Patience. Sie wird es schon aus meinen Schwestern herausbekommen.« Er nahm Graces

Hände in seine und setzte auf jeden der Finger einen Kuss. »Du weißt doch, dass sie dich nur glücklich sehen wollen.«

Ihr stiegen die Tränen in die Augen. »Das weiß ich.«

»Grace.« Seine starken Arme zogen sie an sich. »Ich werde ihnen ein guter Vormund sein. Wir ziehen sie zusammen groß.«

Er legte zwei Finger unter ihr Kinn und neigte ihren Kopf nach oben, tupfte ihr mit seinem Taschentuch die Tränen aus den Augenwinkeln. »Vertrau mir, bitte. Ich würde nie etwas tun, das dir oder den Kindern schaden könnte.«

Wie sehr sie ihm doch vertrauen wollte. Dass er es nie beabsichtigen würde, einem von ihnen zu schaden, daran glaubte Grace fest. Und wenn er es doch tat, dann war es ihre Schuld. Dank ihrer eigenen Handlungen blieb ihr nun keine Wahl, als zu beten, dass er sein Versprechen halten würde. »Ich werde es versuchen.«

Ein Klopfen ertönte an der Tür und Jane steckte den Kopf herein. »Ich kann später wiederkommen, wenn ich störe.«

Worthington gab Grace einen sanften Kuss auf die Lippen und erhob sich. »Nicht doch, ich muss mich sowieso fürs Abendessen umziehen gehen.«

Er warf Grace einen ermutigenden Blick zu und verließ den Raum.

Janes Augen leuchteten vor Freude. »Bedeutet das etwa, dass Lord Worthington sich geweigert hat, ein nein zu akzeptieren?«

Grace senkte den Blick und schluckte. Eigentlich hatte sie nicht *wirklich* Ja gesagt. Doch so wie jetzt konnte es mit den beiden nicht weitergehen. Ihre Lippen kribbelten noch immer von seinem letzten Kuss, so sanft er auch gewesen war. Er ließ alles so einfach erscheinen. Doch mit drei Wochen bis zur Zeremonie blieb ihnen nicht viel Zeit.

Ihrer Cousine zuliebe setzte sie ein Lächeln auf und hob den Kopf. »So ungefähr. Sein Glück hat sich heute gewendet. Daisy ist dem Bediensteten ausgebüxt und er hat sie aufgehalten. Dann hat er einer Rauferei, in die Walter verwickelt war, Einhalt geboten und die Kinder zurückgebracht, um ihn bei seinem Vorhaben zu unterstützen. Und ich habe mir deinen Rat zu Herzen genommen.«

Jane legte die Arme um Grace. »Meine Liebe, ich freue mich so für dich. Ich glaube wirklich, dass du die richtige Entscheidung triffst, und bin mir sicher, dass deine Eltern dir ihren Segen gegeben hätten.«

Alle schienen sie sich für sie zu freuen. Vielleicht würde sie sich ebenfalls freuen, wenn sie sich doch nur sicher sein könnte, dass sie ihm vertrauen konnte.

»Ich danke dir. Ich hätte nie gedacht, dass ich einen Mann kennenlernen würde, der sich um die Kinder genauso sorgt wie ich.«

Sobald sie die Wörter aussprach, wurde ihr bewusst, wie wahr sie waren. Womöglich waren ihre Sorgen unbegründet.

Jane setzte sich in einen Sessel. »Wann findet die Hochzeit statt?«

Grace lachte kurz auf. »Wenn es nach Worthington gehen würde, dann schon morgen. Aber Lady Worthington hat ihn dazu überredet, drei Wochen zu warten.«

»Du musst mir sagen, wenn du wünschst, dass ich euch verlasse.«

Sie riss die Augen auf. »Gütiger Himmel, nein, Jane, warum solltest du? Möchtest du gehen?«

»Nein, aber du hast keinen Bedarf mehr an einer Gefährtin.« Jane lächelte gutmütig.

»Jane, du bist doch so viel mehr als das.«

Jane tätschelte ihre Hände. »Mach dir darum jetzt noch keine Sorgen, meine Liebe. Wir besprechen es einfach später, wenn wir uns deiner Hochzeit nähern.«

Grace nickte, als ihre Cousine den Raum verließ. Sie hatte nie in Erwägung gezogen, dass Jane sie vielleicht verlassen würde. Ihre Cousine hatte sie immer unterstützt, seit ihr Vater nach einem Sturz vom Pferd ums Leben gekommen und ihre schwangere Mutter krank geworden war. Vielleicht sollte Grace doch nicht heiraten. Es geschah alles so plötzlich. Sie hatte sich die Vermählung nicht so gut überlegt, wie sie es hätte tun sollen. Was würde mit ihrer Dienerschaft geschehen? Viele von ihnen dienten der Familie bereits seit Jahren, und was war mit Jane?

Wenige Minuten später ging sie auf den prachtvollen Treppenaufgang zu.

Royston verneigte sich. »Die führende Dienerschaft möchte Ihnen gratulieren, Milady.«

Sie setzte ein Lächeln auf, dankte ihm und setzte ihren Weg zu ihrem Gemach fort. Natürlich hatte die Dienerschaft es bereits durchschaut, bevor sie ihnen davon erzählen konnte. Die jüngeren Bediensteten wussten sicherlich auch bereits Bescheid. Wahrscheinlich war es schon bis zu den Ställen vorgedrungen.

Sie wollte gerade nach ihrer Zofe klingeln, als Bolton schon mit einem ihrer neuen Kleider im Arm eintrat. »Ich denke Sie sollten heute Abend dieses tragen.«

»Perfekt.« Grace wusch sich mit dem warmen Wasser, das bereits im Waschbecken auf sie wartete. Sie wünschte, sie könnte sich so freuen, wie alle anderen es für sie zu tun schienen. Schließlich hatte sie Worthington jahrelang heiraten wollen. Bolton zog ihr das Kleid über den Kopf und Grace stand still, als ihre Zofe es zurechtrückte. Doch tat sie jetzt das Richtige? Sie wischte sich mit der Hand über die Augen und rügte sich nicht nur dafür, dass sie in jener Nach das erste

Mal mit ihm geschlafen hatte, sondern auch dafür, dass sie keine Selbstbeherrschung besaß, sobald sie in seinen Armen war. Doch sie hatte der Hochzeit nicht ausdrücklich zugestimmt. Sie hatte nur nicht verneint, als er das letzte Mal gefragt hatte, oder es verleugnet, als er es verkündet hatte.

»Milady, hören Sie auf so zu zappeln.« Bolton schnürte ihr das Mieder.

Schließlich realisierte Grace, dass sie durch ihren ausbleibenden Protest wohl versehentlich zugestimmt hatte. »Glaubst du es war ein Fehler, Worthingtons Antrag anzunehmen?«

»Nein, Milady, das glaube ich nicht.«

Grace wandte sich um. »Aber Jane hat davon gesprochen, uns zu verlassen.«

»Sie müssen den Leuten erlauben, ihre eigenen Entscheidungen zu treffen. Wenn es hier einen Platz für sie gibt, der sie glücklich macht, dann bleibt sie, und wenn nicht, dann wird sie gehen. Sie können das alles mit seiner Lordschaft besprechen.«

Sie reichte Grace eine Nachricht, die eingetroffen war. Sie öffnete das Siegel und überflog die Zeilen. Phoebe und Marcus würden ihnen heute Abend zum Tee Gesellschaft leisten. Vielleicht würde Grace ihre Freundin um Rat bitten. Phoebe wusste immer was zu tun war.

Sie erhob sich und warf einen letzten Blick in den Spiegel, ehe sie zum Salon hinunterging. Sie trug eines ihrer neuen Kleider, dieses aus lachsfarbener Tussahseide, das vorne und hinten mit einem tiefen V-Ausschnitt versehen war. Unter ihrem Busen war mit einer Brosche eine Kordel angebracht, die in Gold und einem dunkleren Lachs-Ton gehalten war. Die dreiviertellangen Ärmel waren schlicht, während der Saum ihres Kleides von zwei Volants verziert wurde. Madame

Lisette hatte gute Arbeit geleistet. Grace fand, dass sie doch recht reizend aussah.

Matt überreichte seinen Hut gerade an den Butler, als Grace die Treppen herunterschritt. Sein Herz hörte auf zu schlagen und er rang nach Luft. Jedes Mal, wenn er zuvor auf sie getroffen war – außer im Inn, wo sie ein gut gearbeitetes, wenn auch etwas altmodisches Kleid aus Köperstoff getragen hatte – war er so darauf erpicht gewesen, mit ihr zu sprechen oder sie zu küssen, dass er nicht auf ihre Kleidung geachtet hatte. Jetzt, wo sie verlobt waren, konnte er sich die Zeit nehmen, ihre Schönheit zu bewundern. Sie raubte ihm den Atem. Ihr Haar glänzte im Kerzenlicht und ihr seidenes Kleid bewegte sich bei jedem Schritt mit, betonte ihre Figur dabei auf dezente Weise, als sie anmutig die Treppen herabstieg. Bei dem Wissen, dass sie ihm gehörte, schwoll seine Brust an. Ein paar Locken fielen aus dem Dutt an ihrem Hinterkopf und legten sich über ihre Schultern. Sein gesamter Körper spannte sich an. Doch seine Liebste schien abgelenkt und unsicher zu sein. Er musste sie in die Arme schließen und all ihre Zweifel fortküssen.

Warum zum Teufel habe ich mich darauf eingelassen, nicht das Bett mit ihr zu teilen?

Dann erschienen Charlotte, Walter und die Zwillinge auf der Treppe. Er reichte Grace die Hand. »Unsere Aufsichtspersonen?«

Sie legte die Finger in seine Hand, doch sie war angespannt. »Wir essen normalerweise gemeinsam zu Abend.«

Er legte ihre Hand auf seinen Arm und grinste. »Ich finde, das ist eine hervorragende Idee und viel schöner, als wenn du alleine essen würdest.« Wie würde wohl ein Abendessen mit sieben, nein zehn, Kindern ablaufen? »Du wirst mir zeigen müssen, wo es lang geht.«

Sie führte ihn zum Salon, wo Jane bereits in einem Sessel neben dem Kamin Platz genommen hatte, und sich mit einem Mann und einer Frau unterhielt, die beide in ihren Zwanzigern zu sein schienen. Jane erhob sich. »Guten Abend, Milord.«

Er verneigte sich und da ihm das Paar nicht bekannt war, antwortete er ebenso formell wie sie. »Guten Abend. Miss Carpenter.«

Jane grinste. »Ich freue mich, dass Sie uns Gesellschaft leisten.«

»Worthington.« Grace lenkte seine Aufmerksam auf die anderen beiden Anwesenden, die sich ebenfalls erhoben hatten. »Miss Tallerton, ich möchte Ihnen Lord Worthington vorstellen. Worthington, Miss Tallerton ist die Gouvernante der Kinder und dies ist ihr Tutor, Mr. Winters.«

Matt verneigte den Kopf, als die Gouvernante knickste und Mr. Winters sich verbeugte. Die Gouvernante machte ihrem Nachnamen alle Ehre. Sie war ein langes Etwas, aber hübsch auf eine strenge Art und Weise. Winters war nur ein kleines Stück größer als sie und trug einen sehr freundlichen Gesichtsausdruck. »Es freut mich, Ihre Bekanntschaft zu machen.«

»Uns ebenfalls, Milord«, sagte Miss Tallerton.

Matt reichte Winters die Hand.

Die restlichen Kinder trafen ein und erhielten je ein Glas Limonade, während er und Grace Wein tranken. Sie waren alle ausgesprochen gut erzogen. Besser noch als seine jüngeren Schwestern. Selbst die kleine Mary wusste sich zu benehmen.

Sie setzte sich neben ihn aufs Sofa, zu dem Grace ihn geführt hatte. »Wir sind froh, dass du hier bist.«

Sein Herz zog sich zusammen und er zupfte sanft an einem ihrer Zöpfe. »Ich bin auch froh, hier zu sein.«

Walter rückte einen Stuhl näher ans Sofa und setzte sich. »Sir, bringen Sie mir noch mehr übers Boxen bei?«

Matt blickte zu Grace, die resigniert mit den Schultern zu zucken schien. Er sollte es wohl etwas langsamer angehen, wenn es darum ging, die Jungen in die männlichen Künste einzuweihen. »Wenn es Grace nichts ausmacht.«

»Das tut es bestimmt nicht. Nicht wahr, Grace?«

Sie war gerade dabei, einen Schluck Wein zu trinken und senkte das Glas. »Natürlich nicht. Wenn Vater noch am Leben wäre, hätte er es dir sicherlich auch beigebracht, genau wie er es mit Charlie getan hat.«

Walter ließ sie zurück, um es Philip zu erzählen und Matt blickte zu seiner Lady. »Wenn du es nicht möchtest ...«

Seufzend schüttelte Grace den Kopf. »Nein, du hattest recht. Sie brauchen einen Gentleman, der ihnen zeigt, wie man sich benimmt. Ich halte zwar nichts von Faustkämpfen, aber ich sehe ein, dass es eine dieser Sportarten ist, die die Herren entzückt.«

»Ich danke dir. Ich weiß dein Vertrauen zu schätzen.«

Sie zog ihre üppige Unterlippe zwischen die Zähne. Aha, Vertrauen also vielleicht noch nicht ganz, und womöglich auch ein Zögern, die Kontrolle über ihre Brüder und Schwestern zu teilen.

Die letzten Jahre über waren sie schließlich ihr Ein und Alles gewesen.

Royston kündigte das Abendmahl an und Matt geleitete Grace zum Speisesaal, wo er zu ihrer Linken Platz nahm. Nach jedem Gang fragte er sich, ob er je etwas Schmackhafteres gegessen hatte. Sie aßen *soupe à l'oignon*, gefolgt von pochiertem Lachs, Hummer im Teigmantel und gebratenem Perlhuhn. Er verspeiste jeden einzelnen Gang. Als Beilagen wurden Schnittbohnen und Erbsen in einer Soße aus Butter und Thymian serviert sowie überbackene Karotten und Porree, und Kartoffelpüree. Er fragte sich, ob sein Chefkoch auch nur halb so gut kochen konnte, verwarf den Gedanken jedoch gleich wieder. Nicht, dass er es Patience je vorgeworfen hätte, aber sie war einfach nicht so hausfraulich veranlagt wie Grace. Der letzte Gang bestand aus Marmeladentörtchen mit verschiedenen Sahnearten, Weintrauben und Käsesorten.

Matt lehnte sich zu Grace. »Den Chefkoch behalten wir.«

Bis zu dem Zeitpunkt war Grace ziemlich ruhig gewesen, und reagierte nur, wenn man sie ansprach. Doch nun lächelte sie. »Jacques ist wirklich sehr gut. Er ist der Cousin von Phoebes Chefkoch. Oh, ich habe vergessen zu erwähnen, dass Phoebe und Marcus uns zum Tee Gesellschaft leisten werden.«

»Hervorragend. Wir können ihnen von unserem Vorhaben berichten.« Mit etwas Glück würde er von ihnen Unterstützung für eine frühere Hochzeit gewinnen.

Direkt nach dem Abendessen wurden alle Kinder, außer Charlotte, ins Kinderzimmer geschickt. Tallerton und Winters folgten ihnen. Worthington sah Grace mit hochgezogener Braue an.

»Charlotte ist kein kleines Mädchen mehr. Sie wird auf all den Empfängen anwesend sein und wenn man unserer Geschichte Glauben schenken soll, dann muss sie sie kennen und sie wird zudem wissen müssen, wie sie auf die Fragen zu reagieren hat, die ihr sicherlich gestellt werden.«

Er stöhnte. »Louisa etwa auch?«

»Ja, natürlich.« Grace warf ihm einen leicht aufgebrachten Blick zu. »Deine Schwester wird in der gleichen Situation sein wie meine. Ich wünschte, sie wäre jetzt hier. Ich werde Charlotte ausrichten, dass sie sie über den Plan informieren soll, wie auch immer dieser aussehen mag.«

Da er seinen Port nicht alleine trinken wollte, begleitete er die Damen in den Salon. Jane und Charlotte setzten sich in Sessel neben dem Kamin. Grace schritt zu den großen Glastüren am anderen Ende des Raumes.

Er stellte sich hinter sie. Sein Körper prasselte vor Vorfreude und er fragte sich, was geschehen würde, wenn er sie berührte. Er hob die Hand und wickelte eine ihrer Locken um den Finger. Ein Schauer lief ihr über den Rücken. »Grace?«, raunte er.

Sie lehnte sich leicht zurück und hob das Kinn, was ihm die Sicht auf ihren schmalen Hals freigab. Er ließ seinen Daumen an ihrem Kinn entlang gleiten. Sie schluckte schwer und der Puls an ihrem Hals flatterte.

Mit einem kurzen Blick über die Schulter vergewisserte er sich, dass Jane und Charlotte in ein Gespräch vertieft waren. Er führte seinen Daumen sanft ihren Hals hinunter und über die Goldkette, die sie trug, liebkoste die cremefarbene Wölbung ihrer Brüste. Ihre Brustwarzen hatten sich bereits verhärtet, als er sie berührte.

Er neigte seinen Kopf und ließ einen Atemzug über ihr Ohr huschen. »Grace?«

»Matt, du hast es mir versprochen.«

»Ich habe versprochen, dich nicht zu betten. Ich habe nicht versprochen, dass ich nicht versuchen würde, dich davon zu überzeugen, mich zu betten.«

Abrupt wandte sich Grace zu ihm um, und ihre Brüste streiften seinen Oberkörper. Sie blickte zu ihm empor, doch statt in ihren Augen das erwartete Verlangen zu sehen, sah sie ihn flehend an.

»Bitte nicht. Ich habe der Hochzeit zugestimmt.« Ihre Augen füllten sich mit Tränen.

Was war er doch für ein Tölpel. Er wollte ihre Lasten erleichtern, und stattdessen fügte er mehr hinzu. »Es tut mir leid. Verzeihst du mir?«

»Es ist auch für mich nicht einfach.«

Ihre Hände zitterten in seinen, als er sie zu einem Sofa führte und sich auf einen Sessel neben sie setzte. Er senkte die Stimme. »Es tut mir leid. Ich werde versuchen, es nicht wieder zu tun, aber ich sehne mich so nach dir.«

»Und du glaubst, ich sehne mich nicht genauso sehr nach dir?« Sie sah ihm in die Augen. »Ich verzehre mich nach dir.«

»Das weiß ich. Das merke ich daran, wie dein Atem schneller wird und deine Haut leuchtet.« Er führte ihre Hände zu seinen Lippen und küsste erst die eine, dann die andere. »Kannst du mir verzeihen?«

»Ja, ist schon gut, aber können wir uns über etwas anderes unterhalten, bevor wir ...?«

Wie närrisch er gewesen war, ihr Kummer zu bereiten. »Erzähl mir davon, wie du mich früher angehimmelt hast.«

Ihr Dekolleté überzog sich mit Röte, die ihr bis in die Wangen stieg, während ihre sommerblauen Augen sanfter wurden. »Wie du bereits weißt, hatte ich gerade mein Debüt gefeiert. Obwohl wir getanzt haben, glaube ich nicht, dass du mich je wirklich bemerkt hast. Kein anderer Gentleman hat mein Herz je so sehr zum Rasen gebracht wie du.« Grace schielte unter ihren Wimpern zu ihm empor. »Deshalb habe ich nie die Hoffnung aufgegeben. Ich lehnte ein paar Anträge ab und entschloss mich, bis zum Herbst zu warten. Doch aus irgendeinem Grund, an den ich mich nicht erinnern kann, kamen wir zur Vorsaison nicht nach London. Während der nächsten Ballsaison sah ich dich nicht. Den darauffolgenden Herbst und Frühling verbrachte ich dann natürlich in Trauer um meine beiden Eltern.«

Das muss das Jahr gewesen sein, in dem er sich von allen Empfängen ferngehalten hatte, auf denen heiratsfähige, junge Damen anzutreffen waren. Als er sich endlich daran erinnerte, wo er sie gesehen hatte, nahm er ihre Hand und setzte einen Kuss darauf. »Ich habe dich bemerkt. Ich war jung und noch nicht bereit mich zu vermählen.«

»Das hat Phoebe auch gesagt.«

Matt schnaufte. »Ich wette, das ist nicht das Einzige, was Phoebe gesagt hat.«

Schüchtern blickte sie zu ihm auf. »Aber du hast mich nicht erkannt, als wir …«

»Ich konnte dich nicht zuordnen, trifft es wohl eher. Ich wusste, dass ich dich schon einmal irgendwo gesehen hatte.«

Grace lächelte und sein Herz machte einen Sprung.

»Milady, Lord und Lady Evesham sind eingetroffen.« Ihr Butler verneigte sich.

Grace erhob sich. »Führen Sie sie doch bitte herein, Royston, und lassen Sie den Tee servieren.«

Worthington und sie machten sich auf den Weg, um sie zu begrüßen.

Phoebe trat in den Salon, blickte zu ihm und ging dann schnurstracks auf Grace zu. »Sind Glückwünsche angebracht?«

»Schon, aber wir– wir– nun, es passiert alles so plötzlich.«

»Ich verstehe.« Phoebe setzte sich in einen Sessel. »Ihr braucht einen Plan.«

»Ganz genau.« Graces Lächeln zitterte leicht. »Charlotte kennst du ja bereits. Ich möchte dir meine Cousine, Miss Carpenter, vorstellen.«

»Milady.« Jane knickste.

Phoebe grüßte Jane lächelnd.

Als es sich alle auf den Sesseln und Sofas bequem gemacht hatten, wurde der Tee serviert und Grace schenkte ihnen ein.

Phoebe nahm ihre Tasse in die Hand. »Und, habt ihr schon irgendwelche Ideen?«

»So etwas Ähnliches. Aber meine Stiefmutter ist darüber nicht sehr erfreut«, sagte Matt und verzog das Gesicht.

Phoebe hob die Brauen und trank einen Schluck Tee. »Nun, Lady Worthington ist überaus anständig und eine ihrer Töchter hat ihr Debüt. Da kann man nicht vorsichtig genug sein. Erzählt mir von eurem Vorhaben und ich werde euch meine ehrliche Meinung geben.«

»Ich habe vor, in Umlauf zu bringen – und genau da kommst du ins Spiel, Marcus –, dass ich mich augenblicklich in Grace verliebt habe und sie umwerben möchte. Grace wird mir eine Zeit lang widerstehen.« Er blickte zu ihr und seine Stimme wurde unwillkürlich tiefer. »Eine sehr kurze Zeit, und dann wird sie einer Vermählung zustimmen.«

Grace nahm sich einen Ingwerkeks. »Phoebe, du kannst es gern verkünden, dass ich bereits vor Jahren eine Schwäche für Worthington hatte, wir uns nach meiner ersten Saison aber nicht mehr über den Weg gelaufen sind.«

»Hmm, es könnte funktionieren.« Phoebe nahm sich einen kleinen Kuchen und biss hinein. »Ich würde nur einige Details hinzufügen. Worthington, Sie müssen sich bereits zu Grace hingezogen gefühlt haben, doch wie es eben mit jungen Männern so oft der Fall ist, haben Sie geglaubt mehr Zeit zu haben. Dann befielen ihre Familie gleich mehrere Schicksalsschläge und Sie haben sie erst bei der Soirée von Lady Bellamny wiedergesehen.«

Worthington nickte. »Dagegen habe ich nichts einzuwenden. Marcus?«

»Es würde mir nicht im Traum einfallen, einem Mann auf dem Weg zum Altar in die Quere zu kommen.« Er grinste. »Ich helfe, wo ich kann.«

Phoebe setzte ihre Tasse auf den Tisch und ließ den Blick von Matt zu Grace schweifen. »Wann soll die Hochzeit stattfinden?«

»Meine Stiefmutter und ich haben uns auf in drei Wochen geeinigt.« Matt konnte sich ein Knurren nicht verkneifen. »Ich würde lieber in zwei Wochen heiraten, oder noch eher.«

Phoebe schüttelte den Kopf, Marcus lachte laut auf, Charlotte kicherte und Jane grinste breit. Seine Liebste ließ den Kopf in die Hände fallen. »Na schön, drei Wochen.«

»Ich denke, das könnte funktionieren«, sagte Phoebe.

»Wenn er es so lange aushält.« Marcus' Augen tanzten amüsiert. »Worthington, was gedenkst du zu tun, wenn ein anderer Gentleman Lady Grace zum Tanz auffordert?«

Matt fiel die Kinnlade hinunter. Grace mit jemand anderem tanzen? Nein. Er schloss den Mund und fletschte die Zähne.

»Wie ich es mir gedacht habe. Mein Liebling, du musst ihnen erlauben, sich schon früher zu vermählen.«

Phoebe seufzte. »Wenn Sie vorhaben, sich wie ein Hund mit einem Knochen aufzuführen, werden Sie dem *ton* reichlich Unterhaltung bieten.«

»Wenn ich dadurch das bekomme, wonach ich mich sehne, dann soll es mir recht sein.«

»Hast du vielleicht schon einmal darüber nachgedacht, Milord«, Graces Lippen bewegten sich kaum, als sie sprach, »dass ich vielleicht keine Witzfigur sein möchte, die für Unterhaltung sorgt?«

Plötzlich setzte Phoebe ihre Tasse ab. »Genau so machen wir es. Lord Worthington wird sich seinen Wünschen entsprechend verhalten, und Grace wird sich würdevoll benehmen. Auf angemessene Weise bescheiden, aber dennoch froh darüber, dass er sie endlich nach all der Zeit beansprucht.«

Charlotte verschränkte die Hände ineinander und seufzte. »*Sofort würde er sein Herz an ihrem Schreine niederlegen. All die Leidenschaft, die es hegte, die Seligkeit, die es verehrte.*«

Alle starrten sie an.

Ihre Augen weiteten sich schockiert. »Was denn? Das ist von Thomas Moore. Der Kontext stimmt vielleicht nicht ganz, aber der Gedanke schon.«

Gedichte. Matt stöhnte. Das kam davon, wenn man junge Damen mit einbezog.

KAPITEL 14

»Sehr romantisch«, ermutigte sie Grace.

»Ganz genau.« Phoebe nickte. »Und eure Liebesgeschichte *muss* leidenschaftlich aussehen. Dem *ton* gefällt eine Liebesgeschichte ebenso sehr wie ein Skandal. Also bieten wir ihnen die Romantik ohne Skandal.« Sie wandte sich an Grace und Worthington. »Ihr müsst euch so oft wie möglich gemeinsam in der Öffentlichkeit zeigen. Ich würde vorschlagen, ihr geht morgen zu dem Gottesdienst in der St. Georges Kirche. Kutschiert am späten Morgen im Park umher. Grace, du kannst deinen Landauer benutzen. Ich werde eine Liste mit den wichtigsten Empfängen erstellen, denen ihr beiwohnen solltet.« Sie nahm einen Schluck Tee und knabberte an einem Keks. »Charlotte, es würde helfen, wenn du und Miss Carpenter euren Freundinnen erzählt, dass Worthington nicht mehr von Stanwood House fernzuhalten ist.«

Charlotte nickte aufgeregt. »Ich werde ihnen auch davon erzählen, dass er mit all den Kindern in den Park geht.«

Phoebes Augen weiteten sich. »Das tut er?«

Charlotte blickte etwas verlegen drein und errötete. »Nun, heute schon. Aus Versehen.«

»Wie ist das denn passiert?«

»Daisy, unser Hund, ist uns weggelaufen und Matt hat Duke, seinen Hund, hinterher ...«

Phoebe lachte lautstark, bis ihr die Tränen kamen. »Worthington, die Kinder auszuführen sollten Sie zur Gewohnheit werden lassen.«

Grace zog die Brauen zusammen. »Wenn es bekannt wird, dass du dich schon jetzt um die Kinder kümmerst, könnte es auch mit der Vormundschaft helfen.«

Er griff wieder nach ihrer Hand und küsste sie. »Das sehe ich auch so.«

Als Phoebe versuchte, ihr Gähnen zu verbergen, erhob Grace sich. »Phoebe, du solltest nach Hause gehen und dich ausruhen.«

»Ich denke, das werde ich tun. Wir haben eine Menge Arbeit vor uns.«

Marcus half ihr beim Aufstehen und Grace begann sie zur Tür zu führen.

»Nicht, meine Liebe«, sagte Phoebe. »Charlotte und Miss Carpenter können uns zur Tür geleiten.«

Grace umarmte ihre Freundin. »Ich danke dir.«

»Ich helfe gerne.« Phoebe gab ihr einen Kuss auf die Wange. »Es wird die Saison noch viel spannender machen.«

Obwohl Grace sich gewünscht hatte, mit Phoebe unter vier Augen zu sprechen, half es doch, dass sie nichts gegen ihre Vermählung einzuwenden hatte.

Sobald die Tür sich schloss, nahm Worthington sie in den Arm. »Ich kann immer noch nicht ganz fassen, was in den letzten Tagen alles passiert ist.«

»Das geht mir ähnlich.« Grace hob den Blick und sah in seine tiefblauen Augen. »Es ist kaum zu glauben, dass ich dich gestern früh noch abgewiesen habe.«

»Küss mich, weiter nichts. Ich weiß, dass ich mich mit Küssen zufriedengeben muss, bis wir vermählt sind.«

Sie zog seinen Kopf zu sich herunter und legte ihre Lippen sanft auf seine. Als sie ihn mit ihrer Zunge liebkoste, öffnete er den Mund für sie. Ihre Brüste pressten sich gegen seinen Oberkörper und ihre Brustwarzen wurden hart. Sie neigte den Kopf, um den Kuss zu vertiefen, das Verlangen schoss ihr durch den Körper und pulsierte zwischen ihren Beinen. Sie wollte ihn so sehr, dass es ihr Angst einjagte. Es war, als wäre sie jahrelang am Verhungern gewesen und würde jetzt vor einem Festmahl sitzen.

»Matt, mein Liebling, wir sollten aufhören.«

Widerwillig hob er den Kopf. »Wir sehen uns morgen früh.«

Grace nickte und begleitete ihn zur Tür. Dies würden die längsten drei Wochen ihres Lebens werden, denn er war ihr so nah und immer bereit, sie zu berühren. Wenn sie doch nur aufhören könnte an seinen Körper zu denken, und was er sie spüren ließ, dann würden sie dies vielleicht überleben.

Am nächsten Morgen betrat Matt Stanwood House und wurde unnötigerweise darüber informiert, dass die ganze Familie sich im Frühstückssalon befand. Er hörte den Lärm bereits von der Haustür aus und folgte ihm zum hinteren Ende des Hauses. Bedienstete huschten mit Tellern voll Brot, Milch in Gläsern und frisch gebrühtem Tee an ihm vorbei.

»Guten Morgen.« Zuerst dachte er, er sah nicht richtig. Er rieb sich die Augen, doch als er die Hände wieder sinken ließ, waren seine vier Schwestern noch immer anwesend.

Der Raum wurde kurz still und dann drangen Begrüßungen verschiedenster Lautstärken an sein Ohr.

Grace saß am Ende des Tisches, lachte und schüttelte den Kopf. »Guten Morgen.«

Bei Gott, es war schön, sie so glücklich zu sehen. Er schritt zu ihr und gab ihr einen zarten Kuss auf die Lippen.

»Boah!« Marys Augen wurden kugelrund.

Grinsend zupfte Matt an einem ihrer Zöpfe und setzte sich auf den Stuhl, den ein Bediensteter soeben zwischen Grace und Mary platziert hatte. »Ganz genau, boah! Und nun iss dein Frühstück auf.« Er zog sein

Monokel hervor und nahm jede seiner Schwestern ins Visier. »Habt ihr eurer Mutter ausgerichtet, dass ihr heute hier frühstückt?«

Louisa hob ihr Kinn leicht an. »Mutter war noch nicht wach. Wir haben dem Kindermädchen Bescheid gesagt. Sie sollte Mutter informieren. Wir haben«, sie blickte zu den anderen Kindern, die allesamt nickten, »beschlossen, dass wir uns daran gewöhnen sollten, wenn wir doch alle zusammenleben werden.«

»Es macht wirklich Sinn«, sagte Walter, »wenn man mal darüber nachdenkt.«

Augusta wedelte mit ihrem Brot in der Luft. »So können wir euch besser helfen«, fügte sie hinzu.

Worthington blinzelte. Er wagte es nicht, seine Augen auch nur einen Augenblick länger zu schließen. Wer wusste schon, was sie als Nächstes aushecken würden. Er blickte zu Grace. »Wann möchtest du los? Wirst du in deinen Kutschen fahren?«

Grace schluckte ihren Tee hinunter. »Wir werden zu Fuß gehen. So werde ich den anderen Gemeindemitgliedern diesen Haufen nicht zumuten.«

»Ich heirate eine überaus einsichtige Frau. Es wäre wohl nicht angebracht, wenn sie bei unserem ersten gemeinsamen Kirchenbesuch verrücktspielen.« Sie würden sowieso schon genug auffallen. »Wir dürfen uns nicht verspäten. Wann seid ihr bereit aufzubrechen?«

»In weniger als einer halben Stunde. Sie sind unter ihren Kitteln bereits alle angezogen.«

Er ließ den Blick über den Tisch schweifen und bemerkte erst jetzt, dass sie alle etwas trugen, das wie Künstlerkittel aussah. Er hatte so etwas noch nie gesehen. »Was für eine grandiose Idee.«

»Danke sehr.« Sie grinste. »So verlassen sie wenigstens den Frühstückstisch ohne Flecken auf der Kleidung. Für das Mittagessen oder den Tee kann ich aber nichts garantieren.«

Seine Mundwinkel zuckten. »Das dürfte wohl an den Marmeladentörtchen liegen, stimmt's?«

»Ganz genau. Wir sollten etwa fünfzehn Minuten brauchen, um zum Hanover Square zu gehen. Wird deine Stiefmutter uns begleiten?«

»Ja, Patience wird in ihrer eigenen Kutsche fahren. Ich bin hier, damit wir über unser Fortbewegungsmittel entscheiden können.«

Er senkte die Stimme. »Sie verstehen sich wirklich ausgesprochen gut.«

»In der Tat, aber ich weiß nicht, wie lange es anhalten wird. Hast du bereits gegessen?«

»Nein.« Er ging zum Büffet, füllte sich einen Teller und kehrte zum Tisch zurück. »Hast du schon von deinem Onkel gehört?«

Sie aß eine Gabel voll Eier und schluckte. »Nein. Wir werden sie sicherlich in der Kirche antreffen. Ich habe in den Kalender geschaut und festgestellt, dass nächsten Sonntag schon Ostern ist. Charlie wird für die Ferien nach Hause kommen.«

»Wenn wir uns in der letzten Fastenwoche befinden, wird auf keinem der Empfänge dieser Woche getanzt.«

Grace lachte. »Welch Glück für dich, Milord.«

»Ja, nicht wahr?« Matt grinste. Sie mussten sich bis zum Beginn der Ballsaison wenigstens offiziell verloben. »Bis der erste Ball stattfindet, werde ich meine Absichten bereits jedem Gentleman des *tons* verkündet haben.«

Grace kaute auf einem Stück Brot herum und schüttelte den Kopf. »Ich verstehe nicht, weshalb es dir so wichtig ist.«

»Ich kann es nicht erklären. Ich schätze, es ist einfach ein primitiver Drang.« Er versuchte entspannt zu wirken. Doch mit jedem Tag, der verstrich, wurde der kriegerische Beschützerinstinkt ihr und somit auch ihren

Brüdern und Schwestern gegenüber stärker und stärker.

Die Kinder hatten gerade aufgegessen, als Lady Worthington in den Raum geführt wurde und man ihr mitteilte, dass sie zu Fuß zur St. Georges Kirche gehen würden.

Matt erhob sich. »Patience, ich habe nicht damit gerechnet, dich hier zu sehen.«

Sie schenkte Grace, die ihr einen Tee anbot, ein Lächeln. »Wahrscheinlich, weil ich nicht damit gerechnet hatte, hier zu sein. Die Neugierde hat gesiegt.« Patiences Lächeln wurde breiter. »Als ich aufgewacht bin, wurde mir gesagt, dass die Mädchen sich entschlossen hatten, ihr Frühstück hier einzunehmen. Ich habe noch nie einen Tisch mit so vielen Kindern gesehen. Ich dachte mir außerdem, dass es vielleicht fragwürdig aussehen würde, wenn ich nicht mit euch zusammen erscheine. Es ist ein schöner Tag, und seit wir in der Stadt sind war ich noch auf keinem richtigen Spaziergang.«

Grace klatsche zwei Mal in die Hände. »Ab nach oben mit euch, putzt euch die Zähne und wascht euch die Hände.«

Der Tisch leerte sich. Als die Kinder verschwunden waren, fühlte sich die Stille plötzlich ohrenbetäubend an.

»Wieviel Zeit bleibt uns, bis sie zurückkehren?«, fragte Matt, ehe er seinen Tee austrank.

»Etwa fünfzehn Minuten, oder etwas weniger. Sie haben alle ihre eigenen Waschbecken.«

»Sie haben sie gut organisiert«, sagte Patience. »Ich wollte euch beiden gemeinsam erzählen, was meine Mädchen mir gestern Abend berichtet haben. Es scheint, als hätten sie es auf sich genommen, euch von einigen eurer Sorgen zu befreien ...«

Als Patience zu Ende erzählt hatte, lachte Grace leise. »Ich bin froh, dass sie einen Weg gefunden haben, wie sie ihre Unstimmigkeiten unter sich ausmachen können. Doch ich glaube nicht, dass sie entscheiden sollten, wo wir leben werden.«

Die Kinder kamen der Reihe nach die Treppen herunter und sie erhob sich. »Ich muss noch meine Haube holen. Ich treffe euch in der Eingangshalle.«

»Liebling.« Matt erhob sich und legte ihr die Hände auf die Schultern.

Neugierig blickte sie zu ihm auf. »Ja?«

»Könntest du eine Haube tragen, die es mir erlaubt, dein Gesicht zu sehen?«

Ihre Augen weiteten sich und die Röte stieg ihr ins Gesicht. »Wie hast du es erkannt?«

Er ließ seinen Daumen über ihr Kinn gleiten. »Beim ersten Mal habe ich zu lange gebraucht, um es zu realisieren. Das zweite Mal hast du dich einfach in Luft aufgelöst. Irgendwann musst dir mir erzählen, wie du das angestellt hast.«

Grace kaute auf ihrer Unterlippe herum. »Herrje, und du möchtest mich noch immer heiraten?«

»Mehr als alles andere auf der Welt.«

Patience lachte erfreut. »Ich möchte wetten, dass ihr ein sehr interessantes Eheleben führen werdet.«

Matt blickte zu seiner Stiefmutter. »Ich freue mich schon darauf. Ich frage mich, wie ich so töricht sein konnte, sie nicht schon mit achtzehn zur Frau zu nehmen.«

Seine Stiefmutter machte eine abweisende Handbewegung. »Ihr wäret beide zu jung gewesen.«

»Vielleicht hast du recht.« Er griff nach Graces Arm und führte sie zur Treppe.

Als Grace ihr Zimmer erreichte, wartete dort ein kleiner Strohhut auf der Frisierkommode, der mit Spitze und einer Feder verziert war. Sie setzte ihn auf den Kopf und band sich eine große Schleife unter das Kinn.

Als sie die Eingangshalle erreichte, waren die Kinder bereits alle anwesend. »Ich möchte, dass wir alle in einer Reihe gehen, je zu zweit nebeneinander. Hal, Sie gehen mit Will am Ende.«

Worthington bot Grace den einen und Patience den anderen Arm an. Sie traten aus der Tür und machten sich auf den Weg.

Sie waren nicht mehr weit von der Kirche entfernt, als Grace sich umsah und die Blicke bemerkte. »Vielleicht war dies doch keine so gute Idee. Ich hatte nicht damit gerechnet, dass wir so viel Aufmerksamkeit auf uns ziehen.«

»Mach dir darum keine Sorgen.« Er verstärkte seinen Griff und zog sie näher an sich. »Es war unausweichlich, dass wir auffallen würden.«

Dankbar lächelte sie ihm zu. »Ich schätze, du hast recht. Ich könnte sie nicht die ganze Saison über von der Kirche fernhalten. Zuhause gehen wir jeden Sonntag.«

»Es ist wie mit allen Dingen.« Matts Mundwinkel hoben sich. »Für kurze Zeit siegt die Neugierde und dann sind wir auch schon wieder Schnee von gestern.«

Patience lehnte sich an Matt vorbei. »Er hat recht, Liebes. Machen Sie sich darüber keine Gedanken.«

Graces Tante und Onkel stiegen aus ihrer Kutsche, wandten sich zu ihnen um und schienen ihrer Prozession gebannt zu folgen.

Mit jedem Schritt, den sie sich näherten, wurde das Lächeln auf Lady Herndons Gesicht breiter. »Grace, Lord Worthington, Lady Worthington. Wie schön Sie und die Kinder zu sehen. Ausnahmsweise scheinen die Gerüchte tatsächlich zu stimmen.«

Graces Augen weiteten sich und ihr Gesicht wurde fahl. »Gerüchte?«

Tante Herndons Lächeln verblasste. »Aber ja, Liebes. Sie beziehen sich doch auf das hier, oder nicht?«

Grace atmete tief ein und versuchte ihre Hände wieder zu beruhigen, die zu zittern begonnen hatten. »Ich– ich weiß es nicht. Ich weiß nicht, wie die Gerüchte lauten.«

Mit einer Geistesgegenwart, die sie derzeit gänzlich verlassen zu haben schien, meldete sich Matt zu Wort. »In der Tat, Lady Herndon. Die Gerüchte stimmen. Ich setze alles daran, Ihre Nichte davon zu überzeugen, meine Frau zu werden.«

»Also, meiner Meinung nach«, ihr Onkel reichte Matt die Hand, »machen Sie alles richtig.«

»*Onkel Bertrand*« Warum mussten Familienmitglieder einen immer so in Verlegenheit bringen?

Er ignorierte Graces Ausbruch. »Möchtest du deshalb mit mir sprechen?«

»Ja, Onkel.«

»Sehr schön, kommt heute Nachmittag zum Tee nach Herndon House.« Er blickte hinter sie. »Die Kinder musst du nicht mitbringen.«

»Natürlich, Onkel Bertrand.« Ihr Kopf drehte sich. Das Klingeln in ihren Ohren wollte nicht aufhören. Es passierte alles viel zu schnell, und Grace wunderte sich nicht zum ersten Mal, weshalb sie es als Einzige so empfand.

Ihr Onkel wandte sich ab. »Lord Worthington?«

»Ja, Milord.«

»Dies ist eine sehr große Verantwortung, eine die gut durchdacht sein will.«

»Das verstehe ich, Milord. Wenn ich der Ansicht wäre, dass ich Lady Grace und all den Kindern, ihren Brüdern und Schwestern sowie den meinen, nicht gerecht werden könnte, dann würde ich es nicht tun.«

Lord Herndon blickte zu den Leuten, von denen immer mehr die Kirche betraten. »Wir werden dies heute Nachmittag weiter besprechen.«

»Wir sollten hineingehen und die Kinder sich setzen lassen«, sagte Lady Worthington. »Milord, Milady, möchten Sie uns Gesellschaft leisten?«

»Ja, gerne doch.« Tante Almerias Augen leuchteten vor Freude.

»Grace, geht es dir gut?«, flüsterte ihr Matt ins Ohr.

»Es wird schon.« Sie hätte überglücklich sein sollen. Wieso war sie es nicht?

Er führte sie hinein und sorgte dafür, dass die Kinder sich alle setzten und beruhigten. Grace hielt den Blick auf den Boden gerichtet, um den neugierigen Blicken auszuweichen. Als der Gottesdienst begann, überkam sie ein behagliches Gefühl der Zugehörigkeit und der vertraute Ablauf entspannte sie.

Sie hatte sich nur für einen Moment aus der Bahn werfen lassen, mehr nicht. Es war ja nicht so, als würde etwas tatsächlich nicht stimmen. Matt saß neben ihr, strahlte Stärke und Standhaftigkeit aus. Ihre Brüder und Schwestern benahmen sich allesamt. Da musste Gott seine Finger im Spiel haben.

Fast zwei Stunden später verließen sie die St. Georges Kirche, grüßten eine paar Freunde, verabschiedeten ihre Tante und ihren Onkel und gingen auf gleichem Wege wieder nach Hause. Grace hatte zurück zu ihrem unerschütterlichen Gemüt gefunden.

Nachdem sie die Kinder hoch auf ihre Etage geschickt hatte, gingen sie, Matt und Patience zum kleinen Salon.

»Das lief viel besser, als ich je zu hoffen gewagt hätte«, verkündete Patience.

Worthington drückte Graces Hand. »Was meinst du?«

»Zuerst war ich etwas schockiert. Ich war so lange darauf bedacht, nicht das Objekt von Gerüchten zu werden, dass es mir erst gar nicht in den Sinn gekommen war, dass ein Gerücht auch von positiver Natur sein könnte.« Sie schüttelte den Kopf. »Das macht nicht wirklich Sinn, oder?«

Er gab ihr einen Kuss auf die Wange. »Du hast es zwar auf Umwegen ausgedrückt, aber es macht sogar sehr viel Sinn. Die meisten Gerüchte sind schließlich nicht sehr hilfreich und es gab immer viel, um das du dich gesorgt hast. Es wird alles gut werden, glaub mir.«

Grace lächelte und wünschte, sie hätten etwas Zeit allein. »Das wird es tatsächlich, nicht wahr?«

»Ja, Milady. Ich freue mich schon auf das Gespräch mit deinem Onkel.«

»Eins nach dem anderen.« Sie wandte sich an ihre zukünftige Schwiegermutter, ehe sie vergaßen, dass sie anwesend war. »Patience, möchten Sie uns mit den Mädchen zum Dinner Gesellschaft leisten?«

Patience grinste. »Ich hatte gehofft, dass Sie fragen. Wenn ich mich nicht irre, haben die Mädchen allerdings schon beschlossen, hier zu speisen.«

Es würden nicht nur die Kinder und Jane am Tisch sitzen, sondern auch Mr. Winters und Miss Tallerton. Ein Dinner für Sechzehn. Glücklicherweise hatte sie ihrem Chefkoch bereits ausgerichtet, dass die Vivers-Mädchen ab jetzt mit ihnen speisen würden. Da würde eine weitere Person auch keinen Unterschied mehr machen. Sie würde Royston bitten, dem Tisch zwei weitere Gedecke hinzuzufügen und diese nicht zu entfernen, bis sie verheiratet waren, und vielleicht auch dann noch nicht. Schließlich hatten sie sich noch immer nicht entschieden, wo sie leben würden.

KAPITEL 15

Am frühen Nachmittag stellte sich das erste richtige Dinner ihres neuen Chefkochs als absoluter Erfolg heraus, was Grace überaus freute. Das gebratene Rindfleisch war mit Knoblauch übersät und perfekt zubereitet, genau wie der Nachtisch. Besser hätte es auch kein englischer Koch hinbekommen. Es wurde serviert mit einer Brühe, Rosenkohl und Schalotten, die in Butter geschwenkt waren und sogar den jüngeren Kindern schmeckten, Schnittbohnen mit geraspelten Mandeln, einem grünen Salat mit Vinaigrette, Frühkartoffeln sowie Spargel aus ihren eigenen Gewächshäusern. Zum Nachtisch gab es Käse, Obst, Pudding, kleine Törtchen und Konfekt.

Patience lehnte sich in ihrem Stuhl zurück. »Meine liebe Grace, ich kann mich nicht entsinnen, wann ich das letzte Mal so gut gespeist habe. Ich muss Ihren Chefkoch loben.«

»Ich danke Ihnen, er ist wirklich außergewöhnlich gut. Ich werde ihm Ihr Lob gern ausrichten.«

Bis auf die leisen Geräusche von Besteck, das auf Porzellan traf, waren die Kinder alle ruhig gewesen und bedienten sich nun am Nachtisch. »Matt und ich müssen Tante und Onkel Herndon besuchen. Was möchtet ihr Kinder unternehmen, während wir fort sind?«

»Wenn es für alle in Ordnung wäre, könnten wir draußen spielen«, sagte Alice.

»Ihr müsstet euch umziehen.«

»Ja, Grace, aber was ist mit den anderen?«

Grace blickte zu Patience. »Ich muss mich ebenfalls umziehen«, sagte Patience. »Ich werde meine Mädchen mit nach Hause nehmen und dann wieder herbringen, wenn es Ihnen nichts ausmacht. Ich kann gern hierbleiben, während Sie Lord und Lady Herndon besuchen.«

Es freute Grace, dass Patience sich bei ihnen wohlzufühlen schien. »Das macht mir ganz und gar nichts aus. Es ist eine hervorragende Idee.«

Patience erhob sich und lenkte die Aufmerksamkeit ihrer Töchter auf sich. Im selben Augenblick gingen Graces Brüder und Schwestern auf ihre Zimmer, um sich umzuziehen.

Matt zog sie auf die Füße. »Endlich allein.«

»Ja.« Sie trat näher an ihn heran.

Er zog die Brauen zusammen. »Möchtest du darüber sprechen, was in St. Georges vorgefallen ist? Du schienst so verloren zu sein.«

»Ich weiß nicht, ob ich es erklären kann.« Grace runzelte die Stirn. »Wir hatten einen Plan und ich dachte er würde zerbröckeln.«

»Wie meinst du das?«

»Es ging plötzlich alles so schnell. Ich hatte mit wenigstens etwas Widerstand von meinem Onkel gerechnet. Seit dem Tod meiner Mutter ist mir das Leben so viel schwerer erschienen. Nun kommt mir alles zu einfach vor und ich habe Angst, dass uns etwas von der Hochzeit abbringen wird.« Sie legte ihm eine Hand auf die Brust. Das stete Klopfen seines Herzens beruhigte sie. »Ich weiß, dass es töricht klingt. Es geht mir jetzt besser.«

»Es klingt nicht töricht.« Er schmiegte ihr Haar zurück. »Nichts wird mich davon abbringen, dich zu meiner Frau zu machen. Wir haben vielleicht noch nicht beschlossen, wo wir leben werden oder wie du Stanwood House aus der Ferne leiten kannst, und auch viele andere Dinge sind noch ungewiss. Aber eins steht fest, und zwar, dass ich dich heiraten werde.«

Ihr fehlten die Worte, als sie zu ihm aufblickte. Sie würde ihm und dem, was er sagte, vertrauen müssen. Wenn sie es nicht tat, wäre sie verloren.

Er nickte, als könnte er ihre Gedanken lesen. »Wenn es möglich wäre, wäre es dir lieber, wir würden eher heiraten?«

Vielleicht wäre das die Lösung. »Ja. O ja. Ich möchte, dass diese Ungewissheit ein Ende hat.«

»Grace, mein Liebling, als du in dem Inn zu mir kamst ...«

»Milady, Milord. Lord und Lady Evesham würden Sie gern sehen«, sagte Royston.

»Führen Sie sie bitte her und lassen Sie den Tee servieren.« Sie fragte sich, was ihre Freunde unangekündigt herführen mochte. War es falsch gewesen, mit all ihren Brüdern und Schwestern in die Kirche zu gehen? Nein, das konnte es nicht sein.

Ihr Butler verneigte sich. »Sehr wohl, Milady.«

Sie griff nach Matts Hand. »Worum es wohl geht? Hast du sie heute gesehen?«

»Das habe ich.« Er strich ihr über den Rücken. »Du hattest den Blick gesenkt.«

Grace seufzte. »Das hatte ich wohl.«

Sie erhoben sich, als Phoebe und Marcus in den Raum geführt wurden.

Phoebe konnte sich kaum beherrschen. »Grace, ganz London muss heute in der St. Georges Kirche gewesen sein. Man spricht von nichts anderem mehr als von dir und Worthington.«

Der Raum verschwamm vor ihren Augen und wurde dann dunkel.

»Sie ist ohnmächtig geworden«, stellte Phoebe ruhig fest. »Marcus, ich habe etwas Riechsalz in meiner Pompadour-Tasche. Bring sie mir doch bitte.«

Matt blickte auf die schlappe Gestalt seiner Verlobten in seinen Armen hinab. Zum Glück hatte er sie vor einem Sturz bewahren können.

»Worthington, bringen Sie Grace in den Salon und legen Sie sie dort auf eine der Chaiselongues.«

Er folgte ihren Anweisungen. »Ich verstehe das nicht. Was ist mit ihr passiert?«

»Nein, ich schätze, das tun Sie vermutlich wirklich nicht«, sagte Phoebe. »Ich erkläre es Ihnen, sobald wir sie hingelegt haben.«

Er trug seine Liebste zu der Chaiselongue und legte sie behutsam darauf ab. Dann setzte er sich neben sie und rieb ihr die Hände.

Phoebe kam zu ihnen herüber. »Grace war schon immer schüchtern. Es fällt ihr leicht mit ein oder zwei Leuten zu sprechen, aber in größeren Menschenmengen tendiert sie zur Panik. Schon seit ihrem Debüt hat sie sich immer um Gerüchte gesorgt. Doch nachdem ihre Eltern verstorben sind und der Kampf um die Vormundschaft für ihre Brüder und Schwestern begonnen hatte, wurde es fast schon zur Besessenheit – das habe ich an den Briefen gemerkt, die sie mir geschickt hat. Sie hat Angst, nein eine Heidenangst davor, dass jemand ein Gerücht in die Welt setzt und ihr die Kinder genommen und an verschiedene Familienmitglieder aufgeteilt werden. Was natürlich bedeuten würde, dass sie das Versprechen an ihre Mutter gebrochen und bei ihrer Pflicht den Kindern gegenüber versagt hätte. Ich hätte so etwas nicht sagen dürfen, ohne sie darauf vorzubereiten.« Phoebe nahm die Salze von Marcus entgegen und blickte zu ihm auf. »Worthington, sagen Sie, dass Sie das verstehen.«

»Ja, ich denke schon. Wenn ich so darüber nachdenke, schien sie sich in sich zurückzuziehen, sobald sie die Aufmerksamkeit bemerkte, die uns in der Kirche zuteil wurde.«

»Das überrascht mich nicht. Sie braucht nur etwas Unterstützung und dann wird alles gut.« Patience führte die Salze unter Graces Nase entlang und sie kam wieder zu sich.

»Grace, mein Liebling.« Er hielt sie an sich gedrückt. Er hatte das Ausmaß der Bürde, die sie getragen hatte, nicht gänzlich erkannt, obwohl er es hätte tun müssen. Es war noch ein weiterer Grund, sich schnellstmöglich zu vermählen.

»Bin ich ohnmächtig geworden?«

»Ja, aber das macht nichts.« Phoebe reichte Grace ein Glas Wasser. »Ich hätte es besser wissen müssen, als dich so zu überrumpeln. Komm, setz dich auf. Worthington, helfen Sie ihr. Es wird dir schon bald wieder bestens gehen.«

Er stütze sie, während sie trank.

Sie setzte das Glas ab. »Mir geht es gut. Und jetzt erzähl mir von deinen Neuigkeiten.«

Phoebe nahm Platz und ein Lächeln umspielte ihre Lippen. »Jeder spricht davon, wie Worthington dein Herz im Sturm erobert hat und sich genau so benimmt, wie es sich gehört. Einiges stammt von Lady Bellamnys Empfang, aber es geht auch darum, wie Worthington sich um den kleinen Zwischenfall gekümmert hat, in den dein Bruder verwickelt war.«

Der Tee, um den Grace gebeten hatte, wurde serviert. Phoebe schenkte ihnen ein, ehe sie mit ihrer Geschichte fortfuhr. »Mrs. Babcock hat herumposaunt, dass Lord Worthington all seine Aufmerksamkeit auf dich richtet. Und deine Tante Herndon erzählt, dass Worthington heute Nachmittag mit deinem Onkel spricht.«

Graces erschrockener Blick flog zu Matt. Er drückte sie an sich. »Es ist alles in Ordnung.«

»Aber wir müssen noch so vieles besprechen.«

»Ja, und das werden wir auch.«

Patience wurde in den Salon geführt und begrüßt. »Ich habe die letzte halbe Stunde mit Helena Featherton und Sally Huntington verbracht. Ihr seid die Liebesgeschichte der Saison.«

Matt blickte zu Grace, nur um festzustellen, dass sie wieder ohnmächtig geworden war.

»Habe ich etwas Falsches gesagt?«, fragte Patience besorgt.

Marcus reichte ihm das Riechsalz und Grace kam wieder zu sich. Phoebe nahm seine Stiefmutter zur Seite und redete sanft auf sie ein.

»O weh, ich fürchte, da war ich wohl nicht sehr hilfreich. Ich hatte mich so um einen Skandal gesorgt, dass ich gar nicht an Grace gedacht habe.« Patience blickte zu ihrem Stiefsohn. »Worthington, es tut mir so leid. Grace, Liebes, ich wollte Sie unter keinen Umständen verletzen. Ich freue mich sehr darüber, wie alles verläuft. Lady Sefton hat mir gratuliert und hat Louisa und Charlotte Gutscheine für *Almack's* versprochen.«

Worthington reichte Grace ein Glas Wasser, gefolgt von einem Sherry. »Was kann ich tun, um dich davon zu überzeugen, dass alles gut werden wird?«

Graces Stimme zitterte. »Ich fühle mich so töricht.«

Er stützte sie, drückte sie an sich und schwor sich, dass nichts und niemand sie je verletzen würde. »Du bist alles andere als töricht. Es war lediglich ein kleiner Schock.«

»Wie spät ist es?«

»Du hast noch etwas Zeit dich auszuruhen, bevor wir losmüssen.« Er drückte sie fester an sich.

Marcus half Phoebe beim Aufstehen. »Ja, das solltest du tun. Es wäre nicht sehr angebracht, Lady Herndon dein blasses Gesicht sehen zu lassen. Komm, ich helfe dir auf dein Zimmer«, sagte Phoebe.

»Lass mich dich tragen.« Matt erhob sich und lehnte sich über sie, um sie hochzuheben.

»Nein, es geht schon, du solltest mich wirklich nicht durch das Haus tragen.«

Grace lachte leise. »Ich bin sehr wohl dazu in der Lage, auf mein Zimmer zu gehen. Ich muss mir nur etwas kaltes Wasser ins Gesicht spritzen.«

Nachdem sie und Phoebe den Salon verlassen hatten, blickte er zu seiner Stiefmutter.

»Ich werde morgen die Sondererlaubnis erwerben. Sobald sie zustimmt, werden wir heiraten.«

»Wie du wünschst.« Patience errötete leicht. »Ich gebe zu, dass es unrecht war zu glauben, dass ihr mehrere Wochen warten solltet.«

»Das kann ich dir nicht verdenken. Es gibt noch einige Angelegenheiten, die geklärt werden wollen. Doch ich möchte sie so bald wie möglich zu meiner Frau machen.«

Patience runzelte die Stirn. »Werden nur die Familie und ein paar Freunde bei der Hochzeit anwesend sein?«

Sein Kiefer mahlte, als er nickte. »Ja, eine große Hochzeit möchte ich ihr nicht antun. Nicht, während sie sich noch um die Vormundschaft sorgt.«

»Das«, Marcus prostete Matt mit seiner Teetasse zu, »ist eine überaus weise Entscheidung. Sobald ihr Bescheid sagt, treten wir gern als Trauzeugen auf.«

Matt reichte seinem Freund die Hand. »Ich danke dir. Ich werde jetzt nach Grace sehen.«

Matt ging auf den großen Treppenaufgang zu und erklomm zwei Stufen auf einmal. Oben angekommen, blickte er sich um und fragte sich, wo sich Graces Gemächer befanden. Glücklicherweise erschienen Phoebe und Grace gerade aus einem Korridor. Phoebe winkte ihm zu und ließ sie dann allein.

Er versuchte sich die Sorge nicht anmerken zu lassen, als er zu Grace hinunterblickte. »Geht es dir gut?«

Grace setzte ein schwaches Lächeln auf. »Ja, natürlich. Ich musste mich wirklich nicht ausruhen.«

»Bist du dir sicher?« Er zog sie zu sich in die Arme. »Du kannst bei deiner Tante und deinem Onkel schließlich nicht einfach umkippen.«

»Ich bin mir sicher, aber wenn du so weitermachst, kippe ich womöglich noch vor Atemnot um.«

Er löste seine Umarmung und setzte ihr einen sanften Kuss auf die Stirn. »Ich liebe dich.«

»Schon seit jener Nacht fühle ich es ebenfalls. Das ist es, was mir solche Angst bereitet.« Sie schloss die Augen und es bildeten sich kleine Falten auf ihrer Stirn. »Ich werde das Gefühl einfach nicht los, dass etwas Schreckliches passieren wird.«

Er hielt sie fester und setzte noch einen Kuss auf ihre Stirn. Grace zitterte in seinen Armen. »Ich werde nicht zulassen, dass man dir die Kinder nimmt. Das verspreche ich dir. Ich werde dich nicht verlassen.«

»Deine Stiefmutter macht sich solche Sorgen.«

»Nein, nicht mehr. Sie hat zugegeben, dass sie unrecht hatte.«

»Tatsächlich? Welch eine Erleichterung.« Grace blickte zu ihm empor. »Gibt es sonst noch etwas, das ich wissen sollte? Weitere Gerüchte?«

Er lachte unbeschwert und freute sich, ihr positive Neuigkeiten übermitteln zu können. »Nein, mein Liebling. Alle Gerüchte und Mutmaßungen, die derzeit kursieren, sind zu unseren Gunsten.«

»Dann sollten wir wohl aufbrechen.«

Worthington küsste sie sanft auf den Mund. »Wollen wir zu Fuß zum Grosvenor Square gehen? Die frische Luft tut dir sicher gut.«

»Ja, das wäre schön.« Grace griff nach seinem Arm. »Es ist ein so schöner Tag und außer auf dem Weg zur Kirche habe ich seit unserer Ankunft in London noch keinen schönen Spaziergang unternommen.«

Ohne vor dir und deiner Familie zu flüchten, meine ich.

Worthington fand seinen Hut und legte sich ihre Hand auf den Arm. »Wollen wir, Milady?«

Sie nickte. Es fühlte sich richtig an, mit ihm zusammenzusein. So oft hatte sie die Einsamkeit geplagt und mit dem Gedanken gerungen, dass sie nicht zu heiraten vermochte. Er liebte sie und nahm die Verantwortung, die die Kinder mit sich brachten, nicht auf die leichte Schulter. Ihm war bewusst, wieviel Arbeit es werden würde. Es würde alles gut werden.

Einige Minuten später klopfte Worthington an der großen, glänzenden, schwarzen Tür von Herndon House. Der ältere Butler ihres Onkels verneigte sich und führte sie in den Salon, wo ihre Tante und ihr Onkel sich erhoben, um sie zu begrüßen.

»Grace. Worthington.« Ihre Tante hielt ihr die Wange hin und Worthington reichte sie die Hand.

Onkel Bertrand hatte ein breites Grinsen im Gesicht. »Worthington, setzen Sie sich. Wir haben eine Menge zu besprechen.«

Ihre Tante plauderte fröhlich vor sich hin, bis der Tee serviert wurde. Dann lenkten sie das Thema auf Grace, die Kinder und Worthington.

»Ich möchte offen und ehrlich mit Ihnen sein, Milord«, sagte Onkel Herndon. »Ich würde mich freuen, wenn Grace heiratet.« Er blickte zu ihr. »Seit ihr Großvater, Lord Timothy, gestorben ist, habe ich hier und dort gehört, dass einige ihrer Verwandten väterlicherseits der Meinung sind, es würde sich nicht ziemen, dass sie die alleinige Vormundschaft hat.«

Graces Herz setzte einen Schlag lang aus. Hatte sie vorhin eine Vision gehabt? Ihre Mutter hatte sie manchmal bekommen.

Matt drückte ihre Hand. »Glauben Sie, unsere Hochzeit wird dem Gerede ein Ende setzen?«

Ihr Onkel rieb sich die Nase. »Sie sind ein angesehenes und wohlhabendes Mitglied des Adels. Jeder weiß, dass Sie die Verantwortung für die Kinder nur dann auf sich nehmen würden, wenn Sie es auch wirklich möchten.« Er nahm einen Schluck seines Tees. »Sehr raffiniert, Ihre Stiefmutter mit in die Kirche zu nehmen. Ihr Ruf ist weit verbreitet. Wenn sie Zweifel an der Schicklichkeit hätte, würde sie die Vermählung nicht unterstützen.«

Grace versuchte ruhig weiterzuatmen. Wie gut, dass Patience nicht über das Inn oder die anderen Male Bescheid wusste. »Nein, das würde sie nicht.«

Ihre Tante lächelte. »Habt ihr bereits ein Datum festgelegt, Liebes?«

Grace blickte zu Matt. »Noch nicht. Wir hatten Sorge, dass eine zu frühe Hochzeit genau die Art von Tratsch herbeiführen würde, den wir vermeiden möchten.«

»Sehr vernünftig.« Tante Almeria erinnerte sie an einen Vogel, der erwartungsvoll ein Stück Brot betrachtete.

»Wir hatten uns ursprünglich auf drei Wochen geeinigt.« Grace sog die Luft ein und wappnete sich für die Reaktion ihrer Tante. »Aber nun vielleicht doch eher.«

Tante Almeria lächelte herzlich.

»Milord?«, fragte Matt. »Wie bald kann ich die Vormundschaft beantragen?«

»Erst wenn Sie vermählt sind.« Ihr Onkel rieb sich am Kinn.

»Den Antrag würden sie womöglich schon aufgrund der Verlobung annehmen, aber es würde erst in Gang gesetzt werden, wenn Sie verheiratet sind.«

»Das hört sich gar nicht gut an.« Sie wollte die Vormundschaft so schnell wie möglich abwickeln.

»Grace?« Es bildeten sich kleine Falten um Matts Mund.

Ihre Augen trafen sich. »Wenn das so ist, müssen wir so bald wie möglich heiraten. Dienstag in einer

Woche.« Sie wandte sich nervös an ihre Tante. »Oder
wäre das zu voreilig, Tante Almeria?«

»Möchtest du nur eine kleine Hochzeit, Liebes?«

Grace nickte. »Ja, nur die Familie und enge Freunde.
Mehr möchte ich nicht. Worthington?«

»Ich ebenfalls.«

»Unter den Umständen ...« Tante Almeria sprach zügig weiter. »Ich denke, mit der Vormundschaft und
zwei jungen Mädchen, die ihr Debüt feiern, wird das
bisschen Gerede, das die Hochzeit vielleicht mit sich
bringt, schnell wieder Schnee von gestern sein. Du bist
schließlich kein junges Mädchen, das frisch auf dem
Heiratsmarkt ist. Ich kenne den Pfarrer der St. Georges
Kirche recht gut. Wenn du möchtest, kann ich die nötigen Vorkehrungen treffen.« Sie spielte mit den Zipfeln
ihres Schals. »Das Hochzeitsmahl werde ich dir überlassen. So sehr ich all den lieben Kindern auch zugeneigt bin ...«

Bei dem Gedanken an elf Kinder, die in Herndon
House ihr Unwesen trieben, musste Grace lachen. »Natürlich, ich werde es gern arrangieren.«

»Worthington, dürfte ich ein Wort unter vier Augen
mit Ihnen wechseln?«, fragte ihr Onkel.

Worum es wohl ging? Grace versuchte einen ruhigen
Gesichtsausdruck zu wahren, doch die Panik war ihr
wohl trotzdem anzusehen. Onkel Herndon schenkte
ihr ein beruhigendes Lächeln. »Reine Formalität, Liebes. Ich muss die Eheverträge mit Worthington besprechen.«

»Natürlich, Onkel.«

Matt gab ihr einen Kuss auf die Wange. »Ich bin bald
zurück.«

Außer ihrer Mitgift stand ihr nichts zu, aber wenn ihr
Onkel sichergehen wollte, dass alles in Ordnung war,
dann konnte er das natürlich gern tun.

***

Matt folgte Lord Herndon in sein Arbeitszimmer.

»Setzen Sie sich. Sie können Ihre Daten an meinen Anwalt weiterleiten. Ich wollte mit Ihnen besprechen, wie Graces Mitgift und die der Kinder angelegt sind.«

Matt war es gleich, ob sie einen einzigen Penny besaß, aber Grace würde die Sache anders sehen.

»Also gut.«

»Grace steht eine Mitgift von etwa dreißigtausend zu, die in Fonds investiert ist und aus dem Vermögen ihrer Mutter stammt. Den anderen Mädchen steht der gleiche Betrag zur Verfügung. Die beiden jüngeren Knaben haben ein großzügiges Einkommen, was ihnen erlauben wird, eine Frau zu finden und die feineren Dinge des Lebens zu genießen. Doch ihr Vater wollte, dass sie einen Beruf ausüben. In der Kirche, im Gericht oder beim Auswärtigen Amt. So etwas in der Art.« Lord Herndon erhob sich und schenkte ihnen einen Brandy ein. »Als Lord Timothy, Graces Großvater mütterlicherseits, verstarb, waren zwei seiner Söhne bereits von uns gegangen. Ihm gehörte ein kleines Anwesen in Cambridgeshire und ein Vermögen in Kapitalanlagen. Vor seinem Tod haben wir das Ganze besprochen. Er entschied, dass sein Anwesen in Cambridgeshire an Walter gehen würde, und Philip würde das Haus auf der Half-Moon Street erben. Beide Anwesen sind derzeit vermietet.«

»Ich verstehe.« Matt war erleichtert, dass die Kinder versorgt waren.

»Da sie die Verantwortung für die Kinder übernommen hat, sollte Grace einen weiteren Betrag erhalten, sobald Charlie die Volljährigkeit erreicht. Dieses Erbe steht ihr auch weiterhin zu, wenn sie die Kinder beisammenhält. Ich glaube, daran hat sie nie gedacht. Doch der alte Lord Timothy wollte sichergehen, dass es ihr an nichts fehlen würde, sollte sie nicht heiraten.«

»Nein, ich bin mir ziemlich sicher, dass sie das Erbe keineswegs bedacht hat.«

Herndon warf Worthington einen strengen Blick zu. »Grace ist eine wohlhabende Dame.«

Er stellte seinen Brandy ab und erhob sich. »Und so soll es auch bleiben. Sie können entscheiden, was für unsere eigenen Töchter angebracht wäre. Für unsere Söhne werde ich sorgen. Grace wird ihren gesamten Besitz behalten. Sollte mir etwas zustoßen, möchte ich, dass sie versorgt ist. Nennen Sie mir die Beträge und dann besprechen wir es weiter.«

Lord Herndon grinste. »Wenn ich mich nicht irre, sind Sie doch der Erbe eines Marquisats, oder nicht?«

»Das bin ich, aber davon verspreche ich mir nicht sehr viel.« Matt zuckte mit den Schultern. »Mein Cousin ist noch jung und ganz und gar nicht draufgängerisch.«

Herndon legte Matt eine Hand auf die Schulter. »Ich würde zu gern mehr darüber erfahren, wie es dazu gekommen ist.«

»Irgendwann erzähle ich es Ihnen.« Er grinste. Matt wollte zurück zu Grace, sie nach Hause führen, in den Armen halten und ihr versichern, dass alles gut werden würde.

KAPITEL 16

In Graces Kopf herrschte ein wildes Durcheinander. Die Hochzeit, die sie nie glaubte haben zu können, würde nächste Woche stattfinden. Aber was dann? Grace versuchte ihre Atmung zu beruhigen, doch ihr Herz flatterte wild in ihrer Brust.

Schön weiteratmen. Denk an etwas anderes. Daran, wie schön es sein wird, Matt jede Nacht neben dir zu haben.

»Grace?« Besorgt sah Tante Almeria zur ihr herab. »Du bist sehr blass, Liebes. Stimmt etwas nicht?«

Grace blickte auf. »Ich kann nicht glauben, wie schnell alles geht.«

Sie hatte Jahre damit verbracht, an ihn zu denken. Er beteuerte, sich innerhalb einer Nacht verliebt zu haben. War sie denn überhaupt eine solche Frau? Nun, gab sie reumütig zu, ein Teil von ihr schon. Der Teil, der so schamlos war, ihm zu erlauben, ihn gar anzuspornen, sie überall zu nehmen. Hatte er Leidenschaft für Liebe gehalten?

»Grace, kann ich dir irgendwie helfen?« Tante Almeria tätschelte Grace die Hand.

Die andere Hand führte sie sich über die Stirn. »Nein, ich glaube–ich weiß auch nicht so recht, was ich glaube. Worthington sagt, dass er mich liebt– aber– wie kann er das nach so kurzer Zeit schon wissen?«

»Ist es bei dir nicht ähnlich?«

»Nein– ich kann mich noch an ihn von damals erinnern, als ich mein Debüt hatte. Er hat sich allerdings nicht wirklich an mich erinnern können.«

»Liebes, da war er noch in seinen Zwanzigern. In vielerlei Hinsicht noch ein Junge. Ich bin mir ziemlich sicher, dass er nicht derselbe Gentleman ist wie damals.«

Bedeutete das, dass sie ihn nicht wirklich liebte? Liebte sie lediglich den Mann, für den sie ihn hielt? »Ich verstehe. Es wird schon alles gut gehen.«

»Natürlich wird es das, Liebes. Sei nicht allzu traurig, wenn sein Verlangen nach einiger Zeit abschwächt. Selbst die anständigsten Herren haben ihre *chères amies,* das ist völlig normal, und du kannst natürlich auch nicht erwarten, dass er sich weiterhin so aufmerksam um die Kinder kümmert. Wenn ihr erst einmal verheiratet seid und er die Vormundschaft übernommen hat, wird er mit ihnen nicht mehr so viel Zeit verbringen müssen.«

Daran hatte Grace nicht gedacht, doch das hätte sie wohl tun sollen. Es passierte so vielen Frauen. Ihr Gemüt sank noch tiefer. Wie konnte sie nur so töricht sein, zu glauben, es würde ihr wie Phoebe und Anna ergehen?

Sie war gefangen. Und das Schlimmste daran war, dass es ihre eigene Schuld war. Würde sie die kurze gemeinsame Zeit überhaupt genießen können, ehe er eine andere Frau aufsuchte?

»Du hast recht, Tante Almeria. Mehr kann ich nicht erwarten.« Sie erhob sich und ging zum Fenster. Grace hielt sich zwar vom Weinen ab, doch ihr stiegen Tränen in die Augen. Sie nahm ihr Taschentuch in die Hand. So durfte Worthington sie nicht sehen. Wenn sie zu einer dieser Frauen wurde, die immer weinten und in Ohnmacht fielen, würde er sie nur noch eher verabscheuen. Vielleicht könnte sie sich von ihm zurückziehen. Dann würde der Betrug später nicht so schmerzen.

»Grace, mein Liebling.« Sie erschauerte beim Klang seiner tiefen Stimme.

Sie appellierte an ihre gute Erziehung und setzte ein fröhliches Lächeln auf, ehe sie sich zu ihm umwandte. »Bist du so weit?«

Er verengte die Augen. »Wenn du es bist. Ich dachte, du würdest dich vielleicht gern etwas ausruhen.«

»Nein, das ist nicht nötig«, antwortete sie kühl. »Ich schlafe nachmittags nie. Doch ich würde gern etwas Zeit allein verbringen.«

Die Verwirrung in seinen tiefblauen Augen versetzte ihr einen Stich.

»Also gut, wenn du es so wünschst, dann begleite ich dich nach Hause.«

Sie nickte, das kühle Lächeln noch immer auf den Lippen. »Ich danke dir, Worthington.«

Als sie sich von ihrer Tante und ihrem Onkel verabschiedeten, sagte ihre Tante: »Denk an das, was ich dir gesagt habe, und du wirst nicht enttäuscht sein.«

Das Lächeln auf Graces Gesicht fühlte sich steif an, beinahe so, als würde es zerbrechen, wenn sie nicht vorsichtig wäre. »Danke, Tante Almeria. Das werde ich.«

Matt – nein, Worthington, ermahnte sich Grace, in dem Bestreben sich von ihm zu distanzieren – blickte zu ihr herab. Seine Brauen zogen sich zusammen. Ihr Herz setzte einen Schlag lang aus und sie wollte fliehen. Stattdessen lächelte sie weiter.

Er verkniff sich einen finsteren Gesichtsausdruck. Ihm war seine manchmal glückliche, manchmal panische, aber immer leidenschaftliche Liebste um einiges lieber als die distanzierte Lady, die er gerade am Arm führte. Was hatte ihre Tante zu ihr gesagt? Wie konnte er es herausfinden? Er bezweifelte, dass Grace es ihm erzählen würde. Doch er kannte drei Frauen, die er fragen konnte.

Auf dem Weg zurück zum Berkeley Square plauderten sie über Belanglosigkeiten. Als sie Stanwood House erreichten, erfuhr er, dass seine Stiefmutter nach Hause gegangen war, nachdem Cousine Jane ihr versichert hatte, dass sie sich um die Kinder kümmern würde. Das Haus war gespenstisch ruhig. Ihm fehlten die schrillen Stimmen und das Getrampel. Matt gab Grace einen Kuss auf die Hand und ließ sie in der Eingangshalle zurück.

Mit großen Schritten überquerte er den grasbedeckten Square zu seinem Haus. »Thorton, wo ist ihre Ladyschaft?«

»Außer Haus, Milord. Sie wird erst spät zurückerwartet.«

Er setzte sich gerade wieder in Gang, als er sich noch einmal umdrehte. »Sie dürfen mir übrigens gratulieren. Lady Grace wird mich nächsten Dienstag heiraten.«

Sein Butler verneigte sich. »Meinen Glückwunsch, Milord. Wir freuen uns auf die Vermählung.«

Er grinste schelmisch. »Sie werden doch jetzt nicht etwa Lächeln?«

Thortons Gesicht regte sich nicht. »Lächeln, Milord?«

»Sie schummeln doch.«

»Wenn Sie es sagen, Milord.«

Matt verließ die Eingangshalle. Die Neuigkeiten über seine Hochzeit würden sich in Windeseile im Haus verbreitet haben. Er blickte auf die Uhr. Es war noch nicht einmal Zeit für den Tee. Ein paar Stunden später kehrten seine Schwestern zurück. Er gab ihnen einen Gutenachtkuss. Er nahm sich ein Buch, begann darin zu lesen, doch schon bald fand ihn der Schlaf.

Am nächsten Morgen hatte seine Stiefmutter ihre Gemächer noch nicht verlassen, als er erwachte.

Louisa klopfte an seine Tür. »Matt, beeil dich doch, sonst kommen wir zu spät.«

»Zu spät wozu?«

»Frühstück. Wir werden erwartet und wir werden uns deinetwegen noch verspäten.«

Sie musste die einzige Frau sein, die er kannte, die darauf bestand, pünktlich zu sein. »Ich bin sofort bei euch.«

Nachdem was Walter gesagt hatte, hätte er wissen müssen, dass sie jetzt all ihre Mahlzeiten zusammen einnehmen würden. Es war ihm allerdings schleierhaft, wer diese Entscheidung getroffen hatte.

Als sie ankamen, war Grace bereits zu Tisch und arrangierte ihre Brüder und Schwestern. Matt nahm neben ihr Platz.

Sie begrüßte ihn mit einem kleinen Lächeln. »Guten Morgen, Milord.«

Irgendetwas stimmte immer noch nicht. Wenn er doch nur wüsste, worum es ging. »Guten Morgen.« Mit einer ausladenden Bewegung wies er auf den Tisch. »Ich schätze, dies wird jetzt eine alltägliche Angelegenheit werden?«

»Ja. Macht es dir etwas aus?«

Er lächelte. »Ganz und gar nicht. Bei dem Gedanken, jeden Morgen in dein zauberhaftes Gesicht blicken zu dürfen, freue ich mich sehr.«

»Schön.« Grace schniefte.

Hatte er etwas Falsches gesagt? »Könnten wir nach dem Frühstück ein paar Angelegenheiten besprechen?«

Sie schüttelte den Kopf leicht hin und her. »Nicht heute. Es gibt– ich muss mich um die Wirtschaftsbücher kümmern.«

Dass etwas nicht stimmte, schien eine Untertreibung gewesen zu sein. »Also gut, dann vielleicht später oder morgen?«

»Ja, natürlich. Vielleicht dann.«

Nachdem er aufgegessen hatte, ließ er die Kinder in Stanwood House zurück und stiefelte schnell zurück zur anderen Seite des Squares.

»In ihrem Salon, Milord«, sagte Thorton wissend.

Dieser Kerl! Woher zum Teufel wusste er ...? »Ich danke Ihnen.«

Matt trat ein, ohne anzuklopfen.

»Worthington, was gibt's?« Erschreckt blickte Patience zu ihm auf. »Stimmt etwas nicht?«

»Nein, irgendetwas stimmt nicht, aber ich weiß nicht was.« Er ließ sich auf einen zierlichen Stuhl mit Rückenlehne fallen, der leicht knarzte, als er sein Gewicht aufnahm.

Patience runzelte die Stirn. »Ist deine Unterhaltung mit Lord Herndon gut verlaufen?«

»Ja, besser als gedacht. Es scheint, als würden einige ihrer Verwandten väterlicherseits über die Vormundschaften tuscheln. Lord und Lady Herndon haben uns empfohlen, schnellstmöglich zu heiraten. Wir haben uns für den Dienstag nach Ostern entschieden.«

»Matt! Schon so bald?«

»Ja, nur mit Familie und engen Freunden. Ich werde die Heiratserlaubnis morgen früh besorgen. Herndon und ich haben die Eheverträge besprochen.« Er hielt kurz inne. »Seitdem benimmt sich Grace anders. Ich glaube es war etwas, das ihre Tante zu ihr gesagt hat.« Er richtete seinen Blick auf Patience. »Weißt du, was es gewesen sein könnte?«

»Sei doch nicht albern.« Patience hob die Brauen. »Woher sollte ich das wissen?«

»Hat deine Mutter vor deiner Hochzeit etwas zu dir gesagt?«

»Ja.« Stolz hob sie das Kinn. »Sie hat mir einen sehr guten Rat gegeben, einen den ich hätte befolgen sollen. Aber das spielt jetzt keine Rolle mehr.«

»Patience, es tut mir leid. Ich weiß, dass du nicht glücklich warst ...«

»Matt, das stimmt nicht, und ich möchte nicht, dass du das jemals wiederholst. Ich war eine verheiratete

Dame und hatte ausreichend Nadelgeld, um es mir an nichts fehlen zu lassen. Ich hatte meine Töchter und dich um mich herum. Und wenn du mich nun bitte entschuldigen würdest, ich muss meinen Pflichten nachgehen.« Anmutig schwebte sie aus dem Raum.

Er schüttelte den Kopf. Es war gelogen. Sie hatte seinen Vater geliebt, doch er hatte ihre Liebe nicht erwidert. Er war zwar immer aufmerksam gewesen, wenn er Zuhause war, doch er hatte sich weitere Söhne gewünscht, und sie hatte ihm Töchter gegeben. Einmal hatte Matt seinen Vater konfrontiert, nachdem er Patience geheiratet hatte. Vater hatte zugegeben, dass er immer an Matts Mutter denken musste, wenn er in Worthington Hall verweilte, und Patience nie mit nach London genommen hatte, weil Worthington House der ganze Stolz seiner Mutter gewesen war.

Als Witwe musste Patience den Schmerz dieser Ehe nicht mehr ertragen. Man sagte ja bekanntlich, dass es keine glücklicheren Frauen gab als Witwen. Er wollte nicht, dass dies auf Grace zutraf. Er wollte, dass sie in ihrer Ehe mit ihm glücklich war. Matt erhob sich. Er brauchte Antworten, und je eher er diese bekam, desto besser. Er ging zurück zur Eingangshalle und legte sich seinen Mantel an. Thorton reichte ihm seinen Hut und Spazierstock. Er eilte zum Grosvenor Square und klopfte an die Tür von Dunwood House.

Der Butler verneigte sich. »Verzeihung, Milord. Lord und Lady Evesham mussten sich um eine dringende Angelegenheit in Charteris kümmern. Sie sollten Ende dieser Woche zurück sein.«

Verdammt, wie sollte er jetzt vorgehen? »Könnten Sie mir einen Gefallen tun, und mir Stift und Papier geben? Ich muss ihnen eine Nachricht hinterlassen.«

Der Butler verneigte sich erneut. »Selbstverständlich, Milord. Wenn Sie mir bitte folgen würden.«

Matt schrieb ihnen eine kurze Nachricht mit dem Datum der Hochzeit. »Überreichen Sie dies bitte so bald wie möglich an Lord Evesham.«

»Milord, Lady Evesham hat mich gebeten, Ihnen dies zu geben.« Der Butler reichte ihm ein zusammengefaltetes Stück Papier. Er öffnete es– natürlich, die Liste der Empfänge. Er steckte es in die Innentasche, die Weston auf sein Beharren hin an seinen Mantel genäht hatte. »Danke sehr.«

Schnell lief er die Treppen hinunter und wandte sich in Richtung Green Street, wo die Rutherfords lebten. Mit etwas Glück würde Anna daheim sein und dann konnte er sie fragen.

Matt wurde ins Arbeitszimmer geleitet, wo die beiden an einem riesigen Doppelschreibtisch arbeiteten.

Rutherford erhob sich, um ihn zu begrüßen. »Was verschafft uns die Ehre?«

Worthington verneigte sich vor Anna. »Ich wollte euch mitteilen, dass Lady Grace und ich uns am nächsten Dienstag vermählen. Ich– ich hätte außerdem noch eine Frage an Anna.« Hoffnungsvoll haftete sein Blick auf ihr.

Sie warf ihm einen neugierigen Blick zu und erhob sich. »Komm her und setz dich ruhig. Rutherford, ruf doch bitte nach etwas Tee.« Sie wandte sich zurück an Matt. »Oder wäre dir Wein lieber?«

»Nein, nein, Tee wäre schön.«

Anna setzte sich auf ein kleines Sofa neben Rutherford. »Nun, wie kann ich dir helfen?«

Matt stieg die Röte ins Gesicht. Verdammt, es war Jahre her, seit er das letzte Mal so verlegen gewesen war. »Ich muss wohl nicht erwähnen, dass dies unter uns dreien zu bleiben hat?«

Anna zuckte leicht mit den Schultern. »Natürlich.« Rutherford nickte.

»Wir, also Grace und ich, waren gestern im Hause von Lord und Lady Herndon. Lord Herndon und ich haben uns in sein Arbeitszimmer zurückgezogen, um die Eheverträge zu besprechen. Als ich zurückkam, war Grace ganz verändert. Kühler. Kurz bevor wir gegangen sind, hat ihre Tante noch gesagt, sie solle sich an ihren Rat erinnern. Was auch immer sie Grace erzählt hat, hat sie ziemlich getroffen.« Er rieb sich die Augen. »Weißt du vielleicht, was sie Grace geraten haben könnte, dass sie dazu veranlassen würde, sich von mir zu distanzieren?«

Ein kleines Lächeln umspielte Annas Lippen. »Ich glaube, ich weiß, worum es geht. Häufig wird dieser Rat von Frauen gegeben, deren Ehe ... nicht ganz so ist, wie sie es sich vorgestellt hatten.«

Das hörte sich gar nicht gut an. »Sprich weiter.«

Anna verzog das Gesicht. »Lady Herndon hat es nur gut gemeint, aber sie wird Grace wohl geraten haben, sich keine Treue von dir zu erhoffen.«

»*Wie bitte?*« Er fuhr sich mit den Fingern durchs Haar. »Warum? Welchen Grund sollte sie haben, so etwas zu ihr zu sagen?«

»Es ist nicht so ungewöhnlich. Lady Herndon wollte Grace sicherlich nur vor der Enttäuschung bewahren, die sie bereits am eignen Leibe erfahren hat.«

Rutherfords Miene hatte sich verdunkelt. »Hat deine Mutter das zu dir gesagt?«

Sie nahm seine Hand und tätschelte sie. »Natürlich, aber da wusste ich doch bereits, dass du keine andere Frau wollen würdest«, sagte sie gelassen.

»Und das wird auch so bleiben«, antwortete er schroff.

»Wie schön für euch zwei.« Es fiel Worthington schwer, seine Verzweiflung zu verbergen. »Aber wie kann ich ihren Rat widerlegen? Es bedrückt Grace sehr.«

Anna grinste. »Dir fällt schon etwas ein. Am besten wäre es, wenn sie dir von sich aus davon erzählt, dann könnt ihr offen über das Thema sprechen.«

Missmutig kehrte Worthington nach Hause zurück. Wie konnte man einer Frau, die schon genügend andere Sorgen hatte, nur so etwas Törichtes in den Kopf setzen? Doch wie konnte er Grace darauf ansprechen?

»Thorton, ich werde mich in mein Arbeitszimmer zurückziehen. Ich möchte nicht gestört werden, es sei denn das Haus steht in Flammen, oder Lady Grace kommt zu Besuch. Sie werde ich empfangen, aber auch nur sie.«

»Sehr wohl, Milord.« Thorton schloss die Tür und Matt lehnte sich in seinem Stuhl zurück, rieb sich mit den Fingerspitzen über die Schläfen. Jetzt wusste er, welchen Rat Patience von ihrer Mutter erhalten hatte. Leider hatte ihre Mutter in dem Falle recht gehabt. Er wollte Grace gegenüber verständnisvoll sein und ihr all die Zuneigung geben, die Patience nie von seinem Vater erhalten hatte.

Die Liebe zwischen Grace und Matt war viel mehr wie die seiner Eltern. Er würde sie aus ihren schlechten Launen locken und sie würde es andersherum genauso tun. Er würde sie beschützen. Erst musste er allerdings einen Weg finden, die unangebrachten Sorgen aus ihrem hübschen Kopf zu vertreiben.

Jane brauchte frische Luft. Etwas bedrückte Grace, aber sie war noch nicht bereit, darüber zu sprechen. Die Kinder waren im Unterricht, und Jane musste ein paar Besorgungen erledigen. Das würde zumindest ihre Ausrede sein, falls jemand fragen sollte. Sie hatte immer gehofft, dass Grace heiraten würde, doch nun da die Vermählung in etwa einer Woche anstand, musste sie sich ernsthaft überlegen, wie sie verfahren wollte.

Auch wenn sie damals nach Stanwood Hall gereist war, um Graces Mutter zu helfen und dann dortgeblieben war, war sie keineswegs ohne Mittel. Sie lachte leise. Vielleicht sollte sie sich eine eigene Gefährtin engagieren und die Welt erkunden. So sehr Grace sich auch zu wünschen glaubte, dass Jane bei ihnen blieb, es war an der Zeit, dass sie ihr eigenes Leben in Angriff nahm.

»He, Lady! Passen Sie doch auf, wo sie längs gehen!«

Ehe sie sich versah, wurde sie von der Straße gezogen. Eine Kutsche raste über die Stelle hinweg, auf der sie gerade noch gestanden hatte. Was für ein törichter und verantwortungsloser Kutscher! Achtete denn niemand auf die Straße? Und warum hielt sie noch immer jemand fest?

Der Geruch von Zitronenverbene mit einem Hauch von Minze kitzelte ihre Nase. Definitiv kein Damenparfüm. Diesen Duft kannte sie nur an einem einzigen Mann, doch dieser hatte vor Jahren das Land verlassen. Langsam wurde sie wieder auf dem Gehweg abgesetzt. Sobald sie festen Boden unter den Füßen hatte, wandte sie sich um. Ein Mann, der nur wenige Zentimeter größer war als sie, blickte sie aus ernsten, grauen Augen an.

Das Grau seiner Augen glich einer Gewitterwolke, und war ebenso wechselhaft. »*Hector?*«

»Jane?«, fragte er, als wäre sie die einzige *Jane* auf der Welt. »Bei Gott, du bist es wirklich.«

Erinnerungen vergangener Zeiten stürmten auf sie ein und raubten ihr den Atem. »Wie lange bist du schon zurück?«

»Nicht ganz eine Woche.« Er musterte sie, doch sie konnte seinen Blick nicht deuten.

Seine Statur hatte sich über die letzten zwanzig Jahre ausgefüllt. Sein rötlich-brauner Teint zeugte von seiner Zeit in Indien. Ansonsten war sein liebliches

Gesicht unverändert, etwas rundlich und heiter. Älter, keine Frage, aber das war ihres auch.

Er hatte sicherlich geheiratet, doch Jane traute sich nicht zu fragen. »Wie geht es dir?«

»Jetzt geht es mir schon viel besser.« Er hakte sich bei ihr ein. »Wohin gehst du? Ich werde dich begleiten.« Als sie zögerte, fügte er hinzu: »Es sei denn, du bist verheiratet.«

»Nein, ich habe nie geheiratet. Und du?«

Seine Augen glänzten erheitert, genau wie früher. »Ich auch nicht. Ich konnte keine Frau finden, die dir das Wasser reichen konnte, Janie.«

Der Spitzname, den nur er für sie gebrauchte, führte sie zurück in die Zeit ihrer ersten Ballsaison. In die Zeit, bevor ihr Vater ihn aus dem Haus geworfen hatte, weil er es gewagt hatte, um ihre Hand anzuhalten. Hätte sie doch nur den Mut gehabt, mit ihm davonzulaufen. Doch da er gar nicht erst gefragt hatte, wäre das wohl schwierig gewesen. »Ich wollte nur etwas frische Luft schnappen, um in Ruhe nachzudenken.«

»Ist es denn dort, wo du lebst, so laut?«

Es klang, als würde er annehmen, sie würde in einer Pension leben. Jane konnte der Verlockung nicht widerstehen, ihn ein bisschen zu necken. »Es gibt dort ziemlich viele Kinder, und es werden noch mehr dazu kommen.«

Hector hielt inne. Sein besorgter Blick heftete sich auf ihr Gesicht und sie musste sich das Lachen verkneifen. »Jetzt erzähl mir nicht, dass du eine Oberin in einem Krankenhaus für Waisen bist.«

Jane tätschelte seinen Arm. »Nein, so drastisch ist es nicht. Ich bin die Gefährtin meiner Cousine, die die Vormundschaft für ihre Brüder und Schwestern hat. Es sind ziemlich viele.« Er öffnete den Mund, um etwas zu sagen, doch sie fuhr hastig fort. »Doch nun wird sie wohl heiraten und es wird Zeit, mich meinem eigenen Leben zu widmen.«

Sie schlenderten weiter die Straße entlang.

»Eine Gesellschafterin.« Sein Tonfall war grimmig. »Was zum Teufel hat dein Vater sich dabei gedacht?«

»Nein, so ist es nicht.« Sie kicherte. Wie schön es war, wieder mit Hector spazieren zu gehen.

Er klang streng, aber seine Mundwinkel zuckten. Er hatte nie lange ernst bleiben können. »Ich habe das dumpfe Gefühl, dass du mich auf den Arm nimmst, Miss Carpenter.«

»Vielleicht ein kleines bisschen. Ich bot meine Unterstützung an. Nachdem ihr Mann gestorben war, brauchte meine Cousine Hilfe und ich hatte keine anderen Verpflichtungen. Ich blieb, als sie ebenfalls gestorben ist und ihre Tochter Grace das Anwesen übernommen hat. Vater hat mir großzügige Rücklagen hinterlassen. Bevor er gestorben ist, hat er sich tatsächlich dafür entschuldigt, dass er uns nicht hat heiraten lassen.«

»Ich dachte, er hatte einen Ehemann für dich gewählt?« Verärgert verzog Hector das Gesicht, etwas, das bei ihm nicht oft vorkam. »Hätte ich auch nur geahnt, dass du die ganzen Jahre über einsam gewesen bist … nun, sagen wir einfach, ich hätte dich zu mir geholt.«

»Ich würde das Leben in einem Haus mit sieben Kindern nicht gerade als einsam bezeichnen.«

»Du weißt, was ich meine«, sagte er mit rauer Stimme. »Was ist aus dem Ehemann geworden?«

»Ich habe mich geweigert, ihn zu heiraten.« Jane straffte die Schultern. Genau wie damals, als sie sich zum ersten Mal in ihrem Leben ihrem Vater widersetzt hatte. »Er hat sich geweigert, mir zu glauben, bis er mich an jenem Tag vor den Altar geschleift hat und ich *nein* sagte, ich würde diesen Mann *nicht* zu meinem Ehemann nehmen.«

Hector lachte herzlich. So lange hatte sie dieses Lachen vermisst. »Ich hätte sein Gesicht zu gern gesehen. Gefangen in seiner eigenen Schlinge.«

»Genau. Der Pfarrer fragte, weshalb ich mich umentschieden hätte, und ich sagte ihm, dass ich das gar nicht hätte. Ich hatte der Ehe nie zugestimmt.«

Sein Gesicht nahm wieder seine fröhlichen Züge an. »Ich gehe davon aus, dass er nicht versucht hat, dich zu schlagen?«

»Nein, du kennst, oder eher kanntest, doch Vater.« Sie seufzte. »Er würde niemals Hand anlegen. Es gab ein großes Trara, was hauptsächlich darin bestand, dass mein Vater herumgebrüllt hat. Er hat gedroht, mich aus dem Haus zu werfen, aber die Tante meiner Mutter – ich glaube, sie hattest du nie kennengelernt – ein Blaustrumpf, die wöchentliche Empfänge mit Künstlern und Schriftstellern abhielt, hat gesagt, sie würde mich bei sich aufnehmen. Und damit war die Sache erledigt.«

»Hat er je wieder versucht, dir einen Ehemann zu suchen?« Hector schielte zu Jane herüber.

»Nein. Er hat natürlich Vorschläge gemacht, aber ich habe sie alle abgelehnt.« Ihre Kehle schnürte sich zu und sie schluckte schwer. »Wie hätte ich einen Mann heiraten können, wenn ich bereits in einen anderen verliebt war?« Sie waren die Maddox Street hinunter gegangen und hatten nun die Ecke zur Davies Street erreicht. Hector hatte kein Wort mehr gesagt, seit sie gewissermaßen verkündet hatte, dass sie auf ihn gewartet hatte. Janes Magen rumorte. »Ich wohne am Berkeley Square.«

»Es wäre mir eine Ehre, dich nach Hause zu geleiten.«

Sie nickte steif. Vielleicht hätte sie nicht so ehrlich sein sollen, doch Hector zu sehen, rief all die Erinnerungen und Empfindungen vergangener Zeiten in ihr hervor.

Sie erreichten den Square, ehe Hector wieder sprach. »Janie, ich würde dich gerne umwerben. Mir ist bewusst, dass ich nicht mehr so aussehe wie früher, und ich bin ein alter Junggeselle mit all den dazugehörigen Problemen, aber wenn du dir vorstellen könntest ...«

Sein Gesicht war rot geworden. Jane stiegen die Tränen in die Augen. »Auch ich habe mich verändert. Ich bin eine alte Jungfer, die ebenfalls in ihren Gewohnheiten festgefahren ist, aber nichts würde mich glücklicher machen, als wenn du mich umwirbst.«

Als sie sich in die Augen sahen, war es, als würde sich die Zeit zurückdrehen. Hector tätschelte ihre Hand. »Ich weiß nicht so recht, wie so etwas abläuft.«

»Du könntest mich bitten, im Park spazieren zu gehen oder mich zu *Gunter's* zum Eisessen ausführen.«

»Ich habe eine Kutsche bestellt, die heute geliefert wird. Würdest du morgen mit mir im Park spazieren fahren, Miss Carpenter?«

Wo war ihr Taschentuch, wenn sie es brauchte? Jane schniefte und lächelte ihn an. »Es wäre mir eine Freude, Mr. Addison.«

KAPITEL 17

Charlotte saß in der Mitte des Berkeley Square auf einer Bank und winkte Louisa zu. »Es hilft alles nichts. Ich habe an Graces Tür geklopft und sie hat mich fortgeschickt.«

»Bei Matt ist es genauso.« Louisa biss sich auf die Unterlippe. »Er hat sich in sein Arbeitszimmer eingeschlossen und unser Butler lässt uns nicht einmal in den Korridor. Ich habe versucht, durch den Garten zu ihm zu gelangen, wurde aber aufgehalten.« Sie ließ sich neben Charlotte auf die Bank fallen. »Ob sie sich gestritten haben?«

Charlotte richtete sich auf. »Ich hoffe, es geht nicht um die Vormundschaft.«

»Das würde sie sicherlich bedrücken, aber man würde meinen, sie würden dann gemeinsam Trübsal blasen.«

»Ich kann es mir nicht erklären. Wenn sie es nicht bald klären, werden wir es in die Hand nehmen müssen. Gehst du morgen zu Lady Huntingdons Empfang?«

»Ja.« Louisa lächelte. »Unser erster richtiger Empfang. Ich kann unseren ersten Ball kaum erwarten!«

Eine Kutsche kam vor Worthington House zum Stehen und ein Gentleman, gekleidet in einen feinen Paletot, stieg aus und reichte die Zügel einem kleinen, livrierten Jungen. »Louisa, jemand hat gerade vor eurem Haus gehalten.«

Louisa spähte in die Richtung, in die Charlotte zeigte und lehnte sich dann wieder zurück. »Der da? Das ist nur Merton.«

»Mir gefällt seine Kutsche, und seine Pferde sehen überaus edel aus. Sie scheinen perfekt aufeinander abgestimmt zu sein.«

»Das sind sie wohl auch.« Louisa seufzte gelangweilt. »Er beharrt darauf, dass *alles* perfekt ist.«

Charlotte blickte zu ihrer Freundin. »Das kommt mir etwas abschreckend vor. Stimmt etwas nicht mit ihm?«

»Es ist nicht wirklich so, als würde etwas mit ihm nicht stimmen. Er ist eben einfach ein Marquis und erwähnt es nur *zu gerne*. Und dann ist er auch noch unser Cousin, was bedeutet, dass wir *ständig* daran erinnert werden.«

»Hmm, wenn das so ist, sollte man seine Bekanntschaft wohl eher meiden. Ich kann Menschen nicht leiden, die von ihrer eigenen Wichtigkeit so überzeugt sind.«

»Und das ist er eindeutig. Er ist ein paar Jahre jünger als Matt und hält sich für etwas ganz Besonderes.«

»Ich verabscheue Leute, denen man nichts recht machen kann.« Charlotte ließ ihren Blick zurück zu Worthington House schweifen.

»Da stimme ich dir voll und ganz zu. Was ziehst du morgen Abend an?«, fragte Louisa.

»Ich denke, ich werde mein grünes Musselin–Kleid mit den Schmetterlingen tragen. Würdest du es gern sehen?«

»Da wir wohl den Großteil des Abends zusammen verbringen werden, sollten wir unsere Kleider aufeinander abstimmen.«

Charlotte erhob sich und winkte ihren Bediensteten heran. »Mehr können wir derzeit wohl sowieso nicht tun.«

»Eben.« Louisa stand auf und hakte sich bei Charlotte ein.

»Wenn Grace und Matt nicht bald anfangen, wieder miteinander zu sprechen, dann finde ich, dass Walter über den Gartenzaun klettern sollte.«

»Während wir Matts Butler an der Haustür ablenken.«

»Das sollte funktionieren.«

***

»Wenn ich mich recht entsinne«, sagte Matt, der seinem Butler, Thorton, einen düsteren Blick zuwarf, »gilt ein Besuch vom Marquis of Merton nicht als *das Haus steht in Flammen.*«

»Nein, Milord, aber er war überaus beharrlich.«

»Das ist er immer.« Matt verkniff es sich, mit den Fingern durch die Haare zu fahren. Es war schon schlimm genug, dass sich Grace ihm gegenüber noch immer so kühl verhielt, und nun musste er sich auch noch mit seinem Cousin auseinandersetzen. »Man sollte doch meinen, dass ein Butler Ihrer Statur die Neureichen davon abhalten könnte, in mein Arbeitszimmer vorzudringen.«

Thorton pressten die Lippen aufeinander, als er sich verneigte. »Sehr wohl, Milord.«

»Ihre Mundwinkel zucken! Ich kann es sehen.« Verdammt, nicht die Spur einer Reaktion.

»Milord.« Er zog die Tür hinter sich zu.

Der Marquis of Merton ließ sich anmutig in einen Stuhl gleiten.

Matt runzelte die Stirn. »Nun, Dom, was willst du?«

»Begrüßt man so das Oberhaupt der Familie?«, fragte Merton gekränkt.

»Es geht doch nicht schon wieder darum?« Matt, dessen Füße auf dem Schreibtisch abgelegt waren, setzte sie nun auf den Boden. Er stützte die Ellenbogen auf den Schreibtisch und lehnte sich nach vorn. »Da du es scheinbar wieder vergessen hast, werde ich dich noch einmal daran erinnern. *Du* bist nicht das Oberhaupt *meiner* Familie. Die Titel sind unabhängig voneinander. Das waren sie schon immer. Darf ich dich außerdem daran erinnern, dass mein Titel älter ist als deiner? Und wenn du in diesem Ton mit mir sprichst, kannst du umgehend wieder verschwinden.«

Merton schnippte einhändig den Deckel von seiner Schnupftabakdose. »Welche Laus ist dir denn über die Leber gelaufen?«, fragte er affektiert.

»Wenn du es unbedingt wissen willst«, Matt erhob sich, ging zu der Anrichte, füllte zwei Gläser mit Brandy, reichte Merton eines davon und setzte sich dann wieder, »geht es um eine Dame.«

Sein Cousin zog eine zarte Augenbraue hoch. Worthington hätte sich nicht gewundert, wenn sein Diener ihm diese zupfte. »Mein lieber Cousin, eine Dame ist den Ärger nie wert.«

Er würde Merton erwürgen. Es wäre der Höhepunkt seines Tages. Außerdem würde Matt damit ganz England einen Gefallen tun. »Ich wäre dir sehr dankbar, wenn du deine garstige Zunge hüten würdest. Es geht hier um meine zukünftige Frau.«

Ruckartig richtete Merton sich auf und vergoss dabei fast seinen Brandy. »*Wie bitte?*«

Matt warf seinem Cousin ein schelmisches Grinsen zu. Wenn er Grace schon nicht sehen konnte, dann konnte er sich wenigstens ein bisschen vergnügen. »Und schon steigst du von deinem hohen Ross.«

»Kein Wunder.« Merton versuchte wieder eine lässige Position einzunehmen, scheiterte aber. »Wann ist dies alles passiert?«

Matt rieb sich die Stirn und blickte zu seinem Cousin. Warum zum Teufel musste Merton ausgerechnet jetzt hier aufschlagen? »Ich hätte sie schon vor Jahren heiraten sollen.«

»Kenne ich sie?« Merton nahm seine Schnupftabakdose wieder in die Hand, öffnete sie mit dem Daumen,
als würde er die Bewegung üben, und nahm sich etwas
heraus.

»Ich denke nicht. Es ist Lady Grace Carpenter.«

Sein Cousin runzelte die Stirn. »Stanwood?«

»Ja, die älteste Schwester des derzeitigen Earls.« *Die es
mir derzeit nicht erlaubt, ihr unter die Augen zu treten.*

Merton prostete Matt zu. »Auf dein Wohl.«

Matt grinste. »Auf mein Wohl. Verrätst du mir, was
dich in die Stadt treibt? Ich dachte, du wolltest auf Reisen gehen.«

Merton seufzte. »Meine Mutter. Sie hat es sich in den
Kopf gesetzt, dass ich mich vermählen muss. Deshalb
bin ich hier, um mir die neuste Ernte junger Damen anzusehen.«

»Du bist erst achtundzwanzig, warum die Eile?«

»Bei Gott, wenn ich das nur wüsste.« Er lehnte sich
wieder zurück. »Glaubst du etwa, sie hat von deiner
Verlobung gehört?«

»Schon möglich. Solange du dich von den beiden jungen Damen fernhältst, für die ich verantwortlich bin,
wünsche ich dir viel Glück bei deiner Suche. Es sollte
nicht allzu schwer werden. Vergiss nur nicht, ihnen zu
sagen, dass du ein Marquis bist.«

Merton fuhr sich mit den Fingern durch die makellose Frisur. »Werdet ihr mich das nie vergessen lassen?«

Worthington grinste. »Nicht in dieser Familie.«

»Was für eine Art mit dem Familienoberhaupt umzugehen«, grummelte Merton.

Matts gute Laune verflüchtigte sich und Wut durchfuhr seinen Körper, auch wenn es töricht war. »Du«,
brüllte er und zeigte auf seinen Cousin, »bist nicht das
Oberhaupt *meiner* Familie.«

Warum duldete er diesen Kerl überhaupt? Er wollte
Merton gerade wirklich nicht in seinem Haus haben.

Matt musste sich überlegen, wie er mit Grace umgehen sollte. Er würde nicht zulassen, dass sie ihn für weiß Gott noch wie lange mit dieser bedrückenden Höflichkeit behandelte.

»Ich habe dir doch gesagt, dass sie seine Marquisheit hereingelassen haben.« Der angeekelte Tonfall Theodoras drang von der anderen Seite der Tür zu ihnen, so wie es nur eine Kinderstimme zu tun vermochte.

Matt lachte leise, als Merton sich die Schläfen rieb. Theo war ein Geschenk des Himmels.

Mit gequältem Gesichtsausdruck blickt er auf. »Welche von ihnen ist das?«

Sollte er doch Kopfschmerzen bekommen. Er selbst hatte bereits reichlich verursacht. »Es ist Theodora und sie wird mit Mary zusammen sein.«

»Mary?«

Merton konnte sich auf etwas gefasst machen. Theo konnte ihn nicht ausstehen. »Ja, eine von Graces Schwestern.«

»Wir wollen mit meinem Bruder sprechen.« Theo schien sich mit Thorton zu unterhalten. Niemand sonst würde so viel Zeit damit verbringen, mit ihr zu diskutieren. »Wenn Sie es seiner Marquisheit erlaubt haben, dann sollten wir auch eintreten dürfen.«

Merton stöhnte und stürzte seinen Brandy in einem Schluck hinunter. »Sie kann nicht älter als drei oder vier gewesen sein. Wird in deiner Familie denn niemals etwas vergessen?«

Matt lachte. »Scheinbar nicht.« Er grinste breit. »Thorton, lassen Sie sie ruhig herein.«

Theodora stürzte ins Zimmer, dicht gefolgt von Mary. Seine Schwester musterte Merton aufmerksam, verengte die Augen und wandte sich dann an Matt.

Auch wenn er die Geste zu schätzen wusste, würde Patience ihn köpfen, wenn er es Theo durchgehen ließ, seinen Cousin so zu behandeln. »Theo, begrüße Lord Merton anständig.«

Sie presste die Lippen aufeinander.

Matt zog die Brauen zusammen. »Wenn du nicht gehorchst, gehst du sofort auf dein Zimmer, wo du bis morgen früh bleiben kannst.«

Sie warf ihm einen verärgern Seitenblick zu und knickste. »Guten Tag, Eure M– «

»Theodora, anständig.«

»Milord.«

Merton erhob und verneigte sich. Seine Gesichtszüge zeigten keinerlei Anzeichen von Verärgerung. »Ich wünsche dir ebenfalls einen guten Tag, Lady Theodora. Ich würde mich freuen, wenn du mich deiner Freundin vorstellen würdest.«

»Mary, ich möchte dir Lord Merton vorstellen. Milord, dies ist meine Freundin, Lady Mary Carpenter.«

Die beiden Mädchen verloren keine Zeit, und flitzten hinter den Schreibtisch. Theo stellte sich neben Matt, während dieser Mary dabei half, auf seinen Schoß zu klettern. Er blickte von einem Mädchen zum anderen. »Also, was ist denn so wichtig?«

Mary blickte ihn aus ihren großen, blauen Augen an. »Grace ist unglücklich und lässt niemanden in ihr Zimmer.« Sie spielte mit einem seiner Jackenknöpfe. »Und du hast auch keinen hereingelassen. Ohne Erlaubnis können wir nicht in den Park und wir müssen spielen, damit wir nicht alle ins Irrenhaus treiben.«

»Aha. Also gut. Ich werde mit euch gehen.« Er runzelte die Stirn. »Seid ihr etwa allein hergekommen?«

Seine Schwester schnaubte. »Nein, wir haben einen Bediensteten.«

»Brave Mädchen. Geht wieder zurück und sagt den anderen, sie sollen in zehn Minuten bereit sein.« Er gab Mary einen Kuss auf die Stirn. Theo küsste ihn auf die Wange. Als er Mary wieder auf dem Boden abgesetzt hatte, erhob er sich. »Merton, du kannst uns gern begleiten, wenn du möchtest.«

»Ich müsste da noch etwas mit dir besprechen.« Merton stand auf und wandte sich zögernd an Matt. »Ich hatte gehofft, dass ich vielleicht eine Zeit lang bei euch bleiben könnte.«

Verflixt und zugenäht. »Warum?«

Er blickte auf seine Fingerspitzen herab. »Meine Mutter wird nicht in die Stadt kommen und ich wollte Merton House nicht allein bewohnen.«

Matts Kieferknochen mahlten. *Dieser Teufel!* »Für wie lange?«

Merton wich seinem Blick aus. »Das weiß ich noch nicht so recht.«

»Du kannst für zwei Nächte bleiben. Danach besprechen wir es noch einmal. Du hast dir wirklich nicht die beste Zeit ausgesucht, um uns einen Besuch abzustatten, und dann auch noch ganz ohne Ankündigung.«

»Natürlich, ich danke dir. Wenn nötig, ziehe ich danach in ein Hotel.«

Wenn Merton für längere Zeit blieb, dann wären es vielleicht doch nicht die Kinder, die Matt und Grace ins Irrenhaus trieben. »Wir müssen los.« Er nahm Duke an die Leine, schritt aus dem Haus und über den Square. Merton folgte ihm. Als er Stanwood House betrat, waren die Kinder in der Eingangshalle versammelt. Matt zählte. »Es fehlen zwei.«

Royston verneigte sich. »Nein, Milord. Lady Charlotte und Lady Louisa sind einkaufen gegangen.«

Fragend hob Matt eine Braue.

»Milord, sie sind mit ihren Zofen und zwei Bediensteten unterwegs. Ich erwarte sie jeder Zeit zurück.«

Er nickte. »Na schön. Ist Daisy bereit?«

Daisy schoss in die Eingangshalle und rutschte bei dem Versuch anzuhalten auf den polierten Marmorfliesen, bis sie auf unelegante Weise direkt vor seinen

Füßen zum Stehen kam. Matt blickte zu ihr hinab und es viel ihm schwer, sich das Lachen zu verkneifen, als sie ihn mit ihren großen Augen ansah. »Leine?«

»Hier, Milord.« Harold reichte sie Matt. »Danke sehr. Sie nehmen Duke. Ich werde sehen, ob ich dieser jungen Dame ein paar Manieren beibringen kann.« Er wandte sich an die anderen. »Die restlichen von euch werden in Zweierreihen gehen und nehmt euch an der Hand. Ich möchte, dass uns vier Bedienstete begleiten.«

Als die Kinder das Haus im Gänsemarsch verließen, die livrierten Bediensteten ihnen dicht auf den Fersen, setzte Merton einen gequälten Gesichtsausdruck auf. »Acht Kinder?«

»Elf. Wie du zweifelsfrei gehört haben wirst, sind die beiden ältesten Mädchen unterwegs. Stanwood ist in Eton.«

»Ist diese Art von Ausflug nicht etwas unter deiner Würde?«

»Ganz und gar nicht.« Matt grinste boshaft. »Und wenn du meinst, dass es unter deiner ist, kannst du gern nach Worthington House zurückkehren, oder dich anderweitig beschäftigen. Doch würde man dich dann wohl als Feigling bezeichnen.«

»Ich werde mich nicht drücken.« Merton ließ einen Finger unter sein Halstuch gleiten. »Ein netter Spaziergang ist genau das, was ich brauche.«

Sie erreichten den Park ohne Zwischenfälle und alles lief so gut, dass Matt selbst seinem Cousin wieder wohlgesinnt war.

»Gutes Mädchen, Daisy.« Matt tätschelte den Hund. Endlich ging sie bei Fuß.

Die Kinder hatten sich aufgeteilt. Philip, Theo und Mary traten einen Ball hin und her. Der Junge, der Walter in die Prügelei verwickelt hatte, ging auf sie zu, sagte etwas und streckte ihm dann den Arm entgegen. Walter und er schüttelten sich die Hände. *Gute Jungs.*

Matt beschloss die Zeit damit zu verbringen, Daisy zu trainieren. Nach ein paar Minuten tänzelte sie anmutig neben ihm her, sichtlich stolz auf ihr neues Kunststück. Matt konnte nicht nachvollziehen, weshalb Grace solche Probleme mit der Dogge hatte. Sie brauchte lediglich ein strenges Herrchen.

Sie hatten es fast zu den älteren Mädchen geschafft, als Matts Arm ihm nahezu ausgerissen wurde und er beinahe hinfiel. Er zerrte an Daisys Leine, als diese sich erneut hinter einem Eichhörnchen her stürzte.

»Matt, geht es dir gut?« Die Zwillinge, Augusta und Madeline, kamen auf ihn zugelaufen.

Er hielt die Leine fester, als der Hund auf das Eichhörnchen zustürmte, das jetzt laut schnatternd auf einem der tieferen Äste eines Baumes saß.

»Daisy!« Er rückte vom Baum ab und lotste sie so, dass sie seinem Blick nicht mehr ausweichen konnte. »Eine gut erzogene junge Dame versucht nicht die Schulter ihres Herrchens auszukugeln«, sagte er in seinem strengsten Tonfall.

Sie warf ihm einen unglücklichen Blick zu und fast bildete er sich ein, dass sie ihn verstand. Doch genau in diesem Moment flitzte das verdammte Nagetier den Baum hinunter und schon wollte Daisy wieder davonstürzen. Doch dieses Mal war er bereit.

Scheuklappen wären vielleicht keine schlechte Idee.

Grace hatte sich für den Großteil des Tages in ihrem Arbeitszimmer versteckt. Sie scheiterte gerade an ihren Versuchen, sich auf die Wirtschaftsbücher zu konzentrieren, als die Geräusche von Worthingtons Rückkehr mit den Kindern durch das Haus hallten.

Sie hatte sich vor, während und auch nach dem Frühstück absolut elend gefühlt. Sie hatte Worthington mit ihrer kühlen Art verletzt. Womöglich hatte ihre Tante recht damit, dass er das Interesse an ihr verlieren würde. Doch vielleicht sollte sie versuchen, den Rat ihrer Tante zu vergessen und seine Gesellschaft so lange genießen, wie er sich noch zu ihr hingezogen fühlte, und Erinnerungen sammeln, die ihr dann auch in Zukunft noch das Herz wärmen konnten.

Die Tür öffnete sich und Worthington lehnte sich gegen den Rahmen, den Blick auf sie gerichtet. Mit seinem leicht zerzausten Haar sah er noch attraktiver aus, als er es ohnehin schon tat. Ihr Herz klopfte wild, als sich ihre Blicke trafen. Sie hatte ihn so sehr vermisst. Alle hatten sie ihre üble Laune zu spüren bekommen, weil ihr seine Anwesenheit gefehlt hatte. Von seinen Berührungen ganz zu schweigen.

Er ging auf sie zu und legte seine starken Arme um sie. »Ich ertrage es nicht, wenn du dich so distanzierst.«

Grace hob den Kopf und seine Lippen legten sich auf ihre. Zu spät erst erinnerte sie sich daran, dass sie nichts weiter als ein altes Morgenkleid trug. Seine Hände legten sich an ihr Gesicht, als er den Kuss vertiefte. Sie schlang die Arme so fest es nur ging um seinen Hals und erwiderte den Kuss leidenschaftlich. Ihre Zungen tanzten und Grace überließ ihm die Führung. Sie stellte sich auf Zehenspitzen und schmiegte sich an ihn. Eine seiner Hände wanderte an ihr hinab, um ihre Brust zu liebkosen. Nur drei dünne Lagen Stoff trennten seine neugierigen Finger von ihrer nackten Haut. Ihre Entschlossenheit darüber, ihn vor der Hochzeit nicht mehr zu lieben, begann dahinzuschmelzen, als sich ihr Kopf ausschaltete und das Verlangen die Überhand gewann.

»Kein Mieder?«, wisperte er auf ihren Lippen.

»Nein.« Gierig ließ sie die Hände unter seine Jacke gleiten. »Du hast zu viele Klamotten an.«

»Das habe ich.« Er lachte leise. »Du wiederum bist vorzüglich gekleidet.«

Ihre Korsage öffnete sich und Lage um Lage befreite er ihre Brüste aus dem Stoff.

»In meinen Träumen habe ich immer und immer wieder von ihnen gekostet.« Er drängte ihren Kopf ein Stück zurück und senkte den Mund auf ihre Brust.

Flammen züngelten an ihrem Körper empor und wildes Verlangen beschlagnahmte ihre Sinne. Ihre Vorsätze, sich dieses Vergnügen zu verweigern, lösten sich gänzlich in Luft auf, als er an ihrer Brustwarze sog. »O Matt.«

»Weiter wird es nicht gehen, versprochen.«

Das Pulsieren zwischen ihren Beinen drohte sie zu übermannen. Bei Gott, wie sehr sie ihn vermisst hatte. Ihre Atemzüge wurden schwerer und schneller. »Bitte. Ich will dich.«

Worthington hob den Kopf und blickte ihr in die Augen. »Bist du dir sicher?«

Grace wusste nicht, wieviel Zeit ihr mit ihm blieb, also nickte sie. »Ja, ich bin mir sicher.«

»Lass uns etwas Neues ausprobieren. Wie gern ich dich wieder in einem Bett hätte.« Seine Hand bewegte sich zwischen sie und befreite sein hartes Glied. Er drehte sie mit dem Gesicht zum Schreibtisch. »Leg den Kopf auf die Arme.«

Quälend langsam hob er ihre Röcke an. Seine rauen Hände hinterließen heiße Spuren auf ihren Oberschenkeln und sandten Funken der Vorfreude durch ihren Körper. Endlich fanden seine Finger zu ihrer Mitte, wo sich bereits die Feuchtigkeit sammelte. Als er seine langsamen Erkundungen fortsetzte, war Grace kurz davor ihn anzuschreien, ihn anzuflehen, sie auf der Stelle zu nehmen. Worthingtons Finger streichelten sie und die pulsierende Leidenschaft raubte ihr den Verstand. Ein hoher Laut kam ihr über die Lippen. »Matt, bitte. Ich will dich.«

Als er die Röcke endlich um ihre Taille bauschte und sich sanft zwischen ihre Beine drängte, bebte sie bereits vor Verlangen.

»Du bist feucht.« Matt lachte leise. »Grace, ist dir auch nur annähernd bewusst, wie sehr ich dich vermisst habe?«

Er knabberte an ihrem Ohrläppchen und sie presste sich gegen ihn. »So wie auch ich dich vermisst habe.«

Sie wollte ihn so sehr. Erleichterung durchströmte sie, als Matts Glied langsam in sie eindrang und er von ihr Besitz einnahm. Seine Finger fanden zurück zu ihrer Mitte und er liebkoste sie dort, wo sie am empfindlichsten war. Das Atmen fiel ihr schwer. Er entfachte ein Feuer in ihrem Inneren, und die Flammen loderten mit jeder seiner langsamen, tiefen Bewegungen höher und heller, bis ihre Knie nachgaben und sie sich um ihn herum zusammenzog.

Die Laute, die Matt von sich gab und die Art, wie er sie festhielt, als er sich in ihr ergoss, gaben ihr die Hoffnung, dass er sie nicht allzu bald verlassen würde.

Er glättete ihre Röcke und trug sie zum Sofa. Er hielt sie auf seinem Schoß, ließ seine Hand über ihren Hals gleiten und hauchte ihr sanfte Küsse auf die Schläfe. Sie könnte ewig so mit ihm verweilen.

»Weißt du eigentlich, wie sehr ich dich liebe?« Matt hatte bisher nie eine Frau benötigt, um sich vollkommen zu fühlen. Doch er brauchte Grace. Nicht nur auf einer körperlichen Ebene. Auch wenn ihre Reaktion auf ihn sein inneres Tier anspornte und besänftigte. Er fühlte sich dazu berufen, sie zu beschützen und zu ehren. Matt hatte sich nie eine Frau gewünscht, die alles alleine meisterte. Anna und Phoebe waren gute Freundinnen und er schätzte sie sehr, doch Grace war anders; eine starke Frau, die ihn dennoch brauchte. Sie gab seinem Leben einen Sinn.

Er wandte sie auf seinem Schoß zu sich um, rückte ihr Kleid und ihre Röcke zurecht und schnürte sie ihr wieder zu. Würde sie ihm endlich erzählen, was ihr auf dem Herzen lag? Auch wenn er sich sicher war, dass Anna recht hatte, wollte er, dass Grace es ihm anvertraute. »Liebling, geht es dir gut? Es war in letzter Zeit etwas befangen zwischen uns.«

»Es war etwas, das meine Tante zu mir gesagt hat.« Sie schmiegte sich an ihn. »Ich werde versuchen, mich deshalb nicht zu sorgen.«

»Möchtest du es mir erzählen?«

»Nein. Es ist nichts, um das du dir Gedanken machen müsstest.«

Aber er wollte doch, dass sie es ihm erzählte. Wie sollte er sie glücklich machen, wenn er nicht davon wusste? »Wenn du darauf bestehst.«

Sie lachte. »Das tue ich.«

Matt versuchte, sie enger an sich zu ziehen, um ihr zu zeigen, dass sie ihm vertrauen konnte. Er versuchte es erneut. »Ich würde es gerne wissen.«

Sie schüttelte den Kopf. »Es ist nicht wichtig.«

Das war es aber, verdammt. Es hatte sie beide unglücklich gemacht. Er würde schon noch herausfinden, worum es ging. »Mein Cousin Merton ist heute eingetroffen und fragt, ob er bei mir unterkommen kann. Ich habe ihm gesagt, dass ich nicht weiß, wie lange er bleiben kann, dass ich es erst mit dir besprechen muss. Wenn du möchtest, setze ich ihn gern vor die Tür.«

»Wie schlimm ist er denn?«

»Absolut unausstehlich. Er schafft es immer wieder, mich auf die Palme zu bringen, und meine Schwestern bezeichnen ihn als *seine Marquisheit.*«

Grace schürzte die Lippen. »Ich kann mir kaum vorstellen, dass Patience so etwas erlaubt.«

»Normalerweise würde sie das auch nicht, aber er hat sich auch bei ihr nicht sonderlich beliebt gemacht. Er kam uns vor ein paar Jahren besuchen, ganz von sich und seiner Wichtigkeit überzeugt. Er war der Meinung, jeder habe von seinem Titel beeindruckt zu sein und hat sich aufgeführt, als würde er seiner minderwertigen Verwandtschaft ganz pflichtbewusst einen Besuch abstatten.« Matt lächelte. »Er versicherte uns, dass er als Familienoberhaupt immer für uns da sein würde.«

»Ist er das denn?« Grace runzelte die Stirn. »Das Oberhaupt deiner Familie, meine ich. Wie wäre das überhaupt möglich?«

»Nein, mein Vorfahre hat eine Frau geheiratet, die diesen Titel führte. Als sie gestorben ist, wurde ihr Sohn zum Earl ernannt. Mertons Seite der Familie scheint es nie ganz verkraftet zu haben, dass unsere Familie zu einem neuen Adelsgeschlecht wurde.«

»Ich verstehe das nicht. Wenn er doch sonst auch zur Ballsaison in die Stadt kommt, warum muss er dann bei dir wohnen?«

Er wünschte, Merton würde nicht bei ihnen wohnen. »Eigentlich wollte er sich auf seine Kavaliersreise begeben, aber seine Mutter hat ihn stattdessen hergeschickt, um eine Frau zu finden.«

Grace zog die Brauen zusammen. »Wie alt ist er?«

Er zog ihren Rücken wieder an sich. »Achtundzwanzig. Du kennst meine Tante Merton nicht.«

Sie wandte sich zu ihm. »Verzeih, Milord, aber das stimmt nicht. Ich bin sogar entfernt mit ihr verwandt und sie ist ganz und gar kein Drache.« Kurz verzog Grace das Gesicht. »Ist sein Familienname nicht Bradford?«

»Ja. Mein Vorfahre hat den Nachnamen seiner Frau angenommen. Die Herren in meiner Familie tun fast alles für die Damen, die ihr Herz erobern.« Matt lenkte wieder auf das ursprüngliche Thema zurück. »Vielleicht haben sie von uns erfahren und er wollte nicht, dass ich vor ihm Kinder in die Welt setze.« Er küsste ihr die Stirn und konnte es sich nicht verkneifen, eine ihrer Brüste zu berühren.

Reizend stieg Grace die Röte ins Gesicht. »Schon möglich, doch dann hätten sich die Neuigkeiten wirklich überaus schnell verbreitet.«

Genug über seinen Cousin. »Weißt du eigentlich, dass du noch schöner bist, wenn du rot wirst?«

Der Rotton in ihrem Gesicht verdunkelte sich. »Es ist nicht nötig, mir Komplimente zu machen.«

»Du existierst, Milady, also ist es absolut unerlässlich.« Matt beschlagnahmte ihre Lippen.

Grace schmiegte sich in seine Arme, ihre Augen glasig vor Lust. »Wenn das so ist, weißt du eigentlich, wie attraktiv du mit zerzausten Haaren aussiehst?«

Er ließ seine Zunge an ihrem Kiefer entlanggleiten.

»Du solltest ihn zum Dinner mit uns einladen.«

»Grace, er ist ein Spielverderber.«

»Wie dem auch sei, er ist ein Teil deiner Familie und wohnt derzeit in deinem Haus. Es gehört sich so. Außerdem macht eine weitere Person am Tisch auch keinen großen Unterschied mehr.«

»Da hast du wohl recht.« Er nahm ein Stück Papier aus seiner Tasche. »Wir müssen uns die Liste der Empfänge für diese Woche ansehen, die Phoebe uns aufgeschrieben hat.«

»Und sie mit den Empfängen abstimmen, auf die Charlotte und Louisa gehen werden. Wie spät ist es?«

Genau in diesem Moment fing sein Magen an zu knurren. »Zeit zu essen.«

Grace lehnte sich zurück, um auf die Uhr zu schauen, und bot ihm somit einen direkten Zugang zu ihrem Hals. Es war einfach unmöglich, nicht daran zu knabbern. Ihr zartes Lachen vibrierte auf seinen Lippen. Wenn er ihr entspanntes Gemüt doch nur beibehalten konnte.

KAPITEL 18

Dominic Sylvester Henry, zehnter Marquis of Merton, elfter Earl of Scarsdale und der Baron Bradford musterte sein Spiegelbild.

»Stimmt etwas nicht, Milord?«, fragte Witten, sein Kammerdiener.

»Ich dachte, ich hätte einen Fleck erspäht, doch es war wohl doch nur ein Schatten.«

Sein Kammerdiener nahm sein schneeweißes Halstuch genauestens unter die Lupe. »Das war es wohl. Ich kann keinen Fleck erkennen, Milord, und ich inspiziere jedes Kleidungsstück persönlich, das von der Wäscherin zurückgebracht wird.«

Merton verstaute sein in Gold gerahmtes Monokel und seine Taschenuhr in seiner edlen Kleidung. Aber nicht zu edel, verstand sich. Er wollte schließlich nicht, dass Mr. Brummell später im *Whites* auf ihn aufmerksam wurde.

»Ich denke, ich bin so weit.«

Witten öffnete die Tür und Dom trat in den Korridor, schritt auf die große Treppe zu und von dort aus in den Salon, in dem er zu warten hatte, bis die Familie versammelt war. Scheinbar war er allerdings der Letzte.

»Sie sind zu spät.«

Er wandte sich der Stimme entgegen und verneigte sich vor der recht großen, modisch gekleideten, jungen Dame, die ihn finster anblickte. »Ich bitte um Verzeihung. Sie müssen Lady Louisa sein, nicht wahr?«

Sie knickste. »Das bin ich. Wir müssen los.« Sie hakte sich bei Worthington ein und führte ihre anderen drei Schwestern durch die Eingangshalle und zur Tür.

Nur Lady Worthington blieb zurück. Sie knickste und Merton bot ihr seinen Arm an. »Guten Abend, Milady.«

»Guten Abend, Milord.« Ihr Ton war etwas distanziert.

Ein Aufenthalt in Worthington Haus musste nahezu einem auf feindlichem Gebiet gleichen. Warum hatte er sich nur dazu herabgelassen, sie mit seiner Gegenwart zu beehren?

Er folgte den anderen über den Square, stieg die schmale Treppe zu Stanwood House empor und trat in den Salon ein.

Eine bemerkenswerte Dame, die bereits etwas älter zu sein schien, kam auf ihn zu, um ihn zu begrüßen. Worthingtons Blick nach zu urteilen, musste es sich wohl um seine Verlobte handeln.

Sie knickste. »Lord Merton, wie schön, dass Sie uns Gesellschaft leisten. Ihre Mutter ist eine entfernte Verwandte von mir. Fühlen Sie sich ganz wie Zuhause.«

Na Gott sei Dank. Endlich jemand, der wusste, wie man sich ihm gegenüber zu verhalten hatte. Er küsste ihr die Hand, die sie ihm reichte. »Lady Grace, nichts hätte mich davon abhalten können.«

Sie schenkte ihm ein höfliches Lächeln. »Das freut mich.«

»Vor allem nicht, wenn du einen solchen Hunger hast, was?« Worthington schmunzelte.

Natürlich musste sein Cousin die Stimmung verderben. »Ich danke dir, Worthington, für deine scharfsinnige Bemerkung.«

Lady Grace warf Worthington einen bösen Blick zu. »Ich werde Sie den anderen vorstellen. Einige von ihnen kennen Sie ja bereits.«

Merton wurde den Kindern, die er vorhin kennengelernt hatte, offiziell vorgestellt. Als er sich zu der Schwester wandte, die unterwegs gewesen war, verschlug es ihm die Sprache. Vor ihm stand die lieblichste junge Frau, die ihm je zu Augen gekommen war. Ihr Haar glich dem ihrer älteren Schwester und ihre Augen waren von dem gleichen, faszinierenden Dunkelblau, doch dort endeten die Ähnlichkeiten auch schon.

Was erstaunlich war, denn tatsächlich sahen sie sich recht ähnlich. Doch ihr Teint schien noch mehr zu strahlen.

Amüsiert blickte sie ihn an, als sie sich aus dem Knicks erhob. Sie war nicht größer als Lady Grace, doch ihre Haltung war grazil. Dom nahm ihre Hand in seine und küsste sie, vergaß dann aber sie wieder loszulassen. »Lady Charlotte, ich bin entzückt.«

Ihre perfekten Lippen hoben sich zu einem Lächeln. »Ich danke Ihnen, Milord. Wir freuen uns, dass Sie uns Gesellschaft leisten.«

Ihre Stimme klang melodisch und er freute sich auf einen überaus angenehmen Abend in der Gesellschaft von Lady Charlotte. Doch dann kam seine Cousine Louisa.

Sie fasste Charlotte am Arm. »Komm, Charlotte, er ist zwar gutaussehend, aber es lohnt sich nicht.«

Lady Charlotte verzog das Gesicht. »Entschuldigen Sie mich, Milord. Louisa ...«

Bevor sie ihren Satz beenden konnte, hatte Louisa sie schon fortgezogen.

Eine Zeit lang stand er einsam und etwas verlegen herum, bis das jüngste Mädchen – Mary, genau, so hieß sie – auf ihn zu kam. »Also, ich finde Sie nett, egal was die anderen sagen.«

»Danke sehr.« Er lächelte. »Die anderen?«

Mary nahm seine Hand und führte ihn zu einem Sofa. »Na, die andere Seite der Familie, Matts Schwestern.«

»Ich verstehe. Was sagen sie denn? Oder sollte ich lieber nicht fragen?«

»Nur, dass Sie sehr überzeugt sind von Ihrer Wich– Wichtig– an den Rest kann ich mich nicht mehr erinnern.«

»Ist schon in Ordnung. Ich denke, ich habe es verstanden. Lady Mary, dürfte ich dich zum Dinner geleiten?«

Mary reckte das Kinn in die Höhe. »Sie dürfen. Und Sie dürfen mich auch über Charlotte ausfragen, wenn Sie möchten.«

Merton verschluckte sich. Was sagte man sich noch gleich über die Ehrlichkeit von Kindern? »Ich danke dir für dein freundliches Angebot.«

Grace reichte Matt ihren Arm. Charlottes und Louisas Benehmen war absolut unverschämt gewesen. »Es ist mir egal, was du von ihm hältst. Solange er in meinem Haus ist, wird er gefälligst freundlich behandelt. Louisa war nicht nur unhöflich, sondern auch gemein. Ich werde später noch ein ernstes Wörtchen mit Charlotte wechseln.« Grace warf einen Blick über die Schulter. »Auf Mary könnte ich stolzer nicht sein. Sie ist die Einzige, dich sich gebührend benimmt und sie ist erst fünf.«

Matt runzelte die Stirn. »Hätte ich gewusst, dass er Probleme bereitet, hätte ich darauf bestanden, dass er in seinem Club diniert.«

»*Er* hat keine Probleme bereitet.« Grace blieb stehen und wartete, bis Lord Merton die Tür zum Speisesaal erreicht hatte. »Milord, wir essen immer im Familienkreis aber setzen Sie sich doch neben mich. Mary, du kannst neben Lord Merton Platz nehmen.«

Mary strahlte. »Danke, wie schön.«

Merton schlenderte mit Mary am Arm zu dem Platz, auf den sie gewiesen hatte.

Matt wandte sich zu ihr. »Wenigstens ist seine Begleitung noch zu jung, um an eine Ehe zu denken«, flüsterte er ihr zu.

»Nur damit du es weißt«, ihre Verärgerung war nicht zu überhören, »eine Dame ist nie zu jung, um an die Ehe zu denken. Versuch dich doch bitte zu benehmen. Wo ist Patience?«

Matt ließ den Blick durch den Raum schweifen. »Dort drüben.« Er wies auf eine Ecke des Speisesaals.

Gedämpft sprach Patience mit Louisa, die den Kopf hängen ließ. Grace nickte anerkennend. »Gut.«

Zum ersten Mal wurde ihr bewusst, dass auch sie etwas zu Matts Familie beitragen konnte.

Charlotte hatte nicht damit gerechnet, auf Lord Merton zu treffen, als sie den Salon betrat. So von Nahem war er noch attraktiver. Seine goldblonden Haare waren in der neuesten Mode frisiert und absichtlich zerzaust. Seine Jacke saß ihm wie angegossen und spannte sich über seine breiten Schultern. Merton war zwar nicht so groß wie Matt, aber doch noch um einiges größer als sie. Er verneigte sich vornehm vor ihr und als sie ihm in die Augen schaute, veränderten diese ihre Farbe, von grau zu blau. Sie wäre gern bei ihm geblieben, doch Louisa zerrte sie fort. Charlotte war froh, dass ihre jüngste Schwester sich seiner annahm, und versuchte ihn während des Dinners nicht zu beobachten. Sie würde sich so bald wie möglich bei ihm entschuldigen. Das würde Grace sicherlich von ihr erwarten.

Matt lehnte den Portwein im Speisesaal ab und stattdessen gesellten er und Merton sich zu den Damen im Salon.

Sie steuerte direkt auf Merton zu. »Milord?«

»Ja, Milady?«

»Ich– ich wollte Ihnen nur sagen, dass ich Louisa nicht hätte erlauben dürfen, mich fortzuzerren.«

Seine Augen weiteten sich und Merton schien sich etwas zu entspannen. »Ich danke Ihnen.«

»Gern, und ich bin froh, dass Mary dafür gesorgt hat, dass Sie sich bei uns wohl fühlen. Das hat sie doch, nicht wahr?«

»Das hat sie. Sie ist überaus charmant.«

Charlotte lachte leise. »In der Tat, doch manchmal auch etwas zu unverblümt.«

Ihm stieg eine zarte Röte ins Gesicht. »Ich schätze, sie wird eine dieser Damen werden, die anderen einfach immer zu helfen wissen.«

»Da haben Sie wohl recht. Sagen Sie, verbringen Sie viel Zeit in der Stadt?« Sie führte ihn zu einem Sessel und nahm auf dem Sofa daneben Platz.

»Ich versuche immer zu den Parlamentstagen anwesend zu sein.«

»Natürlich. Ich bin sehr an Politik interessiert. Welcher Partei gehören Sie an?«

Seine Haltung versteifte sich leicht. »Na, den Tories, natürlich.«

»Oh.« Wie enttäuschend.

»Ich nehme an, Ihre Familie unterstützt die Whigs?«

Charlotte lächelte höflich. »Ja, Lord Worthington ebenfalls.«

Überheblich zog Merton eine Braue hoch. »Ich möchte nicht schlecht über meinen Cousin sprechen, doch hegt er, meiner Meinung nach, ziemlich extreme Ansichten.«

Es fiel ihr schwer, einen freundlichen Gesichtsausdruck zu wahren. Genau dies meinte Grace damit, auf seine Manieren zu achten, wenn einem eigentlich nicht danach war. »Tatsächlich? Und welche seiner Ansichten würden Sie als extrem bezeichnen?«

»Zum Beispiel das ganze Gerede von sozialer Reform. Warum sollte jeder Durchschnittsbürger wählen dürfen? Sie wüssten mit ihrer Stimme doch gar nichts anzufangen. Unsere Gesellschaft ist aus gutem Grunde so strukturiert, wie sie es ist.«

Charlotte unterhielt sich etwa eine halbe Stunde lang mit ihm, ehe der Tee serviert wurde. Auch wenn Merton einer der attraktiveren Herren war, denen sie bisweilen begegnet war, so hatte er scheinbar nicht einen einzigen originellen Gedanken im Kopf. Glaubte er wirklich an das, was er sagte? Es war, als würde er im letzten Jahrhundert leben. Wie schade. Sie erlaubte ihm, sie zu dem Tisch zu führen, an dem Grace den Tee ausschenkte, und nahm die Tasse an, die er ihr reichte.

Vielleicht würde die Suche nach einem Ehemann doch schwerer werden als gedacht.

Früh am nächsten Morgen klopfte Charlotte leise an die Tür zu Graces Schlafgemach. »Grace?«

»Charlotte, komm herein.« Grace saß an der Frisierkommode, während Bolton ihr die Haare hochsteckte.

»Grace, was hältst du von Merton?«

»Er war sehr höflich. Vor allem, wenn man die Provokation bedenkt, die von Worthington und Louisa ausging.«

»Das war tatsächlich nicht sehr feinfühlig. Aber fandest du ihn etwas– nun, etwas altmodisch?«

Bolton vollendete die Frisur und Grace wies sie an, zu gehen. »Ja, ich glaube altmodisch trifft es recht gut.«

»Aber so viel älter ist er doch gar nicht.«

»Er ist jung und gut aussehend, ja, aber trotzdem altmodisch.« Sie grinste. »Manche werden so geboren und andere erlernen es erst.« Grace bedachte Charlotte mit einem schiefen Grinsen. »Du würdest gut daran tun, nicht zu erwarten, dass er sich ändert. Gib nicht auf, er ist lediglich der erste heiratsfähige Gentleman, auf den du getroffen bist. Es wird noch zahlreiche weitere geben.«

Irritiert runzelte Charlotte die Stirn. »Wie soll ich denn vorgehen?«

»Sieh dich um. Es gibt keinen Grund für dich, dieses Jahr zu heiraten, es sei denn, du möchtest es. Denk immer daran, dass ein hübsches Gesicht und nette Manieren nicht alles sind, und tatsächlich sogar einige Sünden verschleiern könnten. Ihr müsst euch schließlich auch darauf einigen können, wie ihr zu leben wünscht.«

»Habt Worthington und du bereits darüber gesprochen?«

Grace hielt einen Moment lang inne. »Wir haben das Glück, dass wir beide freiheitliche Denker sind.«

Charlotte nickte nachdenklich. Grace hatte fast immer recht, genau wie jetzt auch. Solange kein magisches Wesen auftauchte und Mertons Ansichten änderte, würde er wohl nicht zu ihr passen.

»Ich danke dir.«

»Gerne, Liebes.« Grace erhob sich grinsend. »Komm, lass uns frühstücken gehen, bevor die Kinder einfallen.«

»Grace?«

»Ja, Liebes?«

»Werden wir in Worthington House leben?«

Ihre Schwester seufzte schwer. »Der Gedanke, euch alle zu entwurzeln, gefällt mir ganz und gar nicht. Ich werde mir diese Woche etwas Zeit nehmen müssen, um über die Wohnsituation nachzudenken und es mit Matt zu besprechen. Ich werde Lady Worthington ebenfalls berücksichtigen müssen.«

»Genau deshalb ist es so schwer, eine Lady zu sein, nicht wahr?« Charlotte zog die Brauen zusammen. »Unser Zuhause gehört nie wirklich uns. Ich dachte immer, ich würde Stanwood Hall nie verlassen. Doch selbst wenn du Matt nicht heiraten würdest, und auch ich mich nicht vermähle ... sobald Charlie heiratet, wäre es nicht mehr meins.«

Grace umarmte sie. »Das stimmt. Oder wenn du eine Witwe bist, und dein Sohn heiratet. Doch häufig gibt es in solchen Situationen für die Witwe ein vorgesehenes Haus auf dem Anwesen. Dann gibt es wiederum solche Frauen wie die Witwe Beaumont, die es sich leisten können, ein eigenes Anwesen zu führen. Wir werden alles genauer besprechen, wenn wir vor deiner Hochzeit die Eheverträge aufsetzten. Diese gelten zu deinem Schutz in einer Ehe.«

»Nicht, dass ich je auch nur im Traum daran denken würde, aber was würde geschehen, wenn ein Paar heimlich heiratet?«

Graces Mundwinkel zogen sich nach unten. »In dem Fall wäre die Dame gänzlich dem Wohlwollen ihres Ehemannes ausgesetzt, denn diesem würde alles zustehen, auch ihr privater Besitz.«

»Das würde mir wohl nicht gefallen.« Charlotte gab ihrer Schwester einen Kuss. »Ich danke dir.«

Genau das war so schön daran, Grace als Schwester zu haben. Sie nahm ihre Sorgen ernst. »Ich freue mich, dass du Matt heiratest. Du liebst ihn sehr, nicht wahr?«

Graces Gesicht begann zu strahlen, als sie lächelte. Nie hatte sie schöner ausgesehen. »Ja, das tue ich.«

Matt hatte bereits die erste Tasse Tee zu sich genommen. Er war kurz davor gewesen, nach Grace zu fragen, als sie und Charlotte eintraten.

»Du bist aber früh hier, Liebster.«

Er erhob sich, nahm ihre Hände in seine und gab ihr einen Kuss auf den Mund. »Ja, ich wollte mit dir sprechen, bevor die Horde eintrifft.«

Ihre Lippen verzogen sich nicht einmal annähernd zu einem Lächeln. »Horde?«

Aha, das fiel also unter die Kategorie *Ich darf meine Familie kritisieren, aber wehe jemand anderes wagt es.* Er gab ihr noch einen Kuss. »Nein, nicht, ich möchte nicht mit dir zanken, Liebling. Selbst du musst doch zugeben, dass es nahezu unmöglich ist, ein ernstes Gespräch zu führen, wenn alle anwesend sind. Damit meine ich auch meine vier Schwestern und meine Stiefmutter.«

Endlich zierte ihre Lippen ein reumütiges Lächeln. »Du hast recht, da kann ich wirklich nichts gegen sagen.«

»Gut.« Er half ihr dabei, ihr Frühstück auszuwählen. Wenn er doch nur jeden Morgen an ihrer Seite aufwachen könnte, dann wäre sein Leben perfekt. »Meine Haushälterin würde gern wissen, wann du vorbeikommst, um dir das Haus anzusehen.«

Grace atmete ein. »Daran hatte ich auch schon gedacht. Ich denke, nach dem Frühstück.«

»Perfekt. Damit könnten wir eine Sache auf unserer Liste abhaken.« Er winkte einen der Bediensteten heran. »Schicken Sie doch bitte jemanden nach Worthington House, der Mrs. Thorton Bescheid gibt, dass ihre Ladyschaft in etwa einer Stunde da sein wird. Sie soll sich bereithalten.«

»Sehr wohl, Milord.«

»In einer Stunde?« Grace schüttelte den Kopf. »Das schaffe ich niemals.« Sie begann damit, die Gründe an ihren Fingern aufzuzählen. »Die Kinder werden kaum mit dem Frühstück fertig sein. Ich muss Charlotte ihre Aufgaben zuteilen, die Kinder hoch in den Unterrichtsraum schicken, mich anziehen, mich mit dem Chefkoch treffen, und da ist bestimmt noch etwas, das ich gerade vergessen habe.«

In solchen Momenten fühlte sich Matt, als würde er versuchen, einen Fels zu bewegen. Er zog ihren Stuhl unter dem Tisch hervor. »Du bist bereits angezogen, und überaus vorzüglich, möchte ich dabei anmerken. Du kannst Charlotte ihre Aufgaben geben, während du isst. Der Chefkoch kann warten und ich werde hier alles weitere übernehmen. Ich bin mir ziemlich sicher, dass ich es schaffen werde, sie zum Unterrichtsraum zu bekommen. Danach werde ich dich in Worthington House treffen.« Grace schenkte ihm einen Tee ein und er nahm die Tasse entgegen. »Ich helfe dir gern bei jeglichen Renovierungen, die du vornehmen möchtest.«

»Ihr werdet den Unterrichtsraum und die Kinderzimmer umgestalten müssen.« Charlotte rümpfte die Nase. »Es ist überaus dunkel.«

»Ja, das stimmt.« Louisa betrat den Salon und verzog das Gesicht. »Die Zimmer sind nicht annähernd so schön wie die hier. Vor allem der Unterrichtsraum.«

Kurz darauf stolperten auch die restlichen Kinder gähnend und mit noch halb verschlossen Augen herein.

Was ging hier vor sich? Sonst hatten sie morgens viel zu viel Energie. »Warum seht ihr alle so müde aus?«

»Es wird wohl der späte Abend gewesen sein, Milord«, sagte Miss Tallerton. »Sie waren allesamt so aufgekratzt, dass keiner von ihnen direkt eingeschlafen ist. Ich glaube, die Londoner Sitten bekommen ihnen nicht sehr.«

»O je.« Bestürzt zog Grace die Brauen zusammen. »Daran hatte ich nicht gedacht. Ich schätze, wir werden weiterhin die ländliche Zeitplanung einhalten müssen, solange wir unter uns sind.«

Matt nippte an seinem Tee und lehnte sich im Stuhl zurück. »Sie könnten die Mahlzeiten im Unterrichtsraum zu sich nehmen.«

Mehrere müde Augen blitzten ihn böse an.

»Nein, das können sie nicht.« Grace warf ihm einen verärgerten Blick zu.

»Matt?«, fragte Louisa in einem warnenden Tonfall. »Hast du den Unterrichtsraum gesehen?«

Er hatte das dumpfe Gefühl, dass man ihm sogleich die Leviten lesen würde. »Nein.«

»Es gibt dort keinen Platz für einen Tisch, der groß genug für alle wäre«, sagte Grace »Wenn wir Gäste erwarten, werden sie vorher hier essen.«

»Bitte verzeih. Ich hätte wohl vorher einen Blick hineinwerfen sollen.« Das war nicht sehr bedacht gewesen. »Wie du wünschst, Liebling.«

Das Frühstück verlief um einiges ruhiger als sonst. Sie tupfte sich die Mundwinkel mit einer Serviette ab und erhob sich. »Charlotte, ich möchte, dass du deine Musik übst. Vielleicht kann Louisa dir Gesellschaft leisten. Ich werde mich nun fertig machen müssen, wenn ich pünktlich bei Mrs. Thorton sein will.«

Ah, ihm sollten also tatsächlich die Kinder anvertraut werden. Als Grace fort war, ließ er den Blick zufrieden über den Tisch schweifen. Endlich akzeptierte sie ihre Vermählung und begann wieder Entscheidungen zu treffen. »Wenn ihr fertig seid, könnt ihr euch für ein Nickerchen zurück ins Bett begeben. Mit knatschigen Kindern werde ich nicht in den Park gehen.«

Er wartete, bis sie den Salon verlassen hatten, und schlenderte dann nach Worthington House.

***

Die Tür öffnete sich noch ehe Grace klopfen konnte. »Milady.« Worthingtons Butler verneigte sich. »Mrs. Thorton wartet im kleinen Salon auf Sie.«

»Ich danke Ihnen, Thorton.«

Grace blickte sich in der großen Eingangshalle um, die in schwarzweißem Marmor gefliest war. Ein Treppenaufgang mit kunstvoll geschnitzten Holzverzierungen führte zur Galerie im ersten Stock empor, und dann höher zu einer weiteren Galerie. Dieses Haus war größer und älter als Stanwood House. Angrenzend zum Eingangssaal befanden sich zwei Räume. Je ein Korridor führte an beiden Seiten zum hinteren Ende des Hauses. Sie folgte Thorton einen dieser beiden entlang und kam zu einem gemütlichen, sonnigen Salon mit Glastüren, die auf eine Terrasse und in den Garten führten.

Mrs. Thorton war so klein wie ihr Mann groß war. Mit ihrer lieblichen, etwas molligen Figur und dem freundlichen Gesichtsausdruck sah sie um die fünfzig aus. Grace hoffte, dass die Zusammenarbeit mit ihr so problemlos werden würde wie es den Anschein machte.

Die Haushälterin knickste. »Herzlich Willkommen, Milady. Ich habe mein Notizbuch und meinen Stift zur Hand. Wo würden Sie gerne anfangen?«

Grace lächelte. »Im Unterrichtsraum. Ich könnte mir vorstellen, dass dort aufwendigere Renovierungen nötig sind.«

Die Haushälterin führte Grace aus dem Salon und die Treppen hoch. »Wie ich höre, Milady, haben Sie mehrere Brüder und Schwestern.«

So konnte man es wohl ausdrücken. »In der Tat, es sind sieben. Drei Jungs, wobei der Älteste derzeit in Eton ist, und vier Mädchen. Die Älteste macht dieses Jahr ihr Debüt. Ich werde mindestens fünf Schlafgemächer für die Kinder benötigen, und zwei Gemächer für ihren Tutor und die Gouvernante.«

Mrs. Thorton zog die Brauen hoch. »Dann müsste das gesamte Stockwerk umgestaltet werden.«

Grace folgte ihr bis in den dritten Stock zum Unterrichtsraum. Er bestand aus einem Raum und zwei angrenzenden Schlafgemächern im vorderen Teil des Hauses. Je ein Korridor mit Zimmern führte zu beiden Seiten in den hinteren Teil des Hauses. Die meisten Zimmer waren sehr klein und standen entweder leer oder wurden als Lagerräume verwendet. »Wo schlafen die Bediensteten?«

»Im Stockwerk über uns, Milady. Mr. Thorton und ich haben unsere Gemächer in dem anderen Korridor auf dieser Seite.«

Das war ungewöhnlich. Normalerweise hatte der Butler seine Gemächer im Erdgeschoss, wenn dort sonst keiner schlief. Grace schürzte die Lippen. »Wohnen Sie gern in diesem Stockwerk?«

»Nun, Milady, wenn ich ehrlich bin, waren wir unten glücklicher.«

»Wofür werden die Zimmer jetzt verwendet?«

»Zum Großteil als Stauraum.«

Dann gab es keinen Grund, weshalb dieses Problem nicht recht schnell gelöst werden konnte. »Sie können mir eine Liste zukommen lassen mit all den Dingen, die erledigt werden müssen, um die Räumlichkeiten wieder bewohnbar zu machen. In der Zwischenzeit– « Grace öffnete die Türen zu den beiden vorderen Gemächern, welche sich als großräumig herausstellten. Sie bestanden beide aus je einem Schlafzimmer, einem Ankleidezimmer und einem Salon. »Diese eignen sich gut für die Gouvernante und den Tutor. Ich möchte, dass sie gestrichen und gereinigt werden. Hmm, und wenn wir je zwei Zimmer zusammenlegen, sind die Schlafzimmer nicht mehr so eng.« Grace legte sich die Finger an die Schläfen. »Ein helles Kunstzimmer mit vielen Fenstern, einen Salon für die Kinder. Was noch?«

»Ein Kinderzimmer für den Nachwuchs?«

Ihre Wangen röteten sich. »Am anderen Ende des Korridors, mit Gemächern für ein Kindermädchen und mehrere Dienstmädchen.«

Mrs. Thorton machte sich Notizen. »Ein neues Wasserklosett?«

»Ausgezeichnete Idee. Zwei neue Wasserklosetts und wir können eines der kleinen Schlafzimmer in einen Baderaum umgestalten.«

Als sie schließlich fertig waren, war die Liste beachtlich länger geworden. Sie ging die Etage noch einmal ab und hoffte, es würde alles passen. »Wann wurde das Haus das letzte Mal renoviert?«

»Ich bin seit über dreißig Jahren hier und dies wird das erste Mal sein, dass nicht nur die Hauptzimmer wieder hergerichtet werden.«

»Nun, es wird wohl nicht notwendig gewesen sein.«

»Nein, Milady. Nicht, seit die Mutter seiner Lordschaft gestorben ist.«

Es war fast ein Uhr, als sie die Treppen in die erste Etage hinabstiegen. »Mrs. Thorton, ich werde Sie jetzt Ihrem Mittagessen überlassen. Wir können uns danach wieder treffen.«

»Wie Sie wünschen, Milady.« Sie knickste und ging eifrig davon.

Sich umsehend stand Grace da und fragte sich, wie lange es wohl dauern würde, bis sie hier einzog. War es richtig von ihnen zu heiraten, wenn sie doch beide die Verantwortung für ihre jeweiligen Schwestern und sie für ihre Brüder hatte? Charlie musste noch lernen, all die Stanwood–Anwesen zu koordinieren und sie regelmäßig zu besuchen. Sie legte sich eine Hand auf die Stirn. Wie sollte all dies nur funktionieren?

KAPITEL 19

Matt betrat das Frühstückszimmer, als Grace und die Kinder sich gerade von ihrem Mittagessen erhoben. Er gab ihr einen schnellen Kuss, was einen Chor aus *ohhs, ahhs* und mindestens ein *Igitt* herbeirief. Er fragte sich, ob die ständigen Begleitkommentare zu jedem Kuss je ein Ende finden würden, und bedachte die Kinder mit einem strengen Blick.

»Ihr dürft eure Meinung gern für euch behalten.«

Grace legte ihre Serviette auf den Tisch. »Und wo warst du den ganzen Morgen? Ich dachte du würdest zu Mrs. Thorton und mir stoßen?«

Er hakte sie bei sich unter. »Das wollte ich auch, habe aber dann entschieden, dass unsere Sondererlaubnis zu erwerben Vorrang hat, da ich bislang noch nicht dazu gekommen bin. Wie ich höre, seid ihr noch nicht fertig.«

»Da hast du wohl recht. Hast du bereits gegessen?«

»Das habe ich, und du musst deinen Rundgang noch beenden.« Er führte sie zügig aus der Tür.

Grace legte sich die Hand auf den Kopf und tätschelte darauf herum. »Matt, ich kann das Haus doch nicht ohne Haube verlassen!«

»Du gehst doch nur über die Straße.«

Thorton öffnete die Tür, verneigte sich und ließ sie eintreten.

»Geben Sie Mrs. Thorton Bescheid, dass wir im kleinen Salon beginnen werden«, rief Worthington ihm über die Schulter hinweg zu.

Als sie den Raum erreichen, zerrte er sie hinein, schloss die Tür und zog sie in seine Arme. »Das wollte ich schon den ganzen Morgen tun.« Seine Lippen senkten sich auf ihre. Als sie den Mund öffnete, um zu protestieren, eroberte er ihre Lippen. »Sag nichts. Küss mich einfach«, raunte er an ihren Lippen. »Ich werde hören, wenn Thorton kommt.«

Er lächelte, als sie die Arme um seinen Nacken schlang. Bei Gott, wie er ihre Reaktion auf ihn liebte. Seine Hände wanderten über ihren Hintern, und er hielt sie dicht an sich gepresst, ließ sie sein Verlangen spüren. Ihre Haut war erhitzt und sie war bereit für ihn. Wenn sie doch nur mehr Zeit hätten. Seine Haushälterin kam jedoch soeben den Korridor entlang. Zögerlich ließ Matt sie los, als Mrs. Thorton klopfte. Vielleicht würde er Mrs. Thorton einfach sagen, dass er Grace selbst herumführen würde. Und vielleicht könnten sie mit seinem Schlafgemach beginnen.

Sein Arm war noch immer um Graces Taille gelegt, als Mrs. Thorton eintrat, die Szene, die sich ihr bot, betrachtete und ihn mit verengten Augen ansah. »Wenn Sie bitte mitkommen möchten, Milady, dann können wir fortfahren.«

Graces noch immer leicht geschwollene Lippen verzogen sich zu einem bezaubernden Lächeln. »Natürlich, Mrs. Thorton.«

Matt grinste. »Ich kann gern übernehmen, wenn Sie es wünschen.«

Die Brauen seiner Haushälterin schnellten in die Höhe, genau wie damals, als er dabei erwischt worden war, wie er einen der Jagdhunde ins Haus geschmuggelt hatte. »Nein, Milord, das wünsche ich nicht. Was *ich* mir wünsche, ist das zu beenden, was wir heute Morgen begonnen haben. Und das wird nicht geschehen, wenn Sie jetzt übernehmen.«

Grace verschluckte sich. »In der Tat, Mrs. Thorton. Worthington, warum siehst du dir nicht die Zeichnung an, die ich für die nötigen Änderungen der Kinderetage angefertigt habe?«

Er legte ihr eine Hand auf den unteren Rücken und ließ sie tiefer wandern. »Das werde ich später tun. Zuerst möchte ich dabei sein, wenn du deine Gemächer siehst.«

Ihr Atem stockte. »Wie du wünschst. Ich werde nach dir rufen lassen, wenn wir so weit sind.«

Er sah den beiden grimmig hinterher, als Grace den Blick erst durch den Salon schweifen ließ und sich dann mit Mrs. Thorton auf den Weg machte. Er hatte heute noch etwas mit ihr vor, und zwar ohne seine Haushälterin.

Er folgte ihnen. Grace konnte ihn später in die Renovierungspläne einweihen. Sich im Abseits haltend bemerkte er die Art und Weise, wie Grace mit Mrs. Thorton umging. Sie hörte den Vorschlägen seiner Haushälterin zu, kombinierte sie mit ihren eigenen und kam dann zu einem gemeinsamen Entschluss. Flüchtig überlegte er, wie viel ihn das alles wohl kosten würde, verwarf den Gedanken jedoch gleich wieder. Es war viel wichtiger, eine glückliche Familie zu haben.

Als sie die Schlafzimmer erreichten, wandte sich Grace zu ihm um. »Wo sind deine Schwestern?«

»Sie werden von deiner Miss Tallerton unterrichtet.«

»Wo ist ihre Gouvernante?«

»Sie ist nicht gekommen. Patience hat mir gestern erzählt, dass sie einen Brief erhalten hatte und die Frau eine andere Stelle angenommen hat, um näher bei ihrer Familie zu sein.« Er und Grace hatten den Unterricht seiner Schwestern nicht besprochen. Würde sie ihre Gouvernante teilen? Am besten überließ er ihr die Wahl. »Ich werde wohl eine neue einstellen müssen.«

»Sei nicht albern. Wir brauchen keine zwei. Winters und Tallerton teilen sich den Unterricht. Ihr Vater war ein Geistlicher und sie wurde mit ihren Brüdern unterrichtet, als sie sich auf Oxford vorbereiteten. Außerdem hat sie all die üblichen Fähigkeiten wie das Zeichnen, sie spielt Harfe und Pianoforte und spricht Französisch und Italienisch. Winters hat einen Theologie-Abschluss aus Oxford. Er bringt ihnen Latein, fortgeschrittene Mathematik und ähnliches bei.«

»Ich verstehe.« Soweit er wusste, hatte seine vorherige Gouvernante nicht halb so viele Fähigkeiten. »Solange Miss Tallerton und Mr. Winters damit einverstanden sind.«

»Warum sollten sie es nicht sein?« Grace zuckte mit den Achseln. »Die Mädchen sind doch alle ähnlichen Alters.«

Matt folgte ihnen, bis sie das letzte Zimmer auf ihrer Liste erreichten. Er öffnete die Tür zum Salon der Countess. Es war sauber, aber eindeutig seit einigen Jahren nicht mehr bewohnt gewesen. Auf der einen Seite des Zimmers führte eine Tür zu einem großen Ankleidezimmer, und eine weitere in ein Schlafgemach mit Ausblick auf den hinteren Garten.

Grace wandte sich zu ihm um. »Bezieht deine Stiefmutter diese Räumlichkeiten nicht?«

»Nein.« Er wandte sich an Mrs. Thorton. »Ich denke, wir kommen nun allein zurecht.«

Sie nickte. »Sehr wohl, Milord. Milady, ich werde die Listen sortieren.«

Er schloss die Tür. »Die letzte Person, die diese Gemächer benutzt hat, war meine Mutter.«

Grace sah ihn aus großen Augen an. »Ich verstehe nicht.«

Er zog sie sanft in seine Arme, gab er ihr einen zärtlichen Kuss. »Mein Vater und meine Mutter waren nahezu unzertrennlich. Tatsächlich kann ich mich nicht daran erinnern, dass sie je getrennt gewesen waren, auch nicht über Nacht. Nachdem sie gestorben ist, schlief er nie wieder in diesem Bett oder dem in

Worthington Hall. Ich habe die Gemächer nicht bezogen, weil ich auf eine Ehefrau gewartet habe, mit der ich sie teilen kann.« Matt küsste sie erneut. »Vater erzählte mir einst, dass er Patience aus Einsamkeit geheiratet hat. Doch sie konnte die Leere, die der Tod meiner Mutter zurückgelassen hatte, nicht füllen. Er hat Patience nie hergebracht, weil er sie nicht wirklich geliebt hat.«

»Meine Eltern waren ebenfalls sehr ineinander verliebt. Ich kann mir nicht vorstellen, dass Vater erneut geheiratet hätte, wenn Mutter zuerst gestorben wäre. Ich weiß nicht, wer mir mehr leidtut, Patience oder dein Vater.«

»Ich glaube, mir tut Patience noch mehr leid. Mein Vater hatte wenigstens die Chance, eine tiefe, unerschütterliche Liebe zu empfinden. Ihr wurde diese Möglichkeit verwehrt.« Matt schüttelte den Kopf. *Vivers-Männer sollten sich nur ein einziges Mal vermählen.* »Es gibt kein separates Schlafgemach für die Countess.«

Grace legte den Arm um seine Hüfte. »Ich verstehe.«

»Tust du das?«

Sie blickte zu ihm auf. »Das tue ich. Meine Eltern haben sich immer ein Schlafgemach geteilt. Sie konnten es nicht ertragen, getrennt zu schlafen.«

Vielleicht würde sie ihm jetzt von Lady Herndons Worten erzählen, und er könnte ihr versichern, dass sie nichts zu befürchten hatte. »Liebst du mich auf diese Weise, Grace? Denn so liebe ich dich.«

Tränen stiegen ihr in die Augen. »Ja, ich liebe dich auf genau diese Weise.«

Mit flinken Fingern löste er ihr Korsett und schob ihr das Kleid über die Hüften. Der Musselinstoff rauschte zu Boden.

»Matt, was hast du vor?«

»Ich muss dich sehen. Überall.« Er zog ihr die Unterröcke aus. Zu gern hätte er sich Zeit gelassen, und sie wie ein kostbares Geschenk Lage um Lage aus ihren Klamotten geschält. Nachdem er ihr Unterkleid geöffnet hatte, trat er einen Schritt zurück. »Du bist die schönste Frau, die ich je gesehen habe.«

Ihr Mieder fiel zu ihrer restlichen Kleidung auf den Boden. Er hatte die Geistesgegenwart, ihr Kleid aufzuheben und über einen Stuhl zu drapieren.

Grace errötete, blieb aber stehen und erlaubte ihm, sie so betrachten, wie es ihm an jenem ersten Abend nicht möglich gewesen war. Ihre Brüste waren üppig und fest. Er ließ einen Finger über ihre Rippen bis zur Taille und über die Rundungen ihrer Hüfte gleiten. Die Locken zwischen ihren Beinen hatten die gleiche Farbe wie ihr Haar. Sie raubte ihm den Atem.

Matts Körper spannte sich an, wollte von ihr Besitz ergreifen. In sie eindringen und nach Hause kommen.

Matt zog sie an sich und beschlagnahmte die Lippen, die sie ihm anbot. Sie öffnete den Mund und ihre Zunge spornte ihn an. Sein bereits geschwollenes Glied schmerzte und wollte befreit werden.

Ihre Atmung kam in kurzen, schnellen Zügen, als sie sich von ihm löste. »Hast du heute Nachmittag noch irgendwelche Verpflichtungen?«

»Nein.« Matt lächelte und löste sein Halstuch.

Grace ließ ihre Finger unter seine Jacke gleiten und zog sie ihm aus. Seine Hände erkundeten ihren Körper. Ihre Haut fühlte sich an wie die weichste Seide. Ihre Brustwarzen zogen sich zu kleinen Knospen zusammen, als sie die Augen schloss und sich ihm hingab. »Du bist makellos.«

Ein sinnliches Lächeln überzog ihre Lippen. »Und du, Milord, hast eindeutig zu viele Klamotten an. Halt kurz still, damit ich deine Manschetten aufknöpfen kann.«

Nachdem er sich das Hemd über den Kopf gezogen hatte, ergriff Grace sein Gesicht und legte ihre Lippen auf seine. Erst als sie über ihre Eltern gesprochen hatten, war ihr das Ausmaß ihrer Liebe für ihn bewusst geworden.

Ehe sie sich versah, sprang sein hartes Glied frei und seine Hosen fielen zu Boden.

Matt führte sie rücklings zum Bett und setzte sich, um seine Stiefel und Strümpfe abzustreifen.

Er erhob sich und dann stand er vor ihr, nackt und wunderschön. Grace streckte ihre Hand nach ihm aus, legte sie auf seine Brust und musterte ihn bevor sie ihre Finger durch das dichte, seidige Haar und tiefer über seinen Bauch gleiten ließ. Sein Körper spannte sich unter ihren Berührungen an. Doch er blieb regungslos vor ihr stehen, als sie um ihn herum reichte und ihre Hände über seinen Rücken zu seinem Hinterteil wanderten. Sein Körper bestand gänzlich aus harten Muskeln.

Grace senkte den Blick zu seinem Glied und berührte ihn sanft. Hart und doch so weich. Bei Gott, welch Vergnügen er in ihr auslöste. Das Pulsieren zwischen ihren Beinen verstärkte sich und ein Schauer der Vorfreude durchfuhr sie. Sie wollte nicht länger darauf warten, ihn in sich zu spüren. Sie fuhr mit den Händen zurück über seine Brust, berührte seine Brustwarzen erst mit einem Finger und dann mit der Zunge. Augenblicklich zogen sie sich zusammen. »Liebe mich.«

Er hob sie hoch, hielt sie fest umklammert wie ein Kind es mit seiner Lieblingspuppe tat, und kletterte mit ihr auf das Bett. Seine Brustbehaarung rieb über ihre bereits sensiblen Brustwarzen. Sanft drängte er sich zwischen ihre Beine und sie wartete darauf, ihn zu spüren. Als er jedoch keine Anstalten machte, in sie einzudringen, hob sie auffordernd das Becken an. »Was ist los?«

Statt mit Worten, antwortete er ihr mit seinen Lippen, ließ federleichte Küsse ihren Hals hinuntergleiten, über ihre Brüste wandern, und nahm dann erst die eine und dann die andere in den Mund. Die Anspannung wuchs und sie schnappte nach Luft. Lust, die sie so noch nie empfunden hatte, brachte ihren Körper zum Beben und das brennende Verlangen nach ihm, das mit einem Pulsieren in ihrer Mitte begonnen hatte, durchfuhr sie. »Matt, ich muss dich in mir spüren.«

Mit einem schelmischen Grinsen ließ er seine Lippen über ihren Bauch gleiten. Ihr Mund fühlte sich trocken an und ihr Atem kam in rauen Zügen. Als er mit der Zunge über ihre Mitte fuhr, schrie sie auf und ihr Becken bäumte sich vom Bett.

»Gefällt dir das, Liebling?«

Das musste eine der törichtsten Fragen sein, die sie je gehört hatte. Sie versuchte genügend Luft in ihre Lungen zu ziehen, um zu antworten, doch ihr gelang nur ein hohes Stöhnen.

»Ich nehme an, das bedeutet Ja.«

Grace griff nach ihm, um ihn zu sich hochzuziehen. So sehr ihr seine Liebkosungen auch gefielen, sie brauchte ihn jetzt. Der bloße Gedanke brachte ihren Köper zum Erbeben. »Matt, bitte.«

Er ließ seine Zunge wieder höher gleiten und gerade als sie glaubte, sterben zu müssen, wenn sie ihn nicht sofort spürte, drang er in sie ein, zog sich zurück und stieß erneut zu. Vor Verlangen stöhnend schlang sie die Beine um ihn. Sie stand in Flammen und Funken fuhren durch ihren Körper. Grace klammerte sich an ihn und explodierte, als er ein letztes Mal in sie eindrang und ebenfalls erbebte.

Matt hielt sie fest umschlungen, als ihre Arme und Beine sich wieder entspannten. »Ich kann nicht glauben, dass ich das Glück hatte dich zu finden. Hier gehörst du hin.«

Er zog sie, schlapp und befriedigt, in seine Armbeuge. »Wohin?«

Er presste seine Lippen auf ihren nach oben geneigten Kopf. »An meine Seite. Unsere Körper passen perfekt zusammen.«

Als Grace über seine Worte nachdachte, stellte sie fest, dass er recht hatte. Wenn er sie so in seinen Armen hielt, fühlte sie sich absolut geborgen. Sie rollte sich nur so weit zur Seite, dass sie in sein Gesicht sehen konnte. »Worüber denkst du gerade nach?«

Er lächelte sie an, seine Augen noch grüner als zuvor. »Darüber, ob wir die Bediensteten ebenso sehr schockieren werden wie meine Eltern.«

Sie streifte ihm mit den Fingern sanft über die Brust und senkte ihre Stimme möglichst verführerisch. »Wie haben sie denn für Aufruhr gesorgt?«

Er küsste sie und umfasste eine ihrer Brüste. »Sie liebten sich wo und wann immer sie wollten.«

Sie zog seinen Kopf zu sich herab und fuhr mit der Zunge über seine Lippen. »Ich denke, dann sind wir schon auf dem besten Weg. Bis die Kinder eintreffen, natürlich.«

»Ich werde jetzt nicht an unsere Brüder und Schwestern denken.« Er küsste sie langsam und genüsslich. Er versuchte sich zurückzuhalten, doch sie wollte es nicht zulassen. Sie waren seit jener Nacht endlich wieder in einem Bett und sie hatte vor, dies gänzlich auszunutzen. Sie presste sich an ihn und schwang ein Bein um seine Hüften.

Seine Augen blitzten. »Nochmal?«

»Nochmal.«

An dem Abend ließ Grace sich Zeit mit dem Anziehen. Sie trug ein Kleid aus Jonquille-Seide. Der Ausschnitt war eckig und recht tief, die hohe Taille mit einem Band aus Spitze und Saatperlen verziert. Die kurzen

Ärmel ließen ihre Schultern zum Großteil unbedeckt. Der Rock fiel anmutig zu Boden und endete in einer kleinen Schleppe. Dreimal wickelte sie sich einen langen Strang Perlen um den Hals, wobei die unterste Reihe etwas tiefer hing. Ihre Ohren schmückten weitere Perlen, die an einem feinen Golddraht hingen.

Bolton steckte ihre Haare hoch und zog einzelne Strähnen heraus, die sich über ihre Schultern legten, ehe sie den Dutt mit kleinen Kämmen sicherte. Sie suchte ihr seidenes Schultertuch, ihren Fächer und die Pompadour-Tasche zusammen.

»So fein waren Sie nicht mehr gekleidet, seit wir das letzte Mal in London waren.«

Grace musterte ihr Spiegelbild. »Ich glaube, Sie haben recht.«

Bolton begann mit dem Aufräumen und sah dann über ihre Schulter. »Sie können seiner Lordschaft von mir ausrichten, dass ich es sehr zu schätzen wissen würde, wenn er Ihr Kleid nicht zerknittert.«

»*Bolton!*« Grace errötete bis in die Haarspitzen.

»Genau wie Ihre Eltern, Sie beiden. Los jetzt. Er wartet sicher bereits auf Sie.«

Grace versuchte die Reste ihrer Würde wieder zusammenzusetzen. »Sie sind unverbesserlich.«

»Das bin ich, Milady.«

Matt wartete tatsächlich bereits am Ende der Treppe auf sie. Mehr als den Blick auf seinem Gesicht, als sie ihn erreichte, hätte sie sich nicht wünschen können. Aus warmen, liebenden Augen blickte er sie an. Seine geschwungenen Lippen verzogen sich zu einem Lächeln.

Er nahm ihre noch handschuhfreie Hand in seine und küsste sie. »Du bist wunderschön. Die Farbe steht dir. Das Korsett könnte allerdings etwas höher geschnitten sein.«

Seine Finger schwebten über ihrem Dekolleté, als würde er versuchen es hochzuziehen. Sie schlug sie mit ihrem Fächer fort. »Ich dachte, es würde dir gefallen.«

»Das tut es.« Er lehnte sich dichter zu ihr und flüsterte: »Und ich würde es dir gerne ausziehen.«

Sie leckte sich über die plötzlich trockenen Lippen und ermahnte sich zum Weiteratmen. »Wenn wir verheiratet sind, kannst du das gerne tun.«

»Daran werde ich dich erinnern, Milady. Dir ist doch sicher bewusst, dass wir heute in genau einer Woche Mann und Frau sein werden.«

Sie wollte ihm gerade antworten, als ein Klopfen an der Tür ertönte, und ihre Tante und ihr Onkel eintraten. »Tante Almeria, Onkel Bertrand, ich glaube die anderen warten bereits im Salon.«

Matt verneigte sich vor ihrer Tante und reichte ihrem Onkel die Hand. »Ja, die Mädchen und meine Stiefmutter.« Er wandte sich an Grace. »Die jüngeren Kinder würden dich und ihre Schwestern gern sehen, bevor wir uns auf den Weg machen.«

Natürlich wollten sie das. »Ich erinnere mich noch, wie ich früher immer darauf gewartet habe zu sehen, wie meine Mutter sich für eine Veranstaltung zurechtgemacht hatte.« Sie nickte ihrem Butler zu. »Royston, schicken Sie sie doch bitte nach unten.«

»Sehr wohl, Milady.«

Ein Bediensteter öffnete Grace und Matt die Tür zum Salon, als sie darauf zutraten. Charlotte hatte sie bereits vorhin gesehen, aber Louisa noch nicht. Charlottes Kleid war von einem Pistaziengrün und Louisa trug hellblau. Sie sahen wunderhübsch aus.

Matt grinste. »Ich weiß, ich sagte es bereits, aber ihr beiden seht zauberhaft aus.«

Die Mädchen erröteten.

Grace ließ den Blick durch den Salon schweifen. »Wo ist Merton? Ich dachte, er würde uns Gesellschaft leisten.«

»Ich habe ihm beim Rauchen im Haus erwischt und ihn vor die Tür gesetzt. Ich glaube er ist im *Limners*.«

Grace drückte seinen Arm. »Besser ist's. Ich kann Zigarrenrauch nicht ausstehen. Es ist eine so unausstehliche Angewohnheit. Ich hoffe sehr, dass es nie Anklang findet.«

»Ich habe ihm außerdem gesagt«, sagte Matt in frostigem Tonfall, »dass er weder die Aufmerksamkeit von Charlotte noch die von Louisa zu beanspruchen hat.«

Grace hob die Brauen. »Ich danke dir. Erzähle es ihnen aber bloß nicht. Man möchte nämlich immer plötzlich genau das haben, was einem verboten wird.«

Ein sündhaftes Glitzern trat in seine Augen. »Allerdings.«

Sie spürte etwas wie Angst in sich aufsteigen. Grace versuchte einen möglichst unbeschwerten Tonfall beizubehalten. »Und was passiert, wenn es nicht mehr verboten ist?«

Matt entkleidete sie mit den Augen und zog sie an sich. »Dies wird nie seinen Reiz verlieren.«

Ihr Herz schlug schneller und sie hoffte inständig, dass er recht hatte. Doch die Worte ihrer Tante trieben noch immer ihr Unwesen in ihrem Kopf.

In genau solchen Momenten merkte Matt, dass Graces Selbstvertrauen unerklärlicherweise und schlagartig verschwand. Er verspürte den intensiven Drang sie zu halten und zu trösten. Er wäre mehr als einverstanden gewesen, Grace einfach hochzuheben und sie in sein Haus, in ihre Gemächer zu tragen und dort mit ihr zu verweilen, bis sie verheiratet waren. Da ihre Tante und ihr Onkel jedoch anwesend waren, konnte er sie nicht einmal in den Arm nehmen.

Patience räusperte sich. »Leistet ihr uns Gesellschaft oder habt ihr andere Pläne?«

Grace wandte sich zu ihr. »Wir werden Lady St. Eths abendlichem Empfang beiwohnen. Morgen werden wir auf Lady Feathertons Soirée sein.«

Patience nickte. »Das ist eine gute Idee. Ihr werdet einen ruhigen Abend in politischer Gesellschaft verbringen, was uns die Gelegenheit gibt, hier und da Andeutungen zu eurer Liebesgeschichte zu machen. Und Morgen werdet ihr dann auf dem größten Empfang des Abends gesehen.«

Die restlichen Kinder traten in den Raum. Die Mädchen lobten die Kleider ihrer Schwestern, während die Jungs sich zu Matt stellten.

»Sie sind wirklich hübsch. Für Schwestern, meine ich«, sagte Walter.

Matts Blick richtete sich auf Grace. »Das sind sie.«

Philip verzog das Gesicht. »Wenn einem so etwas gefällt. Ich habe Wichtigeres zu tun als mir Kleider anzusehen.«

»Mit Sicherheit hast du das.« Matt fiel es schwer keine Miene zu verziehen. Philips Ansichten würden sich in ein paar Jahren drastisch ändern.

Royston verkündete, dass die Kutschen bereitstanden. Grace und Matt warteten, bis die anderen sich auf den Weg gemacht hatten, ehe sie die Treppe zu ihrer Kutsche hinabgingen.

Er stieg hinter ihr ein und wies den Kutscher an loszufahren. »Bist du bereit?«

»Das muss ich wohl sein. Wir haben keine andere Wahl.«

KAPITEL 20

Eine halbe Stunde später standen Matt und Grace an der Spitze der Begrüßungsschlange zu St. Eth House. Lord und Lady St. Eth hießen sie willkommen und sie wurden zum Ballsaal geführt.

Worthington ließ den Blick über die anderen Gäste schweifen und erkannte die meisten der Anwesenden. »Ich werde dich allen vorstellen, deren Bekanntschaft du noch nicht gemacht hast.«

»Ich danke dir. Ich kenne zwar viele der Leute, aber es ist eine Weile her, dass ich sie das letzte Mal gesehen habe.«

Matt hielt Grace dicht an seiner Seite, indem er ihre Arme miteinander verschränkte. Es sollte schließlich niemand auf die Idee kommen, dass er ein willfähriger Ehemann werden würde. Wenn die Herren des *tons* sich vergnügen wollten, dann konnten sie sich gefälligst die Frau eines anderen Mannes suchen.

Einen kurzen Augenblick später kamen zwei seiner Freunde auf sie zu. »Mein Liebling, erlaube mir dir Lord Huntley und Lord Wivenly vorzustellen. Lady Grace Carpenter, meine Verlobte.«

Überrascht hob Huntley eine Braue und lächelte. »Lady Grace, Worthington, meinen herzlichen Glückwunsch.«

In der Zwischenzeit schloss Wivenly, dessen Kinnlade heruntergeklappt war, wieder den Mund. »In der Tat, herzlichste Glückwünsche.«

Grace knickste und hielt ihnen die Hand entgegen. »Ich freue mich Ihre Bekanntschaft zu machen. Ein

Freund von Worthington wird in unserem Hause immer willkommen sein.«

»Ich danke Ihnen, Milady.« Huntley nahm ihre Hand und schielte zu Worthington hinüber. »Ich würde Ihre Hand küssen, allerdings fürchte ich, dass Worthington nicht sonderlich erfreut wäre.«

Überrascht stellte er fest, dass er Huntley tatsächlich mit Argusaugen beobachtet hatte und lachte kurz auf. »Solange du es bei einer Begrüßung belässt, hast du nichts zu befürchten.«

Ein schelmisches Grinsen machte sich auf Wivenlys Gesicht breit, als er sich vor Grace verneigte. »Wann findet die Hochzeit statt?«

Dann küsste dieser Teufel doch tatsächlich Graces Hand und Matt hatte Schwierigkeiten sich ein tiefes Knurren zu verkneifen. Wenigstens trug sie Handschuhe. »Heute in einer Woche.«

»Das ist aber plötzlich«, sagte Wivenly, sichtlich überrascht.

»Nein, ganz und gar nicht«, erwiderte Matt, während er Graces Hand wieder sicher in seiner Armbeuge positionierte. »Wir wurden einander bereits vor ein paar Jahren vorgestellt, doch die Umstände hielten uns getrennt.« Erfreut nahm er wahr, wie Grace liebevoll zu ihm aufblickte. »Sobald ich sie wiedersah, wusste ich, dass sie die Richtige für mich ist. Es gibt keinen Grund zu warten, dafür aber zahlreiche gute Gründe, nicht zu warten.«

Fragend hob Huntley eine Braue.

»Lady Graces Schwester feiert ihr Debüt, genau wie meine Schwester. Wenn wir uns vermählen, bevor die Ballsaison in vollem Schwung ist, wird es einfacher sein, sie zu beaufsichtigen.«

»Das macht Sinn«, sagte Huntley, »vier Augen sind besser als zwei.«

Wivenly grinste stattdessen verschmitzt. »Du? Beaufsichtigen?«

Matt blitzte ihn aus verengten Augen an. »Ich meine mich zu erinnern, dass du auch eine Schwester hast.«

Das Lächeln seines Freundes verschwand und er presste die Lippen aufeinander. Zum Glück, denn Grace musste von Matts Jugendsünden nichts erfahren. Vor allem nicht nach dem, was ihre Tante ihr vermutlich ans Herz gelegt hatte. Und schließlich lagen sie in der Vergangenheit.

Huntley lachte laut. »Da hat er dich erwischt, Will. Wann hat sie ihr Debüt? Nächstes Jahr, nicht wahr?«

Wivenly brachte einen Laut über die Lippen, der sich verdächtig nach einem tiefen Knurren anhörte. »Ja. Aber es zu erwähnen war unnötig.«

Grinsend wandte sich Matt zurück an Grace. »Wollen wir uns etwas unter die Leute mischen, Liebling?«

Ihre Augen leuchteten und sie neigte seinen Freunden den Kopf zu. »Wie du wünschst, Liebling.«

Als sie sich gerade abwenden wollten, kam eine Frau in ihren späten Zwanzigern auf sie zu gesteuert. »Lady Grace, Lord Worthington, wie schön Sie hier zu sehen.«

Grace starrte sie einen Moment lang an, als würde sie versuchen sich an sie zu erinnern und lächelte dann. »Lady Fairport. Wie schön Sie wiederzusehen.«

Die Countess of Fairport war eine von Phoebes älteren Schwestern.

»Ist Fairport hier?«, fragte Worthington.

»Ja, er wird gleich zu uns stoßen. Phoebe hat uns darum gebeten, nach Ihnen Ausschau zu halten und dem sind wir natürlich gern nachgekommen.« Ihre Ladyschaft blickte zu Grace. »Wie ich höre, sind Sie beide daran interessiert, etwas aktiver in der Partei zu werden. Wir können immer mehr politische Gastgeberinnen gebrauchen.«

Grace nickte. »Das ist eine der Arten, wie wir beitragen möchten. Sie wissen natürlich von den Kindern. Trotzdem möchten wir so aktiv wie möglich sein.«

Matt begrüßte Fairport, als er sich zu ihnen gesellte. Fairports Vater war einer seiner Sponsoren gewesen, als er seinen Sitz im House of Lords eingenommen hatte.

Einige Minuten später verstummten Grace und Lady Fairport. Fairport nutzte die Pause und verneigte sich. »Lady Grace, wie schön Sie wieder in der Stadt zu sehen.«

»Ich danke Ihnen, Milord. Sie haben sich kein Stück verändert, wenn ich so frei sein darf. Sie beide nicht, Milady.«

Fairport senkte den Kopf leicht und sagte leise: »Jetzt gibt's Ärger. Hier kommt Lady Bellamny.«

Graces Arm verkrampfte sich und sie blickte zu Matt. »Sie wird nach all den Einzelheiten fragen.«

»Wir hätten unsere Rollen wohl etwas üben sollen«, sagte er in dem Bestreben, ihr bevorstehendes Verderben herunterzuspielen. »Mach dir keine Sorgen.« Er klang um einiges selbstsicherer als er sich fühlte. »Stimme mir einfach zu, dann werden wir es schon meistern.«

»Mit Vergnügen.« Ihre Augen glitzerten. »Du bist bei weitem einfallsreicher als ich.«

»Charme, Liebling, ich habe vor sie mit meinem Charme zu verzaubern.« Matt bot dem alten Drachen seine eleganteste Verbeugung. »Milady, wie schön Sie zu sehen.«

Lady Bellamny fixierte ihn mit ihrem eisernen, reptilienartigen Blick. »Den Unfug können Sie sich sparen, Worthington. Ich kenne Sie, seit Sie laufen können. Sie freuen sich ganz und gar nicht mich zu sehen. Kann ich also davon ausgehen, dass man den Gerüchten Glauben schenken kann?«

»Auf welche Gerüchte beziehen Sie sich, Milady?«, fragte er mit einer Gelassenheit, die er für angebracht hielt.

Ihr Gehstock schlug auf dem Boden auf und verfehlte seinen Fuß dabei nur knapp. »Sind Sie nun miteinander verlobt oder nicht?«

Seine Mundwinkel zuckten und er versuchte sich ein breites Grinsen zu verkneifen. »Ja, sind wir.«

»Gut.« Sie wandte sich an Grace. »Mir hat Ihre Entscheidung, alleinstehend zu bleiben, nie gefallen. Das hätte sich Ihre Mutter nicht gewünscht. Wann findet die Hochzeit statt?«

Bevor Grace auch nur ein Wort über die Lippen bringen konnte, erwiderte er: »Dienstag.«

Lady Bellamny lachte leise, was ihre zahlreichen Kinns zum Wackeln brachte. »Sie geben ihr keine Chance zu entkommen, wie ich sehe. Gut gemacht, mein Junge. Wie werden Sie mit den Brüdern und Schwestern von Lady Grace verfahren?«

»Ich werde die Vormundschaft beantragen.« Eine Unterhaltung mit Lady Bellamny war wie einem Verhör der *Bow Street Runner* unterzogen zu werden.

Scharfsinnig musterte sie ihn einen Augenblick lang. »Ausgezeichnet. Die Kinder brauchen einen Mann und Sie ebenfalls, Liebes.«

Grace stieg die Röte ins Gesicht und er fragte sich, ob sie wohl an den heutigen Nachmittag zurückdachte.

Lady Bellamny lächelte liebevoll und tätschelte Grace den Arm. »Sie werden schon noch früh genug erfahren, was ich damit meine. Nun denn, welche Geschichte gilt es zu verbreiten?«

Grace räusperte sich, ihre Stimme etwas ängstlich. »Ich hatte bereits während meiner ersten Saison ein Faible für ihn ... und jetzt, da wir uns wiedergefunden haben, gibt es keinen Grund zu warten.«

»Das sollte funktionieren.« Lady Bellamny nickte anerkennend. »Alle, die von Bedeutung sind, wissen, dass die Vivers–Männer ihr Herz schnell und dann endgültig verlieren. Ich werde meinen Teil beitragen. Meine Glückwünsche. Sie passen sehr gut zusammen.«

Grace knickste und Worthington verneigte sich, als Lady Bellamny sich davonmachte.

Lady Fairport versteckte das Gesicht hinter ihrem Fächer und kicherte. »Sie ist die unverschämteste Frau, die ich kenne.«

Grace öffnete ihren Fächer ebenfalls und begann sich Luft ins Gesicht zu wedeln. »Aber sie meint es nur gut, und wenn jemand unerwünschte Gerüchte im Keim ersticken kann, dann sie.«

Fairport lachte leise. »In der Tat. Niemand würde es wagen, ihr zu widersprechen. Ich denke, Ihre Geschichte ist in guten Händen.«

Matt bedeckte Graces Hände mit den seinen. »Ist alles in Ordnung?«

Sie senkte den Fächer. Ihre Augen tanzten vergnügt. »Ich weiß nicht so recht, was ich von ihrem Kommentar, dass ich einen Mann brauche, halten soll.«

Er neigte den Kopf an ihr Ohr und raunte: »Ich weiß genau, was sie meinte.«

Als sie erneut errötete, konnte er sich ein selbstgefälliges Grinsen nicht verkneifen.

Sie nahmen das Abendmahl zu sich und suchten dann Lady St. Eth auf.

»Wir hatten einen sehr schönen Abend, Milady.«

»Das hatten wir«, sagte Grace, als Lady St. Eth sie umarmte.

»Wenn ich irgendwie behilflich sein kann«, sie warf Grace einen bedeutungsschweren Blick zu, »geben Sie mir bitte Bescheid, Liebes. Ihre Mutter war eine gute Freundin von mir, Worthingtons ebenfalls. Zögern Sie nicht zu fragen.«

»Das werden wir, vielen Dank«, erwiderte Grace verbunden.

Ihr Plan verlief um einiges besser als erwartet. Lady Bellamny auf ihrer Seite zu haben war ein eindeutiger Vorteil.

Einige Stunden später half Matt Grace dabei in die Kutsche zu steigen. »Nicht das geringste Anzeichen eines Skandals. Fühlst du dich jetzt etwas besser?«

»Ja.« Grace schenkte ihm ein schwaches Lächeln. »Ich muss gestehen, dass ich ziemlich nervös war. Vor allem als deine beiden Freunde dich bezüglich der Eile ausgefragt haben.«

Er wies den Kutscher an loszufahren und sie machten sich auf den Weg. Sofort zog Matt sie wieder in seine Arme. »Niemand wird dich verletzen. Das verspreche ich dir.«

Grace schien eine Zeit lang damit beschäftigt zu sein, ihre Röcke zu glätten, doch dann blickte sie zu ihm empor. »Ich weiß, dass du mich nie absichtlich verletzten würdest.«

Und da waren sie wieder. Er wünschte, sie würde ihm von den Worten ihrer Tante erzählen, damit er ihre Sorgen angehen konnte. So blieb ihm nichts anderes übrig, als es ihr zu demonstrieren. Er küsste sie leidenschaftlich, um ihr bewusst zu machen, wie viel sie ihm bedeutete.

Royston öffnete ihnen die Tür als sie die Treppen erklommen. »Milady, Milord. Lady Worthington, die Ladies Charlotte und Louisa, und Lord und Lady Herndon sind im Salon. Der Tee wurde soeben serviert. Miss Carpenter hat mich gebeten, Ihnen mitzuteilen, nicht auf sie zu warten.«

»Wo Jane wohl hingegangen ist?« Grace überreichte Royston ihren Mantel.

»Wahrscheinlich besucht sie Freunde«, sagte Matt.

Ein Bediensteter nahm ihm den Hut ab.

Sie betraten den Salon, neugierig, wie es den Mädchen bei dem Empfang ergangen war.

Patience reichte Grace eine Tasse. »Wie war euer Abend?«

»Es lief gut.« Grace blickte im Raum umher. »Wie war es bei euch?«

Ein strahlendes Lächeln breitete sich auf dem Gesicht ihrer Tante aus. »Ich hatte seit Jahren nicht mehr so viel Spaß. Charlotte und Louisa waren zweifelsfrei die hübschesten jungen Ladies vor Ort. Es würde mich nicht wundern, wenn uns Dutzende Herren einen Besuch abstatten und ihre Karten dalassen.«

»Einige der Matronen haben mich auf eure Liebesgeschichte angesprochen«, übernahm Patience aufgeregt das Wort. »Ich habe ihnen natürlich gesagt, dass ich mich überaus freue, dass ihr beide euch wiedergefunden habt und dass die Hochzeit aufgrund eurer Verantwortung gegenüber euren Schwestern und den restlichen Kindern nur sehr klein ausfallen wird.«

Lord Herndon wandte sich an Worthington. »Einer der richterlichen Mitglieder des House of Lords war im Kartenspielzimmer. Er hat empfohlen, dass Sie den Antrag vor Karfreitag stellen. Ihr werdet zwei Zeugen für die Verlobung brauchen. Ich werde einer von ihnen sein.«

Worthington nickte. »Ich danke Ihnen, Sir.«

»Es war mir ein Vergnügen. Führen Sie die Kinder diese Woche aus. Nicht um das Gericht zu beeindrucken, sondern für die Mitglieder des *tons*.

Nachdenklich runzelte Worthington dir Stirn. »Gute Idee. Vielleicht ein Museumsbesuch für Louisa und Charlotte und *Gunter's* für die jüngeren Kinder.«

»Aber Matt«, unterbrach ihn Louisa, »Charlotte und ich möchten mit zu *Gunter's*.«

Grace nahm seine Hand. »Wie wäre es mit einem Ausflug nach Richmond und einem Picknick? Es wäre die perfekte Gelegenheit, meinen Landauer auszuführen.«

Er hatte bereits von ihrer Kutsche gehört, konnte aber nicht nachvollziehen, weshalb eine jüngere Dame eine besitzen wollen würde. »Warum hast du dir einen Landauer angeschafft?«

»Ich habe beschlossen, dass ich eine brauche, als Phoebe uns mit zum Kutschenbauer genommen hat. Dort stand eine, die ich fast erworben hätte, doch dann habe ich es mir noch einmal überlegt und mir stattdessen eine anfertigen lassen, die ausreichend Platz für die ganzen Kinder hat.« Grace hob das Kinn. »Mir ist bewusst, dass man ihnen nachsagt, sie seien für ältere Damen, aber ich kann dir versichern, dass meine überaus modisch ist, und ich habe es langsam satt, dass alle sich darüber lustig machen.«

»Nun«, er grinste, »auf deinen modernen Landauer werden wir mein Wappen anbringen lassen müssen. Was mich daran erinnert, Lord Herndon, könnten wir die Verträge morgen oder übermorgen abschließen?«

»Ja, aber natürlich. Ich habe Ihre Daten alle erhalten und habe ein Schreiben aufgesetzt. Grace?«

»Ja, Onkel?«

»Komm doch morgen nach dem Frühstück vorbei, dann werde ich sie mit dir durchgehen.« Lächelnd nahm er einen Schluck Wein.

»Das kann ich leider nicht. Ich muss mich morgen früh mit dem Architekten bezüglich der Umgestaltung von Worthington House treffen. Kann ich danach vorbeikommen?«

Matt hatte der Unterhaltung nur mit halbem Ohr zugehört, während er an seinem Brandy nippte, doch bei der Erwähnung einer Umgestaltung verschluckte er sich. »Architekt?«

Seine Verlobte sah ihn mit großen Augen an. »Aber ja, du hast gesagt ich kann tun und lassen, was ich will. Erinnerst du dich nicht? Es war, als ich dir die Pläne zeigen wollte.«

Das war als er versucht hatte, sie in sein Bett zu locken. Doch es würde ihm nicht im Traum einfallen, ihr jetzt in die Quere zu kommen. »Natürlich, ich erinnere mich. Wäre es in Ordnung, wenn ich euch begleite?«

Sie warf ihm ein strahlendes Lächeln zu, eines, das er noch viel häufiger sehen wollte. »Ich würde mich sehr freuen, wenn du uns begleitest.«

»Worthington«, sagte Patience. »Hast du die Ankündigung an die *Post* gesandt?«

»Nein, ich sah keinen Grund, ihnen diese Woche die Ankündigung für die Verlobung und dann nächste Woche die für die Hochzeit zu schicken.«

»Da stimme ich dir zu, Liebster.« Grace nahm seine Hand. »Alle in der Stadt wissen bereits Bescheid und der Rest wird dann später von der Hochzeit erfahren.«

Er blickte zu seinen Schwestern. Louisa und Charlotte versuchten eisern nicht zu gähnen. Beide Mädchen mussten ins Bett. »Patience, warum bringst du Louisa nicht nach Hause, sie ist die Londoner Zeitplanung noch nicht gewohnt.«

Charlotte erhob sich, gab ihrer Tante und ihrem Onkel einen Kuss, und umarmte dann Patience und Louisa. »Ich denke, ich werde mich ebenfalls zurückziehen. Tante Almeria, Onkel Betrand, ich danke euch. Ich hatte einen sehr schönen Abend.«

Patience reichte den Herndons die Hand. »Gute Nacht, Milord, Milady. Grace, würde es Ihnen etwas ausmachen, wenn Charlotte uns morgen zu den Läden begleitet?«

»Natürlich nicht.« Grace gab Patience einen Kuss auf die Wange. »Sehen wir uns beim Frühstück?«

Patience grinste verlegen. »Wenn wir keine Umstände bereiten?«

»Ganz und gar nicht. Gute Nacht.«

»Wir werden uns ebenfalls auf den Weg machen, Liebes.« Tante Almeria erhob sich. »Es war ein sehr vergnüglicher Abend. Ich hoffe, ich kann eines Tages an einem eurer Frühstücke teilnehmen.«

Onkel Bertrand nahm ihren Arm. »Dann, müsstest du allerdings um einiges früher aufstehen, als du es gewohnt bist, Liebes.«

Verspielt schlug sie ihn mit ihrem Fächer. »Worthington, Grace, ich wünsche euch noch einen angenehmen Abend.«

Nachdem die Herndon–Kutsche losgefahren war, wandte sich Matt zu ihr um. »Ich sollte ebenfalls gehen. Zeigst du mir die Pläne beim Frühstück?«

»Komm lieber etwas früher. Wenn wir sie besprechen, während die Kinder mit dabei sind, wird jeder von ihnen ein Mitspracherecht wollen.«

Er blickte sich in der Eingangshalle um und aus der noch offenstehenden Tür. Royston war mit der Garderobe beschäftigt und auf der Straße war niemand zu sehen.

Matt zog sie in seine Arme. »Das stimmt. Ich komme früher.«

Ihr Kopf war nach oben geneigt und ihre Lippen einfach zu verlockend, als dass er sie hätte ignorieren können. Er küsste sie. »Gute Nacht, mein Liebling.«

»Gute Nacht, Darling.«

»Was hältst du von meinen Freunden?« Hector hatte seine guten Freunde, die Robinsons, die er in Indien kennengelernt hatte, dazu überredet eine kleine Dinnerparty zu organisieren, und zwar einzig und allein, um einen Vorwand zu haben, Zeit mit Jane zu verbringen. Sie schlenderten gerade das kurze Stück zwischen Hill Street und Berkeley Square entlang. Er sandte ein Dankgebet gen Himmel dafür, dass das Wetter gehalten hatte.

»Ich hatte einen wirklich schönen Abend.« Jane strahlte vor Freude, als sie unter einer der Gaslaternen hindurchgingen, die die Straßen erleuchteten. »Es ist lange her, dass ich mich über so unterschiedliche Themen unterhalten konnte. Grace ist natürlich sehr bewandert, ist aber bei all den Kindern und dem Anwesen am Ende des Tages meist zu müde, um Freude an einer tiefsinnigen Unterhaltung zu finden. Wohnen viele deiner Freunde in der Stadt?«

»Nicht nur in London, sondern auch in anderen Gegenden des Landes, vor allem in Bristol und Edinburgh.« Doch die Frage war nicht, wo seine Freunde waren, sondern wo Jane leben wollte. Er hatte über zwanzig Jahre darauf gewartet sie wiederzusehen. Dieses Mal würde er sie nicht gehen lassen.

»Hast du dir schon überlegt, was du machen möchtest, jetzt da du wieder Zuhause bist?«, fragte sie mit leiser Stimme.

Jetzt steckte er in einer Zwickmühle. »Ich bin noch dabei, die Möglichkeiten abzuwägen. Es wird hauptsächlich von einer gewissen Lady abhängen.«

Ihre Schritte verlangsamten sich. »Wird es das?«

»Warum sagst du mir nicht, was du dir wünscht.«

Ihre Stimme nahm einen sehnsüchtigen Klang an. »Wenn dieser Krieg endlich enden würde, dann würde ich gerne reisen.«

»Gegen ein paar zivilisierte Reiseziele habe ich nichts einzuwenden, aber wenn du die Levante oder ähnliche Gegenden besuchen möchtest, würde ich wohl Einwand erheben.«

»Oh, nein.« Ihr Lachen war glockenhell. »Ich habe nicht vor, in die Wildnis zu reisen.«

Das war eine Erleichterung. Nach so vielen Jahren in Indien wollte er nicht allzu weit von Zuhause fort. »Wo würdest du leben wollen?«

»Ich glaube«, begann sie langsam, »das würde von dem gemeinsamen Vermögen abhängen, von meinem und dem meines Ehemannes.«

Wenn sie glaubte, er würde zulassen, dass sie für ihre gemeinsamen Lebenskosten aufkam, dann hatte sie sich gewaltig geirrt. Vielleicht wäre jetzt die richtige Gelegenheit ihr zu sagen, dass er ein wohlhabender Nabob war. Allerdings hatte die Jane, die er von früher kannte, immer mehr Wert auf Ehrlichkeit und Gefühle gelegt als auf Reichtum. Wenn sie dies nicht getan hätte, dann hätte sie schon längst geheiratet. Doch wie sollte er das Thema ansprechen? Er konnte schließlich schlecht einfach herausposaunen, dass er dem berühmt-berüchtigten Dandy *Golden Ball* in nichts nachstand. »Ich denke, ein Haus in der Stadt und ein gemütliches Anwesen auf dem Land wären nicht abwegig.«

»Das klingt ... wie ein wunderschöner Traum. Vielleicht wäre es besser, zur Ballsaison ein Haus zu mieten.«

Er würde es ihr bald erzählen müssen, aber nicht hier, auf einer öffentlichen Straße. Viellicht wäre es besser, es ihr zu zeigen. »Ich wohne derzeit im *Pulteney* und bin es langsam leid keine eignen vier Wände zu haben. Ich werde mir morgen einige Anwesen ansehen. Ich würde mich geehrt fühlen, deine Meinung zu hören.«

Sie hatten Berkeley Square mittlerweile erreicht und Jane hielt vor einem großen Reihenhaus inne. Die Tür öffnete sich. Ein großer Mann, gekleidet in Schwarz, wartete geduldig. Hector machte einen Schritt um sie herum, sodass er nun vor Jane und zwischen ihr und dem Haus stand.

»Wirst du mit mir kommen?«

Etwas schüchtern blickte sie zu ihm empor. »Ja, es würde mich freuen.«

Er ergriff ihre Hand und führte sie an seine Lippen. »Ich werde dich um zehn Uhr abholen, wenn das nicht zu früh für dich ist?«

»Zehn Uhr wäre perfekt.«

Hector wartete, bis sie im Haus verschwunden war und die Tür hinter ihr ins Schloss fiel. Er freute sich bereits auf morgen, wenn er endlich etwas Zeit mit ihr allein verbringen konnte. Nun musste er sich nur noch etwas für den Abend einfallen lassen. Jane heutzutage zu umwerben schien um einiges mehr Überlegung und Organisation zu erfordern als damals.

KAPITEL 21

Mr. Edgar Molton fand sich um kurz nach neun Uhr in der *Chiswick and Chiswick*-Kanzlei ein. Ein Angestellter nahm ihm Mantel, Hut und Gehstock ab und führte ihn zu einem Raum, in dem ein langer Tisch stand. Er blickte sich um. Die Räumlichkeiten bestanden aus einem kleinen Empfangsbereich und einem Korridor, von dem mindestens drei Türen abführten, die alle geschlossen waren. Er hätte Chiswick auf ihn warten lassen sollen. Allerdings hatte er nicht gewollt, dass der Mann erfuhr, wo er wohnte. Das würde sich nämlich in Kürze ändern.

Der Angestellte führte ihn in ein Zimmer, das von vollen Bücherregalen gesäumt und mit zwei kleinen Fenstern bestückt war.

»Wenn Sie hier warten würden, Sir, ich werde nachsehen, ob Mr. Chiswick bereit ist.«

Der junge Mann verließ den Raum und ließ Edgar zurück, ohne ihm auch nur einen Tee anzubieten. Seine Finger trommelten auf dem hochpolierten Mahagoni-Tisch. Wenn sie vorhatten, ihn so zu behandeln, dann würde er mit Sicherheit den Anwalt wechseln. Er war jetzt ein wohlhabender Mann, und hatte keinen Grund sich ein solch barbarisches Verhalten gefallen zu lassen.

Es war fast ein ganzes Jahr her, dass sein Vater gestorben war. Natürlich hatte der alte Kerl schon jahrelang mit einem Beim im Grab gestanden. Nachdem er sein ganzes Hab und Gut auf den Westindischen Inseln verkauft hatte, hatte die Rückreise fast drei Monate gedauert. Es war eine Erleichterung wieder in England zu sein. Endlich war er ein bedeutender Gentleman.

Die Tür öffnete sich ohne ein warnendes Klopfen. Damit war die Sache beschlossen. Er würde die Dienste von *Chiswick and Chiswick* nicht länger in Anspruch nehmen.

»Mr. Edgar Molton?«, fragte ein adrett aussehender junger Herr, der sichtlich verwirrt war.

Er reichte ihm nicht die Hand, sondern hob stattdessen überheblich die Braue. »Ich nehme an, Sie sind Mr. Chiswick. Wollen wir es hinter uns bringen?«

Chiswick eilte vor und bot Edgar einen Platz an. »Ja, natürlich, ich habe die zu unterzeichnenden Unterlagen hier. Es tut mir leid, dass ich Sie habe warten lassen. Es ist einige Monate her und ich habe nicht damit gerechnet, Sie heute hier zu sehen.«

»Es hat einige Zeit gedauert, bis Ihr Brief mich erreicht hat und ich musste meine Angelegenheiten in den Westindies noch zum Abschluss bringen, ehe ich mich auf den Weg nach England begeben konnte.«

Penibel rückte der Anwalt die Unterlagen auf dem Schreibtisch zurecht und der Angestellte brachte ihm ein Tintenfass und eine Schreibfeder. Als alles seine Richtigkeit hatte, blickte Chiswick zu ihm auf und justierte seine Brille. »Natürlich. Es wundert mich etwas, dass Sie die Reise auf sich genommen haben. Wir hätten die Bankverbindungen gern für Sie einrichten können.«

Edgar runzelte die Stirn. Der Mann war ein Narr. Es war ihm schleierhaft, weshalb sein Vater bei dieser Kanzlei geblieben war. »Ich weiß nicht, wie Sie erwarten können, dass ich das Vermögen von den Westindies aus verwalte.«

»Das Vermögen?« Der Mund des Anwalts stand kurze Zeit lang offen. »Ach, du liebe Güte. Das ist aber gar nicht gut. Wie es scheint, Sir, haben Sie meinen ersten

Brief nicht erhalten. Geben Sie mir einen Augenblick. Ich bin sofort wieder bei Ihnen.« Mr. Chiswick verließ den Raum. Der Angestellte brachte eine Tasse Tee und einen Teller voller Kekse. Wenige Minuten später kehrte Chiswick zurück. »Dies ist eine Kopie des Testaments Ihres verstorbenen Vaters. Ihnen ist bewusst, dass kein Teil des Vermögens ein Familienfideikommiss ist?«

Edgar ignorierte das mulmige Gefühl, das sich in seiner Magengegend breit machte. »Ja, natürlich, aber ich bin der letzte noch lebende Sohn. Mein Vater war ein wohlhabender Mann.«

»Ja, schon, das war er.« Der Anwalt rückte seine Brille erneut zurecht. »Allerdings hat er sein Eigentum unter seinen Erben aufgeteilt. Ihr Anteil besteht aus einer finanziellen Unterstützung von eintausend Pfund pro Jahr.«

»*Eintausend Pfund?*« Hier musste ein Fehler vorliegen. »Wie zum Teufel soll ich davon bitte leben? Was ist mit dem Rest geschehen?«

Chiswick deutete auf die Unterlagen auf dem Tisch. »Möchten Sie sich das Testament einmal durchlesen?«

Edgar griff nach den Papieren. Mit zitternden Händen ging er die Unterlagen durch. Laut dem Testament stand ihm nichts außer dem Einkommen bestimmter Investitionen zu, und den Kapitalbetrag durfte er nicht anrühren. Wenn er vor der Auszahlung starb, dann würde der Betrag zurück in das Erbe fließen und einheitlich wieder aufgeteilt werden. Das restliche Vermögen des alten Kerls wurde gleichmäßig an seine anderen Erben verteilt. Seine Schwestern und ihre Gören bekamen alles. Obwohl, ganz stimmte das auch wieder nicht. Die älteste Tochter seiner verstorbenen Schwester würde zehntausend Pfund im Jahr in Treuhandfonds erhalten, die ausgezahlt werden würden, sobald sie heiratete oder dreißig wurde, solange sie die Kinder beisammenhielt.

Edgar versuchte sich nichts anmerken zu lassen. Natürlich hatte der miese alte Kerl sein Leben so miserabel wie nur irgend möglich gestaltet. Er hatte geglaubt, er würde den Großteil des Vermögens erhalten und hatte sein Leben die letzten Monate dementsprechend gelebt. Seine Schulden häuften sich an und nun stand ihm fast nichts zu. Er musste einen Weg finden, irgendwie an einen Teil des Geldes heranzukommen.

Chiswicks Stimme unterbrach seine Gedankengänge. »Mr. Molton, die vierteljährliche Zahlung der letzten neun Monate steht noch aus, und das nächste Quartal beginnt bald. Wenn Sie möchten, werde ich die nötigen Vorkehrungen treffen, damit Ihnen der Betrag auf Ihr Konto überwiesen werden kann und werde zudem die vierteljährlichen Zahlungen arrangieren.«

Wenigstens konnte er damit seinen dringenderen Verpflichtungen nachkommen.

»Einige Scheine werde ich sofort benötigen. Sie können mir ein Konto in der *Hoare's* eröffnen. Ich nehme an, die Familie verwendet diese Bank noch immer?«

»Ja, Sir, das tut sie.«

»Gut. Ich werde Ihnen meine Daten zukommen lassen.« Er wandte sich zum Gehen und wartete darauf, dass Mr. Chiswick ihm die Tür öffnete. Edgar war vielleicht nicht vermögend, doch er wollte verdammt sein, wenn er zuließ, dass dieser Anwalt ihn wie einen Niemand behandelte.

Mr. Chiswick öffnete die Tür und verschwand dann im Korridor. Edgar setzte sich seinen Hut auf. Er war höchst erfreut über den Anblick der Scheine in Mr. Chiswicks Hand, als dieser zurückkehrte.

»Bitte sehr, Mr. Molton. Dies ist der ausstehende Betrag der letzten drei Quartale.«

Edgar nahm das Geld sowie seinen Mantel und den Gehstock und machte sich auf den Weg. *Eintausend Pfund im Jahr.* Was zur Hölle war aus dem Reihenhaus in der Half–Moon Street geworden? Kurz zog er in Erwägung, seine Schwester darum zu bitten, ihm finanziell vorübergehend auf die Sprünge zu helfen, doch ihr Geizkragen von einem Ehemann würde ihm da einen Strich durch die Rechnung ziehen. Vielleicht konnte er seine Nichte, Grace, über den Tisch ziehen. Sie war nicht verheiratet. Das arme Mädchen wäre sicherlich sehr dankbar, wenn ihr Onkel ihr mit all den Gören half. Er würde erst einmal das Terrain sondieren. Er hatte das Mädchen seit dem Kindesalter nicht mehr gesehen. Womöglich war sie ein ebenso großes Miststück wie ihre Mutter.

Er war gerade auf dem Weg zurück in das kleine Zimmer, das er sich in einer Pension genommen hatte, als er ein kurzes Ziehen an der Tasche seines Paletots bemerkte.

Er bekam eine kleine Hand zu fassen und blickte hinab zu einem Jungen, der in schmuddeligen Klamotten steckte. »Was fällt dir ein?«

Der Knabe errötete und versuchte sich aus seinem Griff zu befreien. »Nix, Sir. Es war nur 'n Versehen.«

»Ein Versehen, hm?«

»Ja, Sir.« Der Knabe nickte emsig.

Molton würde seinen Hut darauf verwetten, dass dieser Junge für das bisschen Geld, das er ihm gewillt war zu zahlen, so einiges tun würde. »Was hältst du davon, dir eine goldene Guinee zu verdienen, statt sie zu stehlen?«

»Was müsste ich'n dafür tun?«, fragte der Knabe misstrauisch.

»Nur ein Haus beobachten. Berichte mir, wer dort ein und aus geht.«

Seine Augen verengten sich zu kleinen Schlitzen. »Für wie lange?«

Molton rieb sich am Kinn, ehe er antwortete. »Vielleicht nur heute. Vielleicht länger. Kommt ganz darauf an, was du siehst.«

Der Bengel hielt ihm die Hand hin. »'Ne halbe will ich vorab.«

»Na schön.« Edgar reichte ihm eine halbe Guinee. »Nimm. Suche nach Stanwood House im Berkeley Square, in Mayfair. Morgen früh kommst du wieder her. Wie heißt du?«

»Jem. Ich werd genau das jetzt tun, Gov'ner.« Er lief die Straße entlang davon.

Molton betrat die Pension und stieg die beiden Treppenabsätze zu seinem Zimmer empor. Sein Glück hatte sich gewendet. Davon war er überzeugt. Schon bald würde er angenehmere Räumlichkeiten einnehmen.

Früh am nächsten Morgen, verließ Matt das Haus und überquerte den Square zu Stanwood House. Als er die Tür zu Graces Arbeitszimmer öffnete, war sie über ihren Schreibtisch gebeugt, was ihm eine exzellente Sicht auf ihr entzückendes Hinterteil bot. »Guten Morgen.«

Mit einem zauberhaften Lächeln auf den Lippen blickte sie über die Schulter zu ihm herüber. »Dir ebenfalls einen guten Morgen. Komm, sieh dir das an.« Grace rückte ein Stück zur Seite, um ihm Platz zu machen. »Dies sind die Pläne ...«

Er konnte den Blick nicht von ihrem üppigen Hintern losreißen. Vor seinem inneren Auge sah er sie entblößt und mit ihren Röcken um die Taille gebauscht. Seine Atemzüge wurden schneller. Er schlenderte von hinten auf sie zu, seine Stimme dabei leise. »Ich würde mir lieber etwas anderes ansehen.«

Matt presste sich gegen ihren festen Hintern. Mit einer Hand zog er sie an sich, während er die andere über ihre Brüste und tiefer zwischen ihre Beine gleiten ließ. Sie sog die Luft ein und ihre Haut errötete. *Fast habe ich sie überzeugt.* Sich über sie lehnend fuhr er mit der Zungenspitze an der Außenseite ihres zarten Ohrs entlang.

Sie seufzte und ihre Stimme nahm einen sinnlichen Klang an. »Wir müssen die Pläne besprechen.«

»Grace, bitte?«, flehte er, als er begann, ihre Röcke langsam hochzuschieben. Er liebkoste die Innenseite ihres Oberschenkels. Ihre Beine zitterten, als er seine Finger in ihr krauses Haar tauchte.

Ihr entfuhr ein Stöhnen. »Wir– wir haben nicht viel Zeit.«

»Wir brauchen nicht viel Zeit.« Er ließ zwei Finger in ihre feuchte Wärme gleiten. »Du bist bereit.« Er schmunzelte selbstgefällig.

»O Gott, wann bin ich das je nicht?« Grace ließ den Kopf auf die Arme fallen.

Worthington lachte leise und griff nach den Knöpfen an seiner Hose. »Das ist eines der vielen Dinge, die ich an dir liebe.«

Ein Keuchen ertönte von draußen. Er wandte sich in die Richtung, aus der das Geräusch gekommen war und sah, wie etwas, das nach einem Jungen aussah, vom Fenster zurückschreckte. Wehe es war einer von ihren. Um Himmels willen, wieso hatte er daran nicht gedacht? »Warte hier.«

Er platzte durch die Tür in den Garten und bog gerade noch rechtzeitig um die Ecke des Hauses, um zu sehen, wie ein kleiner Junge sich durch die eisernen Gitterstäbe des Zauns auf die Straße zwängte. »Was zum Teufel geht hier vor sich?«

Grace kam hinter ihm aus dem Haus geeilt. »Wer war das?«

»Ich weiß es nicht. Irgendein Bengel. Seiner Kleidung nach zu urteilen, kommt er nicht aus Mayfair.«

»Matt, meinst du, jemand beobachtetet uns?«

Er zog die Brauen zusammen. »Ich weiß nicht, was ich hiervon halten soll. Mach dir keine Sorgen.« Er bemerkte ihren aufgebrachten Gesichtsausdruck und legte ihr einen Arm um die Schultern, um sie zurück zum Haus zu führen. »Komm, zeig mir die Pläne.«

Ihm fiel niemand ein, der sie beobachten würde. Herndon hatte beteuert, dass ihre Verwandten erleichtert und glücklich über die Vermählung waren. Graces anderer Onkel war im Ausland. Dennoch würden weitere Liebesspiele sich auf sein Bett beschränken müssen. Zumindest bis sie verheiratet waren. Vorsicht war besser als Nachsicht.

Einige Minuten später musterte Matt die Zeichnungen, die der Architekt damals unter ihrer Aufsicht für die Renovierungen an Stanwood House angefertigt hatte. Sehr beeindruckend. Grace hatte an alles gedacht. »Sie sind sehr umfangreich.«

»Mir gefällt, dass sie ihren Zweck so gut erfüllen.«

»Kann ich die Räume sehen?«

»Natürlich. Folge mir.«

Gemeinsam stiegen sie die Treppen zu der Etage empor, auf der der Unterrichtsraum lag. Die Kinder wünschten ihm einen guten Morgen. Obwohl es viele waren – seine jüngeren Schwestern waren ebenfalls anwesend – lief alles wie am Schnürchen. Die Gemeinschaftsräume waren groß und dank der Sonne, die durch die östlich ausgerichteten, bodenhohen Fenster strömte, zudem von Licht durchflutet. Als er umherging, stellte er fest, dass die Räume durch die strategisch platzierten Fenster bis zum Sonnenuntergang gut beleuchtet werden würden. Es war großräumig und hell, etwas, das weder in Worthington Hall noch im

Haus auf der gegenüberliegenden Straßenseite der Fall war. »Es ist ganz anders, als ich es mir vorgestellt habe.«

Grace lächelte stolz. »Gefällt es dir? Den Kindern und ihren Tutoren behagt der Bereich.«

»Ich finde es bemerkenswert. Nicht einmal annähernd wie der düstere Unterrichtsraum, den ich gewohnt war, und die Schlafgemächer sind größer. Was ist hier drin?«

»Das ist das Kunstzimmer. Daneben befindet sich ein Bereich zum Nähen, Lesen und für Brettspiele.« Sie ergriff seine Hand. »Die Räumlichkeiten der Tutoren befinden sich zu beiden Seiten am Ende des Korridors. Sie haben je ein Schlafgemach, einen kleinen Ankleidebereich und einen Salon. Außerdem haben wir hier noch zwei Badezimmer.«

Er lugte in die gefliesten Räume mit den kupfernen Wannen. »Bemerkenswert. Ist es das, was dir auch für Worthington House vorschwebt?«

»Etwas sehr Ähnliches. Die Etage mit dem Unterrichtsraum ist dort größer. Was meinst du?«

»Es ist perfekt. Wie lange wird es dauern, die Renovierungen abzuschließen?«

»Das müssen wir mit Mr. Rollins besprechen.« Sie blickte zu ihm und zog die Nase kraus. »Diese haben Ende des Sommers begonnen und den ganzen Herbst gebraucht. Ich glaube nicht, dass die Renovierungen diese Saison noch abgeschlossen werden können.«

Sie war eindeutig in ihrem Element. Er lotste sie zu den Treppen. »Wo werden wir deinem Plan nach leben?«

Sie stiegen die Treppen hinab. »Ich dachte, wir könnten diese Saison hier in Stanwood House verbringen«, antwortete Grace. »Hier ist genügend Platz für alle. Natürlich müsste Patience dem ebenfalls zustimmen. Wenn wir mit der Arbeit an Worthington House sofort beginnen, könnte es zur nächsten Vorsaison bereit sein.« Besorgt blickte sie ihn an. »Es stört dich doch nicht, wenn die Kinder bei uns sind, während wir in London verweilen, oder?«

Matt hielt inne. Viele ließen ihre Kinder zur Vorsaison auf den ländlichen Anwesen zurück, manchmal auch während der Ballsaison. Aber der Gedanke, ihren Haufen allein und nur mit den Bediensteten und Tutoren zurückzulassen, passte ihm ganz und gar nicht. »Nein, ich glaube, ich könnte kein Auge zu machen, wenn sie nicht bei uns wären.«

Graces Lachen war Musik in seinen Ohren. Das Einzige, was ihm an ihrem Plan nicht gefiel, war, dass er sie nicht in seinem Haus und seinem Bett haben würde. »Wo würden wir schlafen?«

Nachdenklich kaute sie auf ihrer Unterlippe herum. »In meinen Gemächern?«

Skeptisch sah er sie an und fragte sich, wie lang ihr Bett wohl sein mochte. »Dann sollten wir sie uns ansehen.«

Grace führte ihn einen Korridor entlang und kam vor einem Zimmer am Ende zum Stehen. »Hier ist es.« Sie öffnete die Tür zu ihrem Salon und ging durch ein Ankleidezimmer hindurch zu ihrem Schlafgemach. Es war überaus unwahrscheinlich, dass er in dieses Bett passen würde, aber fairerweise wollte er es versuchen. »Darf ich?«

Sie blickte von ihm zum Bett und sah ihn dann unsicher an. »Ja.«

Als er sich darauflegte, hingen seine Füße über die Bettkante.

»O je.«

»Milady ...« Bolton betrat den Raum aus dem Ankleidezimmer, blieb stehen und starrte ihn an. »Das wird wohl nicht funktionieren, was?«

Worthington lächelte reumütig. »Nein.«

Grace rieb sich die Stirn. »Vielleicht könnten wir ein größeres Bett anfertigen lassen.«

»Es wäre so lang, dass Sie nicht mehr um das Bett herumgehen könnten.« Bolton runzelte die Stirn. »Milady, warum möchten Sie hier verweilen?«

»Wir renovieren den Unterrichtsraum und gestalten einige der anderen Räume in Worthington House um. Dort können wir währenddessen nicht wohnen. Ich hielt es für besser, wenn unsere Brüder und Schwestern hierbleiben würden, bis wir alle in dem anderen Haus unterkommen können.«

Nachdenklich legte Bolton die Stirn in Falten und nickte. »Ich verstehe, dass Sie bei all dem Lärm nicht in dem Haus leben möchten, aber Sie und seine Lordschaft könnten dort schlafen.«

Er schenkte ihr sein schönstes Lächeln. Was für eine wundervolle Frau seine Zukünftige doch als Kammerzofe hatte. »Bolton, das ist eine ganz wunderbare Idee.«

Stirnrunzelnd blickte Grace zu ihrer Zofe. »Aber was, wenn eines der Kinder erkrankt oder Albträume hat?«

»Milady, wir könnten Sie sofort holen, sollten Sie gebraucht werden.«

Worthington schickte ein stummes Stoßgebet gen Himmel, in der Hoffnung, Bolton nie zu verärgern.

Grace rieb sich die Nasenwurzel. »Ja, ich denke, es könnte funktionieren«, sagte sie schließlich.

Er hatte auf der Bettkante gesessen und ging nun zu ihr. »Und wenn nicht, dann finden wir einen Weg hierzubleiben, Liebling.«

Zärtlich blickte Grace ihn an. »Na schön. Wir werden es versuchen.«

Bolton verschwand zurück im Ankleidezimmer und er nahm Grace in den Arm. »Es *wird* funktionieren. Und wenn ich eine Klingel an der Haustür installieren muss, damit Thorton mitten in der Nacht geweckt werden kann.«

Ihre Augen tanzten belustigt. »Armer Thorton.«

Matts Magen knurrte. »Wir müssen frühstücken, wenn wir pünktlich zu dem Treffen mit Mr. Rollins kommen wollen.«

Sie waren fast fertig mit dem Essen, als Patience und Louisa das Frühstückszimmer betraten.

Seine Stiefmutter sah aus, als würde sie schlechte Neuigkeiten erwarten. »Und, wie haben sie sich gemacht?«

»Es lief gut«, sagte Grace beruhigend. »Sie alle haben sich eingewöhnt und es gab überhaupt keinen Ärger. Nicht einmal schlechte Träume. Die Kinder sollten bald hier unten aufschlagen. Louisa, warum gehst du nicht hoch und siehst nach, was Charlotte aufhält?«

Nachdem Louisa gegangen war, stieß Patience erleichtert die Luft aus. »Ich kann gar nicht in Worte fassen, wie froh ich bin. Das Einzige, was mich bei dem Gedanken an die Hochzeit etwas beunruhigt hat, waren die Kinder. Doch sie scheinen es sich in den Kopf gesetzt zu haben, sich zu benehmen.«

Mit erhobenen Brauen blickte Grace sie an. »Bislang ist alles wirklich problemlos verlaufen. Fast schon zu reibungslos.«

Er bedeckte ihre Hand mit der seinen. »Nun lasst uns nicht nach Ärger suchen.«

»Nein, da hast du absolut recht.« Sie schenkte Patience eine Tasse Tee ein. »Ich werde es so lange, wie möglich genießen.«

Die Klänge einer trampelnden Elefantenherde drangen von der Treppe zu ihnen herüber. Und er hatte geglaubt, seine Schwestern wären laut. »Etwas sagt mir, dass sie bald hier sein werden.«

Er fragte sich, was Grace mit den Decken angestellt hatte, damit sie nicht den Anschein erweckten, als würden sie jeden Augenblick einstürzen.

»Milord«, sagte Royston, der in der Tür stand. »Wir haben soeben die Nachricht erhalten, dass Mr. Rollins in Worthington House eingetroffen ist.«

»Ich danke Ihnen, Royston. Ich werde mich unverzüglich auf den Weg begeben.«

Matt stand auf, gab Grace einen Kuss auf die Wange und wappnete sich innerlich für die Kommentare, die seine Liebesbekundungen für gewöhnlich mit sich zogen, doch diese blieben gänzlich aus. Philip erschauderte lediglich und Madeline seufzte. »Iss du ruhig auf, Liebling. Ich führe ihn hoch. Soll ich die Pläne für dieses Haus mitnehmen?«

»Nein, das ist nicht nötig. Sag ihm einfach, dass ich im Grunde das gleiche Design wünsche. Ich habe außerdem noch ein paar Notizen gemacht.« Sie zog mehrere Seiten Papier hervor. »Hier, nimm sie mit. Ich komme gleich nach.«

Matt nahm ihre hastig geschriebenen Notizen und ging. Es wäre wohl angebracht, wenn er sich all die Änderungen, die Grace mit seinem Haus vorzunehmen gedachte, einmal ansah.

KAPITEL 22

»Grace, was haben du und Matt vor?«, fragte Augusta.

»Wir gestalten Worthington House so um, dass die Etage mit dem Unterrichtsraum unserer hier in etwa gleichen wird.«

Alice und Eleanor wechselten einen Blick miteinander. »Aber wir alle haben beschlossen, hier zu leben.«

Sie ließ den Blick um den Tisch schweifen und alle Augen waren auf sie gerichtet. »Das werden wir für diese Saison auch. Wenn wir das nächste Mal in die Stadt reisen, werden wir in Worthington House wohnen. Ihr werdet es mögen, wenn alles fertig ist, das verspreche ich euch.«

Patience verzog das Gesicht. »Ich befürchte, es wird sehr viel Arbeit werden, alles fertigzustellen.«

Das würde es tatsächlich. Aber sie würde es Patience nicht vorhalten, denn sie war nie ermutigt worden, etwas aus dem Haus zu machen. »Da stimme ich dir zu.« Die Kinder blickten noch immer alle recht skeptisch drein. »Wie würde es euch gefallen, wenn ihr beim Einrichten eurer Gemächer mithelfen könnt?«

»Kann mein Zimmer rosa werden?«, fragte Mary.

»Es kann jede Farbe bekommen, die du dir wünschst, Liebes.«

Ihre Ankündigung gab den Anstoß zu aufgeregtem Gerede unter den Mädchen.

Patience grinste. »Grace, wenn Sie zu Worthington und dem Architekten stoßen möchten, dann werde ich auf die Kinder aufpassen.«

Sie blickte auf ihren leeren Teller und zog in Betracht, eine weitere Portion zu verzehren. Aus irgendeinem

Grund war sie in letzter Zeit ständig hungrig. »Ich warte noch ein paar Minuten. Ich möchte, dass Matt sich erst mit dem Architekten alleine trifft. Schließlich ist es sein Haus und er muss sich mit Rollins wohlfühlen.«

»Grace?«, fragte Louisa. »Wie wird all dies funktionieren?«

Patience blickte auf. »Das würde mich ebenfalls interessieren.«

»Einige der jüngeren Mädchen werden ihre Gemächer teilen müssen. Louisa wird das Zimmer neben Charlotte beziehen, und Matt und ich werden in dem anderen Haus schlafen. Patience, Ihnen ist es selbst überlassen, wo Sie leben oder schlafen möchten. Ich muss Sie allerdings warnen, tagsüber wird es in Worthington Haus sehr laut und staubig werden.«

Jane, die wenige Momente zuvor zu ihnen gestoßen war, wandte sich an Patience. »Als wir das Haus Anfang November besucht haben, war es hier so laut, dass mir beinahe der Kopf geplatzt ist. Ganz zu schweigen von dem Dreck und den Arbeitern, die ständig ein und aus gehen.«

Patience zupfte an den Enden ihres Schals. »Haben Sie denn ein Zimmer für mich?«

Obwohl Grace immer gewusst hatte, dass die Vermählung und die Änderungen in der Familiendynamik auch ihre Stiefschwiegermutter in spe betreffen würden, so hatte sie nicht zu würdigen gewusst, wie sehr sich die Frau womöglich vertrieben fühlte. »Wir haben ein sehr schönes Gemach, das wie für Sie gemacht ist. Jane, würdest du Lady Worthington bitte die Gelben Gemächer zeigen, wenn du fertig bist?«

»Es wäre mir ein Vergnügen.«

Grace nahm einen letzten Schluck Tee aus ihrer Tasse und erhob sich. »Wir sehen uns später.«

Ein paar Minuten später öffnete Thorton ihr die Tür und verneigte sich. »Sie sind im Unterrichtsraum, Milady.«

»Ich danke Ihnen, Thorton. Geben Sie Mrs. Thorton doch bitte Bescheid, dass ich gerne die Liste der benötigten Stoffe hätte, wenn sie bereit ist.«

»Sehr wohl, Milady.«

Grace betrat den Unterrichtsraum, in dem Matt und Mr. Rollins sich intensiv miteinander unterhielten. »Mr. Rollins, wie schön Sie wiederzusehen.«

Beide Männer erhoben sich. Rollins verneigte sich vor ihr. »Milady. Ich danke Ihnen, dass Sie an mich gedacht haben.«

Sie setzte sich auf einen niedrigen Stuhl neben dem Tisch, auf dem die Pläne lagen. »Werden Sie hier etwas Ähnliches gestalten können, wie Sie es in Stanwood House getan haben?«

»Allerdings. Ich war soeben dabei, mit seiner Lordschaft die Pläne zu besprechen. Darf ich Ihnen außerdem alles Gute für die anstehende Vermählung wünschen?«

Obwohl ihnen bereits zuvor gratuliert worden war und man ihnen gesagt hatte, dass sie ein gutes Paar abgaben, erfüllte sie ein wahrlich freudiges Gefühl. Als würde sie es zum ersten Mal richtig glauben können.

»Ich danke Ihnen. Ich glaube es wird uns tatsächlich gut ergehen.« Ihr Blick traf auf den von Matt. In seinen Augen spiegelte sich so viel Liebe, dass ihr Herz begann, wild zu pochen. Vielleicht hatte ihre Tante sich geirrt. Vielleicht konnte dies doch funktionieren.

»Liebling?«, fragte Matt.

»Verzeihung.« Sie nahm ihr Notizbuch heraus, als wäre sie der Unterhaltung gefolgt. »Hast du etwas gesagt?«

»Seine Augen tanzten belustigt. »Ich sagte, wenn diese Etage fertig ist, hätte ich gerne, dass Mr. Rollins noch weitere Renovierungen vornimmt. Unter anderem ein vernünftiges Badezimmer für uns.«

»Das ist eine wundervolle Idee. Das würde mir sehr gefallen.«

Rollins Mundwinkel zuckten. »Milord, Milady, ich würde gerne bleiben, um die Maße zu nehmen. Die vollständige Skizze wird nach den Feiertagen für Sie bereit sein.«

Matt reichte ihm die Hand. »Ich danke Ihnen, Rollins. Ich freue mich schon darauf, sie zu erhalten. Milady, wollen wir?«

Sie griff nach seiner ausgestreckten Hand und erhob sich. »Bevor ich es vergesse, ich muss heute noch zum Stofflager. Möchtest du mich begleiten?«

»Nichts würde mich glücklicher machen«, sagte er, als würde er auf ein Picknick gehen und es ein großer Spaß werden.

Grace verengte die Augen zu kleinen Schlitzen. »Bist du schon jemals in einem Stofflager gewesen?«

»Nein.« Er grinste breit. »Aber ich nehme an, es wird eine aufregende Angelegenheit.«

Er wäre der erste Gentleman, von dem sie je gehört hatte, der es so empfand. »Wir werden sehen. Da du mich begleitest, würde ich noch gerne zu einem der Möbellager. Es sei denn, dir gefällt die Einrichtung mit den ägyptischen Motiven?«

Er zog die Brauen zusammen. »Willst du mir damit etwa sagen, dass wir das grauenhafte Zeug hier haben? Wo ist es?«

»Es steht in zwei der Hauptempfangszimmer.« Sie schloss einen Moment lang die Augen. Wie konnte er …? »Worthington, du warst mit Mrs. Thorton und mir dort. Wie kann es dir nicht aufgefallen sein?«

Langsam ließ er seinen Blick von ihrem Kopf über ihre Brüste und hinunter zu ihren Zehenspitzen gleiten. »Ich war ein wenig abgelenkt.«

Grace stieg die Röte in die Wangen und ihr Puls beschleunigte sich. Verdammt seien er und seine Wirkung auf sie. »Ich verstehe.« Sie unterdrückte ihr Verlangen und versuchte schnell das Thema zu wechseln. »Wenn die Renovierungen abgeschlossen und wir zur Vorsaison hier sind, werden wir zusätzliche Bedienstete und Dienstmädchen benötigen.«

Sein Blick war noch immer auf sie fixiert. »Ich werde Thorton darüber informieren.«

»Ich dachte mir, wir könnten diejenigen beibehalten, die ich für diese Saison eingestellt habe.« Sie versuchte Matt und das sündhafte Glitzern in seinen Augen, auf das ihr Körper so reagierte, zu ignorieren. Wenn sie einfach weiterredete … »Matt, habe ich dir schon gesagt, dass Charlie morgen nach Hause kommt? Ich hatte vor, den Kindern freizugeben, während er hier ist. Ich werde Miss Tallerton und Mr. Winters ausrichten, dass sie entweder bleiben und London genießen oder für die Woche nach Hause reisen können.« Trotz des Versuchs, ihn zu ignorieren, fiel ihr Blick auf seine Lippen. Also wirklich, er benahm sich unmöglich. Wenn es nach ihm ginge, würden sie ihre Aufgaben nie erfüllen. »Wir müssen uns auf den Weg machen, wenn wir meinen Onkel nach dem Lunch noch treffen wollen.«

Er öffnete eine Tür und ehe sie auch nur erkennen konnte, wo genau sie sich befand, hatte er sie in seine Arme gezerrt und seine Lippen drängten sich an ihre. Er erkundete ihren Mund und seine Liebkosungen entfachten ein Feuer in ihr. Sie spürte ein Pulsieren zwischen den Beinen. »Matt, mein Liebster …«

»Seit ich heute Morgen aufgewacht bin, kann ich kaum an etwas anderes denken als an dich. Grace, ich brauche dich so sehr.«

Wie konnte eine Frau darauf nicht reagieren? »Wir haben nicht viel Zeit.«

Sein Blick schweifte durch den Raum und er führte sie rücklings gegen eine Wand.

Er hob sie hoch. »Schling deine Beine um mich und halte dich fest.«

»Matt, wehe du zerknitterst mein Kleid. Bolton hat sich letztes Mal beschwert.«

»Werde ich nicht.« Sein rauer Atem strich über ihr Ohr, ergänzte die Empfindungen, die seine Hand auslösten. »Ich kann es mir nicht erlauben, Bolton zu verärgern.«

Er rieb sie an genau der Stelle, die nach ihm fieberte und ließ zwei Finger in sie gleiten, streichelte sie. In ihrem Inneren flogen die Funken und ihr Atem begann in ebenso rauen Zügen zu kommen wie seiner.

»Bitte, jetzt.« Sie versuchte, einen genüsslichen Aufschrei zu unterdrücken, als er in sie eindrang. Aus den Funken wurden Flammen und es war, als würde die Sonne explodieren, als ihre Beine zu Zittern begannen und sie seinen Namen schrie.

Er hielt sie fest und stieß zwei weitere Male in sie hinein. »O Grace, du bist mein Ein und Alles.«

Die Wärme seines Ergusses entfaltete sich in ihr und sie spürte seine Abwesenheit, sobald er sich entfernte. Wenn diese Liebe doch nur so bestehen bleiben könnte, dann wäre sie die glücklichste Frau Englands, ganz Europas.

Langsam setzte er sie wieder auf dem Boden ab, während er sie so dicht an sich gedrückt hielt, dass sie das wilde Pochen seines Herzens spürte.

Er küsste sie langsam und innig, als seine Hände über ihren Rücken wanderten. »Bist du sicher, dass du die Besorgungen erledigen möchtest?«

Der Mann war ein Frevel. Sie blickte zu ihm empor und führte eine Hand an seine Wange, ehe sie seine Küsse hungrig erwiderte. »*Ich* werde *nicht* mit dem ägyptischen Motiv leben«, murmelte sie.

Er seufzte und hob den Kopf. »Du hast ja recht.«

Matt hatte darum gebeten, seinen offenen Zweispänner bereitzumachen, doch als sie nach draußen traten, wartete dort stattdessen eine große überdachte Kutsche auf sie. Stirnrunzelnd blickte er zu seinem Kutscher. »Was ist aus meinem Zweispänner geworden?«

Mit Luchsaugen betrachtete der Kutscher den Himmel und schnupperte in der Luft. »Es wird regnen, Milord. Sie wollen doch nicht, dass ihre Ladyschaft nass wird.«

Ein Bediensteter ließ die Treppen herab. Matt lotste sie in die Kutsche, folgte ihr und schloss die Tür hinter sich.

Grace legte den Kopf in den Nacken, um sich den Himmel durch das Fenster anzusehen. »Es sieht gar nicht nach Regen aus.«

Er machte es sich neben ihr bequem. »Wenn Tim Coachman behauptet, dass es regnen wird, dann wird es das auch. Ich habe noch nie erlebt, dass er sich irrt.«

Matt war so groß, dass er fast die gesamte Sitzbank einnahm. Schließlich gab sie den Kampf auf, eine Distanz zu wahren und schmiegte sich an seine Schulter. »Wie dem auch sei. In dieser kann ich mehr Päckchen zurückbringen.«

Er hielt sie kurz von sich und betrachtete sie stirnrunzelnd. »Wieviel wird mich all dies kosten?«

Wenn sie gewusst hätte, dass er so viel Ärger machen würde, hätte sie ihn nie gebeten, sie zu begleiten. Andererseits mussten sie lernen, zusammenzuarbeiten. Man konnte nicht von ihr erwarten, jedes Mal um Erlaubnis zu bitten, wenn sie etwas für ihr Heim kaufte. »Ich habe keine Ahnung.« Grace tätschelte sein Knie. »Wenn dir das Geld ausgeht, kann ich dir gern etwas leihen. Allerdings erwarte ich die Rückzahlung am Quartalstag.«

»Du Biest.«

Immer wieder warf Jane verstohlene Blicke aus dem Fenster der Gemächer im ersten Stock, durch die sie Lady Worthington soeben führte. Himmel, Hector würde jeden Moment eintreffen, um sie abzuholen. Doch als Patience gefragt hatte, ob sie ihr auch das restliche Haus zeigen konnte, hatte Jane schlecht ablehnen können. Eine schicke Kutsche fuhr vor dem Haus vor. »Patience, würde es Sie stören, wenn ich Sie jetzt allein lasse? Es gibt noch ein paar Angelegenheiten, um die ich mich kümmern muss.«

»Natürlich nicht, Liebes. Ich möchte Sie nicht von Ihren Pflichten abhalten.«

Jane eilte zu ihrem Schlafgemach und öffnete die Tür mit einer solchen Wucht, dass sie gegen die Wand krachte. »Meine Strohhaube mit den grünen Schleifen.«

Ihre Kammerzofe, Dorcus, rannte ins Ankleidezimmer und wieder zurück, die Haube in der Hand. »Warum sind Sie denn so aufgebracht?«

»Mr. Addison ist hier. Wir machen eine gemeinsame Kutschfahrt.«

Dass sie sich mit Hector Häuser ansehen würde, behielt sie lieber für sich. Das letzte Mal, als er sie umworben hatte, waren sie einer Hochzeit so nah gekommen, dass sie jetzt niemandem Hoffnungen machen wollte. Vor allem nicht sich selbst. Doch dafür war es wohl bereits zu spät.

Ihre Zofe setzte Jane die Haube auf den Kopf. »Lassen Sie ihn diesmal nicht entkommen.«

Sie hatte ihn letztes Mal nicht *wirklich* entkommen lassen. Wenn sie doch beide nur mehr Mumm bewiesen hätten, als ihr Vater seinen Antrag ablehnte und sein Vater ihn zum Arbeiten zu seinem Onkel nach Indien schickte. Jetzt war sie nur noch sich selbst Rechenschaft schuldig. »Wir werden sehen.«

Gerade als sie die Eingangshalle erreichte, öffnete sich die Tür. Ehe er auch nur nach ihr fragen konnte, preschte sie vor, fasste ihn am Arm und führte ihn die Treppen hinab.

»Gibt es einen Grund, weshalb du mich nicht im Haus haben möchtest?« Er klang leicht gekränkt, als er ihr auf das Gefährt half.

»So ist es nicht.« Jane glättete ihre Röcke. »Bis wir ...« Wie sollte sie es ihm erklären? »Hast du eine Ahnung, wie es ist, in einem Haus mit zehn neugierigen Kindern zu wohnen?«

Er trieb die Pferde an. »Das kann ich nicht behaupten, doch allein bei dem Gedanken bekomme ich es mit der Angst zu tun.«

Sie schielte ihn von der Seite an. Seine Mundwinkel zuckten, als würde er jeden Moment in Gelächter ausbrechen. »Das solltest du auch. Es grenzt an ein Wunder, dass man einen klaren Gedanken fassen kann.«

»Sie bedeuten dir sehr viel.«

Die Anspannung, die sie dabei empfunden hatte, ungesehen herauszueilen, begann sich langsam zu verflüchtigen. »Das tue ich. Es ist, als wären sie meine eigenen Nichten und Neffen.«

Er lenkte die Kutsche gen Norden, bog rechts um den Square und in den Bruton Place ein. An der Ecke zum Barlow Place hielt die Kutsche vor einem eleganten, dreistöckigen Reihenhaus aus weißem Stein an. Die Haustür wurde von zwei Erkerfenstern umrahmt.

»Da wären wir.«

Armer Hector, er war so lange fort gewesen, dass ihm wohl gar nicht bewusst war, wie teuer dieses Haus sein würde. »Es ist wundervoll.«

»Genau das habe ich auch gedacht, als ich gestern daran vorbeifuhr. Du musst mir ehrlich sagen, ob es dir gefällt oder nicht.«

Wie könnte es ihr nicht gefallen? Doch es würde seinen Stolz verletzten, wenn sie das Anwesen bestaunte und er es sich nicht leisten konnte. Womöglich wäre es das Beste, wenn sie etwas daran auszusetzen fand. Jane schwieg als sie die Eingangshalle betraten, welche in rosafarbenem Marmor gefliest war. Die Säulen und die große, geschwungene Treppe waren aus dem gleichen Material gefertigt. »Wie traumhaft schön!«, bekundete sie, ehe sie es sich verkneifen konnte.

Mit den Händen hinter dem Rücken verschränkt blickte Hector überaus selbstzufrieden drein. »Ich dachte mir doch, dass es dir gefallen könnte. Als der Herr es mir beschrieb, dachte ich, es würde deinem Teint sicher schmeicheln.«

»Meinem Teint ...« Was ging hier vor sich?

»Genau. Es erinnert mich an das Innere einer großen Muschel, die ich einst sah.« Er hakte sich bei ihr unter. »Komm, wir sehen uns den Rest an.«

So sehr sie sich auch anstrengte, von den schön eingerichteten Räumen bis hin zur modernen Küche, Jane fand einfach nichts zu bemängeln. Es hatte sogar einen großen Ballsaal. Er führte sie aus den Glastüren hinaus in den ummauerten Garten. Während sie einen Weg entlang schlenderten, verliebte sie sich in das Anwesen. Doch er beging einen Fehler und sie musste etwas sagen. »Was hättest du mit einem so großen Haus vor?«

»Darin leben.«

»Aber Hector ...«

Er führte sie zu einer steinernen Bank. Sobald sie sich setzte, ging er vor ihr auf ein Knie. »Ich sollte wohl eigentlich noch etwas warten, aber – wir haben schon viel zu viel Zeit verloren. Jane Carpenter, würdest du mir die große Ehre erweisen und meine Frau werden?«

Dorcus' Worte hallten in ihrem Kopfe wider. In Hectors schönen, blauen Augen spiegelten sich Liebe und Besorgnis. »Ja! Ja, ich möchte deine Frau werden.«

Wie er es bereits einmal zuvor getan hatte, legte er seine Lippen sanft auf ihre. »Du machst mich zum glücklichsten Mann der Welt.«

Er lehnte seine Stirn an ihre, ehe sie sprach. »Dieses Haus ist wundervoll, aber vielleicht ein wenig ...« Selbst jetzt konnte sie es nicht über die Lippen bringen.

»Teuer?« Er grinste.

Hier war etwas Mumm gefragt. »Nun, ja. Um es unverblümt auszudrücken.«

»Mein Liebling.« Er legte die Lippen auf ihre Stirn. »Zuallererst möchte ich erwähnen, dass ich dich jetzt keinen Rückzieher mehr machen lasse.«

»Natürlich werde ich das nicht.« Sie verstand nicht, worauf er hinaus wollte. Warum sollte sie?

»Ich war in Indien überaus erfolgreich. Darüber hinaus hat mir mein Onkel sein Vermögen überlassen. Wir können es uns also nicht nur leisten, dieses Haus zu kaufen, sondern auch so viele Anwesen auf dem Land, wie dein Herz begehrt.«

Ihr Atem stockte. »Wie wohlhabend bist du denn bloß?«

»Belassen wir es doch einfach dabei, dass ich einer der wohlhabendsten Männer in England bin.«

Das war schrecklich! Das Blut gefror ihr in den Adern. »Weshalb möchtest du dann eine alte Jungfer wie mich zur Frau? Du musst doch wissen, dass du so ziemlich jede Frau haben könntest, die dein Herz begehrt. Eine, die dir Kinder schenken könnte.«

»Denk an dein Versprechen. Als ich dir sagte, dass dir nie jemand das Wasser reichen könnte, habe ich das auch so gemeint. Zur Not habe ich außerdem genügend Nichten und Neffen, die meinen Besitz erben können.« Er betonte seine Aussage mit einem Kuss. »Ich liebe dich, Jane.«

Ihr schossen die Tränen in die Augen, als ihr das Herz in der Brust anschwoll. »Ich liebe dich, Hector. Das habe ich schon immer.«

KAPITEL 23

Endlich drang das Gehämmer an der Tür durch Edgars benebelten Zustand zu ihm hindurch.

»Sir, Sir, woll'n Sie hör'n, was ich gesehen hab?« Jems hohe, durchdringende Stimme brachte seinen Kopf zum Dröhnen. Sobald er das Geld hatte, würde er einen hochwertigeren Brandy ausfindig machen.

Er rieb sich die Augen und legte sich den Morgenmantel an, ehe er die Tür öffnete. »Du bist früh dran.« Er wies den Jungen an, einzutreten und setzte sich auf einen Stuhl. »Erzähl.«

»Gestern Abend war da n' Haufen feiner Damen und Herren. Drei Kutschen hatten die. Hab gewartet, wie Sie's mir gesagt haben und später kamen sie alle wieder. 'Ne Kutsche ist auffer Straße geblieben. Dann sind 'ne alte Dame und 'n Herr gegangen und zwei Damen sind mit 'nem Diener über die Straße gegangen.«

Molton schüttelte sich, um wieder einen klaren Kopf zu bekommen und mit dem Dialekt mitzuhalten. »Du willst mir also sagen, dass du zwei Herren und mehrere Damen gesehen hast, die das Haus in Kutschen verließen. Das ältere Ehepaar ließ ihre Kutsche dann auf sie warten, und zwei der Damen sind mit ihrem Bediensteten über die Straße gegangen?«

»Hab' ich Ihnen doch grad gesagt«, erwiderte Jem empört. »Die letzte Dame hat dann dem Herrn ihr Gesicht hingehalten und er hat sie abgebusselt.«

»Die Dame hat sich von dem Herren küssen lassen?«

»Ich weiß wirklich nicht, weshalb Sie immer alles wiederholen.«

Edgar rieb sich mit der Hand übers Gesicht und wünschte sich, er hätte vorher einen Kaffee zu sich genommen. Wenigstens schmerzte sein Kopf nicht ganz so sehr wie befürchtet. »Und was ist dann geschehen?«

»Der Herr ging zum Haus auffer anderen Straßenseite.«

Molton lehnte sich zurück und runzelte die Stirn. »Ich weiß nicht, ob das wirklich interessant ist.«

Jem hüpfte von einem Fuß auf den anderen. »Aber das war noch nich' alles. Hab 'nen Schlafplatz neben dem Haus gefunden und am nächsten Morgen kommt der gleiche Herr zurück, der die Dame letzte Nacht abgebusselt hat und fast hat er sie gevögelt.«

Molton schreckte hoch. »Was sagtest du gerade? Er wollte ihr Beischlaf leisten?«

Jem zog die Brauen zusammen. »Keine Ahnung, was das heißt, aber seine Hand war unter ihrem Rock und ...«

»Ja, ja, gute Arbeit. Hier«, er warf dem Jungen eine Münze zu, »die andere Halbe hast du dir verdient. Behalte das Haus im Auge und dir können noch mehr davon gehören.« Von seiner Nichte Geld zu bekommen, angenommen es ging hier um sie und womöglich ihren Geliebten, würde einfacher werden, als Edgar angenommen hatte.

Matt betrat das Lagerhaus, hielt sich sein Monokel ans Auge und betrachtete die unzähligen Stoffe, die auf den Regalen an der Wand und auf Tischen angeordnet waren. Es gab hier alles, von Seide und Satin, bis hin zu Brokat und Samt. So hatte er sich das Ganze nicht vorgestellt. »Wie zur Hölle soll man hier irgendetwas finden?«

Grace blickte zu ihm auf und hakte sich bei ihm unter. »Die Angestellten werden uns helfen.«

Ein kleiner, schmaler Herr mit Brille tauchte plötzlich vor ihnen auf. »Milady, wie schön Sie wiederzusehen«, schwärmte er.

»Mr. Quimby, ich danke Ihnen.« Höflich lächelte Grace ihn an. »Hier ist meine Liste. Dort sind die Farben und Stoffarten zusammen mit den Mengen notiert.«

Worthington musterte die Papierbögen, die sie dem Angestellten reichte. Wieviel Stoff wollten sie denn kaufen? Und wieviel würde ihn all dies kosten? Nicht, dass er es sich nicht leisten konnte. Hatte Grace je wirtschaften müssen? Er hoffte sehr, dass sie nicht wie Patience war, die immer im Zaum gehalten werden musste.

»Stimmt etwas nicht mit den Stoffen, die Sie letztes Jahr gekauft haben?«, fragte Mr. Quimby besorgt.

»Nein, nein, sie sind makellos. Lord Worthington und ich werden heiraten. Die Stoffe sind für sein Haus hier in London.«

Der Angestellte verneigte sich. »Ich würde Ihnen gern meine Glückwünsche aussprechen, Milady, Milord.«

»Ich danke Ihnen, Mr. Quimby.«

Worthington murmelte seinen Dank. Dies würde wohl ziemlich träge werden, aber es war dennoch gut, dass er dabei war. Wenn er Grace nicht sanft weiterschieben würde, würden sie noch den ganzen Tag hier verbringen.

Quimby verneigte sich erneut. »Wenn Sie sich setzen möchten, Milord, Milady, werde ich Ihnen ein paar Stoffrollen bringen, die Sie sich ansehen können.«

Grace machte sich daran, ihm zu folgen. »Danke. Lord Worthington würde sicherlich gern einen Kaffee trinken, während wir warten.«

Der Mann verbeugte sich schon wieder. Worthington hatte in seinem ganzen Leben nur eine andere Person kennengelernt, die sich so oft verbeugte wie Quimby, und das war ein Chinese gewesen, dem er einst begegnet war. »Natürlich, sehr gern. Für Sie einen Tee, Milady?«

»Gern, ich danke Ihnen.« Grace neigte den Kopf. Er fragte sich, ob es ein besorgniserregendes Zeichen war, dass der Angestellte sie so gut kannte. Wie oft kaufte sie hier ein?

Nachdem er seiner Zukünftigen in einen Stuhl geholfen hatte und selbst Platz nahm, lehnte Matt sich dichter zu ihr. »Du kommst hier wohl etwas öfter her, was?«

Grace senkte den Blick. »Nun, ich kann doch nicht zulassen, dass er mich vergisst.« Unschuldig blinzelte sie ihn an. »Hast du geglaubt, du würdest einen Geizhals heiraten?«

Skeptisch musterte er sie, ehe er ihr antwortete. »Ich habe das dumpfe Gefühl, dass du dich über mich amüsierst.«

»Natürlich tue ich das.« Sie grinste. »Wenn du so tust, als würde ich dein ganzes Vermögen für Stoffe ausgeben. Ich kann dir bestätigen, Milord, dass ich sehr wohl in der Lage bin, ein Anwesen zu führen und ich genau das bereits seit mehreren Jahren tue.«

»Na schön.« Er stieß den Atem aus. »Dann nur zu.«

Schneller als erwartet wurden mehrere Rollen Stoff auf einem langen Tisch aneinandergereiht.

Quimby wies Matt und Grace an, näherzutreten. »Milady, wenn Sie einen genaueren Blick darauf werfen möchten?«

Worthington folgte Grace und betrachtete die Stoffe über ihre Schulter hinweg.

Sie blickte zu ihm zurück. »Siehst du einen, der dir besonders gefällt?«

Er hatte nicht damit gerechnet, nach seiner Meinung gefragt zu werden. Vielleicht würde dies doch nicht so schlimm werden. »Darf ich mit auswählen?«

Grace richtete den Blick einen Moment lang an die Decke. »Sei kein Dummerchen. Natürlich darfst du.«

Er zückte sein Monokel und musterte die Stoffe mit mehr Interesse. »Nun gut, mir gefallen diese beiden.«

Während sie überlegte, formten sich ihre Lippen zu einer überaus küssbaren Schnute. »Für welche Räume?«

»Mein Arbeitszimmer und die Bibliothek.«

»Ich finde sie perfekt.« Ihre Augen blitzten anerkennend.

Er wusste nicht, ob es an der Gewissheit lag, dass er ihr vertrauen konnte, oder einfach daran, dass er verliebt war, aber er verspürte den Drang, die Hände in die Höhe zu reißen. Dieser Einkauf lief erstaunlich gut. »Wie oft muss dies gemacht werden?«

»Alle paar Jahre.« Sie wandte sich von den Stoffen wieder zu ihm um. »Vor allem Gardinen müssen ausgetauscht werden, sobald die Farben erblassen oder sie anfangen, fadenscheinig auszusehen. Ich habe gern für jedes Zimmer zwei Sätze und wechsele sie dann im Herbst und im Frühjahr. Es verleiht dem Haus etwas frischen Wind und der Stoff hält länger.«

Er versuchte es sich auszumalen. Dann kam ihm ein Gedanke, der ihm ganz und gar nicht gefiel. »Wie oft wechselst du die Möbel?«

Grace lachte. »Ich stelle Möbel nicht gern um. Sobald ich die Zimmer so eingerichtet habe, wie sie mir gefallen, meine ich.« Sie legte ihre Hand in seine. »Das machen wir zusammen.«

Ihm gefiel die Art, wie sie ihn berührte. Seit dem ersten Abend im Inn hatte er gewusst, dass sie zusammengehörten. »Wenn möglich, würde ich gern mit dir für ein paar Tage nach Worthington Hall reisen, damit du die Bediensteten dort kennenlernen und dir ein Bild vom Anwesen machen kannst.«

Grace steuerte sie auf einen anderen Tisch zu. »Das wäre wundervoll. Es würde mir außerdem die Gelegenheit geben, in Stanwood Hall nach dem Rechten zu sehen.«

Sobald sie ihre Auswahl an einem Tisch getroffen hatten, wurden sie zum nächsten geführt. Sie waren erstaunlich schnell fertig. »Haben wir noch Zeit, das Möbellager zu besuchen?«

Grace blickte auf ihre Ansteckuhr. »Es ist halb zwölf. Wir können wenigstens einen Anfang machen.«

Sie verbrachten mehr Zeit damit, sich Möbel anzusehen, als sie im Stofflager zugebracht hatten. Matt stellte mit Freude fest, dass seine Liebste die geraden Linien von Sheraton und Hepplewhite bevorzugte. Und wieder überraschte sie ihn damit, eine Liste mit benötigten Stücken parat zu haben.

Er gab ihr bei der Auswahl der Stühle, Sofas und Tische freie Hand. Ihm fiel auf, dass ihm die derzeit beliebten Löwenfüße gefielen, doch als sie eine schmale Chaiselongue auswählte, erhob er Einspruch. »Haben Sie etwas, das ein wenig breiter ist?«

Der Angestellte verneigte sich. »Jawohl, Milord. Wenn Sie mir bitte folgen würden.«

»Warum möchtest du eine größere? Ich bin mir nicht sicher, ob es zur restlichen Einrichtung passen würde«, sagte sie, seinen Gedankengängen eindeutig nicht folgend.

Er neigte sich dichter zu ihr und raunte: »Mit dir darauf drapiert würde es perfekt aussehen.«

Grace errötete bis in die Haarspitzen und verschluckte sich. »Ich nehme an, du wünscht dir eine breitere, damit auch für dich Platz ist?«

Er ließ seine Hände über ihren Rücken gleiten, vom Nacken bis hin zu ihrem Hintern, und erfreute sich an ihrer Reaktion sowie ihrem Versuch, keine Miene zu verziehen. Matt grinste sündhaft. »Wie gut du mich doch kennst«, flüsterte er.

Um zwei Uhr klopfte Matt an die Tür von Herndon House, ehe er und Grace in Lord Herndons Arbeitszimmer geführt wurden.

Graces Onkel erhob sich und begrüße sie mit einem düsteren Gesichtsausdruck. »Meine liebe Grace, Worthington. Ich muss euch leider schlechte Neuigkeiten überbringen, ehe wir die Verträge besprechen.« Er reichte ihr einen Brief.

Sie nahm ihn in die Hand und las ihn sich mit einem immer ausgeprägter werdenden Stirnrunzeln durch. »Oh je. Das kann nichts Gutes bedeuten.«

Matt las über ihre Schulter hinweg.

Sehr geehrter Lord Herndon,
Ich bedauere, Ihnen mitteilen zu müssen, dass Mr. Edgar Molton in England eingetroffen ist. Er hat meinen Brief, in dem ich ihm über die Aufteilung von Lord Timothys Vermögen berichtete, nicht erhalten und ich fürchte, er war nicht sehr erfreut, davon zu erfahren. Ich habe zugestimmt, ihm ein Bankkonto zu eröffnen. Doch wie Sie bereits wissen, werde ich ihn in Rechtsangelegenheiten nicht vertreten.
Ihr gehorsamster Diener,
Jos Chiswick

Der Tunichtgut. Matt wünschte, er wüsste besser über diesen Onkel Bescheid.

»Liebes«, sagte Onkel Herndon, als sie den Blick von der Nachricht hob. »Gewähre ihm keinen Zutritt in das Haus. Wenn er erst einmal da ist, wird es fast unmöglich sein, ihn wieder loszuwerden.« Er verzog das Gesicht. »Ich spreche aus persönlicher Erfahrung.«

Grace kaute auf ihrer Unterlippe herum. »Ich werde das Personal informieren«, erwiderte sie.

Herndon runzelte die Stirn. »Gewähre ihm nicht einmal Zutritt in den Salon, um dort auf dich zu warten.

Es ist schrecklich, so über den Bruder deiner Tante zu sprechen, aber man kann ihm unter keinen Umständen trauen.«

Graces Zähne gruben sich in ihre Unterlippe. »Ich verstehe. Meine Mutter hatte mich vor ihm gewarnt, als man sich erzählte er sei in England, kurz nachdem mein Vater gestorben war. Als er noch jünger war, hatte er ihr einen Anhänger gestohlen, der ihr sehr viel bedeutet hat, um seine Spielschulden zu begleichen.«

»Das war eine seiner kleineren Übeltaten«, sagte ihr Onkel in kühlem Tonfall. »Er hat sich mit Geldverleihern eingelassen und mehr als nur einen Unschuldigen übers Ohr gehauen.«

Was für ein Schurke. Matt wollte Grace an sich ziehen. Molton hätte sich für seine Rückkehr keinen ungünstigeren Zeitpunkt aussuchen können als jetzt, wo er ihnen wirklich gefährlich werden konnte. Matt hatte sich den Kopf darüber zerbrochen, weshalb der Junge sie beobachtet haben mochte. Hatte der Junge mit der Rückkehr ihres Onkels zu tun? Und wenn ja, was hatte Molton vor? Die Situation gefiel Matt ganz und gar nicht und das Einzige, was Grace beschützen konnte, war ein Ehegelübde. Würden sie und ihr Onkel sich darauf einlassen, die Hochzeit erneut vorzuziehen?

Er suchte ihren Blick. »Liebling, mir ist gerade bewusst geworden, dass er den Jungen geschickt haben könnte, den wir gesehen haben.«

Sie rieb sich die Stirn. »Weshalb würde mein Onkel ihn zu uns schicken?«

»Worthington hat recht, Liebes«, sagte Onkel Herndon. »Er könnte versuchen, in das Haus einzubrechen.«

Matt hätte Herndon küssen können. Ihm war es lieber, dass sie nicht in Erwägung zog, er könne hinter den Kindern her sein. »Wir müssen die Möglichkeit in Betracht ziehen. Du kannst ihm absolut nicht vertrauen.«

Er nahm ihre Hände in seine und warf Herndon einen Blick zu. »Grace, Milord, was würdet ihr davon halten, wenn wir die Hochzeit vorziehen?«

Mit schreckgeweiteten Augen sah sie ihn an. »Wie stellst du dir das vor? In wenigen Tagen ist Ostern, also wäre es nur noch morgen möglich!«

»Genau. Wir können die Verträge abschließen, Milord, dann werden Grace und ich uns in die St. Georges Kirche begeben, um die nötigen Vorkehrungen zu treffen.«

Nachdenklich zog Graces Onkel die Brauen zusammen. »Mit dem Pfarrer müssen Sie nicht sprechen. Ich werde ihm eine Nachricht zukommen lassen. Meine Frau ist nicht die Einzige, die Kontakte in der St. Georges Kirche hat. Einer der Geistlichen dort ist mein Neffe. Haben Sie die Erlaubnis?«

Matt war heilfroh, dass er daran gedacht hatte, sie zu besorgen. »Ja.«

Graces besorgter Blick traf auf seinen. »Was ist mit Charlie? Er kommt voraussichtlich erst morgen nach Hause.«

Ungeachtet ihres Onkels zog er sie in seine Arme. »Wir werden noch heute Nachmittag nach ihm schicken. Es wird ihn sicher nicht stören, die Schule einen Tag früher zu verlassen.«

»Aber wer wird meine Ehrendame sein? Phoebe hat mir eine Nachricht zukommen lassen, sie ist für ein paar Tage verreist.«

»Chartier ist nicht weit. Wenn nötig, werde ich heute Nachmittag einen Reiter losschicken.« Er ließ seinen Daumen über die Sorgenfaltern auf ihrer Stirn gleiten. Irgendwie würde Matt diese übereilte Hochzeit wiedergutmachen.

Herndon breitete die Unterlagen für den Ehevertrag auf einem kleinen Schreibtisch aus.

Matt führte Grace zu einem Stuhl, der davorstand. Sie nahm die Unterlagen in die Hand und wenige Augenblicke später blickte sie zu ihm empor. Sie fixierte sein Gesicht. »Du bist dir sicher, dass du dies tun willst?«

Er hatte sich mit Marcus und Rutherford über die Eheverträge unterhalten, die sie mit ihren Ehefrauen abgeschlossen hatten. Keiner der beiden hatte einen Erben, der ihnen näherstand als ein Cousin zweiten Grades und beide waren besorgt darüber, was ihren Frauen widerfahren würde, sollte ihnen etwas zustoßen, denn sie hatten nur einen gewöhnlichen Ehevertrag. Matt traute seinem Erben ebenfalls nicht zu, für seine Frau zu sorgen. Dem selbstgefälligen Schönling würde nichts besser passen, als sie wie eine arme, von ihm abhängige Frau zu behandeln. In diese demütigende Situation würde Grace nicht kommen. Matt hatte beschlossen, dass es am besten wäre, wenn Grace ihren gesamten Besitz zu ihren Gunsten treuhänderisch verwaltete. »Das bin ich.«

Herndon erhob das Wort. »Da du mir eine Handlungsvollmacht erteilt hast, habe ich deinen gesamten Besitz bereits in einen Fonds übertragen, Liebes.«

Grace atmete tief ein, tauchte die Feder in die Tinte und unterzeichnete die Verträge.

Nachdem Matt seine Unterschrift hinzugefügt hatte, hellte sich seine Laune auf. Morgen würde er ein verheirateter Mann sein. Nichts konnte ihn davon abhalten.

Mit unschuldiger Miene blickte Grace zu ihm empor. »Sag, wenn mein Landauer auch weiterhin als mein Eigentum gilt, muss ich dann immer noch dein Wappen auftragen lassen?«

Ihr Onkel lachte herzhaft. »Es ist schön, dich wieder scherzen zu sehen, Liebes, aber treibe es nicht zu weit mit deinem jungen Gentleman.«

Grinsend schüttelte Matt den Kopf. Er war gerade erst dabei, Graces frevelhaften Sinn für Humor kennen und lieben zu lernen. »Sie hat mich heute schon genug zum Narren gehalten, Sir. Komm, Liebling.«

»Grace«, sagte ihr Onkel, »wer wird deine Ehrendame sein?«

Sie schenkte ihm ein schiefes Lächeln. »Lady Evesham, aber ich fürchte, wir werden nach ihr schicken müssen.«

Herndon legte die Eheverträge in eine Schublade. »Da kann ich dich beruhigen. Ich habe Reisekutschen vor Dunwood House vorfahren sehen, kurz bevor ihr angekommen seid.«

Grace atmete erleichtert auf. »Danke, dass du mir Bescheid sagst.«

Worthington fasste sie am Arm und verneigte sich vor ihrem Onkel. »Komm, wir werden sehen, ob Phoebe und Marcus Besuch empfangen.«

»Gib mir noch einen kleinen Moment. Ich muss eine Erlaubnis losschicken, damit Charlie nach Hause kommen kann.« Grace kritzelte eine schnelle Nachricht und überreichte sie ihrem Onkel. »Ich danke dir vielmals, dass du dich darum kümmerst. Du bist und warst mir wirklich eine große Hilfe.« Sie streckte eine Hand nach ihm aus und gab ihm einen Kuss auf die Wange. »Ohne dich hätte ich das alles nie geschafft.«

Herndon umarmte sie und räusperte sich. »Ich werde die Erlaubnis unverzüglich losschicken lassen. Sobald ich mit meinem Neffen gesprochen habe, werde ich euch die Zeit eurer Hochzeit mitteilen.«

Grace erhob sich und gab ihrem Onkel noch einen Kuss. »Danke. Du bist der beste Onkel, den man sich nur wünschen kann.«

»Wenn du es sagst, Liebes.«

Matt musste ihr recht geben. Ohne die Effizienz ihres Onkels würden er und Grace warten müssen, und er hatte das ungute Gefühl, dass das gefährlich werden könnte. Etwas war eindeutig faul.

Der Butler der Dunwoods verneigte sich vor Grace und Matt und führte sie dann in den kleinen Salon im hinteren Ende des Hauses.

Marcus half Phoebe beim Aufstehen. »Grace, Worthington, wie schön euch zu sehen.«

»Phoebe, ich bin so froh, dass ihr wieder hier seid.« Grace und ihre Freundin umarmten sich und küssten sich die Wangen. »Der Tag der Hochzeit wurde erneut vorgezogen. Wir werden morgen heiraten.«

Phoebe starrte sie mit großen Augen an. »Was ist geschehen? Warum so kurzfristig?«

»Der Bruder meiner Mutter, Molton, ist zurückgekehrt und er ist allseits als Unruhestifter bekannt. Das Testament meines Großvaters fiel für ihn nicht so aus, wie er es sich erhofft hatte.«

»Ich verstehe.« Phoebes Lippen pressten sich zu einer schmalen Linie zusammen. »Ich nehme an, dass ihr auf die Empfehlung von Lord Herndon hin handelt?«

Grace lächelte schief. »Ja.«

»Wenn das so ist, haben wir keine Zeit zu verlieren.« Phoebe reckte das Kinn hervor und ein kriegerisches Glänzen trat in ihre Augen. »Wir müssen uns zu Madame begeben.« Sie wandte sich an Matt. »Holen Sie Ihre Stiefmutter, Charlotte und Louisa. Grace und ich werden sie bei Madame Lisette in der Bruton Street treffen.«

Grace hatte hastig eine mentale Liste mit all den Dingen erstellt, die für morgen noch erledigt werden wollten. »Ich muss unserem Chefkoch Bescheid geben und dem Personal in beiden Häusern.«

»Das kann Worthington übernehmen. Wir müssen los.« Phoebe blickte nach draußen. »Verdammt, es hat angefangen zu regnen.«

Matt grinste. »Ihr könnt meine Kutsche nehmen. Ich werde zurück gehen.«

Grace fasste ihn am Arm. »Nein, wir werden dich dort absetzten. Es liegt auf dem Weg.«

Nachdem sie Matt in Stanwood House zurückgelassen hatten, fuhren sie weiter in die Bruton Street.

Grace war gerade fertig mit der Anprobe, als Patience und ihre Schwestern eintrafen. »Hat Matt euch Bescheid gegeben?«

»Hat er, und an dem Ganzen lässt sich nun nichts mehr ändern.« Patience umarmte Grace. »Ich habe vollstes Vertrauen in Ihren Onkel und stimme ihm zu. Ich soll Ihnen ausrichten, dass nach Charlie geschickt und Ihr Personal angewiesen wurde, Molton nicht in das Haus zu lassen.«

Die Last auf ihren Schultern wurde etwas leichter. »Danke.«

»Hat eine von euch heute Abend noch Verpflichtungen?«, fragte Phoebe.

»Ja, Lady Feathertons Soirée.«

»Daran werdet ihr teilnehmen müssen, da hilft alles nichts.« Phoebe ging auf und ab. »Ich würde die Hochzeit nicht erwähnen. Zwischen Freitag und Montag werden keine Empfänge gehalten, und am Dienstag hättet ihr sowieso geheiratet.«

Die Bediensteten hielten den Damen die Regenschirme, als sie die Modistin verließen und die Straße entlang zum Hutmacher eilten, um sich dort zu ihren neuen Kleidern passende Hauben auszusuchen.

»Ich hoffe die Dienstmädchen werden die Kleider für die Mädchen fertigstellen können.« Ihre und Matts Schwestern würden so enttäuscht sein, wenn sie ihre neuen Kleider nicht anziehen konnten. »Die Schneiderin sollte sie zu Ostern fertig haben, doch nun brauchen wir sie drei Tage früher.«

»Es wird schon alles gutgehen.« Behutsam tätschelte Phoebe Graces Hand. »Das muss es einfach. Wir sehen uns heute Abend.«

»Wir helfen, Grace«, sagte Charlotte.

Neben ihr nickte Louisa. »Wir helfen, wo wir können, und mach dir bitte keine Sorgen um unsere Kleider. Wir haben zahlreiche neue, die wir anziehen können.«

Graces Kehle schnürte sich zu. Womit hatte sie so wundervolle Schwestern verdient? »Ich danke euch. Patience und Phoebe, euch auch. Ich wüsste nicht, was ich ohne euch tun würde.«

»Gern geschehen.« Phoebes Augen glänzten. »Hat man dir nicht gesagt, dass wir verheiratete Frauen andere gern unterstützen? Und nun lasst uns eine Haube finden, die deinem Kleid gerecht wird.« Mit leiser Stimme fuhr Phoebe fort. »Und vergiss das Lächeln nicht. Du heiratest einen Mann, den du liebst und der deine Liebe erwidert.«

»Das tue ich.« Grace gönnte sich einen weiteren tiefen Atemzug und lächelte. Noch nie war sie so glücklich und nervös zugleich gewesen. »Eine Haube ist genau das Richtige.«

KAPITEL 24

Sobald Grace Stanwood House betrat, zog Matt sie zur Seite.

»Ich habe Miss Tallerton und Jane sowie eine Bekanntschaft von Jane gebeten, Einladungen für das Hochzeitsmahl zu adressieren. Sie sind im kleinen Salon.«

»Eine Bekanntschaft von Jane? Ich wusste natürlich, dass sie welche hat, aber wer ist die Dame?«

»Komm mit in den Salon.« Seine Mundwinkel hoben sich zu einem geheimnisvollen Lächeln. »Ich werde es dir erzählen, nachdem wir die Hochzeit besprochen haben.«

Sie lachte leise und folgte ihm. »Wann wird die Trauung stattfinden?«

»Um zehn Uhr. Scheinbar findet um elf Uhr eine weitere Hochzeit statt.« Er grinste, doch schüttelte dann den Kopf. »Ich sollte mich nicht freuen, denn es ist tatsächlich recht skandalös. Ein junges Paar, das auf dem Weg nach Gretna Green erwischt wurde, wird nach uns vermählt.«

Graces Augen weiteten sich. Die Idee, dass eine ihrer Schwestern davonlief, um zu heiraten, war ihr schlimmster Albtraum. »Weißt du, wer es ist?«

Er schenkte zwei Gläser voll Wein, ehe er ihr eins reichte. »Nein, dein Onkel hat nicht nachgefragt.« Er presste die Lippen aufeinander. »Wir werden zweifellos heute Abend davon erfahren, es sei denn sie haben es erfolgreich geheim gehalten. Ich hoffe nur, dass Louisa und Charlotte es nicht für romantisch halten.«

Grace rieb sich den plötzlich steif gewordenen Nacken. »Ich kann nur hoffen, dass es mir gelungen ist, ihr die Unanständigkeit und Gefahren einer heimlichen Hochzeit einzubläuen.« Sie trank einen Schluck Wein. »Es würde mich sehr wundern, wenn es erfolgreich vertuscht worden ist. Diese Art von Angelegenheit kommt fast immer ans Licht.« Sie blickte zu Matt. »So traurig es auch ist, wird es wohl von unserer eiligen Hochzeit ablenken.«

Er setzte sein Glas ab und legte ihr einen Arm um die Schultern. »Grace, ich habe unseren beiden Anwälten eine Nachricht zukommen lassen. Der Antrag für die Vormundschaft wird unmittelbar nach der Hochzeit gestellt werden.«

Sie lehnte sich gegen seinen starken Körper, seiner Wärme entgegen. »Onkel Herndon wird uns dabei helfen.«

Grinsend vergrub er seine Nase an ihrem Hals. »Ich glaube, er hat bereits vor, mit einem der richterlichen Mitglieder des House of Lords zu sprechen.«

»Erzählst du mir jetzt endlich das Geheimnis um Janes Bekanntschaft?«

»Es ist ein Gentleman. Ein Mr. Hector Addison. Und sie werden demnächst ebenfalls heiraten.«

»Handelt es sich etwa um den Herrn, den sie vor all den Jahren geliebt hat?« Grace schnappte nach Luft und musste sich davon abhalten, einen kleinen Freudentanz aufzuführen.

»Um genau den, wenn ich es richtig verstehe.«

»Aber ich dachte, er wäre auf dem Meer umgekommen.«

»Er ist nach Indien gesegelt und vor Kurzem zurückgekehrt.«

Sie warf die Arme um Matt. »Welch freudige Neuigkeiten! Du kannst dir nicht vorstellen, welche Sorgen ich mir um sie gemacht habe.«

»Glaub mir, ich hatte eine Ahnung.« Matt gab ihr einen festen Kuss auf die Lippen. »Ich weiß, dass du keine Ruhe geben wirst, bis du ihn kennengelernt hast.«

»Wie ist er?«

»Er ist herzlich und den Blicken nach zu urteilen, die er Jane zuwirft, bis über beide Ohren verliebt.«

»Du musst mir alles erzählen, was du weißt, damit ich sie mit all meinen Fragen nicht aus der Fassung bringe.«

»Viel weiß ich nicht.« Hand in Hand schlenderten sie den Korridor entlang. »Sie haben ein Haus gefunden, nicht weit von hier entfernt, und wenn man ihre Pläne bedenkt, zudem ein Anwesen auf dem Land zu erwerben, scheint er ziemlich wohlhabend zu sein. Wenn es darum geht ihn in Verlegenheit zu bringen, dann warte nur, bis er die Kinder kennenlernt.«

Molton erlaubte es Jem, in seine Gemächer einzutreten und reichte ihm ein Handtuch.

»Bin geblieben, bis der Regen kam. Bis auf heut' morgen war da nix los. Die Frau ist rüber zum Haus dieses Herren gegangen, kurz nachdem ich zurückgekommen war.«

»Hast du gesehen, wie sie das Haus wieder verlassen hat?«

»Sie ist mit ihm in 'ner Kutsche verschwunden. Wäre ihnen ja gefolgt, aber hinten saß 'n Diener.«

»Ich verstehe. Wie es scheint, hat meine Nichte einen Liebhaber.« Molton rieb sich das Kinn. »Das würde dem Gericht gar nicht gefallen. Wo sagtest du noch gleich liegt das Haus des Gentlemans?«

»Direkt auffer anderen Seite des Squares. Wollen Sie, dass ich zurück geh?«

Edgar schlenderte zum Kamin hinüber. »Nein, ich brauche jemanden, der als Zeuge auftreten kann.« Er kramte in seiner Tasche herum. »Hier hast du den Rest deines Geldes und einen Zuschlag.«

Das Gesicht des Jungen leuchtete auf. »Danke, Guv'nor. Wenn Sie je wieder etwas brauchen, rufen Sie einfach nach mir.«

»Ich danke dir, das werde ich.« Edgar lächelte in sich hinein. Nicht mehr lang, und ihm würde es an nichts mehr fehlen. Frauen waren wirklich nicht sonderlich intelligent. Er würde gern herausfinden, wer dieser Liebhaber war. Am Berkeley Square hatte er sich nie wirklich ausgekannt.

Nachdem Jem gegangen war und es aufgehört hatte, zu regnen, schlüpfte Molton in seinen Paletot, setzte sich seinen Kastorhut auf und nahm seinen Gehstock in die Hand. Er machte sich auf den Weg zur nächsten Bibliothek und fand dort eine alte Ausgabe des *Debrett's*. Kurze Zeit später hatte Molton seine Antwort. Wie überaus unvorsichtig von ihnen. Er begann einen Plan zu schmieden. Er würde sowohl seine Nichte als auch Lord Worthington um einen beachtlichen Betrag erpressen können.

Ein paar Häuser entfernt von der Bibliothek, sah er ein Schild mit der Aufschrift HARVEY COMBS, DETEK-TIV. Genau die Art Person, nach der Edgar suchte. Er betrat das Gebäude, ehe er die Treppe in den zweiten Stock erklomm, klopfte, und eintrat.

»Mr. Combs?«

»Wer will das wissen?«

Molton vernahm den ölig aussehenden Anzug sowie das schmuddelige Halstuch von Mr. Combs, der nur weniger schäbig aussah als seine Kleidung. »Mein Name ist Molton, Edgar Molton. Ich bin vor Kurzem aus dem Ausland zurückgekehrt und musste feststellen, dass meine Nichte, die die Vormundschaft für meine jüngeren Nichten und Neffen hat, vom rechten Pfad abgekommen ist. Ich habe vor, beim Obersten

Gerichtshof Klage zu erheben, doch brauche ich einen integren Herrn, der ihre Sittenlosigkeit bezeugen kann.«

Combs straffte die Schultern. »Da sind Sie bei mir genau richtig. Wo finde ich diese Frau?«

»Am Berkeley Square, in Mayfair, Stanwood House.« Er hielt inne, um zu sehen, ob die Miene des Herren sich veränderte. Ein etwas düsterer Ausdruck huschte über Combs' Gesicht. Edgar fragte sich kurz, was es wohl bedeuteten mochte, aber es kümmerte ihn nicht weiter. Was machte es schon? »Ihr Name lautet Lady Grace Carpenter. Ich habe Grund zur Annahme, dass sie Lord Worthingtons Geliebte ist.«

»Zehn Pfund vorab und danach nochmal zehn.«

Der Idiot hielt Edgar wohl für einen Narren. »Fünf vorab und zehn danach. Wenn Sie mit mir diskutieren, biete ich Ihnen weniger.«

»Aber ich habe doch Ausgaben«, beklagte sich Combs mit gequältem Gesichtsausdruck.

Edgar blickte Combs in die Augen. »Genau wie ich. Sie können mein Angebot entweder annehmen oder ich werde mir jemand anderen suchen.«

»Ist ja gut, abgemacht. Wann soll ich anfangen?«

»Morgen früh. Wenn ich recht habe mit dem, was hier vor sich geht, werden Sie sie die ganze Nacht und den nächsten Tag beobachten müssen.« Molton reichte dem Detektiv fünf Pfund. »Und denken sie gar nicht erst daran, sich aus dem Staub zu machen.«

»Würde mir nicht im Traum einfallen.« Der Mann steckte sich das Geld in die Tasche. »Ich bin ein ehrlicher Mann.«

Das glaubte ihm Edgar keine Sekunde, aber er würde schon sicherstellen, dass der Mann ihn nicht betrog.

Es regnete noch immer, als Matt die Damen aus Stanwood House führte und ihnen in die Kutschen half, in der sie die kurze Fahrt in die Curzon Street zurücklegen würden. Die Nachricht über seine und Graces anstehende Vermählung hatte sich offensichtlich bereits verbreitet. Lady Featherton begrüßte sie überschwänglich und beglückwünschte Grace und ihn.

Er begleitete Patience und seine Schwestern zu einem kleinen Sofa und mehreren Sesseln, ehe er mit Grace durch den Raum schlenderte. Als sie eine Gruppe Herren mit ihren Gattinnen erreichten, erfuhren sie kurzerhand die Einzelheiten über das Paar, das versucht hatte, sich davonzustehlen.

»Können Sie es fassen, meine liebe Lady Grace? Die beiden wurden nur eine Tagesreise von Gretna Green entfernt aufgefunden.«

Grace presste die Lippen aufeinander. »Wie empörend und schändlich. Ich hoffe inständig, dass es sich nicht um eine romantische Liebesgeschichte handelt. Wer sind die beiden, Mrs. Stanley?«

»Ich fürchte, Sie werden enttäusch sein.« Mrs. Stanley zog die Brauen zusammen. »Das Mädchen ist eine Miss Snow, und sie hätte dieses Jahr ihr Debüt gefeiert. Bei dem Gentleman handelt es sich um Alvaneys jüngsten Sohn, Lord William Hunt. Lord William ist pleite, Sie wissen ja, wie es um die Hunts steht, und die junge Dame ist eine Erbin.«

»Ich erinnere mich, ihr vorgestellt worden zu sein.« Grace legte sich einen Finger an die Lippen. »Sie war auf Lady Bellamnys Empfang.«

Matt gefielen die Implikationen nicht. Wenn Grace die junge Dame kennengelernt hatte, dann waren Louisa und Charlotte Miss Snow ebenfalls vorgestellt worden. Er hoffte, die Mädchen, würden Miss Snows Benehmen nicht als akzeptabel erachten. »Ich wusste gar nicht, dass Lord William so habgierig ist.«

Schockiert weitete Mrs. Stanley die Augen. »Nein, wahrlich nicht. Ich habe ihn nie für einen Mitgiftjäger gehalten. Es scheint, die beiden kennen sich bereits seit dem Kindesalter. Mit Miss Snows Schönheit und ihrem Reichtum hatte ihr Vater sich eine hervorragende Partie für sie erhofft. Sie ist schließlich ein wirklich hübsches Ding.« Mrs. Stanley stand nun im Mittelpunkt der Aufmerksamkeit und blickte sich um, ehe sie fortfuhr. »Ich glaube, Mr. Snow war sich der Anziehung bewusst und verbot es ihnen, miteinander zu sprechen. Man erzählt sich, dass er dann versucht habe, seiner Tochter einen Ehemann zu finden.«

»Und das hat nun zur Folge,« sagte Grace in einem empörten Tonfall, »dass Lord William als ihr Held dargestellt wird.«

»Nun, wenn Mr. Snows Tochter eine Erbin ist«, sagte einer der anwesenden Herren, »wird er sicher nichts mit Alvanley zu tun haben wollen.«

»Meiner Meinung nach«, fügte Matt hinzu, »wurde das Ganze ziemlich schlecht gehandhabt.«

Mrs. Stanley fuhr fort. »Mr. Snow wird nun keine Wahl bleiben, als einer Vermählung zwischen seiner Tochter und Lord William zuzustimmen. Bevor er zu ihnen gelangte, wurden sie von Lady Cavendish in einem Inn gesehen.«

Grace schüttelte den Kopf. »Wenn das so ist, dann gibt es nicht die geringste Chance, es zu vertuschen.«

»In der Tat, Milady.« Mrs. Stanley hielt inne und lächelte. »O, ich habe ganz vergessen, Sie zu beglückwünschen. Eine wirklich ausgezeichnete Partie für sie beide. Wie ich höre, werden Sie in kleinem Kreis heiraten.« Sie schenkte ihr ein wissendes Lächeln. »Sie werden mit den Debüts Ihrer Schwestern sicher sehr beschäftigt sein. Worthington, Sie werden alle Hände voll zu tun haben.«

Er folgte Mrs. Stanleys Blick und unterdrückte ein Stöhnen. Die Mädchen standen inmitten zahlreicher junger Herren und Damen. Nur der warnende Druck von Graces Hand auf seinem Arm, hielt ihn davon ab, hinüberzupreschen und sich zum Narren zu machen. Und dies war erst der Beginn der Saison. Er würde noch den Verstand verlieren.

Grace neigte den Kopf. »Mrs. Stanley, wir sehen uns sicher später noch einmal. Ich danke Ihnen für die Neuigkeiten.«

»Wenn ich Sie das nächste Mal sehe, Milady, werden Sie wohl bereits Lady Worthington sein.«

Höflich lächelnd zog Grace an Matts Arm und steuerte sie auf eine andere Gruppe zu. Seine Aufmerksamkeit richtete sich jedoch nicht darauf, wo sie hingingen, sondern auf Charlotte und Louisa. »Liebling, du kannst nicht jedes Mal davoneilen, wenn ein junger Mann eines der Mädchen anspricht.«

»Mir gefällt dieses ganze Gerede über heimliche Hochzeiten nicht.« Matt zog die Stirn kraus. »Es klingt viel zu romantisch.«

Grace nickte einigen ihrer Bekanntschaften zu. »Hast du Angst, dass eine unserer Schwestern so darüber denken wird?«

»Du nicht?«

Nachdenklich blickte sie zu ihm hoch. »Nein, sobald ihnen bekannt wird, dass das Paar sich auf das Land zurückziehen muss und sich die nächsten Saisons über nicht in London blicken lassen kann, werden sie es nicht sehr verlockend finden.«

Ihre Miene und ihre Zuversicht beruhigten ihn. »Dennoch möchte ich aufbrechen, sobald es nicht als unhöflich gelten würde.«

Grinsend blickte Grace zu den Mädchen. »Erst müssen wir sie von ihren Verehrern losreißen, ohne dass sie bemerken, was wir im Schilde führen.« Sie hielt kurz inne. »Wir werden Charlie als Ausrede benutzen. Charlotte wird es sich nicht entgehen lassen wollen, ihn willkommen zu heißen und ihm Louisa vorzustellen.«

Als sie Patience wieder erreichten, standen die Mädchen inmitten ihrer neuen Freunde und sie alle unterhielten sich angeregt. Grace zog einen Schmollmund. »Die heimliche Hochzeit?«

Patience presste die Lippen zusammen. »Ja. Die Geschichte entwickelt sich von Minute zu Minute weiter.«

»Wir sollten dem Ganzen nicht allzu viel Beachtung schenken«, erwiderte Grace. »Je weniger darüber gesprochen wird, desto schneller wird es Schnee von gestern sein.«

»Sie haben natürlich recht«, stimmte Patience ihr zu. »Wenn es angesprochen wird, tun wir einfach so, als würde es uns nicht sonderlich interessieren.«

Matt unterdrückte ein Knurren und atmete tief ein, um die jungen Herren, die bei ihren Schwestern standen, möglichst ruhig zur Kenntnis zu nehmen. Auf den ersten Blick erkannte er keinen von ihnen. Doch das Gute am *ton* war, dass Informationen sehr leicht zu erhalten waren. »Grace, sie sollten gemeinsam mit uns zum Abendmahl gehen.«

»Ja, Liebling.«

Während er ihren Schwestern befohlen hätte, sie zu begleiten, wandte sich Grace in ruhigem Ton an sie. »Louisa, Charlotte, werdet ihr uns zum Abendmahl begleiten?«

Charlotte drehte sich um. »Gern! Wir sind froh, dass ihr wieder hier seid. Louisa und ich haben euch so viel zu berichten.«

Grace lächelte. »Dann lasst uns hinuntergehen, damit ihr es mir erzählen könnt.«

Ein Gentleman mit schwarzen Haaren und einem recht dunklen Teint, der nicht Teil der Gruppe gewesen war, verneigte sich. Diesen Herren kannte Matt wenigstens. »Lady Charlotte, dürfte ich Sie zum Abendmahl geleiten?«

Charlotte blickte zu Grace, deren Brauen langsam und fordernd in die Höhe wanderten. »Entschuldigen Sie. Ich glaube, wir wurden einander noch nicht vorgestellt.«

Der junge Mann stotterte und verneigte sich hastig. »O– O, Milady. Verzeihung. Ich wurde Lady Charlotte vorhin vorgestellt.«

»Liebling«, sagte Matt. »Darf ich dir Lord Harrington vorstellen? Harrington, Lady Grace Carpenter, meine Verlobte.«

Grace verneigte den Kopf. »Lord Harrington. Es ist mir eine Freude Ihre Bekanntschaft zu machen. Unsere Familie wollte sich gerade zum Abendmahl begeben. Möchten Sie uns begleiten?«

Er nahm ihre ausgestreckte Hand in seine und verneigte sich erneut. »Es wäre mir eine Freude, Milady, und darf ich Ihnen meine Glückwünsche aussprechen?«

»Ich danke Ihnen.«

Als er sich wieder aufrichtete, wandte sich Harrington an ihre Schwester. »Lady Charlotte?«

Sie schenkte ihm ein strahlendes Lächeln. »Lord Harrington. Ich würde mich sehr freuen, wenn Sie mich begleiten.«

Sie wandten sich zum Gehen, als Worthington fast über einen weiteren jungen Herrn gestolpert wäre. »Bentley?«

»Milord, ich– ich wollte Lady Louisa fragen, ob ich Sie zum Speisesaal geleiten dürfte.«

Bentley war von mittelhoher Statur und trug seine hellbraunen Haare gelockt. Worthington versuchte sich ein Grinsen zu verkneifen. »Dann sollten Sie sie wohl fragen.«

Bentley verneigte sich. »Lady Louisa, würden Sie ...«

Sie streckte ihm eine Hand entgegen. »Ja, es wäre mir eine Freude.«

»Du musst ihn schon aussprechen lassen«, flüsterte Charlotte ihr zu.

Louisa legte eine Hand auf Bentleys Arm. »Er hat zu lange gebraucht«, murmelte sie zurück.

Grace presste ihre Lippen fest aufeinander, um sich das Lachen zu verkneifen, beging dann aber den fatalen Fehler, zu Matt zu sehen, der ebenfalls Mühe hatte, einen neutralen Gesichtsausdruck zu wahren. Sie fasste ihn am Arm und hielt ihn zurück, um Patience und den Mädchen den Vortritt zu gewähren. »Wenigstens ist sie ehrlich.«

Er schüttelte den Kopf. »Ich glaube, ich bin hierfür nicht geschaffen.«

Grace tätschelte seinen Arm. »Wir werden uns daran gewöhnen. Die Saison hat schließlich gerade erst begonnen.« Grace blickte geradeaus und dann wieder zu ihm. »Was weißt du über die jungen Herren?«

»Bentley ist der Erbe des Duke of Covington. Harrington der des Marquis of Markham. Sie sind beide Ende Zwanzig. Alt genug, um darüber nachzudenken, sesshaft zu werden. Bentley ist auf seinen Vater angewiesen. Harrington hat sein eigenes Vermögen sowie das Anwartschaftsrecht. Sollte ihr Interesse ernstzunehmen sein, dann werde ich mehr über sie in Erfahrung bringen.«

»Sie müssen den Mädchen wohl auf einem vorherigen Empfang vorgestellt worden sein. Ich werde nachsehen, ob sie Karten hinterlassen haben. Wir waren heute so lange unterwegs, dass ich noch nicht dazu gekommen bin.«

Ein Bediensteter trat an sie heran und präsentierte ihr eine Nachricht auf einem Silbertablett. »Lady Grace Carpenter?«

Ihre Hand begann zu zittern und sie machte sich innerlich auf schlechte Neuigkeiten gefasst. »Ja, was gibt es?«

Der Mann verneigte sich. »Eine Nachricht für Sie, Milady. Möchten Sie, dass ich warte?«

»Ja, bitte.« Graces Herz pochte wild, als sie den Brief öffnete. Gott sei Dank. Sie atmete tief ein und versuchte, sich wieder zu beruhigen. »Charlie ist sicher zu Hause angekommen. Die Zustände der Straßen haben ihnen ein paar Probleme bereitet, aber er ist jetzt daheim.« Sie blickte zu dem Bediensteten auf. »Eine Antwort wird nicht nötig sein.«

»Sehr wohl, Milady.«

Nachdem der Mann fort war, blickte Matt zu ihr hinab. »Es sah kurz so aus, als hättest du Angst.«

Todesangst traf es wohl besser. Sie nahm einen tiefen Atemzug und war froh über die Geborgenheit, die sie in seiner Anwesenheit verspürte. »Ich habe noch nie zuvor eine Nachricht auf einem gesellschaftlichen Empfang erhalten. Ich– ich dachte kurzzeitig, dass es vielleicht zu einem Unfall gekommen ist.«

Er legte ihre Hand auf seinen Arm und sie betraten den Speisesaal. »Soll ich dich nach Hause bringen?«

Sie wollte zwar zurück und ihren Bruder sehen, doch Grace musste auch an die Mädchen denken. »Wir werden mit Patience sprechen. Ich möchte sie ungern nach Hause zerren, wenn sie lieber bleiben würden.«

»Dann lass mich dir etwas zu Essen und ein Glas Champagner bringen. Wir werden nachsehen, wie sich unsere Schwestern machen.«

Darüber erleichtert, dass sie ihre Gedanken und Sorgen mit ihm teilen konnte, blickte Grace zu ihm auf. »Ich danke dir. Das wäre perfekt.«

Matt geleitete sie zu dem Tisch, an dem Patience und ihre Schwestern Platz genommen hatten.

Patience wandte sich an Grace. »Was ist los?«

»Nichts Schlimmes. Charlie ist sicher zu Hause eingetroffen. Sie waren aufgrund des Wetters verspätet.«

»Charlie ist hier?« Ein strahlendes Lächeln breitete
sich auf Charlottes Gesicht aus. »O Grace, können wir
zu ihm?«

Grace war zwar froh, dass ihre Schwester lieber gehen würde, aber man musste die Anstandsregeln be-
achten. »Charlotte, du weißt es besser. Jetzt, da du Lord
Harringtons Einladung angenommen hast, wirst du
auch das Abendmahl mit ihm gemeinsam einnehmen
müssen. Wir werden ein wenig länger hier verweilen
und uns dann verabschieden.«

Charlotte seufzte. »Ja, natürlich. Ich möchte doch
Charlie nur so gern sehen.«

»Das weiß ich.« Tröstend drückte ihr Grace die Schulter. »Das möchte ich auch.«

»Ich könnte mir vorstellen, dass die Kinder jetzt alle
wieder wach sind.« Charlotte wandte sich an Patience.
»Dies ist sein erstes Jahr in Eton. Keiner von uns ist es
gewohnt, ihn nicht im Haus zu haben.«

Patience lächelte. »Das verstehe ich. Wenn Louisa
bleiben möchte, werde ich natürlich ebenfalls verweilen. Wenn nicht, können wir uns nach dem Abendmahl auf den Weg machen.«

Louisa lehnte sich über den Tisch. »Ich möchte mitge-
hen.«

Worthington, gefolgt von Harrington und Bentley,
kam mit einem Bediensteten im Schlepptau zurück
zum Tisch. »Ich glaube, wir haben die allerfeinsten
Köstlichkeiten für euch auserwählt.«

Charlotte nahm den Teller von Lord Harrington entgegen. »Ich danke Ihnen, Milord. Es sieht köstlich aus.«

Er nahm auf dem Stuhl neben ihr Platz. »Wir haben
die Hummer–Pasteten als erstes erreicht und konnten
gleich mehrere stibitzen. Ich hoffe, sie schmecken
Ihnen. Worthington war sich nicht sicher.«

Grace sah zu Louisa und zu ihrer Freude war Lord Bentley eifrig und bemüht dabei, ihr Empfehlungen zu machen.

»Liebling«, raunte Matt und lehnte sich zu ihr, »möchtest du ebenfalls die Hummer–Pastete kosten?« Seine Lippen streiften ihr Ohr. »Dieses Mal lasse ich dich auch aufessen.«

Was für ein Halunke! Wie konnte er es wagen, sie daran zu erinnern? Doch sie lächelte und war so glücklich, dass ihr Tränen in die Augen stiegen. Das letzte Mal, als sie in einem Speisesaal eine Hummer–Pastete und ein Glas Champagner zu sich genommen hatte, war der Abend gewesen, an dem er sie gefunden hatte. »Ja, das würde ich sehr gerne.«

Da die jüngeren Pärchen zurechtkamen, wandte sich Patience an Grace und Matt. »Mir kam kürzlich der Gedanke, dass unsere Wohnsituation unseren Nachbarn sehr merkwürdig vorkommen wird.«

Matt lehnte sich in seinem Stuhl zurück und spielte mit seinem Champagner–Glas. »Nun, ich denke, solange wir den Square nicht in unseren Nachthemden überqueren, sollten sie sich freuen.«

Grace verschluckte sich. »Damit wäre uns ein Skandal wohl gewiss. Patience, haben Sie sich eingelebt?«

Sie nippte an ihrem Champagner und nickte. »Ein Großteil meiner Kleidung und andere meiner Besitztümer haben bereits auf mich gewartet, als wir heute Nachmittag zurückgekehrt sind. Ich glaube, Louisas Sachen sind bereits alle dort. Grace, Louisas Gemächer sind wundervoll und es war eine großartige Idee, dass die beiden sich einen Salon teilen. Sie scheinen so viel gemein zu haben und sind gute Freundinnen geworden.«

Matt hatte dafür gesorgt, dass die meiste Arbeit erledigt worden war, während sie heute außer Haus waren. Grace schielte zu Matt hinüber, der sie angrinste. »Sie haben die Gemächer tatsächlich selbst ausgewählt, aber es freut mich, dass Sie dem zustimmen. Gefallen Ihnen Ihre Gemächer?«

»Sie sind makellos. Ich habe sogar noch mehr Platz als in Worthington House.

Sie hatte sich Sorgen gemacht, dass Patience sich in Stanwood House womöglich nicht wohlfühlen würde. »Das freut mich sehr. Lassen Sie es mich bitte wissen, wenn Sie Ihre Gemächer in Worthington House umgestaltet oder renoviert haben möchten.«

Patience lächelte. »Welch schönes Angebot. Darauf werde ich gerne noch einmal zurückkommen. Zuerst sollten wir uns aber um die Hochzeit und die Kinder kümmern.«

Grace blickte auf und sah Phoebe und Marcus auf sie zukommen. Sie erhob sich, um Phoebe zu umarmen.

Sobald sie sich gesetzt hatte, blickte Phoebe ihr grinsend entgegen. »Es war so viel los, dass ich noch nicht dazu gekommen bin, nach euch zu suchen. Es wird dich freuen zu hören, dass kaum jemand nach dir gefragt hat. Es scheint, der *ton* hat seine Aufmerksamkeit auf etwas anderes gerichtet.«

Marcus fand Matts Blick. »Wie ich sehe, habt ihr Interessenten.«

»Ja, ich weiß nicht, wer nervöser ist, sie oder ich.«

»Ich bin sehr froh, dass mir noch Zeit bleibt, bis meine Nichten in die Gesellschaft eingeführt werden.« Marcus lachte leise.

Matt sprach leise mit Marcus weiter, doch war es gerade noch laut genug, dass Grace dem Gespräch folgen konnte. »Marcus, wie gefällt dir das Eheleben?«

»Es gibt nichts Schöneres.«

»Ich glaube, für mich wird es genauso sein.«

Phoebe stupste Grace an. »Du bist ja ganz in Gedanken verloren.«

»Ich habe nur gerade darüber nachgedacht, dass ich mich morgen mit dem Gentleman vermähle, den ich schon seit eh und je heiraten wollte, und alles verläuft so problemlos.«

Ihre Freundin nickte. »Und du glaubst, es ist zu schön, um wahr zu sein?«

Vielleicht war es das gewesen, was ihr Sorgen bereitet hatte, als ihr der Brief überreicht worden war. »Genau. Als würde etwas geschehen, das alles zerstört.«

Phoebe bedeckte Graces Hand mit der ihren. »Du und Worthington habt verschiedene Stärken. Vertraue ihm, wenn du dir nicht selbst trauen kannst.«

Es schien eine Ewigkeit her zu sein, dass sie sich auf jemanden hatte verlassen können, und er kümmerte sich schon jetzt um sie und die Kinder. Als sie aufblickte, bemerkte sie, dass einige Gäste den Speisesaal verließen. »Louisa, Charlotte, wir werden Charlie jetzt willkommen heißen.«

Charlotte wandte sich an Lord Harrington. »Bitte entschuldigen Sie mich. Mein Bruder ist aus der Schule zurückgekehrt und wir haben ihn schon so lang nicht mehr gesehen.«

Er half ihr auf die Füße und verneigte sich. »Dann werde ich Sie nicht weiter aufhalten, Milady. Dürfte ich Sie morgen zu einer Kutschfahrt einladen?«

Charlottes Blick flog zu Grace. »Es tut mir leid. Wir– wir haben Pläne mit der Familie.«

»Dann am Tag darauf?«

»Ja, ich würde gerne mit Ihnen eine Kutschfahrt unternehmen.«

Er küsste ihr die Hand und eine zarte Röte überzog Charlottes Wangen. »Ich werde Sie um fünf Uhr abholen.«

Obwohl Grace es nicht hören konnte, war sie sich sicher, dass sich zwischen Louisa und Bentley eine ähnliche Unterhaltung zutrug.

Matt erhob sich, nahm Graces Hand und wandte sich an Bentley. »Wir müssen uns auf den Weg machen. Morgen werden wir zwar alle sehr beschäftigt sein, aber ich bin mir sicher, dass die Mädchen am darauffolgenden Tag zu Hause sein werden.«

Der junge Mann verneigte sich. »Ich danke Ihnen, Milord.«

Grace lächelte in sich hinein, als Matt sie allesamt zu ihrer Gastgeberin scheuchte, um sich zu verabschieden, und nach den Kutschen rufen ließ.

Der Regen hatte endlich nachgelassen und zurück blieb ein klarer Himmel, bereit für ihre Hochzeit am Morgen.

KAPITEL 25

Kaum hatten Matt, Grace und Patience die Schwelle zu Stanwood House überschritten, ertönten über ihren Köpfen auch schon laute Rufe, die sie aufforderten, Charlie begrüßen zu kommen. Die Kinder hatten wohl aus den Fenstern nach ihnen Ausschau gehalten.

Charlotte und Louisa rannten die Treppen hoch, ihre Röcke dabei recht undamenhaft hochgezogen, während er, Grace und Patience ihnen in einem gemächlicheren Tempo folgten. Matt erreichte den Unterrichtsraum und sah wie Charlotte und Louisa von einem hoch gewachsenen Sechszehnjährigen mit den unverkennbaren Carpenter–Augen und –Haaren umarmt wurden.

Der Junge hielt Charlotte auf Armeslänge. »Lotti, sieh dich nur an. Warst du auf einem Ball?«

»Natürlich nicht, du Dummerchen. Ich war auf einer Soirée. Dies ist ein Abendkleid, kein Ballkleid.«

Charlie drückte sie erneut. »Du siehst wunderhübsch aus.« Er blickte zu Worthingtons Schwester. »Und du bist Louisa. Du wirst also meine neue Schwester, hm? Lotti hat mir von dir geschrieben. Wie schön, dass ihr gemeinsam in die Gesellschaft eintreten könnt.«

Alice zog ihn mit sich. »Das hier ist Matt.«

Mary sprang auf und ab. »Morgen heiraten wir alle.«

Charlie hob sie hoch und drehte sich mit ihr im Kreis. »Ach ja?«

Plötzlich kamen die beiden Doggen durch die Tür gepoltert. Daisy versuchte sich um seine Beine zu wickeln. »Schon gut, Mädchen.« Er tätschelte ihren Kopf. »Aber wen haben wir denn hier? Einen Freund für

Daisy?« Charlie streckte Duke eine Hand hin und streichelte seinen Rücken. »Na, wie geht es dir, du hübscher Junge?« Dukes Schwanz wedelte kräftig hin und her und prallte dabei immer wieder so kräftig gegen die Wand, dass Matt Sorge hatte, dass entweder Wand oder Schwanz nicht heil davonkommen würde.

Als er Charlie mit den anderen so beobachtete, verstand er auf elementarer Ebene, weshalb Grace so hart dafür gekämpft hatte, ihre Brüder und Schwestern beisammenzuhalten. Er würde jetzt für sie da sein, und sie und die Kinder beschützen, seine und ihre.

Charlie löste sich, um Grace zu umarmen. »Mir wurde gesagt, dass Glückwünsche angebracht sind.«

Sie nickte und ihre Stimme war vor Emotionen ganz belegt. »Das stimmt. Charlie, dies ist Matt, Lord Worthington.«

Der Junge reichte ihm die Hand. »Es freut mich, Sie kennenzulernen, Sir. Es ist, als würde ich Sie bereits kennen. Die Zwillinge und Walter haben gesagt, dass sie dafür sorgen werden, dass wir zusammenbleiben können.«

Matt schüttelte Charlie die Hand. »Das werde ich. Das verspreche ich dir.«

Charlie blickte zu den Kindern. »Ich danke Ihnen, dass Sie sich dazu bereit erklärt haben, uns alle aufzunehmen, und für meine neuen Schwestern.«

Matt lachte. »Du musst mir nicht danken. Ich konnte deine Schwester nicht haben, ohne euch alle mit dazu zu nehmen.«

Charlie schmunzelte. »Sie ist gut im Verhandeln.«

Der Earl of Stanwood war zwar gerade erst sechzehn, doch er nahm seine Familie sehr ernst. Matt fragte sich, wie es für ihn wohl war, das Familienoberhaupt zu sein, jedoch keine Kontrolle über ihr Wohlergehen zu haben. Er und Grace würden darauf achten müssen, die

Vereinbarungen, die sie getroffen hatten, mit Charlie zu besprechen.

»Ihr solltet alle ins Bett«, sagte Grace, ehe sie jedem der jüngeren Kinder einen Kuss aufdrückte. »Charlie wird drei Wochen lang hier sein, und wir haben morgen früh viel vor. Ihr werdet zur Hochzeit alle Ringe unter den Augen haben, wenn ihr jetzt nicht schlafen geht.«

Sie brachten die Kinder ins Bett und gingen dann mit Charlie, Louisa und Charlotte nach unten.

Matt blickte zu Charlie. »Hast du heute Abend von der Hochzeit erfahren?«

»Nein.« Er grinste. »Ich habe Briefe erhalten.«

»Tatsächlich?« Das war eigenartig. »Wer hat dir geschrieben?«

»Alle.« Charlie sah ihn mit ernstem Gesichtsausdruck an. »Ich finde es gut, dass Sie Walter das Boxen beibringen.«

»Er lernt schnell.« Plötzlich kam Matt ein Gedanke. Wenn die Kinder Charlie so ausführlich über das doch recht kurze Liebeswerben zwischen ihm und Grace berichtet hatten, dann wäre es das Beste, wenn niemand diese Briefe zu Gesicht bekam. Er hob eine Braue. »Die Briefe?«

»Ich habe sie mitgebracht und werde sie verbrennen.« Charlie verzog das Gesicht. »Ihnen ist schon klar, dass sie am Schlüsselloch lauschen, oder?«

Matt verkniff es sich, die Hand über die Augen zu legen und fragte sich zum ersten Mal, was die Kinder womöglich mitbekommen hatten, als er in Graces Arbeitszimmer gewesen war. Er seufzte. »Ich meine, mich dunkel daran erinnern zu können, dass Alice etwas Derartiges erwähnt hat, als ich das erste Mal hier war, doch ich hatte es verdrängt. Vielleicht sollte ich einfach jedes Schlüsselloch in Worthington House stopfen lassen.«

Als sie die Kinderetage über die Treppen verließen, sah Grace Patience unten auf sie warten. »Patience, warum sind Sie nicht mit hochgekommen?«

»Ich wollte nicht stören. Miss Tallerton und Mr. Winters sind im Salon. Wollen wir ihnen Gesellschaft leisten?«

»Ja, wir sind gerade auf dem Weg dahin. Der Lärm hat sie wohl aus ihren Gemächern gelockt.«

Ein Bediensteter öffnete ihnen die Tür. Grace betrat den Salon mit Patience an ihrer Seite und gefolgt von Matt, Charlie, Louisa und Charlotte. Jane und ihr Mr. Addison unterhielten sich mit Winters und Miss Tallerton. »Waren sie so laut?«

Janes Augen leuchteten. »Seit er durch die Tür gekommen ist, herrscht absolutes Chaos. Davor dachten wir, sie wären alle ruhig am Schlafen.«

Matt legte eine Hand auf Graces Schulter. »Wein?«

»Ja, bitte. Die Mädchen und Charlie können auch ein Glas trinken.« Sie nahm auf dem Sofa Platz. Charlie half Matt beim Servieren des Weins. Sie hatte eine Weile gebraucht, um zu akzeptieren, dass Matt ihre Familie vervollständigte. Noch schwerer war es allerdings, sich einzugestehen, dass sie seine Hilfe mit den Kindern brauchte.

Fragend betrachtete ihr Bruder Mr. Addison. »Ich glaube, wir wurden einander noch nicht vorgestellt, Sir.«

Jane errötete. »Charlie, dies ist mein Verlobter, Mr. Hector Addison. Wir kennen uns bereits viele Jahre. Hector, dies ist Graces Bruder, der Earl of Stanwood.«

Charlie reichte Hector die Hand und schüttelte sie. »Nennen Sie mich doch Charlie. Jane ist uns allen sehr wichtig und es freut mich, dass sie sich niederlässt.«

Matt reichte Grace ein Glas und setzte sich neben sie. »Mein Liebling, wir sollten alle in unsere Pläne einweihen.«

Sie nahm einen Schluck Wein und blickte in die Runde. »Nun, einige von euch wissen bereits Bescheid, und andere noch nicht. Worthington und ich werden sein Haus umgestalten. Dementsprechend werden Lady Worthington und ihre Töchter hier bei uns leben. Worthington und ich werden in seinem Haus nächtigen aber ansonsten hier sein.« Als sie innehielt, legte er ihr einen Arm um die Schultern. »Mein Onkel mütterlicherseits ist zurückgekehrt und Lord Herndon glaubt, dass er versuchen wird, uns Ärger zu bereiten. Deshalb und aufgrund des Gerichtsverfahrens werden Worthington und ich morgen früh heiraten.« Sie alle nickten, nicht überrascht von ihrer Ankündigung. »Worthingtons Anwalt hat die Anweisung, die Übertragung der Vormundschaft nach der Hochzeit zu beantragen. Mein Anwalt wird dem unverzüglich zustimmen. Miss Tallerton, Mr. Winters, wenn Sie möchten, können Sie sich die nächsten beiden Wochen gerne frei nehmen.« Sie verzog das Gesicht. »Ich bezweifele, dass die Kinder mit den ganzen Veränderungen und mit Charlie zu Hause sehr aufnahmefähig sein werden.«

»Ich danke Ihnen, Milady«, erwiderte Miss Tallerton. »Wenn es Ihnen nichts ausmacht, würde ich über die Ostertage meine Familie besuchen, und dann zurückkommen.«

Mr. Winters nickte zustimmend. »Ich hatte die gleiche Idee.«

»Ich danke Ihnen. Fühlen Sie sich aber bitte nicht dazu verpflichtet, Unterricht zu führen.«

»Mr. Winters und ich haben es bereits besprochen. Wir würden den Kindern gerne einige der bedeutsamen Stätten Londons zeigen.« Grace und ihre Familie konnten sich wirklich glücklich schätzen, die beiden gefunden zu haben. »Sind Sie sich sicher?«

Miss Tallerton grinste. »Sehr sogar. So haben wir ebenfalls die Gelegenheit, sie zu sehen.«

Grace blickte zu Jane. »Jane, habt ihr schon entschieden, wann die Hochzeit stattfinden wird?«

»Es wird etwa eine Woche dauern, bis der Hauskauf abgeschlossen ist. Danach werden wir uns vermählen.« Sie zog einen Schmollmund. »Leider hat der Verkäufer seinem Anwalt keine Bevollmächtigung erteilt und wir müssen somit auf seine Unterschrift für die Unterlagen warten. In der Zwischenzeit werde ich einiges erledigen müssen.«

»Wenn es dir nichts ausmacht, würde ich dein Hochzeitsmahl gerne hier abhalten. Schließlich werden wir dann bereits reichlich Erfahrung haben.«

Jane lehnte sich aus ihrem Sessel neben dem Sofa zu ihr herüber und tätschelte ihr die Hand. »Ich könnte mir nichts Schöneres vorstellen. Wenigstens habt Worthington und du die Möglichkeit, euch etwas zurückzuziehen, wenn ich noch eine Woche oder etwas länger hier bleibe.«

Matt blickte zu Charlie. »Stanwood, möchtest du etwas hinzufügen?«

»Ich finde, es ist nicht verkehrt, dass Sie sich wenigstens ein bisschen Ruhe und Frieden gönnen. Nachdem wir in Ihr Haus ziehen, würde ich vorschlagen, dass wir Stanwood House zur Saison vermieten, bis ich alt genug bin, selbst hier zu leben.«

Grace betrachtete ihn mit zusammengezogenen Brauen. »Bist du dir sicher, dass es dir nichts ausmachen würde?«

Er nickte. »Ja, es ist ja nicht so, als würde ich es für immer verlassen.«

Er ging zu Grace und gab ihr einen Kuss auf die Wange. »Wenn ihr mich entschuldigen würdet, ich werde mich nun in mein Bett begeben.«

Louisa und Charlotte wünschten ihnen ebenfalls eine gute Nacht und folgten ihm aus dem Salon.

Dann erhoben sich Miss Tallerton und Mr. Winters.

»Wir werden uns nun auch zurückziehen«, sagte sie. »Ich hoffe, die Kinder schlafen endlich.«

»Es scheint, als wären wir alle sehr müde.« Mr. Addison half Jane auf die Füße. »Gute Nacht. Ich freue mich schon, Sie morgen früh zu sehen.«

Nachdem die Tür hinter Jane und Addison ins Schloss gefallen war, legte Grace den Kopf auf Matts Schulter ab. Er setzte einen Kuss auf ihren Scheitel. Dies würde die letzte Nacht sein, die er ohne sie an seiner Seite verbrachte. »Marcus und Rutherford werden mich morgen früh abholen. Die Jungs werden mit uns kommen.«

Sie legte ihm eine Hand an die Wange. »Ich liebe dich.«

»Ich liebe und verehre dich.« Er küsste sie zärtlich. »Morgen, mein Liebling.«

»Morgen.«

Er ging mit dem Wissen, dass ihr Blick ihm über die Straße folgte. Worthington betrat sein leeres Haus und fühlte sich plötzlich sehr einsam. Es gab kein lautes Getrampel, das die Stille übertünchte, und ihm wurde bewusst, wie sehr er sich darauf freute, sie alle hier, unter seinem Dach, zu haben. Und auf Grace, seine Frau, die das Chaos perfekt beherrschte. Nächstes Jahr um diese Zeit würde das Haus voll mit ihren Brüdern und Schwestern sein, und er hoffte, dass der Trubel bis dahin von einem ihrer eigenen Kinder ergänzt werden würde.

Früh am nächsten Morgen wurde Grace von Bolton geweckt, die in ihrem Zimmer herumwühlte. Sie zog die Vorhänge des Himmelbettes zur Seite und musterte sie. »Was tun Sie da?«

»Ich packe all das zusammen, was Sie für die Hochzeit nicht benötigen. Die anderen sind bereits gestern alle umgezogen.«

»Ich verstehe. Ich werde frühstücken gehen. Wann möchten Sie mich zurück auf dem Zimmer haben?«

»Wenn Sie spätestens um halb neun zurück sind, sollte ich genügend Zeit haben. Ich werde darum bitten, dass Ihre Wanne dann bereitsteht.«

»Sehr wohl.« Grace schwang die Beine über ihre Bettkante. Zum letzten Mal. Sie freute sich darauf, neben Matt einzuschlafen. Doch dies war ihr Zuhause, auch wenn sie in letzter Zeit nicht viel Zeit hier verbracht hatte. »Es ist ein sehr merkwürdiges Gefühl, zu gehen.«

»Das verstehe ich, Milady. Aber Sie werden schon sehen, Sie beide sind wie füreinander geschaffen. Außerdem werden Sie ja nur nachts fort sein.«

Grace lachte leise. »Sie haben natürlich recht.«

Bolton half ihr, den Morgenmantel anzulegen und Grace ging hinunter in das Frühstückszimmer, das sie leer vorfand. »Royston, wo stecken denn alle?«

»Die anderen haben bereits gegessen, Milady. Es wurde darauf geachtet, dass Sie ihre neue Kleidung nicht zum Frühstück tragen, selbst mit den Kitteln. Genießen Sie die Ruhe, solange Sie noch können.«

Nachdem sie sich einen Tee eingeschenkt hatte, bediente sie sich an den Spiegeleiern und dem Brot und dachte über all die anderen Veränderungen nach, die der Tag noch mit sich bringen würde.

Sie hatte gerade ihre dritte Tasse Tee ausgetrunken, als ihr Butler den Raum betrat. »Milady, Bolton ist jetzt bereit für Sie.«

»Ich danke Ihnen, Royston.«

Sie ließ sich langsam in das warme Wasser hinabgleiten, während Bolton verschiedene Gegenstände auf der Anrichte anordnete. Grace sah etwas aufblitzen. »Was war das?«

Bolton hielt eine zarte Goldkette hoch, die mit Amethysten und Diamanten besetzt war.

Grace schüttelte den Kopf, als sie sie näher betrachte. Sie gehörte weder ihr noch war es eine ihrer Mutter. »Woher kommt sie?«

»Seine Lordschaft hat sie heute Morgen zusammen mit einem Paar Ohrringe, einem Diadem und einem Armband liefern lassen.«

»Sie ist atemberaubend. Er hat sich selbst übertroffen.« Das Wasser schwappte, als sie sich aufrichtete und Bolton ihr ein Handtuch reichte.

»In meiner Anrichte ist ein Päckchen von *Rundell und Bridge*, holen Sie es doch bitte heraus und vergleichen Sie es mit der Kette.«

Ihre Zofe fand das Päckchen, nahm die Anstecknadel heraus und grinste. »Es passt perfekt zusammen, Milady.«

»So ein listiger, alter Herr.« Grace grinste breit. »Ich habe bei dem Juwelier nach etwas für Lord Worthington gesucht. Ich war kurz davor gewesen, eine Kette für seine Taschenuhr auszuwählen, als der Angestellte sagte, er habe genau das Richtige. Ich habe es am nächsten Tag gleich abgeholt.« Sie hatte einem Gentleman noch nie ein Geschenk gemacht und hatte die Sorge, dass es Matt nicht gefallen würde.

»Wenn Sie mich fragen, war es gut mitgedacht.«

»Allerdings.« Grace betrachtete Madame Lisettes Kreation, die an der Tür hing. »Gefällt Ihnen mein Kleid?«

»Es ist wunderschön. Der Tüll fügt dem Ganzen das gewisse Etwas hinzu.«

Bolton nahm ihr das Handtuch wieder ab. Grace legte ihr Unterkleid und Mieder an. »Wir werden es Ihnen jetzt anziehen und dann abdecken, während ich Ihre Haare frisiere.«

Sie hob die Arme und die weiche, cremefarbene Seide legte sich über ihren Körper. Das Korsett war vorne und hinten v–förmig ausgeschnitten und mit einem bestickten, goldenen Band verziert. Das Kleid war außerdem mit einer kleinen Schleppe versehen. Darüber zog sie eine weitere Lage, diese aus Tüll und in einem blassen Gold gehalten, die zudem mit Saatperlen geschmückt war. Die gestuften Ärmel reichten ihr bis zu den Ellenbogen. Bolton half ihr dabei, den Morgenmantel wieder anzulegen, steckte Graces Haare dann zu seinem Dutt in ihrem Nacken hoch und fixierte ihn mit perlenbesetzten Kämmen. Ihre Zofe zog mehrere Haarsträhnen heraus, die sich um Graces Schultern kringelten.

Zum Abschluss setzte Bolton ihr eine kleine Haube aus Seide und Spitze auf den Kopf. »Die Hutnadel gehört Lady Evesham. Es ist etwas Altes, etwas Gebrauchtes und etwas Blaues.«

An der Tür ertönte ein Klopfen. »Milady, Lord und Lady Herndon und Lady Evesham warten auf Sie.«

»Ich danke Ihnen, Royston. Ich bin gleich bei ihnen.« Grace legte die Ohrringe an, die Worthington ihr geschenkt hatte und Bolton legte ihr die Kette um den Hals.

»Ich sehe gut aus, nicht wahr?«

»Das tun Sie, Milady. Sie sollten jetzt gehen.«

Grace erhob sich und überraschte Bolton mit einem Kuss auf die Wange. »Ich danke Ihnen.«

»Los, ab mit Ihnen.«

Grace eilte aus der Tür, die Treppen hinunter und betrat dann den Salon. »Ich bin soweit.«

Onkel Bertrand grinste. »Dann sollten wir uns auf den Weg machen. Die Kinder sind bereits vor einigen Minuten aufgebrochen. Das sollte ihnen genügend Zeit geben, sie in Ruhe zu arrangieren, bevor wir dort eintreffen.« Er zog sein Monokel hervor. »Darf ich vermerken, wie zauberhaft du aussiehst? Sind das die Juwelen, die Worthington dir hat zukommen lassen? Perfekt.«

Die Augen ihrer Tante füllten sich mit Tränen, als sie Grace vorsichtig in den Arm nahm. »Liebes. Die Parüre, die deine Mutter dir vererbt hat, wird noch gereinigt und neu besetzt. Sie sollte heute Nachmittag geliefert werden. Du siehst bezaubernd aus.« Eine Träne entfleuchte ihrem Augenwinkel. »Sie wäre so glücklich, dich so zu sehen.«

»Nun hör aber auf, Almeria«, unterbrach sie ihr Onkel schroff. »Sonst bringen wir noch alle zum Weinen.«

Sie tupfte sich die Augen mit einem Taschentuch ab und lächelte wackelig. »Natürlich, Liebster, du hast ja recht.«

»Hast du die Hutnadel?«, fragte Phoebe.

»Ja.« Graces Herz machte einen freudigen Satz. »Danke, dass du daran gedacht hast.«

»Gern geschehen«, sagte Phoebe. »Ladies, wir sollten uns auf den Weg machen. Wir wollen doch nicht, dass der Gentleman glaubt, du seist weggelaufen.«

Matt stand mit Marcus, Rutherford und Anna zusammen und unterhielt sich mit ihnen. Als er ein Geräusch am Eingang der Kirche vernahm, drehte er sich um. Grace trat mit ihrer Tante, ihrem Onkel und Phoebe ein. Nachdem sie ihren Mantel an einen Bediensteten überreicht hatte, wandte Grace sich um und lächelte ihn an. Sein Herzschlag beschleunigte sich und sein Hals schnürte sich zu. Er würde sich glücklich schätzen können, wenn er es schaffte, das Ehegelübde über die Lippen zu bringen. Sie war die schönste Frau, die ihm je zu Augen gekommen war und sie gehörte *ihm.*

Grace schwebte auf ihn zu und er streckte die Hand nach ihr aus, unfähig den Blick von ihr abzuwenden. Er dankte Gott und dem Schicksal dafür, dass er sie gefunden hatte. Es gab keine andere Frau, mit der er den Rest seines Lebens verbringen wollte. Sie blickte ihm tief in die Augen und erwiderte sein Lächeln.

»Wollen wir anfangen?«, fragte der Pfarrer.

Aus dem Augenwinkel sah Worthington, wie der überaus junge Geistliche sie beide angrinste.

Lady Herndon nahm neben Patience und den Kindern Platz. Sie alle waren ruhig und lächelten ihnen erwartungsvoll zu. Charlie, Louisa und Charlotte saßen in Abständen zwischen den jüngeren Kindern.

Matt blickte zu Grace. »Bist du breit, mein Liebling?«
Sie nickte. »Das bin ich.«

»Nun denn, dann wollen wir beginnen. Liebe Gäste, wir haben uns heute hier im Angesicht Gottes versammelt ...«

Als Marcus Matt den Ring reichte, war ein Rascheln und leises Gekicher von den Kindern zu hören. Die Zwillinge hatten es geschafft, einen von Graces Ringen für ihn zu ergattern, damit er die Größe herausfinden konnte. Er hatte sich schließlich für den Ring entschieden, den sein Vater seiner Mutter gegeben hatte, und er passte Grace wie angegossen.

Sie blickte hinab, als er ihr den intrikaten Goldring mit Diamanten auf den Finger schob und sah dann wieder zu ihm auf. Ihr standen Tränen in den Augen, doch sie lächelte. Als der Pfarrer sie zu Mann und Frau erklärte, zog er sie an sich und hielt sie fest, bis das Geraschel aus den Bankreihen ihn daran erinnerte, dass sie nicht alleine waren.

Phoebe und Marcus begleiteten sie zum Unterzeichnen des Eheregisters.

»Ich bräuchte eine Kopie der Heiratsurkunde«, sagte Matt.

»Sie können gleich eine Kopie mitnehmen.« Der Pfarrer lächelte. »Onkel Bertrand sagte, Sie würden eine benötigen, also ist sie schon bereit.«

»Ich danke Ihnen.«

»Es war mir eine Ehre, wirklich.« Der jüngere Herr errötete. »Ich sollte ihnen sagen, dass dies meine erste Trauung war.«

Matts Lächeln verwandelte sich in ein Grinsen. »Unsere auch. Ich wünsche Ihnen noch viele weitere.«

Der Geistliche grinste zurück. »Und ich Ihnen nur die eine.«

Grace lachte leise. »Komm, mein werter Herr Ehemann. Du darfst mich nach Hause bringen.«

»Es wäre mir eine Freude, meine werte Ehefrau.«

Tante Almeria schluchzte in ihr Taschentuch. »Ihr zwei seid so albern. Jetzt müssen wir erst einmal die Kinder nach Hause kriegen.«

Der Lärmpegel stieg an und hallte durch die Kirche.

»Ja, ja, wir alle möchten Grace sehen, aber wir werden warten müssen, bis wir wieder Zuhause sind«, sagte Charlotte, während sie sich daran machte, die jüngeren Kinder aus der Kirche zu scheuchen.

Charlies Gesichtsausdruck war ernst, doch seine Mundwinkel zuckten verräterisch, als er nach Marys und Theodoras Händen griff. »Hört auf Charlotte. Kommt, wir müssen los. Jacques wird Leckereien für uns bereit haben, wenn wir zurückkehren. Ich weiß ja nicht, wie es euch geht, aber ich habe Hunger.«

»Du hast immer Hunger«, sagte Mary. »Ich hoffe, er hat Zitronentörtchen.«

Marcus lehnte sich zu Grace und Matt. »Sehr gute Idee, bestecht sie mit Essen.«

Louisa nahm ihre beiden anderen Schwestern an die Hand. »Augusta, Madeline, lasst uns gehen.«

»Wie viele Kinder wolltest du noch gleich?«, fragte Rutherford leise an Anna gewandt.

Anna schüttelte den Kopf und lächelte, ließ die Frage jedoch unbeantwortet.

Nachdem sie die Kinder alle in eine Kutsche bugsiert hatten, seufzte Grace. »Ich finde, es lief erstaunlich gut.«

»Dem kann ich nur zustimmen.« Phoebe hakte sich bei Marcus unter. »Wenn wir uns nun genauso gut benehmen können wie die Kinder, sind wir im Nu wieder zurück.«

Anna blickte zu Rutherford. »Genau.«

Er fasste sie am Arm. »Ich fühle mich schon wieder herumkommandiert.«

Mit erhobener Braue sah Anna ihn an. »Nein, Liebster, ich würde dich erst dann herumkommandieren, wenn du nicht mitkommst, und zwar sofort. Um elf findet hier eine weitere Hochzeit statt.«

»Ach ja«, erwiderte Rutherford. »Das Gretna Green–Pärchen.«

KAPITEL 26

Grace und Matt erreichten Stanwood House und begannen gemeinsam mit ihrer Tante, ihrem Onkel und Patience, ihre Gäste zu empfangen. Phoebe, Anna und ihre Ehegatten kümmerten sich währenddessen um die Kinder.

Ihr erster Gast war Lady Bellamny. »Worthington, Lady Worthington, herzlichen Glückwunsch.«

Lord und Lady St. Eth sowie Lord und Lady Dunwood trafen als Nächstes ein und es folgte ein steter Strom weiterer Gäste. Nach etwa einer halben Stunde gingen Onkel Bertrand, Tante Almeria und Patience, um die Gäste zu unterhalten.

Erst dann fiel Grace auf, dass niemand mit ihr über Bewirtung gesprochen hatte. »Matt, sag mir bitte, dass jemand für das Planen verantwortlich war. Ich dachte, wir würden nur Familie und enge Freunde einladen.«

»Die Witwe Worthington und dein Chefkoch haben es organisiert. Oder eher, *unser* Chefkoch.«

»Für wie viele?«

»Es werden nicht über Einhundert sein.«

Alles Blut wich ihr aus dem Gesicht und ihr wurde schwindelig. »Hatte ich dir nicht gesagt, dass ich Überraschungen nicht sehr gut vertrage?«

»Grace, wirst du ohnmächtig? Hier, stütz dich an mir ab und atme ein paar Mal tief durch.« Er fand Roystons Blick. »Wasser.«

Nachdem sie ein paar Schlucke getrunken hatte, sagte Matt: »Mir ist schleierhaft, wie du mit den Eskapaden deiner Brüder und Schwestern ohne mit der

Wimper zu zucken umgehen kannst, eine Planänderung dich aber ins Schwanken bringt.«

»Es ist doch ganz einfach. Von ihnen erwarte ich immer das Schlimmste. Daher bin ich dann erleichtert, wenn es nicht geschieht. Royston, wie viele fehlen noch?«

Er sah auf seine Liste. »Zwei, Lord Huntley und Lord Wivenly.«

»Die sind immer zu spät«, stieß Matt hervor. »Huntley und Wivenly können für sich selbst sorgen, während wir uns den restlichen Gästen widmen.«

»Habe ich da soeben meinen Namen gehört?« Huntley schlenderte durch die Tür. »Verzeih, Worthington, Wivenly wird augenblicklich zu uns stoßen. Er und ich haben nach dem perfekten Hochzeitsgeschenk gesucht. Und endlich haben wir es gefunden, aber es wird erst morgen bereit sein.«

Matt sah ihn aus zusammengekniffen Augen an. »Wehe es ist etwas Unanständiges.«

Lord Huntley blickte ihn an wie die Unschuld in Person. »Als wir an all die Kinder gedacht haben, für die du jetzt verantwortlich bist, haben wir natürlich eine Milchkuh in Erwägung gezogen. Doch würde sie in eurem Garten wohl ein recht merkwürdiges Bild abgeben. Mal davon abgesehen, dass ihr dann auch ein Milchmädchen einstellen müsstet, das sich um das Vieh kümmert.«

Grace begann zu kichern und musste sich die Hand vor den Mund schlagen, um nicht laut loszuprusten.

Wivenly schlenderte auf sie zu. »Genau, und dann kam uns zu Ohren, dass ihr das Haus umgestaltet und so kam uns eine neue Idee. Sie werden es schon bald sehen.« Seelenruhig nahm er Graces Hand in seine. »Lady Worthington, es ist mir eine Ehre. Tun Sie mir doch den Gefallen und verzeihen Sie Worthington seine Temperamentsausbrüche. Sie halten meist nicht allzu lange an.«

»Ich danke Ihnen für den Rat«, erwiderte Grace, das Lachen in ihrer Stimme nicht zu überhören. »Ich werde versuchen, daran zu denken.«

Wivenly verneigte sich, küsste ihr die Hand und Huntley tat es ihm gleich. Ihr Ehegatte folgte jeder ihrer Bewegungen aus noch immer verengten Augen.

»Mach dir keine Sorgen, Liebling.« Grace hakte sich bei ihm unter. »Es wird sicher nichts Unanständiges sein, und wenn doch, dann werden wir es verstecken und nur dann hervorholen, wenn sie zu Besuch kommen.«

Die Türen zu den großen Empfangssälen waren geöffnet, genau wie die Glastüren zum Garten. Im Hintergrund spielte ein Streichquartett und in einem angrenzenden Salon waren lange Tische mit Canapés und anderen Leckereien bestückt. Für eine Hochzeitstorte hatte die Zeit nicht gereicht; stattdessen waren auf einem der Tische verschiedene Törtchen hübsch angerichtet sowie englische Trifles und kleine, eckige Konditorwaren, überzogen mit Zuckerguss, die Jacques *Petits Fours* nannte. Bedienstete trugen Gläser mit Champagner, Limonade, Ratafia und Wein umher.

Worthington griff nach zwei Gläsern Champagner und überreichte eines an Grace. »Auf uns und unsere Familie.«

Sei prostete ihm zu. »Auf uns und unsere Familie.«

Onkel Bertrand musste sie gesehen haben, denn er bat um die Aufmerksamkeit der Gäste und begann mit der ersten Rede. Ihm folgten Marcus und Rutherford. Grace und Matt bemühten sich, mit jedem ihrer Gäste etwas Zeit zu verbringen, ehe sie sich zu ihm lehnte und flüsterte: »Ich werde mich umziehen. Wir treffen uns an der Haustür.«

Er küsste ihr die Fingerspitzen, als sie sich aus dem Raum stahl. Kurz darauf fand er Royston. »Wir werden jetzt aufbrechen.«

»Ich werde nur Lord Herndon Bescheid geben und wohl auch Miss Carpenter.«

»Sie sind ein guter Mann.«

Grace kam zurück, gekleidet in ein simples Kleid aus Musselin, und nahm seine Hand. »Bist du so weit?«

Er ließ den Blick über ihren Körper schweifen und verschränkte seine Finger mit ihren schmalen, als Verlangen durch seinen Körper strömte. All seine Muskeln spannten sich an. Sie würden mindestens den restlichen Nachmittag und die gesamte Nacht für sich haben. Vor seinem inneren Auge sah er sie bereits nackt vor sich und er streichelte ihr über den Rücken. Er zog sie an sich und raunte: »Kein Mieder?«

Sie warf ihm einen sinnlichen Blick zu. »Ich habe mir gedacht, dass ich es sowieso nicht brauchen werde.«

Er war mehr als bereit. Seit Tagen hatte er hiervon geträumt.

Matt zerrte sie aus dem Haus und musste sich davon abhalten, über den Square zu rennen.

Thorton öffnete ihnen die Tür und verneigte sich. »Milady, Willkommen in Ihrem neuen Zuhause.«

»Ich danke Ihnen, Thorton.«

Dann wurde sie von Mrs. Thorton begrüßt. Musste das denn so lange dauern? Matt hätte seinem Butler und seiner Haushälterin heute freigeben sollen, damit er Grace ganz für sich alleine haben konnte.

Er blickte finster drein, zog erneut an ihrer Hand und ging auf die Treppen zu.

Thorton verneigte sich abermals. »Wir werden hier sein, falls sie etwas benötigen, Milady.«

Matt hätte schwören können, dass die Mundwinkel seines Butlers zuckten.

Ein paar Augenblicke später waren sie in seinen Gemächern– nein– ihren Gemächern. Er schloss die Tür und drehte sich zu ihr um. Sein Herz machte einen Satz. Endlich gehörte sie ihm und es verschlug ihm wortwörtlich die Sprache. Er wusste absolut nicht, was er jetzt sagen sollte. Nur das Knistern des Feuers unterbrach die Stille.

Grace stand vor ihm und starrte ihn an. »Ich weiß, es ist töricht, aber aus irgendeinem Grund bin ich ganz verlegen.«

Sanft berührte er ihr Gesicht mit den Fingerspitzen, legte sie an ihre Wange. Hitze loderte in ihr auf und sie lehnte sich ihm entgegen, wandte den Kopf und küsste seine Handfläche.

Er bückte sich und gab ihr einen zärtlichen Kuss auf die Lippen. »Nur weil es das erste Mal ist, dass wir es geplant haben.«

Grace schüttelte langsam den Kopf. Das stimmte so nicht. »Nein. Das erste Mal hatte ich es ebenfalls beabsichtigt.«

»Tatsächlich?« Worthington setzte federleichte Küsse auf ihren Kiefer, ehe er zurück zu ihrem Mund fand. »Du vielleicht, aber ich nicht.«

Sie hob den Blick und sah in seine blauen Augen. »Nicht?«

Er zog sie dichter, wie er es auch in der Nacht im Inn getan hatte. »Nein. Als du mich geküsst hast, wusste ich, dass du noch nie berührt worden warst und ich hatte vor, um deine Hand anzuhalten, bevor wir uns liebten.«

»Deshalb hast du mich vor meinem Zimmer stehen lassen. War der Kuss so schlecht?«

Worthington schlang die Arme um sie. »Er war unschuldig und absolut perfekt. Ich wusste, dass ich bereits dabei war, mich in dich zu verlieben.«

Grace entspannte sich und genoss das Gefühl von Liebe und Sicherheit. Genau dies wünschte sie sich für den Rest ihres Lebens.

»Grace, warum bist du zu mir gekommen?« Er küsste ihren Scheitel. »Warum bist du ein solches Risiko eingegangen?«

Ihre Kehle schnürte sich zu. »Ich– ich hatte nie vor zu heiraten.«

Er ließ die Hand über ihren Rücken gleiten. »Wegen der Kinder?«, fragte Matt.

Sie schlang die Arme um seinen Nacken und nickte. »Ich dachte, wenn ich nur diese eine Nacht mit dir haben könnte, dass es ausreichen würde. Dann könnte ich nach Hause zurückkehren, mich um die Kinder kümmern und es würde mich nicht stören, dass ich nie heiraten würde.«

Reumütig grinste er sie an. »Einmal hätte mir nie gereicht. Ich musste dich finden.« Er gab ihr einen leichten Kuss auf die Lippen und hielt sie fester. »Brown hat abgestritten, dass du je da warst. Wenn ich allein gewesen wäre, hätte ich dich vielleicht für einen Geist gehalten. Glücklicherweise hatte ich meinen Stallburschen dabei. Ich habe die gesamte Heimfahrt nach dir gesucht.«

Die kühlen Tränen und die Verzweiflung schienen bereits eine Ewigkeit her zu sein. »Ich habe den ganzen Weg nach Stanwood House geweint.«

Er brachte etwas Distanz zwischen ihre Körper und fand ihren Blick. »Du hättest bleiben sollen, Grace. Ich war ohne dich so schrecklich einsam.«

Ihre Augen füllten sich mit Tränen. Sie musste es ihm sagen, denn wenn sie es jetzt nicht tat, dann würde sie es womöglich nie über die Lippen bringen und es würde für immer zwischen ihnen stehen. Sie schluckte schwer und versuchte, die Schultern zu straffen, doch sie konnte ihm nicht in die Augen sehen. »Ich möchte, dass du weißt– also, ich verstehe, dass–, dass dieses Verlangen womöglich nicht anhalten wird.« Sie schloss die Augen und zwang sich weiterzusprechen. »Dass du dir, wenn es vorüber ist–, dass du dir Geliebte nehmen wirst.« Ihre Stimme überschlug sich und Tränen kullerten ihr über die Wangen.

Und da war es nun, endlich erzählte sie es ihm. »Du glaubst, ich würde mir eine Geliebte nehmen? Wie um alles in der Welt kommst du darauf? Oder sollte ich lieber fragen, durch wen?«

»Meine Tante sagte, dass selbst die aufrichtigsten Gentlemen ...«

Er wollte sie einfach nur trösten, doch er musste es hören und sie musste es aussprechen. »Was hat sie noch gesagt?«

»Dass– dass du das Interesse an den Kindern verlieren wirst.«

Zur Hölle mit wohlgesinnten Tanten.

»Grace, mein Liebling. Über ihre Ehe kann ich nicht urteilen, aber Liebste, mein Liebling. Nie werde ich das Interesse an dir oder den Kindern verlieren.«

Ihm wurde schwer ums Herz, als sie den Kopf hob und er ihren kläglichen Gesichtsausdruck sah. Er runzelte die Stirn. »War das der Grund, weshalb du mir gegenüber so kühl warst, als wir ihr Haus verließen?«

»Ja, doch dann habe ich mich dazu entschieden, deine Liebe so lange zu genießen, bis du– bis du meiner überdrüssig geworden bist.«

Er hielt sie fest an sich gedrückt. »Mein armer Liebling. Wenn du doch nur mit mir darüber gesprochen hättest.«

»Wie hätte ich das tun können? Ich hatte so viele Zweifel und es geschah alles so plötzlich.«

»Ich weiß, dass sie es nur gut gemeint hat.« Matt küsste sie. »Doch ich wünschte, sie hätte nie mit dir darüber gesprochen. Liebling, meine Eltern hatten eine solche Ehe nicht, und es ist auch nicht das, was ich mir mit dir wünsche.« Er küsste ihre Schläfe und schwor sich, er würde ihr jeden Tag zeigen, wieviel sie ihm bedeutete. Grace und den Kindern. »Mit Patience hatte mein Vater eine solche Ehe. Das könnte ich dir niemals antun.«

»Bist du dir sicher? Denn wenn ich meine Mauern fallen lasse …«

»Es gibt nichts auf dieser Welt, dass mehr gewiss ist. Ich will dich als meine Geliebte, meine Gefährtin und als meine Frau.«

Matt küsste sie zärtlich, innig, und mit all der Liebe, die er in einem Kuss aufbringen konnte. »Heute habe ich geschworen, dich mit meinem Körper zu verehren, und dir treu zu bleiben. Das ist ein Versprechen, das ich halten werde.«

Er wischte ihr die Tränen aus den Augenwinkeln und eroberte ihre Lippen, liebkoste sie, bis sie sich ihm öffneten. Seine Zunge streichelte und erkundete, schürte ein Feuer, das für den Rest ihrer Leben lodern sollte. »Ich liebe dich.«

»Und ich liebe dich.«

»Grace, ich werde dich jetzt lieben.«

»Ja.«

Er band die Schnüre ihres Kleides auf und fand lediglich ein Unterkleid darunter vor. Langsam öffnete er die Schleifen, schob das Kleid zu ihren Hüften und entblößte ihre makellosen Brüste. Ehrfürchtig nahm er sie in die Hände, ehe er die Finger über die Kurven ihrer Taille bis hin zu ihren Hüften gleiten ließ. Unterkleid und Kleid rauschten zu Boden. »Jetzt bist du an der Reihe.«

Grace löste sein Halstuch und ließ es fallen. Sie knöpfte ihm die Weste auf und versuchte, seine Jacke von seinen Schultern zu schieben. »Ich brauche Hilfe. Diese Jacke will einfach nicht.«

»Zieh an den Ärmeln.«

Sie trat hinter ihn und zog, als Matt sich aus der Jacke schälte. Sein Hemd zog er sich über den Kopf.

Grace öffnete die Knopfleiste an seiner Hose. Sie glitt zu Boden. Er entfernte Schuhe und Strümpfe, stand nackt vor ihr.

Sie sah ihn mit großen Augen an und ein kleines Lächeln schien ihre Lippen zu umspielen. Sie streckte die Hände nach ihm aus und ließ sie über seinen Körper gleiten. »Ich liebe deinen Oberkörper.«

»Meinst du, du könntest ihn auch noch im Liegen bewundern?« Worthington hob sie hoch und trug sie zu ihrem gemeinsamen Bett.

Sie streckte die Beine aus und zog sich die Schuhe mit den Füßen aus. »Meine Strümpfe.«

»Gleich.« Er hauchte zarte Küsse ihren Hals und Nacken entlang. Ihre Haut erhitzte und errötete. Er liebkoste ihre Lippen mit seiner Zunge, neckte sie, bis sie die Arme um ihn schlang und seinen Mund beschlagnahmte. Die vertraute Hitze hüllte sie beide ein. Worthington vertiefte den Kuss und verlor beinahe den Verstand. Seit sie das Zimmer erreicht hatten, war sein Glied hart gewesen, doch er wollte sich nicht beeilen. Stattdessen wollte er sich wieder mit ihrem Körper vertraut machen. Sein Herz wummerte. Er legte ihr beide Hände an die Wangen, steigerte ihre Leidenschaft, bis Grace sich keuchend unter ihm wand. Ihre Beine schlangen sich um seinen Körper, forderten ihn auf, sie zu nehmen.

»Noch nicht«, murmelte er mit Mühe.

Worthingtons Lippen lösten sich von ihren und wanderten zu ihren Brüsten hinunter. Eine hielt er in der Hand, während sein Mund sich der anderen widmete. Grace bebte vor Verlangen. Doch seine Zunge und sein Mund steigerten ihre Lust ins Unermessliche. Sie schrie auf und dieses Mal ermahnte er sie nicht zur

Ruhe. Von ihren Brüsten glitt er über ihren Bauch hin zu ihren Locken. Oh! Dies hatte er seit ihrer ersten gemeinsamen Nacht nicht mehr getan, und sie sehnte sich danach. Als sie aufstöhnte, schmunzelte ihr sündhafter Ehemann, und sie bäumte sich auffordernd auf.

Grace erschauerte und keuchte, als seine Zunge über ihre Mitte strich und in sie eindrang. »Matt. Matt, bitte.«

»So bekomme ich dich also dazu, meinen Namen zu schreien?«

Matt ließ sich von seinem Verlangen nach ihr einnehmen. Er hatte nicht damit gerechnet, dass ihre Beziehung nach so kurzer Zeit bereits so stark sein würde. Er ließ sich neben ihr aufs Bett fallen und streichelte ihr mit einer Hand über den nackten Körper. Dies war die Lady, die für ihn bestimmt war, mit der er sein Leben verbringen würde. Seine Frau und seine Liebste. Zum zweiten Mal seit sie sich kannten zog er sie an seine Seite und breitete die Decke über ihnen aus.

Ihre Haut war noch immer errötet und leicht feucht. Grace kuschelte sich an ihn. »Es war diesmal anders, nicht wahr?«

»Ja.« Er küsste ihre Stirn. »Es war anders. So wie es sein soll.«

»Ich bin gerne mit dir in einem Bett.« Grace wandte sich in seinen Armen zu ihm um, damit sie ihn mit ihren tiefblauen Augen ansehen konnte. »Dieses Mal werde ich mich nicht davonstehlen. Ich möchte wissen, wie es ist, mit dir an meiner Seite aufzuwachen.«

Matt hätte glücklicher nicht sein können. »Gut. Ich möchte nämlich nicht nach dir suchen müssen.«

Mr. Combs erwachte früh am Morgen mit einer verstopften Nase. Seine Frau brachte ihm ein heißes Tuch und legte es ihm auf das lästige Körperteil. Das schien immer zu helfen. Der Auftrag würde warten müssen, bis er wieder atmen konnte. Er machte die Augen wieder zu. Als er das nächste Mal erwachte, war es bereits später Morgen und sonnig, und er bekam wieder Luft. Combs kleidete sich an und fand seine Frau, die gerade dabei war, Kleidung zu flicken, in ihrem kleinen Salon vor.

»Ich werde mich jetzt auf den Weg machen.« Er bückte sich und gab ihr einen Kuss auf die Wange.

»Warte kurz. Ich habe dir ein paar Pies gemacht.« Sie eilte in die Küche und war einen kurzen Augenblick später wieder zurück. »Hier, nimm. Ich schicke nachher einen der Jungs zu dir, um nach dir zu sehen.«

»Ich will noch nicht zu viel versprechen«, Combs tippte sich mit dem Zeigefinger gegen die Nase. »Aber dieser Auftrag bringt uns vielleicht mehr als nur den Lohn.«

Seine Frau grinste ihn an. »Das Geld können wir immer gut gebrauchen.«

Kurz darauf nahm Combs eine Mietkutsche in die Davies Street, nahe Berkeley Square.

Es war bereits früher Nachmittag, als Combs den Anweisungen seines neuen Kunden, Mr. Molton, nachkommen konnte und endlich den Berkeley Square erreichte. Die Straße war mit Kutschen gesäumt und livrierte Männer standen da und unterhielten sich. »Können Sie mir sagen, welches dieser Häuser Stanwood House ist?«

Einer der Herren zeigte auf ein großes Reihenhaus, von der Ecke aus gesehen das zweite.

Etwas weiter entlang der Straße hielt er an, um sich mit zwei jüngeren Bediensteten zu unterhalten. »Was ist hier denn los?«

Ein größerer und älterer Mann, gekleidet in anderer Livree, schlenderte auf sie zu. »Was hier los ist, geht Sie nichts an. Denn wenn es das täte, dann wüssten Sie Bescheid.«

Combs zuckte mit den Achseln. »Ich meinte es doch nicht übel. Wollte mich nur unterhalten.«

»Dann tun Sie das woanders. Wir arbeiten.«

Combs ging in die parkähnliche Anlage in der Mitte des Squares, lehnte sich gegen einen Baum und beobachtete die Haustür von Stanwood House. Kurze Zeit später eilte eine Frau, die mit der Beschreibung von Molton übereinstimmte, mit einem schick gekleideten Herrn über den Square. »Absolut unmöglich und dann auch noch am helllichten Tage«, murmelte er.

Das Pärchen verschwand in einem Haus auf der anderen Seite des Squares. Er machte es sich so bequem wie möglich und wartete, ließ das Haus keine Sekunde lang aus den Augen, bis sein Sohn kam, um ihn abzulösen. »Behalte die Tür im Auge.« Er zeigte auf Worthington House. »Du hältst Ausschau nach 'ner jungen Dame mit hellen Haaren. Absolut unverschämt ist sie. Ist schon fast den ganzen Tag da drin. Kein Wunder, dass unser Kunde die Kinder nicht bei ihr lassen möchte. Die bringt ihnen doch nur bei, so unmoralisch zu sein wie sie. Wenn du mich fragst, wäre sie bei *Miss Betsy's* besser aufgehoben, wenn du verstehst, was ich meine.«

»Die würden sicher ein nettes Sümmchen für sie zahlen und das könnten wir gerade wirklich gut gebrauchen«, stimmte sein Sohn ihm zu. »Du solltest besser nach Hause gehen. Mutter sagt, das Abendessen wartet auf dich.«

Combs erhob und streckte sich. »Ich lös' dich heute Abend wieder ab.«

Matt musste eingeschlafen sein. Als er einen Blick aus dem Fenster warf, stand die Sonne nicht mehr am Himmel.

Er küsste Graces Haar und sie regte sich neben ihm. »Ich bin am Verhungern.«

»Mmm, das bin ich auch.« Er zog sie unter sich.

»Nach Essen.« Ihr Magen knurrte.

Er seufzte. »Na schön, ich will schließlich nicht, dass behauptet wird, ich würde meine Frau verhungern lassen.«

»Sollten wir nach jemandem rufen?«

»Warte hier.« Matt legte seinen Morgenmantel an und reichte Grace einen bunt bestickten Morgenrock, den er für sie gekauft hatte. Der Tisch im Salon war mit bedeckten Speisen, Wein, Wasser und Limonade gedeckt. »Da ist wohl jemand deinen Wünschen zuvorgekommen.«

Grace schwebte förmlich in den Raum. Sie hob eine der Abdeckungen an. »Brathähnchen, was gibt's sonst noch?«

Er deckte die restlichen Speisen ab. »Brot, Käse und Obst. Möchtest du etwas Wein?«

»Gern. Zerlegst du das Brathähnchen?«

»Mit Vergnügen. So wie es aussieht, werden wir heute wohl nirgends mehr erwartet.«

»Nein, wohl eher nicht. Ich frage mich, ob sie uns wohl auch das Frühstück bringen oder ob wir mit der Familie essen.«

Grace nahm sich eine Weintraube, schob sie zwischen ihre noch immer geschwollenen Lippen und kaute.

Worthingtons Blut rauschte durch seine Adern und das Verlangen flammte erneut auf. Er wünschte, sie würde den Morgenmantel ablegen. Doch zu erwarten, dass sie nackt mit ihm speiste, oder ihm erlaubte, zwischen ihren Brüsten Trauben zu naschen, war wohl etwas zu viel verlangt. Obwohl, die Trauben vielleicht? Es herauszufinden, sollte nicht allzu lange dauern.

Sie nahm sich eine weitere Traube, kaute und schluckte sie hinunter. »Woran denkst du?«

»Komm her.« Als sie ihn erreichte, hatte sie eine weitere Frucht zwischen ihre Lippen gesteckt. Er biss sie entzwei und leckte ihr den Saft von den Lippen. »An Dinge, die wir zukünftig tun sollten.«

»Du meinst, wie die Vormundschaft abzuwickeln?«

»Die Vormundschaft, natürlich, unter anderem.« Er senkte die Lider und verzog den Mund langsam zu einem Lächeln. »Ich habe unseren Angestellten eine Nachricht hinterlassen, dass wir nur gestört werden wollen, sollte es Probleme mit dem Antrag geben. Denn ich habe vor, mich den gesamten Tag und die gesamte Nacht allein meiner Frau zu widmen, und ich möchte nicht, dass sie sich währenddessen sorgt.«

Grace riss die Augen auf, ihr Lächeln verführerisch. »O? Ist es deiner Frau nicht gestattet sich zu sorgen, Milord?«

Er ließ die glatte Haut der Frucht über ihre Lippen und an ihrem Hals hinuntergleiten, ehe er sie sich in den Mund schob und lächelte.

»Meine Frau wird sich Sorgen machen, das liegt in ihrer Natur. Es liegt an mir, ihre innere Anspannung zu lindern.«

»Dann wird deine Frau sicher eine sehr glückliche Lady sein.«

Er zerlegte das Hühnchen. »Erinnerst du dich an jene erste Nacht, in der ich dir versprochen habe, dass du gut geliebt werden wirst?«

Sie schluckte und nickte. »Ja.«

Er legte ihr ein großes Stück Hühnchen auf den Teller und grinste. »Iss. Du wirst es brauchen.«

Grace erwachte und spürte Matts Körper dicht an ihrem, genau wie an jenem ersten Morgen. Als sie sich aus dem Bett stehlen wollte, legte er einen Arm um sie. »Wo willst du hin?«

»Nur zum Wasserklosett.« Sie lächelte. »Ich bin gleich wieder zurück.«

Er grunzte.

Obwohl der Raum etwas kühl war, legte sie sich den Morgenmantel nicht an. Als sie zurückkehrte, stellte sie fest, dass er das Feuer geschürt und Holz nachgelegt hatte.

Sie legte sich zurück ins Bett und kuschelte sich an ihn, um sich zu wärmen. Wenn sie so darüber nachdachte, war er letztes Mal auch schon so warm gewesen. »Ist dir nie kalt?«

»Nicht wirklich. Aber dir.« Er drehte sie, so dass sie mit dem Rücken an seiner Brust lag und zog die Bettdecke eng um ihren Körper.

Wenige Minuten später war ihr warm genug, dass sie an andere Gelüste dachte und ihren Hintern gegen sein geschwollenes Glied presste.

Er schmiegte seine Lippen in ihr Haar und knabberte an ihrem Ohr. Sie konnte sein Grinsen spüren, als er ihre Wange küsste. »Möchtest du etwas, Liebling?«

»Ja, wenn es dir nichts ausmacht.« Er ließ seine Hand zu den Locken zwischen ihren Beinen gleiten und streichelte sie dort, ehe seine Lippen über ihre Brüste und ihren Bauch wanderten, und er schließlich mit der Zunge über den empfindlichen Knoten in ihrer Mitte fuhr.

Sie rief seinen Namen, als die Anspannung sich anstaute und immer stärker wurde.

Matt lachte leise. »Ich liebe es, wenn ich dich zum Stöhnen bringe.«

Sie versuchte zu Lachen, doch es blieb ihr im Halse stecken. Sie würde für ihn so laut stöhnen, wie er wollte, wenn er ihr dafür nur die Erleichterung schenken würde, nach der sie sich so sehnte. Leuchtende Funken flogen in ihrem Inneren. Er arbeitete sich wieder an ihrem Körper hoch. Sein hartes Glied drang in sie ein, er zog sich zurück und stieß erneut zu. Ein erregtes Prickeln schoss durch ihre Adern. Grace schlang die Arme und Beine um ihn und der Sturm in ihrem

Inneren toste, drohte sie zu übermannen. Sie fühlte sich, als würde sie fallen, er stöhnte laut und drang ein letztes Mal tief in sie ein. Er gehörte ihr, nur ihr. Er hatte sein Gelübde zwar bereits vorhin abgelegt, doch hatte er es gerade erneut getan. Eine Verbundenheit, die tiefer ging, als sie es sich je hätte ausmalen können, umhüllte sie und sie schwor sich, dass sie ihn nie einer anderen Frau überlassen würde. Nichts würde sie je trennen.

Als sie die Augen das nächste Mal öffnete, fielen Sonnenstrahlen durch das Fenster.

»Ich habe Hunger.« Grace richtete sich auf.

Er hielt sie zurück. »Ich gehe schon.« Matt breitete die Bettdecke über sie aus und ging in den Salon. »Nichts. Ich schätze, das bedeutet, dass wir gegenüber zum Frühstück erwartetet werden.«

Sie bedachte ihn mit ihrem verführerischsten Lächeln. »Hmm. Nun, bis Bolton und dein Kammerdiener kommen, um uns zu kleiden, kannst du gerne wieder ins Bett kommen, Milord.«

Sein Blick glitt an ihrem Körper hinab und er grinste. »Was für eine großartige Idee, Milady.«

Bislang machte das Eheleben einen Heidenspaß.

KAPITEL 27

Matt schloss die Tür hinter seinem Kammerdiener und wandte sich an Grace. »Mir wurde nicht nur mitgeteilt, dass wir im anderen Haus erwartetet werden, sondern auch dass heute Karfreitag ist und wir einen Gottesdienst zu besuchen haben.« Mit einem breiten Grinsen im Gesicht sah Matt zu seiner Countess, die derzeit das wohl sinnlichste Erscheinungsbild ganz Londons abgab. Ihr Haar, ein wildes Durcheinander aus Locken, lag um ihren Kopf und auf den Kissen verteilt, während sie sich nackt auf dem Laken räkelte. »Bolton ist da und dein Badewasser steht bereit.«

Grace setzte sich auf und schob sich die Haare aus dem Gesicht. »Ich habe Hunger.«

Er lachte laut. Außer sich zu lieben, hatten sie nur gegessen. Er reichte nach ihrer Hand und zog sie auf die Füße. »Du hast immer Hunger. Wenn du etwas zu Essen möchtest, dann musst du baden. Ich kann doch nicht zulassen, dass meine Countess in der Kirche unanständig aussieht.«

Ihre Augen wurden groß. »Un– wie meinst du das?«

Er führte sie zu einem Spiegel. Sie sah absolut reizend aus, aber dass sie das ebenso sehen würde, daran zweifelte er stark.

»O je. Ich sehe ja grauenhaft aus und du hast keinen Ton gesagt.«

»Du siehst nach genau dem aus, was du bist, eine befriedigte Ehefrau.« Er reichte Grace ihren Morgenmantel. »*Meine* Ehefrau und ich liebe dich genau so wie du bist.«

Sie verzog das Gesicht und starrte in den Spiegel. »Du musst wirklich liebestrunken sein, wenn dir mein derzeitiges Aussehen gefällt.«

Matt küsste sie. »Da ich an deinem Zustand nicht unschuldig bin, möchte ich mich nicht beklagen.«

»Nein. Da hast du eindeutig recht.« Sie wandte sich in seinen Armen zu ihm um.

»Milady, Ihr Wasser wird kalt.« Boltons Stimmte dröhnte durch die Tür.

»Ich komme, Bolton.« Einen Moment lang schloss Grace die Augen und blickte dann zu ihm empor.

»Milord?« Timmons, sein Kammerdiener, rief nach ihm. »Sie müssen sich anziehen, wenn sie pünktlich sein wollen.«

Matt grinste und malte sich viele solcher morgendlichen Unterhaltungen aus. »Ja, ich weiß. Ich komme gleich.«

Worthington zog sie an sich und küsste sie. »Bis bald.«

Grace schmiegte sich an ihn. »Ja.«

Bolton grummelte vor sich hin, während sie Graces Locken kämmte. »Hätte seine Lordschaft Sie nicht wenigstens Ihr Haar flechten lassen können?«

Grace lachte. »Ich kann mich nicht daran entsinnen, dass es zur Sprache gekommen wäre.« Andere Dinge allerdings schon. »Ich werde ihn fragen, wenn Sie möchten.«

»Es würde mich wundern, wenn es tatsächlich hilft.« Bolton schüttelte den Kopf. »Ich kann mich noch gut an die Klagen der Zofe Ihrer Mutter erinnern.«

Grace legte das schlichte Kleid an, das sie gestern getragen hatte, dieses Mal mit Mieder, und kehrte in das eheliche Gemach zurück. Ihr gefiel, wie sich das anhörte. Sie lehnte sich gegen die Tür und sah ihm dabei zu, wie er sein Halstuch knotete. »Lass dir nicht zu viel Zeit, hörst du?«

»Nein, nur noch das Halstuch. Ich bin gleich so weit.«
Er betrachtete ihr Kleid. »Das ziehst du nicht an?«

»Selbstverständlich nicht, aber ich kleide mich nie,
bevor die Kinder gegessen haben. Ich brauche nicht
lange.« Sie warf ihm einen Handkuss zu, verließ das
Haus und ging über den Square. All ihre Angestellten,
von Royston bis hin zu dem Dienstmädchen, das den
Salon putzte, hatten sich der Reihe nach aufgestellt, um
sie zu beglückwünschen.

Ihr Butler verneigte sich. »Milady, die Angestellten
möchten Ihnen zu Ihrer Hochzeit gratulieren.«

Freudentränen brannten ihr in den Augen, als sie jeden von ihnen begrüßte und sich bedankte. »Ach, du
liebe Güte. Damit hatte ich gar nicht gerechnet. Ich
danke Ihnen vielmals.«

Ein paar Minuten später betrat Matt das Haus und
wurde ebenfalls beglückwünscht. »Komm, Liebling.
Wir sollten frühstücken und dann zum Gottesdienst
aufbrechen.«

Als sie das Frühstückszimmer betraten, erhoben sich
Mr. Winters und Miss Tallerton und begannen zu klat-
schen. Die Kinder stimmten mit ein.

Charlotte stand auf. »Wir freuen uns so für euch.«

Sie stupste Charlie an, der daraufhin aufsprang.
Louisa reichte ihm ein Stück Papier. »Allerdings, und
wir haben eine Rede für euch vorbereitet.« Er hielt
seine Teetasse in die Höhe. »Auf Matt, unseren neuen
Bruder, und Grace, unsere neue Schwester. Wir wünschen euch eine glückliche Ehe und–einen Augenblick, bitte– du willst wirklich, dass ich das sage?«

»Ja«, zischte Louisa und setzte dann wieder ein Lächeln auf.

Charlie hob die Brauen. »Also gut, wir wünschen euch
zahlreiche glückliche Momente und ganz viele Kinder,
denn wir können es kaum erwarten, Tanten und Onkel
zu werden.«

Die Gesichter ihrer Brüder und Schwestern strahlten. Grace wagte es momentan nicht einmal an weitere Kinder zu denken. Sie blickte zu Matt, der sich tapfer bemühte, keine Miene zu verziehen, und ergriff für sie beide das Wort. »Wir danken euch allen für eure Segenswünsche. Nun sollten wir aber zu Ende frühstücken. Wir gehen wieder in die Kirche.«

Nachdem sie sich einen Teller gefüllt hatte, setzte sich Grace an ihren Platz am Fuße des Tisches.

Ihr Mann lehnte sich zu ihr herunter. »Muss ich am oberen Ende des Tisches sitzen?«

»Nein, nicht während des Frühstücks.« Sie streckte die Hand nach ihm aus.

»Gut.« Worthington verschränkte seine Finger mit ihren und küsste ihre Hand, ehe er zum Buffet ging. Er kehrte mit einem Teller zurück, der noch voller war als ihrer.

Gestern Morgen hatte sie sich so einsam gefühlt, dass es ihren Appetit beeinträchtigt hatte; heute aß sie ihren Teller leer und füllte ihn erneut auf. »Ich frühstücke so gern gemeinsam mit euch. Ich kann nur hoffen, dass wenn es so weit ist und ihr eure eigenen Leben führt, wir dann mehr Kinder haben, die uns Gesellschaft leisten.«

Ihre Brüder und Schwestern und auch seine Schwestern nickten zustimmend. Worthington wurde etwas blass um die Nase. »Natürlich, Liebling, hoffen wir auf das Beste.«

Grace verschlang den letzten Bissen und trank ihren Tee aus. »Könntest du bleiben und ihnen dabei helfen, sich fertigzumachen? Ich bin in etwa einer Viertelstunde wieder da.«

»Natürlich. Ich werde mich um sie kümmern und sicherstellen, dass sie alle bereit sind.«

Sie gab ihm einen Kuss und ging.

»Sir«, sagte Philip. »Warum müssen Sie Grace immer küssen?«

Matt nahm seine Tasse in die Hand. Was erzählt man einem acht Jahre alten Jungen übers Küssen? »Es würde sie traurig machen, wenn ich es nicht täte.« Der Junge zog die Brauen zusammen, als würde er es nicht ganz verstehen. Vielleicht war hier eine etwas direktere Antwort angebrachter. »Es ist die Pflicht eines Mannes, seine Frau zu küssen.«

Philip runzelte die Stirn. »Nun, wenn das so ist, haben Sie doch nichts dagegen, wenn ich nicht heiraten möchte, oder? Ich glaube nicht, dass es mir gefallen würde, ständig eine Lady zu küssen.«

Louisa und Charlotte vergruben die Gesichter in den Händen, während ihre Schultern bebten. Matt warf ihnen einen strengen Blick zu und bemerkte, dass Walter und Charlie sich voll und ganz auf ihre Teller konzentrierten. Matt lenkte seine Aufmerksamkeit zurück auf Philip. »Ganz und gar nicht. Wenn du in einem heiratsfähigen Alter bist«, Matt klopfte Louisa auf den Rücken, als sie sich verschluckte, »und dir noch immer nicht danach zumute ist, eine Lady zu küssen, haben Grace und ich sicher nichts dagegen, wenn du Junggeselle bleibst.«

Erleichtert atmete Philip aus und lächelte. »Ich danke Ihnen, Sir.«

»Ach, und Philip, du kannst mich gerne Matt nennen, wenn du möchtest. Ich bin schließlich jetzt dein Bruder.«

»Ähm, ja, Sir. Ich meine, Matt. Danke.«

Walter fixierte Matt mit einem Blick. »Es freut mich wirklich sehr, dass alles geklappt hat. Dass du Grace geheiratet hast, meine ich. Mir gefiel es nicht sonderlich, sie ständig weinend und in sich gekehrt zu sehen.«

Da stimmte Matt Walter vollkommen zu und er nickte. »Nein, ich kann mir vorstellen, wie unschön das gewesen sein muss. Ich sehe sie auch nicht gerne weinen.«

Charlie erhob sich. »Na schön, ihr Lieben, es ist höchste Zeit, dass ihr euch fertig macht.«

Matt lehnte sich lässig in seinem Stuhl zurück. »Sie wird mindestens eine halbe Stunde brauchen.«

Als Charlie sich zum ihm umdrehte, nahm sein Gesichtsausdruck einen amüsierten Zug an. »Wie ich sehe, hast du noch das ein oder andere über Grace zu lernen. Du wirst dich wundern, wenn sie zurückkehrt und wir noch immer alle am Tisch sitzen.«

Er traute seinen Ohren kaum. »Was meinst du?«, fragte Matt.

Charlie grinste. »Wenn sie fünfzehn Minuten sagt, dann meint sie auch fünfzehn Minuten.«

»Na schön, dann ab mit euch. Ich habe nicht vor, den ersten Tag als ihr Ehemann in Ungnade zu verbringen.«

»Sehr vernünftig, Sir«, fügte Walter hinzu.

Grace tauchte genau fünfzehn Minuten nachdem sie gegangen war wieder auf. Er hätte sich erleichtert mit der Hand über die Stirn gewischt, doch er war gerade dabei, Philips Kleidung zurechtzurücken.

»Sind alle so weit?«, fragte Grace, als sie ihren Hut mit einer Nadel sicherte.

»Ja«, sagte Matt und wandte sich an die herumwuselnde Bande. »Jeder von euch nimmt eine Person an die Hand und dann reiht ihr euch auf.«

Sie stellten sich unverzüglich auf und waren bereit. »Milady.« Er verneigte sich. »Nach dir.«

Grace hakte sich bei ihm unter. »Wo ist Patience?«

»Sie ist mit deiner Tante und deinem Onkel vorgegangen.«

»Na schön, dann wollen wir aufbrechen.«

»Liebling«, sagte Matt, »gehen wir jedes Mal zu Fuß zum Gottesdienst?«

»Du hast die Wahl«, sagte sie in zuckersüßem Tonfall. »Wir können zu Fuß gehen, oder du kannst herausfinden, wieviel Energie sie übrighaben, wenn wir mit den Kutschen fahren. Erinnerst du dich an gestern?«

Er runzelte die Stirn. »Ja, aber das war doch nur wegen der Hochzeit.«

Sie schielte ihn von der Seite an. »Wenn du das wirklich glaubst, können wir am Sonntag gerne die Kutsche nehmen.«

Vor seinem inneren Auge sah er elf zappelige Kinder in der St. Georges Kirche umherlaufen– seine zappeligen Kinder– und gab nach. »Du hast mit Charlie wirklich ganze Arbeit geleistet. Er scheint seine Pflichten sehr ernst zu nehmen, aber sieht es dennoch gelassen.«

Seine Frau grinste. »Er hat es mir leicht gemacht. Als wir uns um die Vormundschaft gekümmert haben, hat er bereits früh gemerkt, dass er die Verantwortung für die Kinder und die Anwesen übernehmen wird, sobald er volljährig ist.« Grace hielt kurz inne. »Ich wünschte, es wäre ihm gewährt, seine Freiheit etwas zu genießen, bevor er seine Pflichten annehmen muss, aber es ist einfach nicht möglich.«

Matt legte seine Hand über ihre. »Viele der jungen Männer, die eine solche Entscheidung getroffen haben, sind ziemlich öde. Das ist Charlie nicht. Ich denke, er wird sich einfach auf eine Art und Weise amüsieren, die den Kindern nicht schadet.«

»Nein, ein Langweiler ist er wirklich nicht.« Sie neigte den Kopf und lächelte ihn an. »Und ich glaube, du hast recht. Er wird einen Weg finden, sich zu amüsieren, ohne jemandem dabei zu schaden.«

»Außerdem hat er uns beide, die ihm zur Seite stehen, vergiss das nicht.« Matt würde sein Bestes tun, damit Charlie keine Verantwortungen auf sich nahm, für die er noch nicht bereit war. Jeder junge Mann sollte sich etwas Zeit nehmen können, um sich die Hörner abzustoßen.

Combs löste seinen Sohn ab und am nächsten Morgen um sieben Uhr früh sah er der Lady dabei zu, wie sie nach Stanwood House zurückkehrte. Der Gentleman folgte kurze Zeit später. »Er hat jetzt, was er braucht, und vielleicht können wir ihm noch ein bisschen unter die Arme greifen, indem wir seine Nichte loswerden.« Combs schlenderte aus dem Square und machte sich auf den Weg zu Mr. Moltons Bleibe.

Molton nahm das Hämmern an seiner Tür wahr und versuchte krampfhaft, es von dem Hämmern in seinem Schädel zu trennen. Er war letzte Nacht im *Daffy Club* gewesen, und hatte sich mit den Vergnügungen Londons wieder vertraut gemacht. Er hatte vor, ein sehr wohlhabender Mann zu werden.

»Mr. Molton, Sir. Ich hab' die Informationen, die Sie brauchen.«

Combs. Natürlich. Wer sonst würde so früh an seiner Tür klopfen? »Einen Augenblick.«

Er zwang sich zum Aufstehen und goss Wasser in die Schüssel. Nachdem er sich das Gesicht nass gespritzt und sich die Zähne geputzt hatte, legte er einen Morgenmantel an. Seinen ausgiebigen Erfahrungen nach zu urteilen, gefiel es Frühaufstehern nicht sonderlich, Gin oder Brandy an einer anderen Person zu riechen, und er brauchte Combs' volle Kooperation.

Molton öffnete die Tür, begrüßte Mr. Combs und wies ihn an sich zu setzen. Danach rief er nach Kaffee. Nachdem Molton sich und dem Detektiv eine Tasse eingeschenkt hatte, ließ er sich auf einem Stuhl nieder. »Was haben sie herausgefunden?«

Combs nahm einen großen Schluck Kaffee und setzte die Tasse wieder auf dem Tisch ab. »Es war genau wie Sie's gesagt haben. Ihre Nichte ist 'ne waschechte

Mätresse. Die ganze Nacht hat sie im Haus des Herren verbracht und ist dann am nächsten Morgen ganz unverfroren herausstolziert. Das kann ich vor Gericht bezeugen. So ein Gesindel kann doch nicht auf Unschuldige aufpassen.«

»Ähm, danke sehr. Gute Arbeit.« Molton fuhr sich mit der Hand übers Gesicht. *Sag bloß, der Kerl ist ein verdammter Methodist?*

»Ich danke Ihnen. Als ich meiner Frau von ihr erzählt hab', hat sie gesagt, es wäre eindeutig, wo hier meine Pflicht liegt.«

»Nun gut, natürlich.« Molton rieb sich das Kinn. »Ich werde natürlich versuchen, sie zur Vernunft zu bringen. Wenn sie die Kinder nicht freiwillig aufgibt, werde ich vor dem Obersten Gerichtshof Klage erheben müssen.«

»Sagen Sie nur Bescheid, ich werde da sein. Hab's mit eigenen Augen gesehen. Ich und mein Ältester.« Er nickte nachdrücklich.

»Nochmals vielen Dank, und richten Sie Ihrem Sohn ebenfalls meinen Dank aus. Ich werde später für die Zahlung vorbeikommen.«

»Das ist nicht nötig, absolut nicht. Bin heut' nich' im Büro, ist ja Karfreitag. Aber für meine Frau und mich, für uns ist es eine Mission Gottes, diese jungen Kinder zu retten.«

Bei Gott, der Mann war tatsächlich Methodist. Es gab kaum versteiftere Menschen.

»Wahrlich das Werk Gottes«, sagte Molton und hoffte er klang dabei fromm. »Ich wünsche Ihnen einen schönen Tag mit Ihrer Familie.«

Der Mann schüttelte ihm die Hand. »Ich werd' Sie später sicher nochmal sehen.«

»Ja, ja, wenn sie nicht vernünftig ist.« Das Schicksal musste auf seiner Seite sein. Wenigstens hatte er etwas Geld gespart. Doch er würde sich nie wieder Sorgen ums Geld machen müssen, nicht, nachdem er mit Worthington gesprochen hatte, um ihm mitzuteilen, dass das Spiel nun ein Ende hatte.

Sobald Matt und Grace die Kirche mit dem Rest der Familie erreicht hatten, halfen Charlie, Louisa und Charlotte dabei, die Kinder zu arrangieren. Patience sowie Lord und Lady Herndon stießen zu ihnen. Kurze Zeit später trafen auch die Eveshams und die Rutherfords dazu.

Wenn er die Ehefrauen seiner Freunde so betrachtete, fragte sich Matt, wie lange es wohl dauern würde, bis Grace schwanger war. Er musste den Verstand verloren haben, denn er hoffte sie war es bereits.

Die St. Georges Kirche war halb leer und im Stillen dankte er all denjenigen, die London über Ostern verlassen hatten. Die verbleibenden Kirchgänger schenkten ihnen nun kaum noch Beachtung. Wieder Zuhause angekommen, verspeisten sie Jacques Rinderbraten mit Yorkshire Pudding. Den Chefkoch würden sie definitiv behalten.

Nach dem Essen nahm Charlie ihn zur Seite. »Ich wollte dir danken, Sir.«

Überrascht wandte Worthington sich zu ihm um. »Wofür?«

Charlie verzog das Gesicht. »Die Kinder, obwohl, ich sollte Louisa und Charlotte wohl nicht als Kinder bezeichnen, haben mir erzählt, dass Grace dich anfangs abgewiesen hat, doch du nicht nachgelassen hast, bis sie ja sagte.«

Matt klopfte Charlie auf den Rücken und bedachte seinen Schwager mit einem ernsten Blick. »Wenn man etwas wirklich will, dann muss man dafür auch kämpfen.«

»In der Tat. Weißt du, ich wusste schon immer, dass sie heiraten wollte.« Er trat von einem Bein aufs andere. »Doch sie hat all ihre Träume aufgegeben, für uns.«

»Das Schicksal sorgt auf seine ganz eigene Art und Weise dafür, dass die Dinge geschehen.« Matt drückte Charlies Schulter.

»Das stimmt wohl.« Er hielt einen Augenblick lang inne. »Sobald ich volljährig bin, werde ich euch die Verantwortung abnehmen.«

Dies war eine Unterhaltung für ein anderes Mal. »Wir werden sehen, wie sich alles entwickelt.« Er blickte sich um, sah, dass Grace mit den älteren Mädchen beschäftigt war und senkte die Stimme. »Du möchtest mir nicht vielleicht verraten, so von Mann zu Mann, von Earl zu Earl, wie ich es schaffe, Grace nicht zu verärgern?«

Charlie grinste. »Keine Überraschungen. Sie hat uns immer die Hand gehalten, ob es Wunden waren, die genäht werden mussten, gebrochene Knochen oder sonstige Situationen, in denen jede andere Lady in Ohnmacht gefallen wäre. Wenn du ihr aber eine Überraschungsfeier zum Geburtstag organisierst, dann kippt sie dir glatt um. Verstehe es selbst nicht. Es gibt keinen Grund. So ist sie eben einfach.«

»Hast du Lust auf eine Partie Billard, Stanwood?«

»Und wie. Seit mein Vater gestorben ist, hatte ich niemanden mehr mit dem ich spielen konnte.«

Matt legte eine Hand auf Charlies Schulter. »Dann folge mir, mein Junge, und wir werden sehen, wie du dich machst.«

Walter und Philip schlossen sich ihnen an. Charlie war mit dem Spiel bereits vertraut und brauchte nur ein wenig Übung und ein paar Hinweise. Er half Matt dabei, es den jüngeren beiden beizubringen. So sehr Matt seine Schwestern auch liebte, es war schön, jüngere Brüder zu haben.

Er sandte ein stilles Dankgebet gen Himmel dafür, dass Grace in sein Leben getreten war.

***

Lord Bentley und Lord Harrington wurden angekündigt und in den Salon geführt. Grace lächelte, als die beiden sich verneigten und Louisa und Charlotte knicksten.

»Ich weiß, es ist ungewöhnlich, Ihnen an einem Feiertag einen Besuch abzustatten«, sagte Bentley, während er an seinem Halstuch herumzupfte. »Doch es sind so wenige Leute in der Stadt ...«

Harrington nickte. »Wir– wir dachten, wir besuchen Sie einfach.«

Grace musste sich das Lachen verkneifen und wies sie an, sich auf ein Sofa zu setzen. »Wir freuen uns, Sie zu sehen. Nehmen Sie doch bitte Platz und ich werde nach etwas Tee rufen.«

»Das ist nicht nötig, nicht unseretwegen«, erwiderte Harrington.

»Genau«, sagte Bentley. »Wir möchten Ihnen keine Umstände bereiten.«

Es musste das erste Mal sein, dass die beiden Gentlemen dieses kleine Ritual absolvierten. »Ich danke Ihnen für die Rücksicht.« Sie zog an der Klingel. »Aber für gewöhnlich trinken wir zu dieser Tageszeit ohnehin Tee.«

Bentley schluckte. »Natürlich.«

Obwohl Grace sie bereits angewiesen hatte, Platz zu nehmen, blieben beide ganz selbstverständlich stehen, bis sie sich wieder auf das Sofa setzte.

Als Matt zu ihnen traf, war Charlotte gerade dabei, ihnen Tee einzuschenken.

Er nahm neben Grace Platz und zog damit ihre Aufmerksam auf sich. »Ich schätze, sie werden ihre Nervosität schon noch irgendwann ablegen.«

Sie musterte die jungen Männer, die mit ihren Taschenuhren herumspielten, und hoffte für die beiden, dass es bald sein würde. »Du hast dich nicht über sie zu amüsieren, das kannst du Charlie ebenfalls ausrichten. Es ist sehr mutig von ihnen, die ersten Verehrer der Mädchen sein zu wollen.«

Er zog die Brauen zusammen. »Meinst du, sie sind für Charlotte und Louisa in der Stadt geblieben?«

Grace betrachtete ihn über den Rand ihrer Tasse hinweg. »Ein kleiner Blick in die *Morning Post* hätte dir verraten, dass ihre Eltern derzeit auf ihren Landgütern sind und dort große Empfänge veranstalten.«

»Was bedeutet, dass sie tatsächlich für sie geblieben sind.«

»Das ist wohl anzunehmen.«

Ein lautes Bellen und ein Krachen ertönten über ihren Köpfen. Matt hob den Blick an die Decke. »Wenn du hier alles unter Kontrolle hast, dann werde ich mit den restlichen Kindern und den Hunden in den Park gehen.«

Ein weiteres Poltern sowie ein tieferes Bellen drangen über die Treppe zu ihnen. »Gute Idee.«

Er verließ den Salon und kurz darauf hörte sie wie die jüngeren Kinder, die Bediensteten und die Hunde sich bereit machten. Matt trat wieder ein und führte Graces Finger an seine Lippen, hauchte einen Kuss auf ihre Knöchel, ehe er sich zum Gehen abwandte.

»Darf ich fragen, Ihr Hund, was für eine Rasse ist das?«, erkundigte sich Bentley.

»Es sind zwei Hunde. Zwei Dänische Doggen. Einer davon gehört uns und der andere gehört Graces Familie.« Louisa lächelte. »Ich sollte wohl eher sagen, dass es *unsere* Hunde sind, jetzt wo wir eine Familie sind.«

»Tatsächlich?« Harrington blickte auf. »Ich würde sie zu gern sehen«, sagte er. »Wenn es Ihnen nichts ausmacht, natürlich«, fügte er nervös hinzu.

Charlotte erhob sich mit einem kleinen Lächeln auf den Lippen. »Nein, das macht uns ganz und gar nichts aus. Worthington wird gleich mit ihnen und den Kindern herunterkommen.«

»Normalerweise gehen wir alle gemeinsam in den Park«, fügte Louisa hinzu.

Kurz darauf preschte Daisy in den Salon und Matts Befehl donnerte ihr hinterher. »Daisy, halt!«

Nun, auch wenn sie nicht ganz stehen blieb, so wurde sie wenigstens langsamer. Grace lächelte erleichtert. »Worthington, sie macht sich schon viel besser.«

Ihr Ehegatte murmelte etwas vor sich hin, das nur ein Fluch sein konnte, und betrat den Raum mit Duke. Bentley und Harrington machten sich daran, die Hunde kennenzulernen.

Grace rechnete es ihnen hoch an, dass keiner der beiden jungen Herren sich darum scherte, ob die Hunde sie anspringen würden.

Bentley streichelte Daisy. »Mein Großvater hatte Doggen. Großartige Tiere. Sie ist noch recht jung, nicht wahr?«, fragte er.

Charlotte stellte sich neben ihn. »Stimmt, sie ist etwas über ein Jahr alt. Duke ist vier.«

Harrington grinste. »Dann können Sie sich wohl auf ein paar weitere Jahre Ärger mit ihr gefasst machen.« Er blickte kurz zu Bentley. »Würde es Ihnen etwas ausmachen, wenn wir Sie in den Park begleiten?«

Aufgeregt wechselten Louisa und Charlotte einen Blick, ehe Charlotte das Wort ergriff. »Wir brauchen nur einen kurzen Augenblick. Matt, würdest du auf uns warten?«

»Ja, natürlich. Aber beeilt euch.«

Bevor Grace den Mädchen aus dem Salon folgte, blickte sie zu Matt. »Ich denke, ich werde euch ebenfalls Gesellschaft leisten.«

Es gelang ihr, Louisa und Charlotte ruhig zu halten, bis sie Graces altes Zimmer erreicht hatten, in dem sie eine ihrer Hauben aufbewahrte. Wie gut, dass Bolton beschlossen hatte, einige von Graces Kleidungsstücken hier zu behalten. »Nun, was ist los?«

»Grace«, sagte Charlotte in aufgeregtem Tonfall, »sie haben uns um einen Walzer auf Lady Sales Ball gebeten.«

Louisas Augen glänzten. »Ich finde, es war wirklich sehr freundlich von ihnen, herzukommen. Sie sind in der Stadt geblieben, nur um uns um einen Tanz zu bitten.«

Grace freute sich wirklich sehr für sie. Sie beide würden diese Saison überaus erfolgreich sein. »Da sind sie den anderen jungen Herren gewiss zuvorgekommen.«

Als die Kinder, Louisa, Charlotte, Charlie und ihre Gäste den Square verließen und zum Park gingen, beobachtete Grace die beiden jungen Männer. Scheinbar hatten Harrington und Bentley es sich in den Kopf gesetzt, ihren Mitbewerbern einen Schritt vorauszubleiben. Sie waren aufmerksam und fürsorglich und das nicht nur mit den beiden Mädchen, sondern auch mit ihren Brüdern und Schwestern sowie den Hunden. Walter hatte allerdings beschlossen, sich einen Spaß daraus zu machen, Grimassen zu ziehen und die Mädchen nachzuahmen.

»Nicht«, ermahnte ihn Matt. »Eines Tages wirst du in der gleichen Situation sein.«

»Und ärgere die Mädchen nicht«, sagte Grace.

Walter grinste freundlich. »Ihr beide verderbt mir den ganzen Spaß.« Einen Augenblick lang war er still, doch dann sprach er weiter, als wäre ihm gerade ein Gedanke gekommen. »Charlotte könnte sich schon dieses Jahr vermählen.«

»Ja.« Grace musterte ihren Bruder. »Wenn sie auf den richtigen Gentleman trifft, könnte sie schon vor dem Sommer verheiratet sein.«

»Wer ist dann als nächstes dran? Augusta?«

Matt nickte und sein Gesicht nahm plötzlich einen panischen Ausdruck an. »Mein Gott! Ist dir bewusst, dass die Zwillinge und Madeline im gleichen Jahr in die Gesellschaft eingeführt werden?«

Charlie lachte laut.

»Jetzt lachst du noch«, sagte Matt düster. »Wenn du erstmal zur Beaufsichtigung eingezogen wirst, dann findest du es auch nicht mehr so lustig.«

Er machte ein langes Gesicht. »Du hast nicht zufällig einen Turm auf deinem Anwesen, oder?«

KAPITEL 28

Nachdem sie aus dem Park zurückgekehrt waren, ging Grace in ihr Arbeitszimmer, um die Briefe durchzugehen, die sie die letzten beiden Tage über ignoriert hatte. Sie war gerade dabei, ihrem Haushälter zu antworten, als Patience an die Tür klopfte.

»Darf ich hereinkommen?«

Grace legte die Schreibfeder ab und streute Sand über das Papier. »Natürlich. Leben Sie sich gut ein?«

Patience ließ sich grinsend auf einem Stuhl neben dem Schreibtisch nieder. »Ja, sehr sogar. Mir gefällt es doch recht gut, nicht so viele Pflichten zu haben. Haben Sie die Wirtschaftsbücher für Worthington House da?«

Grace durchsuchte die Bücher auf dem Regal neben dem Schreibtisch und schüttelte dann den Kopf. »Noch nicht, gibt es etwas, das Sie mit mir besprechen möchten?«

»Nicht wirklich.« Patience verzog das Gesicht. »Ich dachte nur, ich sollte Ihnen mitteilen, dass sie nicht auf dem letzten Stand sind. Ich habe es nie geschafft, sie auszugleichen und habe dann irgendwann einfach aufgegeben.«

War Matt deshalb so besorgt über Graces Ausgaben gewesen? »O je. Wann haben Sie sie das letzte Mal angesehen?«

Patience warf einen Blick an die Decke und machte eine wage Handbewegung. »Ich bin mir nicht ganz sicher. Vermutlich vor etwa sechs Jahren.«

War es Matt überhaupt bewusst, dass seine Haushaltskonten seit so langer Zeit ignoriert wurden? Es graute Grace vor der Antwort auf ihre nächste Frage. »Haben Sie die ganzen Abrechnungen aufbewahrt?«

»Jede einzelne.« Patiences Miene hellte auf, sichtlich stolz auf sich. »Ich dachte, ich würde sie vielleicht irgendwann noch einmal brauchen. Eine Zeit lang habe ich sie alle in einer Schublade gesammelt, und als diese voll war, habe ich sie in Kisten aufbewahrt.«

»Das ist schon mal ein guter Anfang.« Grace bemühte sich um einen neutralen Tonfall, auch wenn sie sich vor dem Gedanken scheute, die Ausgaben mehrerer Jahre nachvollziehen zu müssen. »Sagen Sie, weiß Louisa, wie man die Wirtschaftsbücher führt?«

»Ähm, nicht direkt.« Patience zog die Brauen zusammen. »Ich war nie dazu imstande, es ihr beizubringen und ich wollte Worthington damit nicht belasten.«

Grace wollte gar nicht erst daran denken, was Matt zu dem Ganzen sagen würde. Doch nun konnte sie zwei Fliegen mit einer Klappe schlagen. »Wenn Sie einem Paar Ihrer Bediensteten zeigen könnten, wo sich die Abrechnungen befinden, und die Kisten herbringen lassen, kann ich Louisa daran zeigen, wie die Haushaltskonten auszugleichen sind.«

»Ich danke Ihnen, Liebes.« Patience erhob sich. »Ich hatte gehofft, dass Sie das sagen würden. Ich werde mich unverzüglich darum kümmern.«

Kurze Zeit später schlenderte Patience in der Begleitung von zwei Bediensteten nach Worthington House. Sie zeigte ihnen, wo die Kisten gestapelt wurden. Als sie das Haus wieder verließen, kam ihnen ein Gentleman mit einem derart geröteten Gesicht entgegen, dass anzunehmen war, er würde den Großteil seiner Zeit eher fragwürdigen Tätigkeiten nachgehen.

»Lady Worthington?«

Wer auch immer er sein mochte war überaus unverschämt, sie anzusprechen, ohne ihr vorher vorgestellt worden zu sein. Fordernd hob sie eine Braue und ihre Stimme war kühl. »Wie bitte?«

Er verneigte sich. »Entschuldigen Sie. Wenn Sie erlauben, würde ich mich gern vorstellen. Mr. Edgar Molton, zu Ihren Diensten.«

Mit viel Mühe gelang es ihr einen neutralen Gesichtsausdruck zu wahren. Matt musste unverzüglich darüber informiert werden. »Tatsächlich.«

Patience überlegte, wie sie weiter verfahren sollte und musterte den Mann. Natürlich hatte Lady Herndon sie alle gewarnt, dass er womöglich versuchen würde, sich zu nähern, doch Patience hatte es schlichtweg nicht für möglich gehalten. Was auch immer der Mann wollte, von ihr würde er keine Hilfe erhalten. »Wie kann ich Ihnen behilflich sein, Mr. Molton?«

Sein Lächeln bildete Falten auf seinem Gesicht. »Es ist andersherum, Milady. Ich habe von etwas erfahren, das für Sie womöglich von Interesse sein könnte.«

Sie hob nun auch die andere Braue, während sie über eine Antwort nachdachte. Sie musste ihn loswerden, koste es was es wolle. Das war in diesem Fall die beste Vorgehensweise. »Daran zweifele ich sehr. Auf Wiedersehen, Mr. Molton.«

Als er einen Schritt auf sie zu machte, stellten die Bediensteten die Kisten ab und bauten sich beschützend neben ihr auf.

Der Mann ging zwei Schritte wieder zurück. »Haben Sie auch nur die geringste Ahnung, wer ich bin, Milady?«

»Mr. Molton, ich weiß ganz genau, wer Sie sind und wurde angewiesen, mich nicht mit Ihnen abzugeben.« Sie wandte sich an einen der Bediensteten. »Lassen Sie uns die Kisten holen und gehen.«

»Ist ihr Ehemann zu Hause?«

Sie wirbelte zu ihm herum. Einen Augenblick lang herrschte in ihrem Kopf ein wirres Durcheinander, doch dann dämmerte es ihr, dass der Mann sie für die derzeitige Lady Worthington halten musste. Und wenn er Grace und Worthington zusammen gesehen hatte ... Molton musste hier sein, um Grace Ärger zu bereiten. »Lord Worthington ist zurzeit nicht zu Hause. Er wird wohl heute Nachmittag zurückkehren. Doch nun müssen Sie mich bitte entschuldigen.«

Patience eilte an ihm vorbei. Sollte sie Grace warnen? Nein, es würde ihr nur Kummer bereiten. Worthington würde mit dem Halunken schon zurechtkommen und vermutlich ohne dass Grace davon erfuhr. So war es sicher am besten.

Patience atmete tief ein, um ihr wummerndes Herz wieder zu beruhigen und wies die Bediensteten an, die Kisten zu Lady Worthington zu bringen. Dann hinterließ sie ihrem Stiefsohn eine Nachricht mit der Bitte, sie schnellstmöglich aufzusuchen, ging in den Salon und bestellte sich einen Tee. Gott sei Dank ließ Matt nicht lange auf sich warten.

Stirnrunzelnd betrat Worthington den Raum. »Patience, du wolltest mich sprechen?«

Sie erhob sich und reichte ihm die Hände. »O Worthington, es ist etwas Grauenvolles geschehen– Graces Onkel, Molton, hat mich belästigt, als ich Worthington House verließ.«

Worthingtons Miene verdüsterte sich. »Was hat er gesagt?«

»Ehrlich gesagt, habe ich ihm nicht die Möglichkeit gegeben, wirklich viel zu sagen, doch er scheint zu glauben, dass ich deine Frau bin.«

»Was um alles in der Welt?« Er hielt ihre Hände auch weiterhin fest, um sie zu beruhigen und führte sie zum Sofa. »Hier, setz dich und dann erzählst du mir alles.«

Patience erzählte ihm, was vorgefallen war. »Offensichtlich hat er weder eine Ausgabe des *Debrett's,* noch hält er sich über die Geschehnisse des *tons* auf dem Laufenden.«

»Nein, offensichtlich nicht.« Worthington schüttelte den Kopf. »Wann ist es passiert?«

»Es ist noch nicht lang her. Vor weniger als einer Stunde. Ich habe ihm gesagt, dass du später wieder zu Hause sein würdest. Wo bist du gewesen?«

»Ich habe eine Nachricht von Lord Herndon erhalten, in der er um ein Treffen bat.« Und welch ein Glück das gewesen war. Man hatte Matt die unterzeichneten Unterlagen der Vormundschaft vorgelegt und ihm versprochen, er würde eine Kopie erhalten, sobald eine angefertigt worden war. Seit gestern Abend war er der offizielle Vormund von Graces Brüdern und Schwestern. Niemand würde ihnen oder Grace schaden.

»Worthington, hörst du mir zu? Ich sagte, ich habe Grace nichts davon erzählt.«

Er richtete seine Aufmerksamkeit wieder auf Patience. »Ich danke dir. Das war gut mitgedacht. Wenn ich ohne ihr Wissen mit ihm fertig werden kann, dann gibt es keinen Grund, sie zu beunruhigen.«

Patience nickte zufrieden. »Genau das habe ich auch gedacht.«

Er sah sie an. »Wo ist sie?«

»In ihrem Arbeitszimmer, sie kümmert sich um die Korrespondenzen.« Sie blickte zu ihm auf und verzog das Gesicht. »Ich– ich habe ihr außerdem die Abrechnungen für die Haushaltskonten zukommen lassen.«

»Das war eine gute Idee.« Er lächelte. »Patience, ich habe dir nie die Schuld dafür gegeben, dass du sie nicht ausgleichen konntest. Ich wünschte nur, du hättest es mir eher gesagt.«

»Du hast es gewusst? O Worthington, es war mir so peinlich, dass ich es nicht fertiggebracht habe. Aber wenigstens wird Louisa nicht so dumm sein wie ich. Grace hat versprochen, es ihr beizubringen.«

»Wenn das so ist, musst du dir darum keine Gedanken mehr machen. Es fügt sich doch alles.« Er gab ihr einen Kuss auf die Wange. »Sollte jemand nach mir fragen, ich werde im anderen Haus sein.«

Etwa drei Stunden später war Matt gerade dabei, in seinem Arbeitszimmer einen Brief seines Haushälters zu studieren, als Thorton anklopfte. »Milord, Mr. Molton ist soeben eingetroffen, genau wie Sie es vorausgesehen haben.«

Matt grinste in sich hinein. *Dann wollen wir mal sehen, was dieser Kerl will.* »Führen Sie ihn herein.«

Ein paar Minuten später kehrte Thorton mit Graces Onkel zurück.

Da er hier die Oberhand hatte, fiel es Matt überraschend leicht, den Schurken mit einem Lächeln zu begrüßen. »Mr. Molton. Nehmen Sie doch bitte Platz.« Er wartete, bis der ältere Herr sich in einen Ledersessel gesetzt hatte. »Nun, was verschafft mir die Ehre?«

»Wenn ich Ihnen erst einmal gesagt habe, weshalb ich hier bin, Milord, dann sind Sie womöglich nicht mehr so glücklich.«

Fragend hob Matt eine Braue. »Tatsächlich, Sir, und warum nicht?«

Molton runzelte die Stirn. »Ich weiß, was Sie mit meiner Nichte im Schilde führen. Sie wollen doch sicher nicht, dass Ihre Frau davon erfährt.«

Dies würde noch unterhaltsamer werden, als Matt gedacht hatte. Er setzte eine verblüffte Miene auf. »Ihre Nichte, Sir? Wenn ich richtig informiert bin, haben Sie doch mehrere. Welche meinen Sie?«

»Grace, Lady Grace Carpenter.« Mit wachsender Ungeduld zischte der Mann ihren Namen.

Matt stützte seine Ellenbogen auf dem Schreibtisch ab und betrachtete Molton mit gespieltem Interesse. »Ach, Sie meinen Grace? Ich verstehe, und was werfen Sie mir vor mit Grace zu tun?«

Mittlerweile lief Moltons Gesicht in einem interessanten Rotton an. Abwesend fragte sich Matt, ob es für diese Farbe wohl einen Namen gab.

»Sie haben sie ruiniert«, verkündete der ältere Herr dramatisch.

Matt musterte Molton über seine aneinandergelegten Finger und weitete die Augen. »Habe ich das? Ich denke, Sie sollten sich etwas deutlicher ausdrücken, Sir. Ich habe keine Lust, mich mit Ihnen im Kreis zu drehen. Wie genau soll ich Grace ruiniert haben?«

»Spielen Sie ruhig das Unschuldslamm.« Molton verengte die Augen. »Sie werden mit diesem Hinterhalt nicht durchkommen.«

»Bis ich weiß, woraus dieser Hinterhalt bestehen soll, wüsste ich auch nicht, wie ich damit durchkommen kann, wie sie es doch so elegant ausgedrückt haben.« Matt fragte sich, wie lange dies noch dauern würde. Andererseits war es ein bisschen, wie einen Fisch an der Angel zappeln zu lassen.

In den Mundwinkeln des Herren sammelte sich der Speichel. »Ich habe einen Mann damit beauftragt, dieses Haus zu beobachten, und dieser hat gesehen, wie Grace es gestern Nachmittag betreten und erst heute Morgen wieder verlassen hat.«

Ah, endlich machten sie Fortschritte. Ging es dem Mann um die Verwaltung der Gelder der Kinder oder um Bestechung? Grinsend lehnte sich Matt in seinem Stuhl zurück.

Molton fiel die Kinnlade hinunter. »Sie verleugnen es nicht?«

Matt weitete die Augen noch weiter. »Mein guter Herr, warum sollte ich das tun? Sie hat die Nacht sehr wohl mit mir verbracht. Weshalb Sie das etwas angehen sollte, haben Sie mir allerdings noch nicht verraten.« Er machte eine auffordernde Handbewegung. »Sie haben doch noch vor, mir das zu erklären, nicht wahr? Oder vergeuden Sie hier nur meine Zeit?«

Er lehnte sich vor und erhob sich dabei halb aus seinem Sessel. »Ich weiß, wie sehr sie an diesen Gören hängt.«

Plötzlich verging ihm der Spaß daran, den Mann anzustacheln, und er konnte sich nur knapp davon abhalten, sich über den Schreibtisch zu stürzen, um den Halunken am Kragen zu packen. »Ich gehe davon aus, dass Sie ihre Brüder und Schwestern meinen?«

Molton setzte sich wieder in den Sessel, ehe er antwortete. »Allerdings. Unter diesen Umständen würde es wohl nicht sehr schwierig werden, sie ihr wegnehmen zu lassen, wenn Sie verstehen, was ich meine.«

Seiner Rolle treu bleibend, runzelte Matt die Stirn. »Sie erwecken nicht den Eindruck, als wären Sie allzu besorgt um die Kinder oder die Moral Ihrer Nichte.«

»Die Horde Kinder könnte mir gleichgültiger nicht sein. Was meine Nichte anbelangt, kann sie ihre Beine spreizen für wen auch immer sie will.« Seine Lippen verzogen sich zu einem trockenen Grinsen. »Hinter ihnen bin ich nicht her.«

»Ihr Sinn für Familie ist wirklich bemerkenswert«, sagte er gedehnt. Herndon hatte recht. Graces Onkel war ein Schurke jenseits der Moral. »Warum kommen Sie nicht einfach zum Punkt und sagen mir, was genau sie wollen.«

»Geld. Für eine, sagen wir mal, vierteljährliche Zahlung auf mein Konto werde ich schweigen, bis meine Nichte entweder verheiratet ist oder Stanwood die Volljährigkeit erreicht. Dann will ich die zehntausend Pfund, die sie bekommen wird.«

Matt hob die Mundwinkel in gespielter Belustigung. »Mr. Molton, die Beschreibungen von Ihnen werden Ihnen nicht gerecht. Allerdings friert eher die Hölle zu, als dass Sie auch nur einen Penny von mir sehen.«

Molton erhob sich mit düsterer Miene. »Sie werden schon zahlen, Milord, oder sie wird dafür büßen. Ich werde in der ganzen Stadt verbreiten, dass sie Ihre Geliebte ist. Ich werde bekommen was ich will, so oder so.«

Aus der Eingangshalle ertönten Schritte und Graces klare Stimme. »Machen Sie sich keine Sorgen, Thorton, ich werde ihn nicht lange stören.«

Hastig begab sich Matt zur Tür und legte ihr beschützend eine Hand auf die Taille als sie eintrat.

Überrascht hielt sie inne. »Verzeihung. Ich wusste nicht, dass du Besuch hast. Ich kann später wiederkommen, wenn es dir lieber wäre?«

Er legte einen Arm um sie und zog sie an sich. »Ist schon gut, Liebling. Er wollte gerade gehen.«

Graces Stirn legte sich in Falten als sie Molton betrachtete. »Kenne ich Sie?«

»Du bist zu einer sehr schönen Frau herangewachsen«, sagte ihr Onkel.

Grace blickte zu Matt. »Wer ist das?«

Er grinste verschmitzt. »Grace, darf ich dir deinen Onkel vorstellen, Mr. Edgar Molton. Molton, meine Gemahlin, die Countess of Worthington.«

Alles Blut wich ihm aus dem Gesicht und er hielt sich an dem Sessel fest, neben dem er stand. »Gemahlin?«, fragte er zaghaft.

Matts Blick verhärtete sich. »Gemahlin.«

»Aber– aber es gab gar keine Ankündigung.«

Mit Grace noch immer im Arm, schenkte er sich und ihr ein Glas Wein ein. Molton konnte verdursten. »Sie wurde bereits verschickt, aber noch nicht gedruckt. Die Feiertage, Sie verstehen.«

Grace nahm ihr Glas entgegen und blickte auf. »Worthington, ich habe nicht die leiseste Ahnung, was hier vor sich geht.«

»Dein Onkel hat beschlossen uns zu erpressen, Liebling. Er hat gestern einen Mann damit beauftragt, das Haus zu beobachten. Diese Person hat gesehen, wie du eingetreten und erst heute Morgen wieder gegangen bist.«

»Erpressung? Nicht die Kinder?« Erleichtert atmete sie auf. »Damit hatte ich ganz und gar nicht gerechnet.«

Grinsend zog er sie dichter an sich. Er hatte sich auf einen Schwindelanfall gefasst gemacht. Aber Erpressung war nicht ihre Sorge. Sondern dass man ihr die Kinder nehmen würde. »Nein. Wie es aussieht, sind seine Anforderungen sehr viel einfältiger.« Er wandte sich zurück an ihren Onkel. »Nicht, dass Ihnen eine Erklärung zustehen würde, aber ich werde Ihnen trotzdem eine geben. Wir sind gerade dabei, das Haus für die Kinder zu renovieren. Derzeit leben meine Familie, einschließlich meiner Stiefmutter, die Lady, die Sie vorhin angesprochen haben, sowie unsere Brüder und Schwestern in Stanwood House. Grace und ich verbringen die Nächte hier.«

Molton schien sich in den Sessel zu kauern. »All meine Pläne, das ganze Geld, alles zunichte. Ich hätte wissen müssen, dass es zu schön war, um wahr zu sein.«

Matt betätigte die Klingel. »Mr. Molton, wenn es weiter nichts zu besprechen gibt, würde ich Ihnen raten zu gehen.«

Molton sah plötzlich zehn Jahre älter aus. Er erhob sich. »Ja, schon gut.«

»Wie ich höre, kann man im Ausland ein sehr viel günstigeres Leben führen. Ich würde Ihnen wärmstens ans Herz legen, darüber nachzudenken. Wenn ich Sie je wieder in der Nähe der Kinder oder einem unserer Häuser sehe oder es mir auch nur zu Ohren kommt, dass Sie hier waren, dann wird es mir ein Leichtes sein, Ihnen das Leben ausgesprochen schwer zu machen.«

Thorton trat ein und geleitete Molton zu Tür.

Ungläubig schüttelte Grace den Kopf. »Er wollte nur Geld?«

Er nahm ihr das Glas aus der Hand und stellte es auf seinen Schreibtisch, ehe er sie an sich zog. »Ja, er hatte absolut kein Interesse an den Kindern, außer als Mittel zum Zweck.«

»Dann wird dein Antrag unangefochten genehmigt.«

Matt umarmte Grace und wirbelte sie herum, ehe er sie innig küsste. »Das wurde er bereits. Herndon hat vorhin nach mir geschickt.«

Sie schmiegte sich an ihn und erwiderte jede langsame Bewegung seiner Zunge mit der ihren. Rücklings führte er sie zu der Chaiselongue, die er hatte liefern lassen, als sie etwas von ihm abrückte und die Augen weitete. »Dann– dann müssen wir uns keine Sorgen mehr machen?«

Er lachte laut. »Wenn du der Meinung bist, dass man sich um zwei junge Ladies, die in die Gesellschaft eingeführt werden, keine Sorgen machen muss, dann hast du wohl recht. Ich bin da allerdings nicht ganz so zuversichtlich.«

Seine Frau öffnete den Mund, um ihm zu antworten, und er senkte den Kopf, um ihre Lippen zu beschlagnahmen. Nachdem er sie ausgiebig geküsst hatte, hob er den Blick. »Ich werde mich auf deine Vernunft und deine Sinne verlassen. In der Zwischenzeit gibt es wichtigere Dinge, denen wir uns widmen sollten.«

Sie sah ihn an. »Tatsächlich, Milord, und die da wären?«

Er schob ihr Kleid und Mieder hinunter, ehe er sie wieder an sich zog. »Na, die Bediensteten zu schockieren.«

Ein leises Klopfen ertönte an der Tür, als Grace ihr Mieder zurechtrückte.

»Milord«, sagte Thorton. »Harold wird Miss Daisy in Kürze für ihren Unterricht herbringen. Ich dachte, Sie möchten sich sicher darauf einstellen.«

Matt streifte mit den Lippen über die ihren. »Er meint *anziehen*.«

»Das vermute ich allerdings auch. Wie macht sie sich?«

»Jetzt besser, da ich Duke es ihr vormachen lasse.«

»Wir sehen uns zurück in Stanwood House.«

Er geleitete sie zur Tür. »Es wird nicht lange dauern. Mehr als zwanzig Minuten am Stück kann sie sich nicht konzentrieren.«

Die Hunde kamen mit Harold über den Square auf sie zu, als Grace die Treppe hinabstieg und auf den Gehweg trat.

»Milord?«

Matt schloss die Tür. »Was gibt's, Thorton?«

»Mr. Timmons fragt, wann Sie– «

Der Schrei einer Frau zerriss die Luft.

Grace!

Ruckartig zog Matt die Tür auf und spurtete die Treppen hinab, doch die alte, schwarze Kutsche bog bereits um die Ecke, dicht gefolgt von den beiden Doggen.

Der Bedienstete eilte über die Straße. *»Milord, Ihre Ladyschaft wurde entführt!«*

Matt gefror das Blut in den Adern. »Harold, haben Sie etwas mithören können?«

»Ich habe nur etwas über eine Miss Betsy gehört.«

Verflucht. Wer wusste, was sie mit ihr anstellen würden, wenn Matt sie nicht bald fand. Wer auch immer hier die Finger im Spiel hatte, würde dafür büßen, und zwar sehr. Mit langen Schritten preschte er zurück zum Haus. »Thorton, holen Sie mein Pferd, sofort. Wir haben keine Zeit zu verlieren.«

»Worthington.« Jane rang nach Luft als sie auf ihn zu-
lief. »Wir haben gesehen, was passiert ist. Hector folgt
ihnen in seiner Kutsche.«

Matt nickte knapp. »Kümmern Sie sich um die Kinder, bis wir zurück sind.«

»Das werde ich. Konzentrieren Sie sich darauf, Grace
zu retten.«

Matt durchquerte den Garten und erreichte die da-
hinter liegenden Stallungen gerade als sein Stallbursche sein Pferd hinausführte. Ohne ein weiteres Wort,
schwang er sich auf seinen großen Wallach. Wenn
Harold recht hatte, und die Entführer Grace zu *Miss
Betsy's* brachten, dann konnte er die Regent Street womöglich noch vor ihnen erreichen. Auch wenn der
Straßenbau noch nicht ganz abgeschlossen war, so war
es doch ihr schnellster Weg in den Bereich um Covent
Garden, wo sich das Bordell befand. Wenigstens fuhr
die Kutsche noch nicht in diese Richtung. Im schnellen
Trab ritt er aus der Gasse und auf die Bruton Street.

Mit etwas Glück konnte er sie noch aufhalten.

KAPITEL 29

Graces Haube saß noch immer schief, als sie ihre Röcke ruckartig glättete und sich aufrichtete. Ihr Herz hämmerte so wild in ihrer Brust, dass ihr davon leicht übel wurde. Entweder das, oder es lag an dem Gestank der beiden Männer. Abgesehen von dem Altersunterschied, sahen sich die beiden sehr ähnlich.

Das laute Bellen, das von beiden Seiten der Mietkutsche zu hören gewesen war, war verstummt. Waren die Hunde noch da, oder nicht?

Plötzlich brüllte der Kutscher und das Gefährt verlangsamte sich. »Verschwindet, ihr verfluchten Biester.«

»Was ist da draußen los?«, krähte der alte Mann neben ihr.

»Die verdammten Hunde machen sich an dem Pferd zu schaffen.«

»Befehlen Sie Ihren Hunden aufzuhören«, knurrte der Halunke.

Die Kutsche schwang nach rechts und Grace griff nach dem Riemen, um nicht von der Sitzbank zu stürzen. »Selbst wenn sie auf mich hören würden, warum würde ich wollen, dass sie aufhören?«

Plötzlich sprang Duke in ihr Blickfeld und stürzte sich knurrend auf das Fenster.

Der Halunke umklammerte ihren nackten Arm und seine Finger gruben sich schmerzhaft in ihre Haut. »Tun Sie, was ich Ihnen sage, oder Sie werden es bereuen.«

Das Letzte, was sie in dieser Situation tun würde, war zu versuchen, die Hunde loszuwerden. Wenn sie sich irgendwie aus diesem Schlamassel befreien konnte, dann würden sie wohl ihr einziger Schutz sein. »Er hört nur auf Lord Worthington.«

»Auf wen?«, brüllte der Halunke.

»Der feine Kerl, für den sie die Beine spreizt.«

»Mein Gemahl«, sagte sie mit so viel Würde wie möglich.

Dem älteren Mann schoss die Röte ins Gesicht. »Ihr was?«

»Ich hab's doch gesagt, Va– «

»Klappe. Ich hab' sie gefragt.«

»Mein Gemahl.« Grace hob ihr Kinn und revidierte ihre Meinung über das Boxen. Zu gern hätte sie Matt dabei zugesehen, wie er diesen beiden Männern eine Tracht Prügel verabreichte.

»Sie lügt.«

Sie betrachtete den jüngeren Mann aus zusammengekniffenen Augen, ehe sie mit eisiger Stimme sagte: »Hier wird gelogen, aber nicht von mir. Wenn Sie schlau sind, lassen Sie mich auf der Stelle gehen.«

Grace unterdrückte eine Welle der Angst und Übelkeit, und betete, dass Matt sie bald finden würde. Die Mietkutsche kam plötzlich zum Stehen.

»Was tun Sie da?«, brüllte der Halunke neben ihr. »Fahren Sie weiter.«

»Sie zahlen mir nicht genug, um mein Pferd zu riskieren«, rief der Kutscher zurück.

Der jüngere der beiden steckte den Kopf aus dem Fenster und eine Faust krachte auf seine Nase. Sein Blut spritze durch die Luft. Schwarze Punkte flatterten in Graces Augenwinkeln. Sie würde jetzt nicht ohnmächtig werden. Nicht jetzt, wo sie doch fliehen musste.

Der Gauner neben ihr schrie, als Duke sich mit gefletschten Zähnen auf das gegenüberliegende Fenster stürzte.

Die Tür der Kutsche wurde so ruckartig aufgezerrt, dass sie erst glaubte, sie wurde aus den Angeln gerissen.

Matts starke Arme legten sich um sie, zogen sie aus der Kutsche. Zitternd klammerte sich Grace an ihn.

Fest umschlungen bahnten sie sich einen Weg zu dem Pferdegespann. »Ich bin jetzt da. Du bist in Sicherheit.«

Endlich beruhigte sich ihr Herzschlag und sie begann zu zittern. »So etwas möchte ich nie wieder durchleben müssen. Was wollten sie?«

Beruhigend rieb er ihr über die Arme. »Das werde ich noch herausfinden.« Seine Stimme war schroff. »Addison wird dich nach Hause bringen. Warte in Worthington House auf mich.«

»Aber ich möchte– «

»Grace, was du vermeiden möchtest, ist ein Skandal. Vertrau mir, ich werde mich um das hier kümmern.«

Sie öffnete den Mund, um ihm zu widersprechen, doch er hatte recht. Alles, was sie betraf, würde auch auf ihre Schwestern zurückfallen. »Na schön.«

Er hob sie auf die Kutsche. »Fahrt zu den Stallungen und geht durch den Hintereingang.«

Hector reichte Matt ein Stück Papier. »Nur für den Fall, dass Sie dafür sorgen wollen, dass sie unserem schönen Land den Rücken kehren.«

Matt wartete, bis Addisons Kutsche auf die Bourdon Street gebogen war, ehe er seine Aufmerksamkeit auf die Schurken richtete, die seine Frau entführt hatten. Auf der Straße war zwar nicht viel los, aber sie war auch nicht menschenleer. Mac und drei weitere Stallburschen hielten die Männer fest, während Daisy und Duke sie anknurrten und ihre eindrucksvollen Zähne fletschten. Matt öffnete das Stück Papier.

Captain Brumhill, Schiff Cabalva

Er trat an die Mietkutsche und wandte sich an den Kutscher. »Was haben Sie Ihnen für eine Geschichte erzählt?«

Der Mann rieb sich die Nase. »Dass sie davongelaufen ist.«

Er lockerte seinen angespannten Kiefer, um den Schmerz dort zu lindern und durchbohrte die beiden Entführer mit einem harten Blick. »Wer hat Sie beauftragt, die Lady zu entführen?«

»Das ist keine Lady«, zischte der jüngere Mann, dem Matt bereits die Nase gebrochen hatte. »Die ist doch nichts als 'ne Hure.«

Matt beförderte seine Faust in seine Magengrube. »Sie ist meine Frau.«

Dem älteren Schurken wich die Farbe aus dem Gesicht. Seine Stimme klang fahrig. »Frau? Das wussten wir nicht– «

Es mussten die beiden Männer sein, die Graces Onkel damit beauftragt hatte, die Häuser zu beobachten. Sollte er erfahren, dass Molton dies geplant hatte, dann würde Matt den Mann umbringen. Er entspannte seine Faust. »Wer hat euch damit beauftragt?«, stieß er hervor.

»Niemand. Wir dachten ... Geld.«

Das letzte Wort war lediglich ein Flüstern. Sie hätten Grace an ein Bordell verkauft, weil sie das Geld wollten. Ein roter Nebel legte sich um ihn. Wenn er erneut auf einen der beiden Halunken einschlug, dann würde er nicht aufhören, ehe sie tot waren. Nun, sie würden sich noch wünschen, dass sie es waren. Matt reichte das Stück Papier an Mac. »Nehmen Sie diese Mietkutsche und bringen Sie diese beiden Dreckskerle zu Brumhill, bevor ich sie umbringe.«

Matt stieg auf sein Pferd. »Duke, Daisy, bei Fuß.«

Die beiden Hunde trotteten neben ihm her. Ein paar Minuten später reichte er die Zügel seines Wallachs an einen Stallburschen.

Thorton erwartete ihn im Korridor, als er das Haus durch die Gartentür betrat. »Ihre Ladyschaft ist in ihrem Salon, Milord.«

Matt sprintete die hintere Treppe hoch und nahm dabei drei Stufen auf einmal. Als er die Tür zum Salon erreichte, hielt er inne. Was zur Hölle sollte er Grace erzählen? Oder wusste sie bereits, was die Halunken im Sinn gehabt hatten?

Die Tür öffnete sich und sie flog in seine Arme. Er umklammerte ihr Gesicht, während er sie küsste, ihren frischen, zitronigen Duft einatmete.

»Warum haben sie mich entführt?«

»Sie haben für deinen Onkel gearbeitet und über die Stränge geschlagen.« Das lag nah genug an der Wahrheit. Er würde sie nicht mit den Details beschmutzen. »Sie werden dir keinen Ärger mehr machen. Dafür habe ich gesorgt.«

Sie nickte gegen sein Halstuch. »Matt.«

»Grace.« Sie beiden sprachen im selben Moment.

»Ladies first.«

»Ich will dich. Jetzt.« Sie stellte sich auf die Zehenspitzen und legte ihre Lippen auf seine.

Gott sei Dank. Genau das hatte er ebenfalls sagen wollen. »Ich würde es niemals wagen, meiner Frau etwas abzuschlagen.«

Er trug sie zum Bett und legte sie sanft darauf ab. Ihr Morgenrock öffnete sich und er konnte sich seiner Kleidung nicht schnell genug entledigen.

Bei Gott, wenn ihr etwas zugestoßen wäre ...

Er legte sich neben sie auf das Bett, zog sie auf sich und beschlagnahmte ihre Lippen, eroberte ihren Mund, bis ihre kleinen Seufzer und ihr Keuchen eine

Symphonie ergaben. Er rollte sie unter sich und drang in ihre feuchte Wärme ein.

Grace schlang die Beine um ihn, umklammerte ihn. Die wirbelnden Nebel der Angst verflüchtigten sich und zurück blieb nur die Liebe zu ihm und das Feuer, das er in ihrem Inneren schürte. Noch nie hatte er sie mit einer solchen Intensität geliebt. Die Flammen tanzten höher und heller als je zuvor und als sie vor Befriedigung erbebte, stöhnte er, ließ sich neben sie fallen und zog sie an sich.

Sie ließ die Finger über seine Brust gleiten und spielte mit den weichen Locken. Den jüngsten Ereignissen zum Trotz, hatte sie sich nie sicherer gefühlt. Als sie Matt gebraucht hatte, war er gekommen, sie hatte es gewusst. Die Jahre der Furcht und Sorgen lösten sich auf. Es gab nur noch ihn und ihre Familie.

Familie. Schwestern. O nein, wie spät war es?

Sie legte ihren Morgenmantel wieder an und zog an der Klingel.

»Was ist los?« Matt lag auf der Seite und musterte sie mit seinen stechend blauen Augen.

»Wir müssen heute Abend auf einen Ball.«

Bolton betrat das Schlafgemach. »Sie haben gerufen, Milady?«

»Der Ball.«

»Es ist alles unter Kontrolle. Die Witwe Worthington und Lady Herndon sind mit den Ladies Charlotte und Louisa nach Herndon House gegangen, um vor dem Ball zu dinieren. Miss Carpenter hat alles arrangiert. Wenn Sie Hunger haben, dann werde ich dem Koch Bescheid geben.«

Grace sank zurück auf das Bett. »Ja, ich danke Ihnen.«

Matt rieb ihr den Rücken. »Ich würde den Kindern lieber nur das Gröbste über den Entführungsversuch erzählen, und ich denke, ich werde danach mit Marcus und Phoebe über Selbstverteidigungsunterricht für dich und die anderen sprechen.«

»Ich habe solchen Dingen vorher tatsächlich nie zugestimmt«, Grace neigte den Kopf zur Seite, als er ihr die Schultern massierte, »doch jetzt glaube ich, dass es eine gute Idee ist. Duke und Daisy waren absolut großartig.«

»Sie haben das Kutschpferd aufgehalten als wäre es Schwarzwild gewesen. Ihre Instinkte haben die Führung übernommen.« Er hörte auf zu massieren und sie zappelte, um ihn zum Fortfahren aufzufordern. »Geht es dir gut, Liebling?«

Sie lächelte. »Es ging mir nie besser.«

Zwei Wochen später betrat Grace Janes Schlafgemach. Ihre Cousine trug ein zauberhaftes, hellgelbes Kleid aus Seide, das mit einer Spitzenbordüre versehen war. »Du hast nach mir rufen lassen?«

»Ja.« Jane blickte etwas beklommen drein und es bildeten sich kleine Falten um ihren Mund. »Es ist albern, aber ich heirate in einer Stunde und habe nicht die leiseste Ahnung, was in einem Ehebett geschieht. Du bist die Einzige, die ich fragen kann.«

Grace atmete tief ein. Dies würde nicht das letzte Mal sein, dass sie diese Frage beantworten musste, also sollte sie sich wohl daran gewöhnen. »Habt ihr euch bereits geküsst?«

Das Gesicht ihrer Cousine nahm einen weicheren Zug an und ein kleines Lächeln umspielte ihre Lippen. »O ja, und«, das Blut stieg Jane in die Wangen, »wir haben ein paar andere Dinge getan.«

»War er umsichtig?«

»Immer, und sehr behutsam.«

»Dann kann ich es wohl deinem Ehemann überlassen, es dir zu zeigen. Mach dir keine Sorgen, wenn es bei eurer Vereinigung etwas schmerzt. Das passiert nur das eine Mal.« Grace umarmte ihre Cousine. »Es wird wundervoll werden.«

Jane nickte. Es war zwar etwas beängstigend, aber ihre Cousine hatte recht. Hector würde behutsam sein. »Ja. Ich danke dir.«

Ein leises Klopfen ertönte an der Tür und Charlotte steckte ihren Kopf in das Zimmer. »Wir haben ein paar Sachen für dich.«

»Kommt doch herein.«

Die Mädchen beider Familien traten durch die Tür.

Jane kämpfte gegen die Freudentränen, als Charlotte und Louisa ihr eine Perlenkette um den Hals legten. »Sie ist von uns allen. Etwas Neues.«

Augusta legte Jane ein Paar Ohrringe in die Hand. »Etwas Geliehenes.«

Die Zwillinge und Madeline steckten eine türkisfarbene Brosche an Janes Korsett. »Etwas Altes. Du kannst es gern behalten.«

Jane konnte die Tränen nicht länger unterdrücken, als Mary und Theo mit Veilchen in den Händen auf sie zukamen. »Etwas Blaues, für deine Haare«, sagte Mary und reichte Jane die leicht zerquetschten Blüten.

»Und ein Farbband«, fügte Theo hinzu.

»Ich werde meine Zofe sofort bitten, sie in meine Frisur einzubringen.«

Jane umarmte sie der Reihe nach, ehe die Mädchen und Grace das Zimmer wieder verließen.

»Kommen Sie, Miss.« Dorcus führte Jane an die Frisierkommode. Es war schwer zu glauben, dass sie heute Abend in ihrem neuen Zuhause mit Hector sein würde.

»Keine Tränen mehr.« Ihre Zofe reichte ihr ein Taschentuch. »Sonst werden Ihre Augen noch ganz rot.«

»Ich verhalte mich albern.«

Dorcus verteilte die Veilchen in ihrer Frisur und steckte sie mit kleinen, perlenverzierten Haarnadeln fest. »Sehr schön.«

Langsam stieg Jane die große Treppe hinab, wo ihre Cousine und Matt auf sie warteten. Sie war erleichtert gewesen, als er angeboten hatte, sich um die Eheverträge zu kümmern und sie zum Altar zu führen.

Keine halbe Stunde später stand sie mit Hector genau dort, wo Grace und Matt vor nur zwei Wochen gestanden hatten.

Hector blickte ihr in die Augen, als er sein Gelübde ablegte. Seine Stimme war laut und klar. Auf diesen Tag hatten sie beide so lange gewartet. Die Freude schwang förmlich in ihrer Stimme mit, als sie ihm das Jawort gab.

Nachdem sie zu Mann und Frau erklärt worden waren, versammelten sich die Kinder um sie. »Unser Haus wird mir so ruhig vorkommen«, sagte Jane.

Hector legte seine große Hand auf ihren Rücken und führte sie aus der Tür. »Mit etwas Glück werden wir vielleicht ein paar eigene haben.«

Später am Nachmittag, nachdem die Hochzeitsgäste bereits gegangen waren, trat Charlotte mit einem Brief vor der Nase in Graces Arbeitszimmer. Als sie die Hände sinken ließ, hatte sie die Stirn gerunzelt.

»Was ist los?«

»Dotty kann nicht nach London kommen. Ihre Mutter hat sich das Bein gebrochen. Jetzt können wir nicht mehr zusammen in die Gesellschaft eingeführt werden, so wie wir es immer geplant hatten.«

Grace unterließ es zu erwähnen, dass ihre Schwester Louisa hatte. Charlotte und Dotty waren Freunde, seit sie Laufen konnten. »Lass mich mal sehen.«

Nachdem sie den Brief gelesen hatte, formte sich ihr eine Idee. Natürlich würde sie Matt fragen müssen, ob es ihm etwas ausmachen würde, wenn sie sich diese Saison um ein weiteres Mädchen kümmern würden, doch unter den Umständen hätte er sicher nichts dagegen. Womöglich konnte sie es als Übung für das Debüt von Madeline und den Zwillingen auslegen. »Ich möchte dir keine Versprechungen machen, aber ich werde sehen, ob wir nicht vielleicht eine Lösung finden können.«

Charlottes Miene verwandelte sich in ein strahlendes Lächeln. »Wenn jemand eine Lösung finden kann, dann du.«

Nachdem Charlotte das Zimmer verlassen hatte, zog Grace an der Klingel. Kurze Zeit später trat Royston ein. »Milady?«

»Könnten Sie seine Lordschaft bitten, mich aufzusuchen?«

»Ich werde ihn für Sie aufspüren.«

Dies war das Problem, wenn eine Familie in zwei Häusern wohnte. Sie wusste nur selten, wo ihr Gemahl tatsächlich war.

Sie war gerade dabei, die Zeitung lesen, als sich ihre Tür öffnete. Ein verschmitztes Grinsen trat auf Matts Gesicht. »Du wolltest mich?«

Sie erhob sich und ging auf ihn zu. »Ja, aber leider nicht dafür.«

Er machte ein langes Gesicht. »Wie schade, aber vielleicht kann ich dich nachher überzeugen. Was gibt's?«

»Charlotte hat einen Brief von ihrer Freundin Dotty erhalten.« Grace erzählte ihm von der Freundschaft zwischen ihrer Schwester und dem Mädchen und wie sie sich bereits seit Jahren auf diese Saison gefreut hatten.

Er schwieg eine Weile. »Lade sie zu uns ein«, sagte er dann.

Grace hatte gehofft, dass er genau das sagen würde. »Ich danke dir. Ich wollte, dass es deine Entscheidung ist. Du müsstest ihrem Vater schreiben. Ich werde Lady Sterne schreiben und Charlotte Bescheid geben.«

Seine Lippen verzogen sich zu einem Grinsen. »Das werde ich augenblicklich tun, und danach werde ich dir dabei helfen, dich für das Abendessen zu kleiden.«

Grace legte die Arme um seine breiten Schultern. »Vielleicht solltest du warten und mich dann lieber entkleiden. Wir müssen heute Abend auf einen Ball.«

»Tatsächlich? Wird Patience auch anwesend sein?«

»Ich denke schon, warum fragst du?«

»Vielleicht kann ich wieder einen leeren Salon ausfindig machen, Milady.«

EPILOG

Zwei Wochen später. Worthington House, Mayfair, London

Matt und Grace schlenderten über den Square von Stanwood nach Worthington House. Die Tür öffnete sich, als sie die Treppen emporstiegen. In dem anderen Haus herrschte derweil ein aufgeregtes Durcheinander, da Charlottes und nun auch Louisas Freundin, Dotty, heute Nachmittag ankommen sollte. Sich vor dem schrillen Gekreische zu verstecken, das die Ankunft sicher begleiten würde, war leider keine Option. Ihm blieb nur die nächste Stunde, um mit Grace einen ruhigen Moment zu verbringen. Und selbst die war gestohlen.

Thorton verneigte sich. »Milord, es sind zwei Hochzeitsgeschenke für Sie eingetroffen«, sagte er in einem trockenen Tonfall.

Matt war sich ziemlich sicher, dass er seinen Butler noch nie so mürrisch hatte dreinblicken sehen. Etwas stimmte hier nicht. Grace und er hatten seit der Vermählung Geschenke erhalten. Was konnte ... »Von wem?«

Thortons Stimme nahm einen leidenden Klang an. »Lord Huntley und Lord Wivenly.«

Matt stöhnte. »Sagen Sie mir bitte, dass wir keine Kuh im Garten stehen haben.«

Thorton stieß die Luft aus. »Haben wir nicht, Milord, aber nachdem Sie gesehen haben, was geliefert wurde, werden Sie es sich vielleicht wünschen.«

Grace trat in die Eingangshalle, hielt inne und gab ein ersticktes Hüsteln von sich. »O je!«

Er folgte ihr und ihrem Blick. »Was zum Teufel *ist das?*«

Er nahm sein Monokel aus der Tasche und musterte die riesige Statue eingehend, die gänzlich aus Jade, Gold und anderen Edelsteinen gefertigt war. Es schien eine fast völlig entblößte Frau mit mehreren Armen und Augen zu sein.

Sein Butler reichte ihm eine Karte. »Diese wurde mitgeliefert. Es gibt zudem noch eine interessante Vase, die ich in Ihr Schlafgemach gestellt habe, da ich nicht wollte, dass eines der Kinder sie zu Gesicht bekommt.«

Matt öffnete die Nachricht.

Mein lieber Worthington,
Wivenly und ich haben überall nach einem angemessenen Hochzeitsgeschenk für dich und deine neue Countess gesucht. Zum Glück sind wir, in Wivenlys Fall sogar buchstäblich, über diese zauberhafte Lady gestolpert. Sie ist die chinesische Göttin der Fruchtbarkeit und Frischvermählten, und noch vieler anderer Dinge. Wir dachten, sie könnte euch vielleicht von Nutzen sein.
Die Statue geht auf die Qing–Dynastie zurück, genau wie die Vase, die wir gefunden haben, nur für den Fall, dass du einen kleinen Anreiz brauchst.
Wir wünschen euch viel Erfolg dabei, das Kinderzimmer zu füllen.
Deine ergebenen Diener
Gervais, Earl of Huntley,
und William, Viscount Wivenly

»Ich bringe sie um«, knurrte er.

Grace schnappte sich die Nachricht und lachte kurze Zeit später. »O weh. Jetzt ist wohl kein guter Zeitpunkt, um dir zu sagen, dass ich glaube schwanger zu sein.«

DANKSAGUNG

Jedes Buch begibt sich auf eine Reise, von den ersten Worten des Autors bis hin zur Veröffentlichung. Es gibt viele Menschen, denen ich danken möchte. An meine Testleserinnen Doreen, Margaret und Jenna. Ihr Ladies gebt mir immer großartige Tipps und Ratschläge. An meine liebe Agentin, Elizabeth Pomada, und meinen grandiosen Lektor, John Scognamiglio. An das Publicity Team von Kensington, Jane, Alex, Vida und Lauren, für all die harte Arbeit, die sie in die Förderung meiner Bücher stecken. An die tollen Autoren im The Beau Monde, dafür, dass ihr all meine Fragen so schnell und umfangreich beantwortet. Und zu guter Letzt an meine großartige Leserschaft. Ich kann nicht in Worte fassen, wie viel mir eure Unterstützung bedeutet.